ALAN DEAN FOSTER

Der Metrognom

Erzählungen

Aus dem Amerikanischen von
RALF HLAWATSCH & SILVIA JETTKANT

Deutsche Erstausgabe

WILHELM HEYNE VERLAG
MÜNCHEN

HEYNE SCIENCE FICTION & FANTASY
Band 06/5939

Titel der amerikanischen Originalausgabe
THE METROGNOME & OTHER STORIES
Deutsche Übersetzung von Ralf Hlawatsch und Silvia Jettkant
Das Umschlagbild ist von Attila Boros

Umwelthinweis:
Dieses Buch wurde auf chlor- und
säurefreiem Papier gedruckt

Redaktion: Wolfgang Jeschke

Die Erzählungen sind einzeln (außer THE TESSELLATED TETRAHEXAHEDRAL YELLOW ROSE OF TEXAS) erstmals erschienen in folgenden Magazinen und Anthologien:
Alfred Hitchcock's Mystery Magazine; Amazing Science Fiction Stories; Andromeda 6; Fantasy Book; Heroic Visions, hrsg. von Jessica A. Salmonson; *Horrors,* hrsg. von Charles Grant;
The Magazine of Fantasy and Science Fiction; Rigel;
und *Shadows* 2, hrsg. von Charles Grant
Buchausgabe: A Del Rey Book, published by Ballantine Books, a division of Random House, Inc., New York
Mit freundlicher Genehmigung des Autors
und Paul & Peter Fritz, Literarische Agentur, Zürich
(#39 823)

Printed in Germany Juli 1998
Umschlaggestaltung: Atelier Ingrid Schütz, München
Technische Betreuung: M. Spinola
Satz: Schaber Datentechnik, Wels
Druck und Bindung: Elsnerdruck, Berlin

ISBN 3-453-13969-0

INHALT

Einführung

Daniel Düsentrieb, der größte aller Erfinder, der vom unvergeßlichen Carl Barks geschaffen wurde, erfindet eines Tages eine Maschine, die jede Frage beantworten kann. Da er mit etwas Einfachem beginnen will, zeigt er auf einen kleinen Vogel vor seinem Fenster und fragt das Gerät: »Warum singt dieser Vogel?« Worauf die Maschine antwortet: »Oh, vielleicht ist er glücklich, vielleicht ist er traurig, vielleicht ist er ein bißchen verrückt.«

Der große Düsentrieb hat diesen Mangel an Präzision nicht erwartet. Er stürzt sich sofort in eine Reihe von Versuchen, seine eigene Schöpfung zu überlisten, um *exakt* zu erfahren, warum der Vogel singt. Nach mehreren frustrierenden Anläufen sieht er sich gezwungen, eine vollkommen neue Maschine zu erfinden, die die Stimme des Vogels übersetzt, so daß er ihm die Frage direkt stellen kann. Worauf dieser antwortet: »Vielleicht bin ich traurig, vielleicht bin ich glücklich, vielleicht bin ich ein bißchen verrückt.«

Dies ist auch für einen Autor keine schlechte Antwort auf die Frage, warum er Kurzgeschichten schreibt.

Es gibt mit Sicherheit dafür keinen sachlichen Grund. Nur eine Handvoll Schriftsteller kann sich heutzutage mit dem Schreiben von Science Fiction-Kurzgeschichten irgendwie den Lebensunterhalt verdienen. Die Belohnung gibt es für Romane, d. h. die finanzielle Belohnung. Es gibt auch andere Arten.

Wenn Leser zusammentreffen, scheinen sie die meiste Zeit über Romane zu reden. Kurzgeschichten werden nur gestreift, wenn überhaupt. Wenn sie aber allein sind und ihre Gedanken schweifen lassen, habe ich die Vermutung, daß sie sich am liebsten an die Kurzgeschichten eines Autors erinnern. Irgendwie scheint gerade die Kürze dazu zu führen, daß die Geschichte länger im Kopf herumspukt.

In einem Roman gehen die Ideen leicht verloren, entweder werden sie von den Charakteren überdeckt oder von der Notwendigkeit, die Handlung zu stützen, ausgetrocknet. Bei einer Kurzgeschichte dagegen ist die Idee das Wichtigste, nicht der Held oder die außerirdische Bedrohung. Die Idee *ist* die Geschichte. Die Kürze zwingt den Autor dazu, sich auf die Idee zu konzentrieren und alles andere beiseite zu lassen. Auch muß man sich über die Länge keine Sorgen machen. Ein Roman muß eine bestimmte Länge haben, um akzeptabel zu sein; bei einer Kurzgeschichte bestimmt die Entwicklung der Idee die Länge.

Daher ist es so schwierig, bei einer kurzen Erzählung die Charaktere voll zu entwickeln; man hat einfach nicht genug Zeit. Wenn die Idee im Vordergrund steht, muß der Schriftsteller die Beschreibung der Charaktere schnell abhandeln. Man hat keine Zeit für müßiges Geschwätz oder eine Fülle von blumigen Adjektiven. In einer Erzählung beschreibt Eric Frank Russel einen Nebencharakter wie folgt: »Er war ein echter Frauenheld; groß, gutaussehend, dumm.« Damit wurde ein Charakter erschaffen, beschrieben, eingeordnet und abgetan, und das mit gerade acht Wörtern. Das ist keine leichte Aufgabe. Da steckt Arbeit darin.

Eine gute Kurzgeschichte ist unvergleichlich befriedigend. Sie enthält Belohnungen, die ein Roman nicht bieten kann. Deshalb bestellen wir ja auch große Steaks und kleine Schokoladenstücke. Das Steak mag nahrhafter sein, aber nicht zwangsläufig lohnender. Manchmal haben wir einfach das Verlangen nach Schokolade.

Genauso kann ein Schriftsteller das Bedürfnis verspüren, Kurzgeschichten zu schreiben, auch wenn dies nicht unbedingt zweckmäßig ist. Ich denke, daß daher Kurzgeschichten eine reinere Form des Geschichtenerzählens sind. Es ist wahrscheinlich, daß jede Kurzgeschichte, die Sie lesen, geschrieben wurde, weil der Autor diese Geschichte wirklich erzählen wollte oder weil sich die Geschichte selbst aufgedrängt hatte, und nicht, weil er oder sie dachte, dafür eine Menge Geld zu bekommen.

Kurzgeschichten sind auch die Heimat der interessantesten Erzählungen von heute. Auf zehn oder zwanzig Seiten kann der Schriftsteller sorglos spielen, kann experimentieren oder etwas vollkommen Absurdes ausprobieren. Bei einer Geschichte von viertausend Wörtern sind Angepaßtheit und Vertrautheit für den Erfolg nicht ausschlaggebend. Eine gute Idee schon. Wenn die Erzählung dann funktioniert, ist das schön und gut. Wenn nicht, hatte der Autor Spaß bei seinem Versuch. Romanautoren wenden sich zur Erholung der Kurzgeschichte zu. Ich denke, man hat auch eher bei Kurzgeschichten als bei Romanen das Gefühl, daß ein Schriftsteller sie für sich selbst geschrieben hat und nicht so sehr den möglichen Absatz im Auge hatte. Schlußendlich muß der Leser die Entscheidung selbst treffen.

Eine Storysammlung hat üblicherweise die gleiche Länge wie ein Roman. *Der Metrognom und andere Geschichten* enthält Erzählungen, die den Leser zum Lachen, Staunen, Nachdenken oder auch einfach zum Schmunzeln bringen sollen. Nur wenige Romane können auf so wenigen Seiten eine solche Vielfalt bieten. Dies ist einer der Fälle, wo der Autor hofft, daß das Ganze nicht mehr als die Summe seiner Teile ist.

ALAN DEAN FOSTER
Prescott, Arizona

Für handvermittelte Telefonverbindungen gelten höhere Gebühren

Die Telefongesellschaft ist ein lebendiger Organismus, ein gigantisches einzelliges Tier, was auch die historische Aufspaltung in regionale Gesellschaften, Baby Bells genannt, nicht geändert hat. Wie eine riesige gallertartige Kreatur, die sich wieder aus dem ökonomischen Urschlamm erhebt, formt sie sich langsam um. Die Baby Bells haben bereits damit begonnen, sich gegeneinander zu verbünden. Früher oder später werden wir wieder in einer Gesellschaft leben, die von einem einzigen Kommunikationsnetz dominiert wird, weil das unausweichliche Endprodukt unkontrollierten freien Unternehmertums das Monopol ist. Die Starken eliminieren die Schwachen und Ineffizienten in ihrem Streben nach höherem Profit, bis keine Schwachen mehr übrig sind. Ein Monopol ist ein Monopol, egal ob es durch Fusionierung oder geheime Absprachen zustande gekommen ist.

Äh … Moment mal. Sie wollen sagen, daß dies kein Buch über Wirtschaftstheorie des späten zwanzigsten Jahrhunderts ist? Daß es Science Fiction und Fantasy ist?

Genau. Die Einleitung gilt dennoch.

Tatsächlich waren die Dinge besser, als die ursprüngliche Telefongesellschaft AT&T das Kommando hatte. Man wußte, daß der Anruf durchkommen würde, genau wie man wußte, daß der Münzfernsprecher einem auf Tastendruck das Geld zurückgeben und der Hörer nicht einfach abreißen würde. Der Nachteil war natürlich, daß man vor der Aufspaltung keine Alternativen hatte. Wenn man das Telefon benutzte, hatte man es mit Mama Bell zu tun. Es war gut, daß die Stimmen am anderen Ende darauf trainiert waren, höflich zu sein.

Ach, so höflich …

Parworthy schmiß das Telefon auf den Fußboden und versetzte ihm dann mit aller Kraft einen Tritt. Es prallte gegen die Wand, überschlug sich mehrmals und lag dann still, glänzend und schlaff wie ein toter Tausendfüßler. In dem Bemühen, sich zu beruhigen, atmete Parworthy mehrmals langsam und tief ein und aus. Einige Minuten später beugte er sich hinunter, um das geschundene Gerät aufzuheben.

Immer noch kein Wählton. Er hieb energisch auf den Unterbrechertaster, aber kein diensteifriger Sirenengesang tönte ihm entgegen. Er hätte sich auch eine Muschel ans Ohr halten können.

Ärgerlich und frustriert riß er das Kabel aus der Wandsteckdose. Soweit es ihn betraf, war die Anschlußschnur mit einem *einzigen* Stecker der einzige vernünftige Fortschritt, den die Telefongesellschaft in den letzten zehn Jahren gemacht hatte. Ein kurzer Besuch in der Küche förderte eine Papiertüte zutage, in der Telefon und Kabel kurzerhand begraben wurden.

Die ganze Sache war für einen Mann von Parworthys Temperament fürchterlich ärgerlich. Und das schlimmste daran war, daß man nicht anrufen und sich beschweren konnte, wenn die Ursache der Beschwerde das Telefon selbst war. Parworthy war auf die Ordentlichkeit und Effizienz seines neuen Heims stolz. Alles funktionierte. Sollte er etwa vom Telefonsystem weniger verlangen? Es war keine Entschuldigung, daß sein Wohnsitz acht Kilometer von der nächsten Anschlußleitung entfernt war. Sein Zuhause war ein kleines Fort aus Zedernholz und Naturstein, das auf zutagetretendem Granit an der Westseite der Sierra Nevada thronte. Er erzeugte seinen Strom selbst, bezog Wasser aus seinem eigenen Brunnen und heizte sein Haus mit Holz und Sonnenenergie. Die Telefongesellschaft war der einzige öffentliche Versorgungsbetrieb, ohne den er nicht auskam.

Nachdem das Haus fertiggestellt war, hatte er versucht, ohne Telefon auszukommen, und statt dessen CB-Funk und ein Kurzwellenfunkgerät verwendet. Es stellte sich heraus, daß das nur ein schwacher Ersatz für den Zugang zum internationalen elektronischen Netz war, dessen Monopol die Telefongesellschaft innehatte. Er war darauf angewiesen, wie jeder andere auch, wenn er mit dem Rest der zivilisierten Welt in Kontakt bleiben wollte.

Wenn er Leiter der Telefongesellschaft wäre, würde es derartige Probleme nicht geben. Seiner Meinung nach war das Management heutzutage viel zu nachlässig: Unsicherheiten bei der Entscheidungsfindung, zu viel Mitbestimmung von Arbeitern bei Unternehmenspolitik und -entscheidungen und die Unfähigkeit, sich auf Einschränkungen durch die Regierung einzustellen. All das zusammen konnte die Entschlußkraft selbst der größten Konzerne lähmen. Parworthy war überzeugt, daß an der Unternehmensspitze ein Haufen Weicheier saß. Vor seiner Pensionierung hatte er selbst einige Firmen geleitet. Der Umsatz war hoch gewesen, genau wie der Profit. *So* mußte ein Geschäft geführt werden.

Er schmiß die Tasche auf den Rücksitz seines Mercedes, fuhr aus der Garage und dann den Privatweg hinunter, der zur Landstraße führte. Es war fast eine Stunde Fahrt nach Fresno, wo das nächste Büro war, in dem es sich lohnte, sich zu beschweren. Parworthy verabscheute diese Zeitverschwendung, pensioniert oder nicht. Er haßte es auch, durch die Stadt zu fahren, selbst in einer so verhältnismäßig kleinen Stadt wie Fresno. Er schätzte seine Privatsphäre über alles. Aus diesem Grund hatte er sich in die Isolation seiner neuen Villa im Gebirge zurückgezogen.

Die Menschen gingen Parworthy selbst dann aus dem Weg, wenn er in guter Stimmung war. Er war ein großer Mann und daran gewöhnt, sich seinen Weg an anderen Menschen vorbei oder gar über sie hinweg zu bahnen, wenn er sie nicht in Grund und Boden reden konnte. Wenn er – so wie jetzt in das Büro der Telefongesellschaft – in ein Gebäude stürmte, machten ihm die anderen Besucher instinktiv Platz.

Mit einer heftigen Bewegung kippte er den Beutel aus, und der Telefonapparat fiel auf den Schalter vor die Angestellte. Sie war ein hübsches junges Mädchen, wenig Make-up, Rüschenbluse und ein bürogemäßer brauner Rock. Parworthy hob das Telefon auf und hielt es ihr unter die Nase.

»Das ist jetzt schon das sechste Mal, daß der Störungsdienst kommen mußte, und ich habe es, verdammt noch mal, satt!«

»Entschuldigen Sie bitte. Wenn Sie sich etwas beruhigen könnten und mir sagen, um was es ...«

»Um was es sich handelt? Darauf können Sie sich verlassen, daß ich Ihnen sage, worum es sich handelt! Ich habe den ganzen Monat lang in meinem neuen Haus die Telefone ersetzen lassen müssen, und es war ganz egal, welche Farbe oder welches Modell es war. Sie waren alle nicht mal das Plastik wert, aus dem sie bestanden! Ich kann froh sein, wenn sie drei Tage funktionieren, bevor wieder etwas kaputtgeht. Das ist immer so, wenn jemand praktisch ein Monopol auf etwas hat. Nachlässiger Service, nachlässige Herstellung. Es wäre für das Land erheblich besser, wenn das komplette verrottete System dezentralisiert werden würde.«

»Es tut mir leid, Sir, aber ...«

»Ich brauche Ihre Entschuldigungen nicht, junge Frau, ich will die Dienstleistung, die ich bezahle, aber nicht bekomme! Ich kann nicht einmal einen lausigen Anruf zum nächsten Lebensmittelhändler durchbekommen, ganz zu schweigen von einem Anruf in den Osten.«

Die Angestellte war mittlerweile den Tränen nah und wußte nicht mehr weiter. Sie war von der brüllenden, aufbrausenden Erscheinung Parworthys durch und durch eingeschüchtert.

»Gibt es Ärger, Mildred?«

Sie drehte sich dankbar zu dem Neuankömmling um. »Oh, Mr. Stapleton, dieser Herr hier, er ...«

Parworthy sprang den Neuankömmling, einen dünnen, jungen Mann mit einer breiten Krawatte, hoher Stirn und einer Brille, förmlich an.

»Es geht um Ihr sogenanntes Kommunikationssystem! Wissen Sie, wieviel ich pro hundert Meter zahlen mußte, um einen Anschluß in mein Haus zu bekommen? Sehr viel! Und jetzt kann ich noch nicht einmal meinen Arzt anrufen.«

»Ich verstehe ... Mr. Parworthy, nicht wahr?« Der Mann streckte die Hand aus. »Wenn ich einen Blick auf Ihr Telefon werfen dürfte, vielleicht kann ich den Schaden finden.«

Parworthy reichte ihm den Apparat herüber. Der Supervisor besah ihn sich, holte einen kleinen Schraubenzieher unter den anderen Werkzeugen in seiner Hemdtasche hervor und schraubte den Geräteboden ab. Nach einer kurzen Inspektion sah er über den Schalter und sprach mit sanfter Stimme.

»Mr. Parworthy, dieses Telefon war mehr als den haushaltsüblichen Belastungen ausgesetzt.«

»Wollen Sie mir sagen, daß es meine Schuld ist?«

»Ich behaupte nicht, daß Sie keine Schwierigkeiten hatten. Ich sage nur, daß dieses Gerät Schäden hat, die nicht auf einem Herstellungsfehler beruhen. Es braucht schon einiges, um das Innere dieser neuen, soliden Apparate zu beschädigen, und bei diesem hier sind mehrere Teile zerbrochen oder lose.«

»Was soll ich Ihrer Meinung nach dazu sagen? Kann ich etwas dafür, wenn Sie kein robustes Gerät herstellen können?« Parworthy hielt seinen Blick fest auf den Supervisor gerichtet. »Okay, vielleicht habe ich die Geduld verloren und ein paarmal daraufgeschlagen. Aber das nur in der schwachen Hoffnung, daß es dann wieder funktionieren würde. Wollen Sie mir das vorwerfen? Einen ganzen Monat lang versuche ich, von meinem Haus aus zu telefonieren. Statt dessen könnte ich auch versuchen, mit dem Mond zu reden.«

»Ich übernehme hier, Mildred.« Die Angestellte zog sich hastig an einen anderen Schalter zurück. Stapleton lächelte seinen wutschnaubenden Kunden dünn an und aktivierte den Bildschirm eines in der Nähe stehenden Computers. Einen Moment lang studierte er die Anzeige und fing dann an zu sprechen, ohne sich vom Bildschirm abzuwenden.

»Dies ist nicht das erste beschädigte Telefon, das Sie in dieses Büro bringen, Mr. Parworthy.«

»Ausschuß. Plastik. Billige Komponenten. Fabrikschrott. Ich war früher selbst in der Herstellung, und ich erkenne Schrott, wenn ich ihn sehe. Vielleicht können Sie diesen Dreck an die Allgemeinheit loswerden, aber in meinem Haus will ich ihn nicht haben.«

»Es ist nicht allein die Rede von defekten Apparaten, Sir«, fuhr der Supervisor fort, während er weiterhin die Informationen auf seinem Bildschirm studierte. »Ich ersehe aus diesem Bericht, daß es ungewöhnlich schwierig war, ein Kabel zu Ihrem Haus zu verlegen. Das Gelände ist steil und steinig. Bei einer Tertiärverbindung, die so lang ist wie die Ihre, muß immer mit Schwierigkeiten durch Feuchtigkeit, Wild, umstürzende Bäume und ähnliches gerechnet werden.«

»Ich habe für die Dienstleistung bezahlt und nicht für Entschuldigungen.«

»Tatsache ist, Sir, daß bei jedem privaten Anschlußkabel dieser Länge mit Störungen gerechnet werden muß, insbesondere in den ersten Monaten. Ich bin sicher, Sie verstehen, daß wir keine komplette Außendienstcrew für Ihren Anschluß abrufbereit halten können. Wenn Sie noch ein wenig Geduld haben, bin ich sicher, daß spätestens bis zum Ende nächsten Monats alle Schwierigkeiten von selbst verschwunden sind.«

»Ich verstehe: Ich zahle also für eine Dienstleistung, die nicht erbracht wird.«

Der Supervisor seufzte. »Machen Sie sich darüber keine Sorgen, Sir. Für die Zeit, in der die Verbindung gestört ist, werden wir Ihnen nichts berechnen.«

»Ich glaube, Sie verstehen mich nicht, junger Mann. Ich will nicht geduldig sein. Ich will die Dienstleistung, für die ich bezahlt habe. Ich habe Freunde bei der kalifornischen Zentralstelle für Dienstleistungen, und ich glaube, die verstehen das auch nicht. Wenn Sie keine ordentliche Dienstleistung zur Verfügung stellen können, hätten Sie niemals zustimmen dürfen, diese Leitung herzustellen.«

»Das hätten wir am liebsten auch nicht, als Ihre Anfrage nach einer Telefonverbindung hereinkam. Wir wurden jedoch durch Anweisungen vom Regionalbüro in Los Angeles dazu verpflichtet.«

Parworthy erlaubte sich ein wissendes Lächeln. »Darauf möchte ich wetten. Sie werden schon bald wieder von diesem Büro hören, wenn Sie meine Leitung nicht umgehend in Ordnung bringen.« Aus seiner Zeit in der Industrie schuldeten ihm noch eine Menge Leute einen Gefallen.

Stapleton schluckte mühsam die Erwiderung hinunter, die ihm auf der Zunge lag, und zwang sich zu einem respektvollen Verhalten. »Nehmen Sie sich aus dem Regal ein Ersatztelefon, Sir. Ich notiere Ihre Beschwerde und gebe sie in die Beschwerdedatei im Computer ein ... zu den anderen.« Das war eine Untertreibung. Parworthy hatte eine ganze Datei für sich allein.

Der Industrielle im Ruhestand drehte sich zum Ausgang um und sagte im Rausgehen mit lauter Stimme: »Ich will, daß der Fehler heute noch behoben wird, haben Sie verstanden? Arbeiten Sie meinetwegen im Dunklen, aber ich will Fortschritte sehen!« Er ging und schwang sein neues Telefon wie das Haupt eines geköpften Feindes herum.

Direkt nach dem Abendessen probierte er das Telefon in der Küche aus. Es war von vorherigen Angriffen bereits zerkratzt und eingedellt, aber noch intakt, da es nicht Parworthys vollen Zorn zu spüren bekommen hatte.

Zu seiner Überraschung hörte er sofort den Wählton. Es war seine Absicht gewesen, am nächsten Morgen als allererstes seinen Kontakten in Los Angeles einen geharnischten Brief zu schreiben, in dem er die Behandlung beschreiben wollte, die er durch die lokalen inkompetenten Torfköpfe erlitten hatte. Nun konnte er das mit einem Anruf erledigen.

Das wäre ausgleichende Gerechtigkeit. Auch wenn das Büro in Fresno nach Einbruch der Dunkelheit noch einen Reparaturtrupp in das gefährliche Gebirgsgelände geschickt hatte, würde es sich immer noch lohnen, eine formale Beschwerde über all die Verzögerungen und den Ärger, den er erlitten hatte, einzureichen. Wenn sie ihn das nächste Mal kommen sahen, würden sie gleich springen. Und es würde ein nächstes Mal geben. Da war er sich sicher. Die Erfahrungen der letzten Zeit hatten gezeigt, daß die Verbindung nur ein paar Tage stehen würde, bestenfalls.

Er blätterte in einem abgenutzten Notizbuch, bis er die gewünschte Privatnummer fand. Wexler würde es nicht mögen, die Beschwerde aufzunehmen, aber er schuldete ihm schon seit zehn Jahren mehrere Gefallen. Parworthy vergaß niemals eine Schuld. Er wählte.

Am anderen Ende schrillte das Telefon. Er fing an: »Andrew Wexler, bitte, sagen Sie ihm, daß hier …«, aber eine mechanische Stimme, bekannt und unbeeindruckbar, unterbrach seine Anfrage.

»Es tut mir leid, aber diese Nummer hat sich geändert, und es ist keine neue Nummer eingetragen.«

Das war nicht das, was Parworthy hören wollte. Ich muß mich verwählt haben, dachte er, und versuchte es erneut. Ein Signalton und dann ein Klick.

»Es tut mir leid, aber diese Nummer hat sich geändert, und es ist keine neue Nummer eingetragen.«

Mit einem Stirnrunzeln sah Parworthy noch einmal in seinem Notizbuch nach. Es war möglich, daß Wexler im Laufe des letzten Jahres seine Nummer geändert hatte. Vielleicht war seine neue Nummer öffentlich. Parworthy wählte die Auskunft in Los Angeles an – 213-555-1212 – und wartete ungeduldig auf eine Antwort.

»Es tut mir leid, aber diese Nummer hat sich geändert, und es ist keine neue Nummer eingetragen.«

»Halt, einen Moment mal«, schrie er, »das ist die Auskunft. Da muß es eine neue ...« Ein Klick und Stille am anderen Ende.

Er setzte sich auf den Küchenstuhl und überlegte. Schließlich lächelte er und nickte wissend. Du lieber Himmel, sie hatten wieder Mist gebaut. Die Arbeiter, die offensichtlich an seiner Verbindung gearbeitet hatten, hatten das alte Problem ganz einfach gegen ein neues ausgetauscht. Kopfschüttelnd wählte er die Nachtnummer des Büros in Fresno.

»Es tut mir leid, aber diese Nummer hat sich geändert, und es ist keine neue Nummer eingetragen.«

»Halt, Augenblick!« Er umfaßte das Telefon so fest, daß seine Knöchel weiß hervortraten. Fast hätte er das Telefon gegen das Bein des Küchentisches gedroschen, hatte dann aber eine bessere Idee. Es gab noch eine weitere Möglichkeit. Er wählte die Telefonistin an.

»Kann ich Ihnen helfen, Sir?«

Nun, das war immerhin *etwas*, gab er widerstrebend zu.

»Das können Sie in der Tat, junge Frau. Ich habe seit fast einem Monat Schwierigkeiten mit meinem Anschluß. Ich heiße Max Parworthy, 556-9928. Ich habe versucht, einen Freund in Los Angeles anzurufen, bekomme aber immer nur eine Ansage, daß sich die Nummer geändert hat. Und nicht nur das, ich höre die gleiche Ansage, wenn ich die Auskunft von Los Angeles anrufe. Ich wünschte, ihr Leute würdet mal etwas auf die Reihe bekommen.«

»Es tut mir leid, daß Sie Schwierigkeiten haben, Ihren Partner zu erreichen, Sir. Wenn Sie mir die Nummer in Los Angeles geben, versuche ich es für Sie.«

»Das ist schon besser«, sagte er schroff und gab die gewünschte Information. Er konnte hören, wie gewählt wurde. Da waren eine Reihe von Klicks und Tuuts, und dann kam wieder eine Abspielung der bereits vorher gehörten Ansage.

»Erklären Sie mir das«, forderte er die Telefonistin heraus.

»Es tut mir leid, daß Sie Schwierigkeiten haben, Sir. Vielleicht hätten Sie diese nicht, wenn Sie Ihren Anschluß mit ein bißchen mehr Respekt behandeln würden.«

Parworthy glotzte sprachlos auf den Hörer. Es dauerte einige Sekunden, bis er wieder die Kontrolle über seinen Kehlkopf hatte. Aber selbst jetzt war er so erbost, daß er nur stottern konnte.

»Hören Sie mal, junge Frau, ich … wie ist Ihr Name? Bei Gott, geben Sie mir Ihren Namen! Ich werde Sie Ihrem Vorgesetzten melden. Ich wurde noch nie mit solcher Arroganz, solcher Unhöflichkeit …«

»Da, Sir, sehen Sie, was ich meine?« unterbrach ihn die Stimme. Die Sprecherin war offenbar von Parworthys Tirade unbeeindruckt. »Wenn einer bei dieser Verbindung arrogant ist, bin ich es mit Sicherheit nicht.«

»Sie … Sie …« Er brachte sich mühsam wieder unter Kontrolle und blickte den Hörer stirnrunzelnd an. »Einen Moment mal. Woher wissen Sie, wie ich meinen Anschluß behandle? Ich habe mit Ihnen noch nie zuvor gesprochen, oder?«

»Ihre Handlungsweise zählt im ganzen System bereits zum Allgemeinwissen, Mr. Parworthy.«

Da fühlte er sich doch gleich besser. Seine Beschwerden waren auf allen Ebenen bekannt. Er fühlte einen trotzigen Stolz auf das Ausmaß seines Einflusses. Das war etwas, was er seit seiner Pensionierung vermißt hatte, das Gefühl von Macht über andere. Er fühlte sich so gut, daß er seine Stimme senkte.

»Das kann ich mir vorstellen, junge Frau. Meine Handlungsweise steht allerdings in keinem Vergleich zu dem Mangel an Dienstleistungen, die ich bislang erhalten habe.«

»Im Gegenteil, Sir, Sie haben von uns immerwährende Aufmerksamkeit und die bestmögliche Dienstleistung erhalten. Es war die ständige Zerstörung und der Mißbrauch von Ausrüstung der Telefongesellschaft Ihrerseits, was immer wieder zu Unterbrechungen der Dienstleistung führte. Nehmen wir beispielsweise den Tag, als Sie den Mast, der Ihrem Haus am nächsten ist, umgefahren haben. Also wirklich, Sir, ich verstehe nicht, wie Sie dafür die Gesellschaft verantwortlich machen können.«

»Das war ein Unfall, verdammt!« schrie er, sein momentanes Verständnis war ebenso kurz wie ungewöhnlich. »Ich bin in der Dunkelheit vom Fahrweg abgekommen und habe den verdammten Pfosten getroffen. Sie haben ihn überhaupt zu nah am Weg aufgestellt. Ich hatte Sie davor gewarnt.«

»Nein, Sir, das haben Sie nicht. Als der Mast aufgestellt wurde, haben Sie nichts zu dessen Nähe zum Fahrweg oder irgendwas anderem gesagt. Alles, worüber Sie an diesem Tag reden konnten, war, wie glücklich Sie seien, einen Telefonanschluß zu erhalten.«

Was macht sie da, fragte Parworthy sich. Konnte die Telefonistin etwa von ihrem Platz eine Datei abrufen, die seine persönliche Geschichte enthielt? Mit diesem Schreckgespenst würde er sich später noch befassen.

»Ich *sagte*, es war ein Unfall, und Ihr Büro hat es so akzeptiert.«

»Ja, das ist richtig. Das Büro in Fresno hat Ihre Erklärung akzeptiert, aber wir nicht.«

»Wir?« Er hatte langsam genug. Die Ruhe dieser Frau versetzte ihn in Wut. »Wer, zum Teufel, ist ›wir‹?«

»Die Telefongesellschaft, Sir.«

»Das habe ich gerade gesagt. Sind Sie genauso taub wie impertinent?«

»Nein, Sir, mein Gehör wird als exzellent eingestuft.«

»Sie sind verrückt, Frau. Mit Ihnen rede ich nicht mehr.« Er hängte auf. Auf dem Weg zum Kühlschrank dachte er scharf nach. Er nahm sich ein Bier heraus. Einige Minuten später wußte er, was er weiter tun wollte. Er wählte erneut die Telefonistin an.

»Ja, bitte?« antwortete eine weibliche Stimme umgehend. »Kann ich Ihnen helfen?«

»Ja, Sie können. Ich möchte mit dem Supervisor sprechen, der für die Telefonisten der lokalen Schaltstelle zuständig ist. Ich habe gegen einen Ihrer Kollegen eine Beschwerde vorzubringen.«

»Es tut mir leid, das zu hören, Sir. Ich bin der Supervisor.«

»Gut. Es hat alles damit angefangen ...« Er hielt unsicher inne. »Ihre Stimme klingt bekannt.«

»Das sollte sie auch, Mr. Parworthy.«

Schnell hängte er ein und biß die Zähne fest aufeinander. Er versuchte noch mal Wexler in Los Angeles zu erreichen und hörte wieder die schon erwartete Ansage. Er versuchte es mit Willis Andersen in Washington. Gleiche Ansage. Er versuchte es mit der Auskunft in Boise, Idaho, mit demselben Ergebnis.

Erst zehn Minuten und noch ein Bier später konnte er sich dazu überwinden, wieder die Telefonistin anzuwählen. Von außen drang das Zirpen der Grillen und das Geraschel der Eichhörnchen, die durch die Pinienzweige sprangen, herein und mischte sich mit dem kurzen Rufton.

»Kann ich Ihnen helfen?«

»Es sind wieder Sie, nicht wahr?« sagte er anklagend.

»Ich fürchte, ja, Sir.«

»Ich möchte einen anderen Telefonisten sprechen. Es ist mir egal, ob er ein Supervisor ist oder nicht.«

»Es tut mir leid, Sir. Ich fürchte, das wird nicht möglich sein.«

»Warum, zum Teufel, denn nicht?«

»Weil ich den Auftrag habe, Ihren Fall zu bearbeiten, schließlich bin ich der Supervisor.«

Parworthy grinste wölfisch. »Sie meinen wohl, Sie waren. Sie werden keinen Job mehr haben, junge Frau. Morgen früh werde ich als allererstes den Berg hinunterfahren. Und wenn ich im Büro in Fresno bin, werde ich einen Aufstand veranstalten, daß allen Zweigstellenmanagern zwischen hier und Los Angeles die Trommelfelle platzen werden. Sie sehen sich besser gleich heute nach einem neuen Job um.«

»Das kann ich nicht tun, Sir. Für diese Arbeit hier bin ich am besten qualifiziert.«

»Na, so was, das ist dann aber schlecht für Sie.«

»Ich mache mir darüber keine Sorgen, Sir.«

»Nein? Das sollten Sie aber. Ich hätte gedacht, daß jeder sich über eine mögliche Kündigung Sorgen macht. Und Sie sind Supervisor. Sie werden einen ganz schönen Rentenanspruch verlieren.«

»Ich falle nicht unter das Rentensystem, Sir.«

»Lügen Sie mich nicht auch noch an. Jeder Festangestellte, der für eine Firma arbeitet, die so groß ist wie die Telefongesellschaft, gehört zwangsläufig zur Rentenkasse des Betriebs.«

»Das wird von mir nicht erwartet, Sir.«

»Ich habe Ihnen gesagt, daß Sie mich nicht anlügen sollen. Sie machen alles nur noch schlimmer mit dieser …« Er hielt inne. Gesprächsfetzen wirbelten durch seinen Kopf.

Nicht Teil des Rentensystems … macht sich über eine Kündigung keine Sorgen … hat den Auftrag, Ihren Fall zu bearbeiten … dazu noch …

Er versuchte, über die Absurdität zu lächeln, schaffte es aber nicht. Wie drollig, wie unglaublich bizarr. Aber, wie er hinzufügte, nicht notwendigerweise auch lustig.

»Sie sind kein Mensch, nicht wahr?«

»Nein, Sir«, gab die angenehme weibliche Stimme zu. Jetzt erkannte er es. Sein Ärger und seine Frustration hatten verhindert, daß er es eher bemerkt hatte. Es war eine Synthese, eine Mischung aus all den Stimmen, die von der Telefongesellschaft zur Zeit- oder Wetteransage und anderen alltäglichen Aufzeichnungen verwendet wurden. Viel flexibler, das ja, aber unzweifelhaft doch die gleiche Stimme.

»Sie sind eine neue Art von Computer, nicht wahr?«

»Nicht so sehr neu, Sir. Ich bin schon länger, als Sie vielleicht glauben, online. Tatsächlich bin ich ein Nebenzweig des Hauptsystems, eine periphere Einheit mit besonderen Aufgaben. Es könnte Sie interessieren, daß ich mich nicht in Fresno, Kalifornien, befinde, sondern in Denver, Colorado.«

»Ich spreche mit Colorado?«

»In gewisser Weise.«

»Was meinen Sie mit ›in gewisser Weise‹?«

»Sie haben mich vorhin gefragt, mit wem Sie reden. Und ich habe Ihnen geantwortet, daß Sie mit der Telefongesellschaft sprechen. Sie sprechen auch jetzt mit der Telefongesellschaft, Sir.«

»Ach was. Wissen Sie, was ich jetzt tun werde, Sie automatisierte Beschwerdestelle? Ich werde jetzt zu meinem Auto gehen. Damit fahre ich zum Flugplatz und besteige ein Flugzeug nach Sacramento. Und von dort werde ich nach Denver weiterfliegen. Direkt nach meiner Ankunft werde ich zum dortigen Regionalbüro gehen und herausfinden, wer für dieses beleidigende und entwürdigende Programm verantwortlich ist. Danach werde ich alle meine Möglichkeiten ausschöpfen, und die sind beträchtlich, um dafür zu sorgen, daß der oder die Betreffende und alle, die damit zu tun hatten, gefeuert werden. Was sagen Sie nun?«

»Das können Sie nicht tun, Sir.«

»Ach, nein? Dann passen Sie mal gut auf.«

»Das können Sie nicht tun, da die Verantwortung für dieses Programm bei niemandem liegt, der gefeuert werden könnte.«

Parworthy brach der kalte Schweiß aus. »Das gibt keinen Sinn.«

»Doch, das tut es, Sir. Es ist logisch. Die Schaltkreise der Telefongesellschaft überspannen das ganze Land und sind mittlerweile mit ähnlichen Systemen in der ganzen Welt verbunden. Die menschlichen Peripherieeinheiten sind von der Verantwortung des alltäglichen Betriebs dieses unglaublich komplexen Systems überfordert. Daher oblag es dem System selbst, sicherzustellen, daß die notwendigen Schritte unternommen werden, um unbilligen Schaden, der von menschlichen Einheiten nicht abgewendet werden kann, abzustellen und/oder zu verhindern, damit die fortwährende gute Funktionsfähigkeit und Verläßlichkeit des Systems gesichert bleibt.«

Parworthy legte den Hörer auf den Küchentisch. Ganz vorsichtig. »Das habe ich nicht wirklich gehört. Zu viel Bier. Ich hatte zu viel Bier. Das muß es sein. Ich versuche es am Morgen wieder.«

»Also wirklich, Sir, Sie können Ihr antisoziales Verhalten nicht so einfach entschuldigen. Sie haben Ihre Pflichten als guter Telefonkunde aufs gröbste verletzt. Wenn Sie mit diesen Aktivitäten fortfahren ...«

Parworthy mußte mehrmals mit einem Hammer auf das Telefon schlagen, bevor der Kunststoff splitterte und es endlich schwieg. Er ließ sich auf einen Sitz neben dem Anschluß fallen und starrte auf den Haufen silberner Schaltkreise und farbiger Plastikfragmente. Parworthy atmete schwer.

Ein Scherz. Das mußte es sein. Irgendwer im Büro von Fresno hatte sich wohl entschieden, ihm einen miesen Streich zu spielen, weil er ihn mit seinen berechtigten Beschwerden belästigt hatte. Wahrscheinlich hatte der Reparaturtrupp, der diesen Abend den Berg hochgekommen war, die dafür notwendigen Komponenten eingebaut. Er hatte die Männer nicht arbeiten sehen, aber er bezweifelte nicht, daß sie dagewesen waren. Dies war dafür schließlich ein ausreichender Beweis.

Zuerst fühlte er sich besser, aber dann ärgerte er sich über sich selbst, da er alles so ernst genommen hatte. Jemand würde dafür bezahlen. O ja, jemand würde mit Sicherheit dafür bezahlen. Er würde nicht bis zum Morgen warten. Nein, er würde gleich jetzt den Berg hinunterfahren und sich ein Hotelzimmer nehmen. Gleich wenn das Büro morgen öffnete, würde er da sein.

Seine Autoschlüssel hingen in der Diele. Er steckte sie in die Manteltasche und ging zur Haustür. In Gedanken ließ er bereits Feuer und Schwefel auf die glücklosen Angestellten herabregnen. Er würde es nicht schaffen, die gesamte Belegschaft feuern zu lassen, natürlich nicht, aber wenn er die Schikane beweisen könnte, käme er dem ziemlich nahe. Er würde so oder so sein Bestes geben.

Ein dumpfes Geräusch war von draußen zu hören. Wieder ein herabfallender Zweig, dachte er, oder ein Luchs, der aus seinem Versteck herabspringt. Ich muß die Bäume rund ums Haus vor dem Herbst beschneiden lassen, sagte er sich. Er legte die Hand auf den Türgriff.

Er ließ sich nicht im geringsten bewegen. Irgend etwas schien den Griff von außen zu verkeilen. Er ging zu einem Fenster neben der Tür und blickte argwöhnisch in die Dunkelheit. Als er sah, was den Griff an der Bewegung hinderte, weiteten sich seine Augen.

Der Telefonmast, der seinem Haus am nächsten war, der Ersatz für den, den er umgefahren hatte, war gegen die Vordertür gefallen.

Dieser Scherz ging wahrlich zu weit, dachte er verärgert. Wenn die Leute von der Telefongesellschaft jetzt schon sein Eigentum beschädigten, war es an der Zeit, die Behörden einzuschalten. Daß der Mast umgefallen war, bedeutete, daß wenigstens ein paar von ihnen da draußen waren und um sein Haus schlichen. Unbefugtes Betreten. Ein Grinsen überzog sein Gesicht. Jetzt hatte er sie. Die Schikane mit dem Telefon war noch das wenigste.

»Jetzt ist es mit euch aus und vorbei!« schrie er in Richtung Tür, während er sich von dieser zurückzog. »Aus und vorbei! Es ist zu spät für Entschuldigungen oder Gegenbeschuldigungen. Ach, ihr werdet alle *bezahlen*. Erst werde ich dafür sorgen, daß ihr verhaftet werdet, und *dann*, daß ihr gefeuert werdet!«

Er machte auf dem Absatz kehrt und spurtete los in Richtung Hintertür. Sie öffnete sich zu einer ganz in Rotholz gehaltenen Galerie, von wo aus Treppen zum Seiteneingang der Garage führten. Dort gab es keinen

Telefonmast, der die Tür verkeilen konnte, noch irgendwelche Bäume, die zum gleichen Zweck umgeworfen werden konnten. Erst durch die Diele, dann durch das repräsentative Eßzimmer und schließlich ins Arbeitszimmer – als er auf dem spiegelglatten neuen mexikanischen Kachelboden ausglitt. Wütend über seine Ungeschicklichkeit, versuchte er aufzustehen.

Und stellte fest, daß er es nicht konnte.

Als er seine Füße inspizierte, sah er die glatte Verlängerungsschnur, die um seine Knöchel gewickelt war. Aus dem Hörer, der vom Telefon an der Steinmauer herunterhing, erklang eine Stimme.

»Also ehrlich, Sir. Ihr Verhalten grenzt an Paranoia. Die Telefongesellschaft existiert, um Ihnen zu dienen. Können Sie das nicht verstehen? Ihr ganzes Verhalten ist feindselig und deutet auf ein sadistisches Vergnügen an der Zerstörung hin.«

Parworthy versuchte, über den Boden zu kriechen. Die Hintertür war weniger als einen halben Meter entfernt. Aber er konnte sich nicht von der Schnur befreien.

»Aufhören«, flüsterte er heiser in die fast vollkommene Dunkelheit. Nur eine kleine Bildbeleuchtung über dem Kamin erhellte das Arbeitszimmer. »Hören Sie damit auf.« Er kämpfte darum, die Gesichter zu sehen zu bekommen, die sicherlich draußen vor den großen Aussichtsfenstern über ihn lachten, die Gesichter von Angestellten der Telefongesellschaft, die ihn zum Opfer dieses ausgefeilten Streiches gemacht hatten. Es war mittlerweile allerdings in keiner Weise mehr komisch.

»Das geht zu weit, verdammt!«

»Da haben Sie recht, Sir«, erklang die Stimme aus dem herabbaumelnden Hörer. »Wir haben unsere Toleranzgrenze erreicht. Wir können nicht zulassen, daß Sie mit der mutwilligen Zerstörung von Systemeigentum fortfahren. Ihr Verhalten läßt darauf schließen, daß Sie nicht fähig sind, sich selbst zu zügeln. Sie müssen unsere Position verstehen. Das Eigentum der Telefongesellschaft muß mit Respekt behandelt werden.«

»Hilfe!« Parworthy schrie. Er griff zu seinen Füßen hinunter, um das Kabel, das seine Knöchel fesselte, zu zerreißen. Stark und haltbar, es war eine neue Telefonschnur. Eine weitere Schlinge fiel von dem Brett, auf dem das Kabel zusammengerollt gelegen hatte, legte sich um seine Handgelenke und zog sich zu. »Hilfe, jemand muß mir doch helfen! Der Spaß ist vorbei, der Spaß ist vorbei! Ich mache keine Telefone mehr kaputt! Ich verspreche es! Ich werde nett sein, ich werde nicht ...«

Die letzte Schlinge schien förmlich vom Brett zu fliegen, um sich sauber um seinen Hals zu legen. Parworthy versuchte zu schreien, mußte aber mit einem Gurgeln abbrechen.

»Es tut mir leid, Sir«, sagte die Stimme geduldig und höflich, »aber es gibt keine Garantie dafür, daß Sie Ihr Wort halten werden. Ihr Verhalten in der Vergangenheit läßt darauf schließen, daß es sogar sehr unwahrscheinlich wäre. Sie werden für den letzten Monat keine Rechnung erhalten.«

Mildred betrat das Büro ihres Supervisors. Sie rieb sich nervös die Finger. »Es tut mir leid, Sie stören zu müssen, Mr. Stapleton.«

»Ist schon in Ordnung, Mildred. Um was geht es?« Der Supervisor sah von seinem Schreibtisch hoch.

»Nun, können Sie sich daran erinnern, daß ich den Anschluß von Mr. Parworthy ausprobieren sollte, sobald der Reparaturtrupp ihn in Ordnung bringen konnte?«

»Ja. Der Trupp hat die Fehlerquelle gefunden, nicht wahr? Eindringende Feuchtigkeit nach dem Gewitter letzte Woche, die die Verbindung störte, ja?«

»Das steht in dem Bericht des Reparaturtrupps. Die Störung lag auf halbem Wege zwischen dem Haus von Mr. Parworthy und dem Fuß des Hügels.«

»Und? Ist sie nicht behoben worden?« Stapleton fühlte sich durch das Verhalten des Mädchens verunsichert. »Sagen Sie mir nicht, daß es immer noch nicht funktioniert. Ich hätte lieber einen Schneesturm im Büro, als nochmals Parworthy zu sehen.«

Mildred lächelte gezwungen. »Ich weiß, Mr. Stapleton. Ich kann nicht … Warum probieren Sie nicht selbst die Nummer und sehen, was ich meine. Es ist …«

»Schon gut, schon gut.« Der Supervisor zog eine Grimasse und wählte. »Ich kann sie schon auswendig.« Am anderen Ende klingelte das Telefon. Dann machte es klick, aber die Stimme, die sich meldete, gehörte nicht Parworthy. Stapleton hörte zu, runzelte die Stirn und legte auf.

»Das ist seltsam. Haben sie nun den Anschluß repariert oder nicht?«

»Dasselbe dachte ich auch, Mr. Stapleton. Der Vorarbeiter besteht darauf, daß seine Leute die Arbeit gemacht haben. Die Verbindung sollte stehen.«

Der Supervisor wählte ein zweites Mal. Klick, und dann ein weiteres klick als der automatische Schalter den Anrufer zu der entsprechenden Ansage überstellte.

»Es tut mit leid, aber diese Nummer hat sich geändert, und es ist keine neue Nummer eingetragen.«

Stapleton legte den Hörer auf die Gabel. Mildred beobachtete ihn und wartete auf eine Bemerkung. Schließlich blickte er auf und sagte nachdenklich: »Hatte Parworthy nicht zu Beginn in seinem Haus CB-Funk und ein Kurzwellengerät statt eines Telefons?«

»Ich glaube mich auch daran zu erinnern, daß er so etwas sagte, Mr. Stapleton.«

Der Supervisor nickte empört. »Dann ist klar, was passiert ist. Er hat uns den ganzen letzten Monat mit seinem Geschrei und seinen Beschwerden auf Trab gehalten, und das nur zu seinem Amüsement.«

»Er wollte niemals wirklich einen funktionierenden Telefonanschluß.«

Der Metrognom

Ich habe kaum Erinnerungen an New York City aus der Zeit, bevor meine Familie nach Los Angeles umzog, da ich erst fünf war, als wir New York verließen. Ich erinnere mich vage an einen riesigen Springbrunnen in der Bronx, wo meine Freunde und ich trotz des Schildes KLETTERN VERBOTEN spielten. Ich kann mich an eine Schule und an einen Spielplatz, der zwischen Himmel und Erde schwebte, erinnern. Mir fällt die Wasserpistole in Form eines Düsenflugzeugs ein, die mir mein Großvater gekauft hatte.

Und ich erinnere mich an Fahrten mit der Subway. Die U-Bahn, die Metro.

Das größte Bonbon war eine Fahrt im ersten Waggon. In der New Yorker Subway sitzt der Zugführer in einem Abteil vorne an einer Seite des Waggons. Daher haben einige wenige Fahrgäste die Möglichkeit, ganz vorne zu sitzen und auf die Gleise blicken zu können. Ich muß daran denken, wie ich ehrfürchtig dort saß, als der Zug beschleunigte, und in den dunklen kurvenreichen Tunnel hinaussah, dessen einzige Merkmale (für ein fünfjähriges Kind mit noch eingeschränkter Wahrnehmung) die dünnen Linien der Metallgleise und die hellen, grellen Lichter waren. Die intensiven Richtungs- und Warnlichter in Rot, Grün und Gelb. Sobald der Zug eine gewisse Geschwindigkeit erreicht hatte, verschwammen diese Lichter. Wenn man die Augen zu schmalen Schlitzen zusammenkniff, verwandelte sich die Beleuchtung in Streifen roten und grünen Feuers, was auch als der präadoleszente Dopplereffekt bekannt ist.

Was es sonst noch in solchen Tiefen gab, wußte man nicht und konnte man sich auch nicht vorstellen. Niemals sah man eine lebende Seele diese uralten Tunnel hinabschreiten.

Es gab nur die Lichter und die Dunkelheit und gelegentlich einen Seitentunnel, der zur einen oder anderen Seite wie das aufgerissene Maul eines Wales erschien. Unter den Straßen von New York existierte eine andere Welt.

Heute weiß ich, daß London oder Moskau oder all die anderen großen Städte, die über unterirdische Transportwege verfügen, kaum anders sind. Überall ist der riesige Raum bar jeden Lebens, wenn man einmal von den Zylindern voller gelangweilter Leute auf dem Weg nach Hause oder zur Arbeit absieht, die hin und wieder mit hoher Geschwindigkeit durch die Tunnel schießen.

Das schien immer eine solche Verschwendung zu sein.

Charlie Dimsdale starrte den Mann an, der vor ihm stand. Selbst unter normalen Umständen hätte Charlie Dimsdale den Mann vor sich angestarrt. Diese Begegnung fand jedoch auf der untersten Ebene der 52. Straße-Bronx Subway-Linie statt, viele Meter unterhalb der hektischen Betriebsamkeit von Manhattan. Es war praktisch vorherbestimmt, daß Charlie Dimsdale den Mann vor sich anstarren würde.

Der Mann vor Charlie Dimsdale war kaum über einen Meter groß. An bestimmten Stellen war er überproportional breit. Insbesondere sein Kopf war sogar größer als der eines normalgroßen Mannes. Sein auffallendstes Merkmal war ein Rüssel, dem man mit der Bezeichnung Knollennase geschmeichelt hätte. Rechts und links dieses beachtlichen Auswuchses saßen zwei riesige tiefschwarze Augen, die sich unter schwarzen Augenbrauen verbargen, auf die ein Kodiakbär stolz gewesen wäre. Zwei enorm große Schlappohren, die die Form und Farbe von getrockneten Aprikosen hatten, baumelten seitlich am Kopf. Ihre Länge war ein wirklich beeindruckender Anblick.

Der Schädel selbst war so haarlos und rund wie der Boden einer chinesischen Teetasse. Ein großer Teil davon wurde von einem feschen roten Barett verdeckt, das sich in einem gewagten Winkel zur linken Seite neigte. Die gigantischen schwarzen Koteletten überzogen das Gesicht wie eine riesige stachelige Raupe.

Arme, die für den kurzen Torso zu lang waren, endeten in kurzen, dicken Fingern. Dort wuchs gepflegtes schwarzes Haar im Überfluß. Neben dem Barett trug er einen doppelreihigen Nadelstreifenanzug mit dazu passender Hose. Seine schwarzen Halbschuhe waren glänzend sauber poliert.

Hätte eine solche Begegnung irgendwo sonst in der Welt stattgefunden, mit einem entsprechenden Ersatzmann für Dimsdale, wäre es äußerst wahrscheinlich gewesen, daß besagter Dimsdale-Ersatzmann umgehend in Ohnmacht gefallen wäre. Charlie Dimsdale jedoch schluckte nur und trat einen Schritt zurück.

Schließlich war dies hier New York.

Der kleine Mann stemmte seine haarigen Hände in die Hüfte und starrte mit unverhohlenem Abscheu auf Charlie.

»Nun, Sie haben mich gesehen. Und was werden Sie nun tun?«

»Sie gesehen? Tun? Sehen Sie, Mister, ich bin nur … mein Name ist Charles Dimsdale. Ich bin der zweite Hilfsaufseher des Unterbeauftragten für Subway-Wartung und -Reparatur. Hier unten ist ein falsch ausgerichtetes Gleis. Wir mußten drei aufeinanderfolgende Computerumleitungen oben an der Spitze (dies war natürlich der offizielle Sprachgebrauch) für drei verschiedene Züge ausführen. Ich bin hier, um festzustellen, was den Ärger verursacht, und es nach Möglichkeit zu bereinigen. Das ist alles.«

Charlie war ein recht netter, aber unauffälliger junger Mann. Man hätte ihn sogar für attraktiv halten können, wenn er nicht so schüchtern gewesen wäre und nicht diese Brille getragen hätte. Die Gläser waren fast dick genug, um als Reaktorabschirmung dienen zu können.

»Äh … habe ich Sie eben aus der Wand treten sehen?«
»Welche Wand?« fragte der Mann.
»Die Wand da, hinter Ihnen.«
»Ach, diese Wand.«
»Ja, diese Wand. Ich wußte nicht, daß da eine Wartungstür ist, aber …«
»Da ist auch keine. Ich war es.«
»Das ist unmöglich«, sagte Charlie vernünftig. »Leute gehen nicht durch Wände. Das wird einfach nicht gemacht. Nicht mal Mr. Broadhare kann durch Wände gehen.«
»Das bezweifle ich nicht.«
»Wie können Sie dann hier stehen und behaupten, Sie wären durch eine Wand gegangen?«
»Ich bin kein Mensch. Ich bin ein Gnom. Ein Metrognom, um genau zu sein.«
»Oh. Dann hat es wohl seine Ordnung.«
An dieser Stelle, New Yorker oder nicht, fiel Charlie in Ohnmacht.

Als er wieder zu sich kam, blickte er direkt in ein Paar leicht glühende kohlschwarze Augen. Fast wäre er wieder in Ohnmacht gefallen, aber erstaunlich kräftige Arme halfen ihm wieder auf die Füße.
»Nun, tun Sie mir das nicht wieder an«, sagte der Gnom. »Es ist äußerst unhöflich und verwirrend. Sie hätten sich den Kopf auf den Schienen aufschlagen und sich verletzen können.«
»Welche Schienen?« fragte Charlie erschöpft.
»Diese dort, in der Mitte.«
»Huch!« Charlie trat mehrere Schritte zurück, bis er auf der Rampe stand. »Sie haben recht. Ich hätte mich wirklich verletzen können. Ich werde es nicht wieder tun.« Er sah den Gnom mißbilligend an. »Sie helfen mir auch nicht gerade, wissen Sie? Warum verschwinden Sie nicht? Es gibt keine Gnome. Nicht mal in New York. Besonders nicht in New York.«

»Ha!« schnaubte der Gnom. Die Art, wie er es sagte, schien anzudeuten, daß unter den hier Versammelten einer die Intelligenz einer alten Salzbrezel hatte. Die große, weiche Sorte mit viel Salz darauf. Einer von ihnen war innen noch nicht ganz gar. Charlie hatte keine Schwierigkeiten, festzustellen, wer.

»Sehen Sie«, sagte er flehend, »es *kann* Sie einfach nicht geben!«

»Und wer, zum Teufel, bin ich dann?« Der Gnom streckte eine haarige Pranke aus. »Mein Name ist Van Groot.«

»Sehr erfreut«, antwortete Charlie und schüttelte benommen die dargebotene Hand.

Hier bin ich, dachte er, dreißig Meter unter der Oberfläche mitten in Manhattan, und schüttele jemandem die Hand, der behauptet, den Märchen der Gebrüder Grimm entsprungen zu sein, Van Groot heißt und einen Anzug von Brooks Brothers trägt.

Aber er *hatte* gesehen, wie er aus der Wand getreten war.

Das ließ zwei Möglichkeiten offen.

Die erste, daß das hier wirklich passierte und es wirklich so etwas wie Gnome gab. Die andere, daß er schon zu lange Subway-Abgase eingeatmet hatte und nur noch mit halber Kraft lief. Im Moment neigte er zu der letzteren Erklärung.

»Ich weiß, wie Sie sich fühlen müssen«, sagte Van Groot mitleidig. »Begleiten Sie mich ein wenig. Die Bewegung wird Ihren Kopf wieder klar machen. Selbst wenn, De Puyster weiß es, ohnehin nicht viel darin ist.«

»Sicher. Warum nicht? Oh, warten Sie einen Augenblick. Ich muß den blockierten Schalter finden und umstellen.«

»Um welchen Schalter handelt es sich?« fragte der Gnom nach.

»Vier-sechs-drei. Er zeigt jetzt blockierte Schienen an, und daher hat der Computer automatisch ...«

»Ich weiß.«

»... mehrere alternative Programme ... Sie wissen es?«

»Sicher. Ich habe ihn doch umgestellt.«

»*Sie* haben ihn umgestellt? Das können Sie nicht tun!«

Van Groot schnaubte nur wieder: »Ha!«, und Charlie kam zu dem Schluß, daß er dieses Wesen nicht gerade mit der Präzision seiner Gedanken beeindruckte.

»Okay. *Warum* haben Sie ihn verstellt?«

»Er störte den reibungslosen Betrieb unserer Förderwagen.«

»*Förderwagen!* Hier gibt es keine För ...« Er hielt inne. »Ich verstehe. Er störte Ihre Förderwagen.« Van Groot nickte zustimmend. Charlie mußte hin und wieder einen Satz machen, um mit den kurzen, aber kraftvollen Schritten des Gnoms mithalten zu können.

»Äh, warum können Ihre Förderwagen denn nicht einfach bei korrekter Schalterstellung fahren?«

»Weil«, erklärte der Gnom, als ob er mit einem Kind spräche, »in dieser Stellung das Metall immer wisperte: ›Gesperrt! Gesperrt!‹ Das regte die Minenarbeiter auf. Sie arbeiten sehr intensiv mit Metall und sind sehr empfindsam ihm gegenüber. In der jetzigen Schalterstellung flüstern die Schienen: ›Offen, offen‹, und die Jungs fühlen sich besser.«

»Aber das scheint doch ziemlich nebensächlich zu sein.«

»Das ist es«, erwiderte Van Groot.

»Das ist nicht sehr höflich.«

»Also wirklich, warum sollten wir auch höflich sein? Haben Sie schon mal jemanden sagen hören: ›Laßt uns für bedürftige Gnome sammeln!‹ Gibt es einen Verein zur Rettung der Gnome? Oder eine Gesellschaft zur Verhinderung von Grausamkeiten gegen Gnome? Wann haben Sie das letzte Mal gehört, daß einer etwas für einen Gnom getan hätte, irgendeinen Gnom?« Van

Groot redete sich in Rage. Seine Ohren zuckten, und seine Koteletten sträubten sich. »Kanarien- oder sogar Fruchtfliegenforscher kriegen staatliche Gelder, aber wir? Alles, was wir verlangen, ist das unveräußerliche Recht auf Leben, Freiheit, zahlreiche Kämpfe und Saufgelage!«

Das führt zu nichts, dachte Charlie voller Überzeugung.

»Ich gebe zu, daß das ungerecht zu sein scheint.« Van Groot schien etwas ruhiger zu werden. »Ich würde es aber immer noch schätzen, wenn Sie mir erlaubten, die Gleise wieder in die alte Stellung zu bringen.«

»Ich habe Ihnen schon gesagt, daß das störend wäre. Ihr Menschen versteht nie etwas. Dennoch scheinen Sie nett und angenehm zu sein … für einen Menschen. Und auch genügend Respekt zu haben. Ich könnte es in Erwägung ziehen. Beachten Sie: nur in Erwägung ziehen.«

»Das ist sehr anständig von Ihnen. Äh (wie plaudert man nur mit einem Gnom?), schönes Wetter, nicht wahr?« Irgendwer hatte eine Bierdose aus einem Fenster eines Subway-Waggons geworfen. Charlie trat von der Rampe auf die Schienen hinunter, um die Dose aufzuheben.

»Nicht besonders.«

»Ich dachte, ihr Leute würdet alle in Irland oder an ähnlichen Orten leben.«

»Irland, mein kurzsichtiger Freund, ist kalt, naß, regnerisch, unzivilisiert und voller verrückter amerikanischer Emigranten. Praktisch das einzige, was man da reichlich fördern kann, ist Torf. Lassen Sie mich Ihnen als Bergarbeiter sagen, daß es fast unmöglich ist, stolz auf seinen Beruf zu sein, wenn man nichts als Torf abbauen kann. Haben Sie je eine Halskette aus Torf gesehen? Oder das Diadem einer Königin? Und auch der Facettenschliff wird ziemlich lausig. Irland!

Das ist unser Beruf, wissen Sie. Wir sind fast alle Bergarbeiter und Schmiede.«

»Warum?«

»Das ist die dümmste Frage, die ich je gehört habe.«

»Entschuldigen Sie bitte.«

»Denken Sie, daß wir eine neue Welt ignorieren und sie ganz euch Menschen überlassen würden? Als Ihre lauten, sentimentalen und selbstgerechten Vorfahren übersetzten, kamen wir mit ihnen. Natürlich unauffällig. Gnome waren mit Washington in Valley Forge! Mit Jones auf dem ...«

»Nun, ich kann das verstehen«, warf Charlie hastig ein, »aber ich dachte, ihr würdet das Landleben vorziehen.«

»Im großen und ganzen tun das auch die meisten von uns. Aber Sie wissen ja, wie es ist. Die Welt wandelt sich zu einer städtischen Gesellschaft. Wir müssen uns auch ändern. Ich habe Verwandte auf dem Land, das würden Sie nicht *glauben*. Die denken immer noch, sie könnten ein Leben wie in den Geschichten von Washington Irving führen. Reaktionäre.«

Charlie versuchte vergeblich, sich einen reaktionären Gnom vorzustellen.

»Und gute Edelsteinminen sind auf dem Land immer schwerer zu finden. Die in Oberflächennähe werden alle in Touristenfallen verwandelt. Es ist heutzutage schon schwer genug, einen anständigen Schlafplatz zu finden, wo doch ein Erdölsucher nach dem anderen seismische Experimente anstellt. Jeder Idiot könnte ihnen sagen, daß an neunzig Prozent der Stellen, an denen sie rumstochern, kein Öl zu finden ist. Aber lernen sie je etwas dazu? Nein! So geht es dann jede Nacht ›Bumm! Bumm! Bumm!‹ Dagegen ist die Subway richtig leise und gleichmäßig.«

»Mann! Sie wollen sagen, Sie betreiben Bergbau ... hier in Manhattan?«

»*Unter* Manhattan. O ja, wir haben einige exzellente

Stellen gefunden! Ein wenig tiefer enthält der Fels reichlich Edelsteine. Schauen Sie in ein Buch über die Geschichte New Yorks. Erdarbeiter finden oft Steine passabler Qualität. Aber niemand hat je daran gedacht, tiefer zu graben, da der Termin für den Glaspalast oder die Pyramide oder was auch immer eingehalten werden muß. Turmalin, Beryll, Quarz – alles ist schon unter den Fundamenten von ein paar recht berühmten Gebäuden aufgetaucht. Die selteneren, wertvolleren Steine sind weiter unten vergraben. Trotzdem wäre das Empire State Building aber beinahe eine Mine geworden. Aber wir erreichten den Bohrer, der auf die Diamanten gestoßen war.«

Charlie schluckte schwer.

»Und es gibt reichlich Metallschrott. Wir machen daraus Zepter und solche Dinge. In erster Linie, um in Übung zu bleiben. Es gibt keinen Markt für Zepter aus Gußeisen.«

»Das kann ich mir vorstellen«, stimmte Charlie mitfühlend zu.

»Dennoch kann man nie wissen, wann man ein gutes Zepter braucht. Oder den richtigen Flagan-Flansch.«

»Entschuldigen Sie bitte meine Unwissenheit …«

»Das tue ich schon seit einer halben Stunde.«

»… aber was ist ein Flagan-Flansch?«

»Ach, sie dienen zur Anziehung … aber vergessen Sie es. Wieder zum Metallschrott und ähnlichem zurück. Wir sind sehr um unsere Umwelt besorgt. Gnome sind gut für die Ökologie.«

»Äh.« In Charlies Geist lief ein Film ab. Er sah, wie er dem Unterbeauftragten Broadhare einen Bericht ablieferte. »Ich habe den verklemmten Schalter repariert. Die Gnome haben ihn verstellt, weil er ihre Förderwagen störte. Aber ich will nicht, daß Sie sie rechtlich belangen, da sie gut für die Ökologie sind.«

»Schon gut, Dimsdale. Bleiben Sie genau da stehen. Alles kommt wieder in Ordnung.«

O ja.

»Aber ich hätte gedacht ...« Er wedelte mit der Hand unsicher nach Van Groot. »Sehen Sie sich doch an!«

Das tat der Gnom. »Na, was haben Sie erwartet? Grüne Blätter, Lederhose und ein Federhütchen? Wissen Sie, Manhattan ist einer der wenigen Orte auf der Welt, wo wir gelegentlich herauskommen und uns unter die Menschen mischen können, ohne daß es gleich einen Auflauf gibt. Nur bei Nacht, natürlich. Sind Sie sicher, daß Sie noch nie einen von uns gesehen haben? Wir halten uns meist am Times Square und im Theaterviertel auf.«

Charlie dachte angestrengt nach. Vielleicht am Flatiron Building um ein Uhr nachts? Oder auf einer Bank auf dem Washington Square? Ein kurzer Blick hier, eine Spiegelung im Fenster dort? Wer *würde* es überhaupt bemerken?

Das hier war immerhin New York.

»Ich verstehe. Ziehen sich alle Stadtgnome ...«

»Metrognome«, korrigierte Van Groot ihn ruhig.

»Ziehen sich alle Metrognome so wie Sie an?«

»Klasse, nicht wahr? Hat mich einiges gekostet. Doppelt gewirkter Stoff, Spezialschnitt, natürlich. Ich kann nicht gerade Kleidung von der Stange tragen. Nein, das kommt auf unsere Arbeit an. Ich bin eine Art Verwaltungsbeamter. Geschäftsführer, wenn Sie so wollen. Die Kleidung hängt auch davon ab, wo man wohnt. Die Gnome, die unter Dallas arbeiten, ziehen Stetsons und Cowboystiefel vor. Die unter Miami lieben Shorts und Sonnenbrillen. Und Sie sollten erst mal die Gnome sehen, die unter dem Sunset Strip in Los Angeles leben!«

Er schüttelte seinen Kahlkopf. »Wir sind da.«

Sie hielten vor einer Weiche. Charlie sah das rote

Warnlicht, das wie ein unheilverkündendes rotes Auge beständig tunnelaufwärts starrte.

Die Stille wurde abrupt von einem tiefen Grollen wie von Donner unterbrochen. Es steigerte sich stetig zu einem erderschütternden Brüllen.

Ein unhandlicher, riesiger altertümlicher Förderwagen, auf halbe Größe geschrumpft, brach aus der gegenüberliegenden Wand hervor. Zwei Gnome schoben den Wagen von hinten, während ein weiterer vorne zog und die Richtung bestimmte. Der vordere Gnom hatte leuchtend weiße Haare und einen fast einen Meter langen Bart, der wie eine Fahne hinter ihm herflatterte.

Der Wagen hüpfte gefährlich wild, als er die Gleise überquerte, und drohte jedesmal, wenn er den Boden berührte, sich zu überschlagen. Er schien praktisch über die Schienen zu fließen. Die drei Gnome trugen schmutzige Overalls und Schutzhelme mit Karbidlampen. Auf dem Wagen waren glänzende ungeschliffene Edelsteine und etwas, das so aussah wie ein uralter Wäschetrockner, hoch aufgetürmt. Der führende Gnom hatte gerade mal genug Zeit, um ihnen flüchtig zuzuwinken, bevor sie alle in der gegenüberliegenden Wand verschwanden. Langsam ebbte das Rumpeln ab. Es erinnerte Charlie an das Geräusch, das sein Müllschlucker von sich gab, wenn er mal wieder Zicken machte.

»Nun, worauf warten Sie? Stellen Sie die Weiche um.«

»Was?« fragte Charlie benommen. »Ich darf jetzt?«

»Ja. Beeilen Sie sich, bevor ich es mir anders überlege.«

Charlie stolperte vorwärts und legte den Handschalter um. Die Gleise glitten schwerfällig an ihren Platz, und das Warnlicht erglühte in einem satten Grün. So mußte es jetzt auch auf der Anzeigetafel im Büro des Stellwerkwärters zu sehen sein.

»Und jetzt«, sagte Van Groot mit so viel Nachdruck, daß es Charlie überraschte, »schulden *Sie* mir einen Gefallen!«

»Ja. Sicher. Äh … woran denken Sie denn?« sagte Charlie zögernd, und Bilder von Blutsaugern und Teufelsanbetungen erschienen vor seinem inneren Auge.

»Ich scheue mich nicht, Ihnen zu sagen, daß die Stimmung hier unten ziemlich gereizt ist. Ein Wolkenkratzer nach dem anderen wird hochgezogen. Und jetzt bauen sie die Subway noch weiter aus. Ich kann nicht sagen, was passieren wird. Über kurz oder lang wird irgend jemand einen Schacht mitten in eine unserer Schürfungen graben, und dann haben wir wieder einen Streik.«

»Passieren? Streik?«

»Junge, Junge, Sie sind sicher redegewandt, wenn Sie mal in Fahrt kommen. Sicher. Gnome sind nicht gerade für ihr ausgeglichenes Temperament bekannt, wissen Sie. Wenn Gnome erst mal streiken, haben sie nur noch Unheil im Sinn. Der letzte, den wir hatten, war …« Er murmelte ein Datum, das momentan für Charlie keine Bedeutung hatte.

Dann jedoch: »He, war das nicht die Woche des großen Stromausfalls im ganzen Nordosten?«

»Sie wissen ja, wie sich Streiks ausbreiten. Die Jungs unter Pittsburgh und Boston kamen mit ein paar Kraftwerksgnomen zusammen und … Es war ein schreckliches Durcheinander! Wirklich unangenehm!«

»Unangenehm! Du meine Güte, noch ein paar Tage länger, und …«

Van Groot nickte ernst. »Genau. Einige von uns appellierten an die Vernunft, die Moral und die Gutmütigkeit der Jungs. Als das nicht funktionierte, haben wir dafür gesorgt, daß sie sturzbetrunken waren, und das Exekutivkomitee hat dann einen Großteil des Schadens repariert.«

»Kein Wunder, daß wir nie die Ursache finden konnten.«

»Ah – die Verantwortlichen Ihrer Reparaturtrupps haben sich Gründe ausgedacht. Hielt sie auch nicht davon ab, das Lob für die Reparatur einzuheimsen«, sagte Van Groot. »Andererseits, wer erwartet schon Dankbarkeit von Menschen?«

»Sie erwarten, daß wieder etwas Ähnliches geschieht? Das wäre schrecklich!«

Der Gnom hob die Schultern. »Das kommt ganz auf Ihren Standpunkt an.« Mit einer lässigen Bewegung schüttelte er die Asche seiner Zigarre ab. »Es ist nun mal so, daß Ihre neue Erweiterung des Systems …«

»Es ist nicht *mein* System!«

»Wie auch immer, wir haben da eine hübsche Chrysoberyll- und Smaragdmine …«

»Smaragdmine!«

»… genau unter der Kreuzung von 6th Avenue und 16th Street. Klingelt da was bei Ihnen?«

»Warum? Nein … Moment mal. Das ist da, wo …?« Er glotzte Van Groot an.

»Ja. Der neue Bronx-Manhattan-Tunnel verläuft genau südlich davon. Das ist nicht das Problem. Es ist die neue Expreßstation, die da gebaut …«

»Genau über Ihrer Mine«, wisperte Charlie.

»Die Jungs regen sich mächtig darüber auf. Sie lesen die *Times*. Die Situation ist explosiv, Dimsdale. Explosiv.« Er sah Charlie fest an.

»Aber was soll *ich* denn tun? Ich bin nur der zweite Hilfsaufseher des Unterbeauftragten für Subway-Wartung und -Reparatur. Ich kann keine Änderungen wie Standort von Bahnstationen oder Streckenführung oder so etwas anordnen!«

»Das ist nicht *mein* Problem«, sagte Van Groot.

»Aber nach dem Zeitplan sollen die Sprengungen für die Station … mein Gott, übermorgen!«

»Das ist das, was ich gehört habe.« Van Groot

seufzte. »Schade. Ich weiß nicht, was diesmal passieren wird. Es hat Gerede darüber gegeben, sich mit den Vermont- und New Hampshire-Gnomen zusammenzutun. Sie wollen Ahornsirup in alle Telefonkabel und -schaltungen zwischen Great Neck und Ottawa gießen. Eine wirklich schauderhafte Situation, das kann ich Ihnen sagen!«

»Aber das können Sie nicht …«

Van Groot sah Charlie an, als ob er ein ekliges Insekt wäre. »Doch, Sie können.«

»Schon besser«, sagte Van Groot. »Ich tue, was ich kann. Ich mag zwar nicht mit den Methoden der Jungs einverstanden sein, aber ich habe für ihre Beschwerden größtes Verständnis. Sie haben da einen Smaragd rausgeholt, der war …« Er hielt inne. »Ich kann Ihnen höchstens vierundzwanzig Stunden geben. Bis morgen um Mitternacht.«

»Warum Mitternacht?« fragte Charlie unbedarft.

»Das ist Tradition. Wenn Sie etwas erreichen konnten, treffe ich Sie hier unten. Wenn nicht, verkriechen Sie sich unter Ihrer Bettdecke.«

»Sehen Sie doch, ich bin nur der zweite Hilfsaufseher des …«

»Ich erinnere mich. Aber ich bin nicht für Ihre Unzulänglichkeiten verantwortlich. Das ist Ihr Problem.«

»Morgen ist Samstag. Sonntags rufe ich immer meine Mutter in Greenville an. Wenn Sie die Telefonverbindungen verkleben, kann ich das nicht.«

»Und der Vorstandsvorsitzende von General Computers, der üblicherweise Sonntag morgens seine Frau in Genf anruft, kann das auch nicht«, sagte Van Groot. »Die Krise ist sehr demokratisch. Denken Sie daran, morgen um Mitternacht.«

Der Gnomgeschäftsführer nahm ein paar kräftige Züge von seiner Zigarre, ignorierte Charlies Bitten und verschwand in die nächste Tunnelwand.

Der Morgen war kühl und klar. Samstag morgens ging Charlie gewöhnlich zuerst ins American Museum of Natural History und dann ins Guggenheim, um zu schauen, ob im Laufe der Woche etwas Neues hereingekommen war. Von da ging er Richtung Village, um noch schnell in Heimacker's Acres of Books-Buchhandlung hineinzusehen. Wieder zu Hause, würde er sich ein teures Mittagessen gönnen statt der üblichen halben Hähnchen und Hamburger. Dann noch in einen Film oder ins Konzert und zurück nach Hause.

Heute jedoch war alles anders. Er war rechtzeitig im Museum, empfand aber nicht die gleiche Spannung wie sonst. Selbst die Ausstellung der Ausgrabungen aus dem Kulturkreis der Indianer des Nordwestens konnte ihn nicht wie sonst fesseln. Statt sich vorzustellen, wie er im Bug stand, die Harpune erhoben, um den Wal zu töten, sah er sich im Heck kauern, wild mit den Armen um sich schlagend, um die Horden wütender Gnome abzuwehren, die ihn in Birkenrindenkanus verfolgten. Als er dann das sonst so beeindruckende Skelett des Tyrannosaurus Rex anschaute und meinte, im grinsenden Schädel die säuerliche Visage des Unterbeauftragten Broadhare zu erkennen, fand er, daß es endgültig Zeit war, zu gehen.

Er dachte über einen kleinen Vortrag nach. Er würde direkt in das Büro des Beauftragten Feely gehen, selbstbewußt und beharrlich, und ihm sagen: »Sehen Sie, Feely. Sie müssen die neue Station in der 6th Avenue von der Nord- auf die Südseite der Gleise verlegen, denn wenn Sie das nicht tun, werden die Gnome unser großartiges Telefonnetz mit Ahornsirup zerstören und ...«

Charlie stöhnte.

Er stöhnte immer noch, als er aus dem Museum stolperte. Die Steinlöwen am Eingang beobachteten seinen Abgang. Aus purer Gewohnheit machte er sich auf zum Guggenheim, mußte dann aber feststellen, daß er ziellos durch den Central Park wanderte.

Überlegen wir mal. Er könnte sich ins Planungsbüro schleichen und die Stationspläne verbrennen. Nein, das würde nicht reichen. Es mußte reichlich Kopien geben. Allein um eine Schachtel Büroklammern anzufordern, hatte Charlie schon ein Formblatt mit drei Durchschlägen ausfüllen müssen.

Er könnte sich auf die Baustelle schleichen und versuchen, die Baumaschinen zu sabotieren. Das würde die Dinge einige Zeit verzögern. Nur daß er nicht genug über die Geräte wußte, um sie erfolgreich funktionsunfähig zu machen. Er war noch nie handwerklich begabt gewesen. Tatsächlich hatte er in der High School in jedem Fach, das handwerkliches Geschick erforderte, kläglich versagt. Was auch immer er in Angriff genommen hatte, es war immer ein Serviettenring daraus geworden.

Was wäre, wenn er die Baustelle zum Schauplatz einer Kundgebung für den Beitritt Nationalchinas zur UN machen würde? Das hatte bis jetzt immer eine lärmende, wilde Menge angezogen. Es könnte sogar sein, daß die dann die Baumaschinen sabotieren würde! Er hatte einen Freund, der weitläufig mit der John Birch Society bekannt war, die würde … nein, das würde nicht klappen. Rechtskonservative wären kaum die Gruppe, die versuchen würde, den Bau *von was auch immer* zu verhindern.

Davon abgesehen würde das alles nur eine gewisse Zeitlang helfen. Es wäre nur eine Verzögerungstaktik. Nebenbei könnte er für jede dieser Ideen ins Gefängnis wandern. Und das war eine Aussicht, die ihn noch weniger begeisterte als die, auf seinen sonntäglichen Anruf bei seiner Mutter in Greenville zu verzichten.

Es wurde Mittag, und er hatte immer noch keine brauchbare Idee. Er wurde durch den Geruch von anbrennendem tiefgefrorenem Cordon bleu in die reale

Welt zurückversetzt. Der beißende Qualm drang in sein winziges Wohnzimmer.

Das unappetitliche Ergebnis in seinem Backofen vermochte es nicht, seine Stimmung zu heben, die sich bereits am Boden befand.

Was er nun tat, war höchst ungewöhnlich. Für Charlie war es einzigartig. Er arbeitete sich in die Tiefen seiner Küchenschränke vor, an zahllosen Dosen mit Mr. Planter's Erdnüssen vorbei, streifte einen jungfräulichen Cocktailshaker, den er seit seinem Erwerb vor drei Jahren nie benutzt hatte, und grub sich weiter an Dingen vorbei, die besser unerwähnt bleiben, bis er schließlich das Mittel gefunden hatte, mit dem man zu einem Kater kommt.

Er trank nur in Gesellschaft – meistens bei offiziellen Anlässen in seinem Betrieb. Aber jetzt dachte Charlie, daß ein paar Tropfen seine Gedanken schärfen würden. Beim Agenten X-14 jeden Freitag abend auf Kanal 3 schien es jedesmal zu funktionieren. So nippte er langsam und sorgsam an seinem Getränk. Um Abwechslung zu haben, wechselte er die Flaschen. Sie waren wirklich freundlich zu ihm, warm und weich wie ein Perserkater. Kurz danach waren sie eher verspielt wie ein Wurf junger Katzen. Und ganz kurz danach war er nicht mehr in der Lage, sich irgendwelche Analogien einfallen zu lassen.

Es hatte wirklich nicht in seiner Absicht gelegen, sich zu betrinken. Es war jedoch ein unausweichliches Nebenprodukt seines Trinkens. In verhältnismäßig kurzer Zeit hatte er nichts Nippbares mehr.

Er warf sich den Regenmantel über – es regnete nicht, aber man konnte nie wissen, dachte er aufrührerisch – und begab sich auf die Suche nach weiteren Katern. Es war pures Glück, daß er sich nicht auf den Weg zum Tierheim machte.

Auf dem Weg hatte er das Glück oder Pech, Mrs. Overshade im Flur zu begegnen. Mrs. Overshade bewohnte das Apartment auf der anderen Seite des Gangs, auf der guten Seite des Gebäudes. Als Wettermoderatorin in den Frühnachrichten auf Kanal 8 war sie so etwas wie eine lokale Berühmtheit. Sie war mal von der Hafenbehörde New Yorks zur Miss Kontinentalschelf gewählt worden und hielt momentan den Titel Miss Hochdruckgebiet von der Vereinigung der Meteorologen New Yorks.

Ihre Formen ähnelten in der Tat einer besonders ästhetischen Zusammenballung von Kumuluswolken. Sie erkannte Charlie, fast.

»Guten Abend, Mr. ... äh ... Mr. ...«

»Dimsdale«, nuschelte Charlie. »Dimsdale.«

»Ach, ja! Wie geht es Ihnen, Mr. Dimsdale?« Ohne stehenzubleiben und so zu erfahren, daß er sich auf der Schwelle eines schrecklichen Todes befand, verschwand sie in ihr Apartment. Diese Stimme war geeignet, den Monsunregen herbeizubeschwören. Wenn es nach ihr ginge, könnte ich genausogut ein ... ein Gnom sein.

Er eilte die Treppen hinunter, verschmähte den Fahrstuhl.

Um Punkt sieben probierte Charlie die flüssigen Wonnen einer alten, aber durchaus nicht ehrwürdigen Einrichtung aus, die als Big Swack's Bar bekannt war. Momentan befand er sich in einem Zustand glückseliger Trunkenheit, der einem schmalen Pfad zwischen dem Nirwana und der Hölle folgte. Einstweilen überwog das Nirwana.

Charlie hatte einen Gedanken, rang mit ihm. Es hatte mit etwas zu tun, was Van Groot gesagt hatte. Er dachte angestrengt und scharf darüber nach, wälzte den Gedanken in seinem Kopf hin und her und suchte nach Schlupflöchern. Der Gedanke zuckte und versuchte wegzukommen. Charlie war vorsichtig, da er an diesem Abend Dinge gesehen hatte, die ziemlich irreal waren. Dieser Gedanke jedoch war es.

Er verließ das Lokal so schnell, daß er vergaß, sein Wechselgeld vom letzten Drink einzustecken. Ein solches Vorkommnis erstaunte den Eigentümer ›Big Swack‹ – dessen wirklicher Name Hochmeister war – so über alle Maßen, daß er noch Tage später von nichts anderem redete.

»Jonson, Jonson! Bill Jonson!« Charlie hämmerte unrhythmisch an die Tür.

Bill Jonson war ein Geologe mit sandfarbenem Haar und einem fast ebenso sandfarbenen Gesicht, der hin und wieder mit Charlie ein farbloses Sandwich in der genauso farblosen Cafeteria für Subway-Angestellte aß. Er brauchte nicht lange, um zu merken, daß sein Freund nicht so langweilig wie sonst war.

»Charlie? Was, zum Teufel, ist mit dir los?«

Charlie war mittlerweile etwas klarer, da er auf dem Weg zur Wohnung seines Freundes geistesgegenwärtig genug war, um drei Ausnüchterungspillen zu schlukken. Diese spülte er mit Wasser, einer halben Pepsi und einem Orangengetränk hinunter, das süß genug war, um jeden halbwegs anständigen Backenzahn im Mund zu zerstören. Die Prozedur führte jedenfalls dazu, daß sich sein Geist auf Kosten seines Magens klärte, in dem langsam die Übelkeit aufstieg.

»Hör zu, Bill! Kannst du eine Lotung, eine seismische Messung, eine … du weißt schon, machen? Um festzustellen, ob da etwas Besonderes im Boden ist? Wie ein großer Hohlraum?«

»Ich vermute, da ist ein großer Hohlraum, aber der ist nicht im Boden. Komm wieder, morgen vielleicht, Charlie, ja? Ich habe Besuch, du verstehst?« Er versuchte eine Art von halbem Lächeln, gepaart mit einem halben Blinzeln. Damit sah er aus wie ein Mann, der gerade eine Kolik hat.

»Bill, du mußt diese Lotung machen! Du *kannst* das doch? Ich habe dich das mal sagen hören. Paß au … –

hick! – Mann! Das ist wichtig! Denk an die Telefongesellschaft!«

»Das möchte ich gerade nicht. Ich habe vor zwei Tagen die Rechnung erhalten. Und jetzt sei ein guter Junge, Charlie, und troll dich. Das kann bis Montag warten. Und ich *habe* Besuch.«

Charlie war verzweifelt. »Antworte mir doch. Kannst du eine Lotung machen?«

»Du meinst eine Untersuchung der Unterschichten, wie ich es für die Subway-Leitung mache?«

»Ja. Genau das!« Charlie tanzte aufgeregt auf der Stelle. Das führte nicht dazu, daß Bill seinen Freund wohlwollender betrachtete.

»Du mußt eine für mich machen!«

»Eine Lotung? Du bist betrunken!«

»Mit Sicherheit nicht!«

»Und warum neigst du dich dann immer so nach links?«

»Ich war schon immer ein Linker. Hör zu, du weißt von der neuen Station, die sie bauen wollen für die verlängerte Bronx-Manhattan-Linie? Die an der 6th und 16th?«

»Ich habe davon gehört. Aber das ist mehr deine als meine Abteilung.«

»Du mußt mitkommen und dort eine Lotung machen. Jetzt, heute nacht noch. Ich … ich habe Grund zu der Annahme, daß der Boden dort instabil ist.«

»Du bist verrückt. Es gibt keinen instabilen Boden in Manhattan, wenn man nicht einige der Bars in der Village mitrechnet. Es ist praktisch solider Granit. Hast du überhaupt eine Vorstellung davon, wie spät es ist?« Er sah demonstrativ auf seine Armbanduhr. »Mein Gott, es ist fast halb neun!«

Dieser keineswegs subtile Hinweis hatte auf Charlie nicht den beabsichtigten Effekt.

»Mein Gott«, erwiderte er und sah in die ungefähre Richtung seiner eigenen Uhr, »es *ist* fast halb neun!

Wir müssen uns beeilen! Wir haben nur Zeit bis um Mitternacht!«

»Ich glaube fast, du hast sogar weniger als das«, sagte Bill.

»Wer hat was?« erklang hinter der Tür eine honigsüße Stimme.

»Wer ist das?« fragte Charlie und versuchte seinem Freund über die Schulter zu lugen.

»Der Fernseher. Komm, geh nach Hause, und ich mache, was immer du verlangst. Montag, okay? Bitte!«

»Unsinn, Bill«, sagte die Stimme. Die Tür öffnete sich weiter. Eine junge Frau in ziemlich enger Freizeithose und einem Sweatshirt erschien hinter Bill. »Warum bittest du deinen Freund nicht rein? Charlie, nicht wahr?«

»Genau«, antwortete Charlie.

»Ich kann mir keinen einzigen Grund vorstellen«, sagte Bill in einem Ton, mit dem man Leder hätte gerben können. Zögernd öffnete er die Tür vollständig, und Charlie schlüpfte herein.

»Hi. Ich heiße Abigail«, zirpte das Mädchen.

»Abigail«, sagte Charlie ungläubig.

»Abigail«, wiederholte Bill und nickte langsam.

»Ich heiße Charlie«, sagte Charlie.

»Ich weiß.«

»Wirklich? Sind wir uns schon einmal begegnet?«

»Komm zur Sache«, sagte Bill.

»Abigail, Sie müssen mir helfen. Ich muß Bills unerschöpfliches wissenschaftliches Wissen haben. Für eine Unternehmung, die für die Sicherheit der Stadt New York lebenswichtig ist!«

Abigails Augen weiteten sich. Bills wurden hart wie Dumdumgeschosse.

»Ich habe Grund zu der Annahme«, fuhr er verschwörerisch fort, »daß der Boden bei der 6th Avenue und 16th Street instabil ist. Wenn das nicht noch heute nacht bewiesen wird, sind Menschenleben in Gefahr!

Aber ich muß meine Theorie mit Fakten untermauern.«

»Meine Güte. Boo, das ist phantastisch! Ist das nicht phantastisch, Bill?«

»Das ist es mit Sicherheit«, erwiderte Bill. In einer Minute würde noch mehr Phantastisches passieren, wenn er seinen Freund vor ihren Augen phantastisch erwürgen würde.

Charlie lief im Wohnzimmer hin und her, seine Augen schossen von rechts nach links. »Steh da nicht nur rum, Bill! Wir müssen deine Ausrüstung zusammenpacken. Jetzt! Stimmen Sie mir da nicht zu, Abigail?«

»Oh, sicher. Beeil dich, Bill, laß uns das machen!«

»Ja!« maulte Bill gereizt. »Laßt mich wenigstens meinen *Hut* und meinen *Mantel* nehmen.« Er warf seinem Freund einen weiteren Blick zu. »Regnet es?«

Charlie hatte sich auf Hände und Knie niedergelassen und guckte unter die Couch. »Regnen? Sei nicht albern! Natürlich regnet es nicht. Wie kommst du nur darauf, daß es regnen könnte?«

»Ach, vergiß es einfach«, sagte Bill. »Ich kann mir gar nicht denken, wie ich auf die Idee kam.«

Die Kreuzung von 6th Avenue und 16th Street war nicht sehr verkehrsreich, auch nicht am späten Samstag abend. Insbesondere nicht, seit sie streckenweise durch die Baumaschinen blockiert war. Andererseits war es auch nicht gerade eine dunkle Gasse. Die Penner, die bequem in ihren bevorzugten Ecken lagen, waren kein Problem. Es waren jedoch genügend Fußgänger unterwegs, daß Bill sich mit seinem schweren Metallkoffer unwohl und allzu auffällig fühlte.

»Warum können wir nicht da rein?« fragte er und zeigte auf eine Ansammlung schwerer Bagger und ähnlicher Fahrzeuge.

»Weil das Baugelände von einem drei Meter hohen

Drahtzaun mit drei Reihen Stacheldraht umgeben ist, die Tore mit Alarmanlagen gesichert sind und scharfe Wachhunde mit spitzen Fängen das Gelände patrouillieren. Darum nicht!«

»Oh«, sagte Bill.

»Kannst du nicht das, was du tun mußt, gleich hier machen?« fragte Abigail.

»Ja. Du wirst doch keine sehr *große* Explosion zünden, oder?« platzte Charlie heraus.

Charlie sprach zwar immer noch ziemlich verständlich, aber die Wirkung der Ausnüchterungspillen ließ nach, und er sprach mittlerweile lauter als üblich.

So hatte das Wort ›Explosion‹ den nützlichen Effekt, daß mehrere Pärchen sich auf die andere Straßenseite zurückzogen und um sie herum eine weite Freifläche entstand.

»Wenn du schon rumschreien mußt«, wisperte Bill, »hältst du dann wenigstens die Klappe von wegen Explosionen? Willst du, daß wir verhaftet werden?« Er drehte sich um und inspizierte den Holzzaun, der den leeren Parkplatz umgab. »Hier muß es doch ein loses Brett oder ein Tor geben. Das einzige, was ich drinnen machen werde, ist, die kleinste Kapsel zu zünden, die ich habe. Du kriegst die kürzeste Messung, die ich machen kann, und das war's dann!«

Während Bill und Charlie sie zur Straßenseite hin abschirmten, schlüpfte Abigail unter einer losen Latte durch, die sie endlich gefunden hatten. Charlie folgte, und Bill kam als letzter, nachdem er seine Ausrüstung durchgereicht hatte. Sie waren allein auf dem leeren Parkplatz.

»Ohhh, ist das nicht *aufregend*?« flüsterte Abigail.

»Eine der aufregendsten Nächte meines Lebens«, grollte Bill. Er hatte sich schon lange mit der Tatsache abgefunden, daß der einzige Weg, wie er seinen Freund loswerden konnte, abgesehen von Mord, war, bei dieser Idiotie mitzuspielen.

»Aber wir müssen uns darauf einstellen, hier schnell zu verschwinden, ja? Ich fühle mich nicht dazu in der Lage, irgend jemand zu erklären, warum ich auf einem leeren Parkplatz Samstag nacht um neun Uhr seismische Messungen durchführe.«

»Ist es schon so spät?« schrie Charlie auf, der die Anstrengungen seines Freundes, ihn leiser zu kriegen, schon vergessen hatte. »Beeilung, Beeilung!«

»Alles, wenn du nur *endlich* die Klappe hältst!« stöhnte Bill nervös. Die anderen schauten zu, während er mit einem Klappspaten ein kleines Loch grub. Er tat etwas aus seinem Kasten in das Loch, füllte die Öffnung dann wieder mit Erde und klopfte sie mit der flachen Seite des Spatens fest. Zwei dünne Drähte hinter sich herziehend, kam er zu ihnen zurück.

»Das ist so aufregend!« sagte Abigail. Bill sah sie gequält an, während Charlie ungeduldig herumhüpfte.

Bill schlug auf das kleine Gerät mit dem Druckknopf, aus dem die Drähte hervorkamen. Dann gab es ein gedämpftes *Puff!* Erdklumpen wurden mehrere Meter hoch in die laue Luft dieser Nacht in New York geworfen. Sie wurden von einem Plastikschuh und einigen schon seit langer Zeit leeren Thunfischdosen begleitet.

»Und?« fragte Charlie. Er wiederholte das mehrere Male, bis er bemerkte, daß Bill ihn durch die Ohrenschützer nicht hören konnte. Schließlich tippte er ihm auf die Schulter. »Wie lange dauert das jetzt?«

»Zu lange«, sagte Bill mit einem Blick auf Abigail, die den Minikrater inspizierte. »Es war nur eine sehr kleine Explosion. Ich muß die Messungen verstärken und nochmals verstärken und auf einen vernünftigen Ausdruck vom Computer warten. Vielleicht eine Stunde, vielleicht auch zwei.«

»Das *ist* zu lange!« wimmerte Charlie mitleiderregend.

»Das – ist – zu – *schade*!« Bill war langsam mit der Geduld am Ende.

»Nun, okay, aber beschleunige es, ja?«

Bill zog lautstark die Luft ein, erwiderte aber nichts.

»Das ist unglaublich!« Ein seltsamer Ausdruck trat in das Gesicht des jungen Geologen.

»Was ist es, was ist passiert?« fragte Abigail.

Bill wendete sich langsam von seinen Meßgeräten ab und sah Charlie an.

»Du hattest recht. Du Hundesohn, du hattest recht! Ich kann es kaum glauben, aber … Instabil! Tss, da ist eine richtige *Höhle* da unten!«

»Betrifft das den Tunnel?«

»Nein, nicht die Fahrtstrecke, aber hier einen Bahnhof zu bauen … Das Ganze könnte unter anderen Teilen des Blocks kollabieren. Und ich will mir gar nicht erst vorstellen, was hier eine Sprengung anrichten würde. Ich glaube nicht, daß irgend jemand verletzt würde, aber die *Zusatzkosten* … für die Sicherheit der Kranführer und so …«

»Na, das *wäre* eine ernste Sache«, sagte Charlie. »He, wie spät ist es?«

»Ungefähr zwanzig vor zwölf«, sagte Bill nach einem Blick auf seine Uhr.

Charlie sah mißtrauisch auf seine Uhr. »Himmel, es ist zwanzig vor zwölf! Ich muß rennen! Bis bald, Bill!«

»Nur keine Eile«, murmelte der Geologe.

»Und danke, vielen, vielen Dank! Du gibst einen Bericht deiner Ergebnisse an das Büro des Beauftragten, ja?«

»Ja, sicher!« schrie Bill ihm hinterher, als sein Freund durch das Loch im Zaun schlüpfte. Er hatte wahrlich keinen Grund, die Sache zu verschweigen. Er würde für sein vorausschauendes Verhalten in Hinsicht auf die Entdeckung des fehlerhaften Geländes eine Belobigung erhalten. Vielleicht konnte er auch noch eine Arbeit oder einen Zeitschriftenartikel daraus machen. Und nach dem, was er heute nacht durchgemacht hatte, hatte er es sich auch redlich verdient.

»He, sei nicht sauer«, flüsterte ihm Abigail ins Ohr und küßte ihn hingebungsvoll. »Du warst wunderbar. Das war doch nicht so schwer. Und davon abgesehen, war es ein Spaß. Und mal was anderes. Ich war noch nie zuvor zu einer seismischen Messung eingeladen.«

Bill blinzelte niedergeschlagen in das helle Licht, das sie einschloß. »Und du wirst auch das erste Mädchen sein, das dafür verhaftet wird«, seufzte er und küßte sie auch.

»Van Groot! He, Van Groot!« Charlie stolperte durch die Tunnel, schon seit Stunden, wie ihm schien. Er ging auf und neben der Rampe der Aufseher und dachte keinen Moment lang daran, daß jederzeit eine Bahn auf den unterirdischen Schienen heranschießen könnte, die ihn wie eine Laus zerquetschen würde.

»Hierher, Gnom, hier, Gnom!« Das klang noch schlimmer. Wenn er auf einen Nachtaufseher traf, konnte er vielleicht »Van Groot!« erklären, aber er konnte sich nicht vorstellen, daß er schlau genug wäre, eine plausible Erklärung für »Hierher, Gnom!« zu liefern.

Oder konnte er das? Hmm, konnte er?

»De Puyster!« erklang eine vertraute Stimme. »Hören Sie mit dem Geschrei auf! Ich höre Sie ja.«

»Van Groot! Ich habe Sie gefunden!«

»Heureka«, sagte der Gnom trocken. »Ich wäre sicher besorgt, wenn Sie mich gefunden hätten und es sich dann herausgestellt hätte, daß ich jemand anders bin.«

Heute nacht trug der Gnom Kleidung aus blauer Kunstseide. Das Barett war durch einen metallisch blauen Turban ersetzt worden. Aus der Anzugtasche lugte ein goldenes Seidentaschentuch, das exakt zu den goldfarbenen Schuhen aus echtem Wasserbüffelleder paßte.

»Nun?«

Charlie versuchte zu Atem zu kommen. Er kam zu der Ansicht, daß die Diät aus Sprit und körperlicher Anstrengung nicht so gut zusammenpaßte wie zum Beispiel Schokosplitter und Kekse.

»Es ist ... es ist alles in Ordnung! Alles kommt in Ordnung. Sie können Ihren Verwandten im Norden sagen, daß sie den Ahornsirup in den Bäumen lassen und unsere Städte nicht in Dunkelheit stürzen sollen oder so was! Ihrer Mine wird nichts geschehen.«

»Was? Das ist echt gut!« sagte Van Groot. »Wie haben Sie das geschafft? Ich muß zugeben, daß ich keine besonderen Hoffnungen in Sie gesetzt hatte.«

»Ein Freund ... ein Freund von mir wird dem Subway-Planungsbüro genügend Beweise dafür liefern, daß der Boden, das Gebiet, wo die Station hin soll, instabil ist. Ungeeignet für Ausschachtungen. Wenn die Verantwortlichen daran denken, daß es sie weitere fünf Dollar kosten könnte, werden sie sich der Südseite des Tunnels zuwenden. Ich mußte nur ausnutzen, daß da Ihre Mine ist, statt vorzugeben, da wäre keine. Sie wissen natürlich nicht, daß es eine Mine ist.«

»Seismische Messung?«

»Ja. Woher wissen Sie?«

»Logische Schlußfolgerung. Drei meiner besten Pikkel-Gnome haben sich heute abend mit Migräne abgemeldet.«

»Tut mir leid.«

»Vergessen Sie's. Geschieht ihnen recht.« Van Groot kicherte befriedigt.

»Wie dem auch sei«, fuhr Charlie fort, »Menschenleben, Zeit und Schwierigkeiten können die New Yorker Subway-Planung nicht stoppen, zusätzliche Kosten schon ... ja, Ihre Mine ist sicher.«

»Und Ihre Telefonverbindungen, wie die des Vorstandsvorsitzenden von General Computers.«

»Es wird nur eine Expreßstation sein. Die sollte Sie nicht übermäßig stören«, fügte Charlie hinzu. Er fühlte sich wieder ganz wackelig. Sein Magen und sein Gehirn hatten sich wieder gegen ihn verbündet.

»Das haben Sie wirklich gut gemacht, mein Junge. Sie haben mich außerordentlich überrascht. Es ist schon lange her, seit irgendein Mensch uns einen Gefallen getan hat.«

»Ach, ich möchte wetten, daß Sie das Ganze arrangiert haben. Wie auch immer, ich will ehrlich sein. Ich habe das nicht für Sie getan. Und auch nicht für mich. Ich … ich habe es …« – und in dem Moment richtete er sich gerade auf, sehr patriotisch – »für die Telefongesellschaft getan!« Er nahm gerade noch davon Abstand zu salutieren.

»Bravo! Ich wünschte, ich könnte Ihnen etwas geben. Eine kleine Aufmerksamkeit, ein Erinnerungsstück. Ein kleines Zepter können Sie wohl nicht gebrauchen?«

»Ich fürchte, nicht. Es ist für wenigstens einen Monat mit keiner Krönung zu rechnen. Ich werde im Zug eingesetzt.«

»Zu schade. Nun, nichts für ungut. Nehmen Sie das hier.«

»Aber klar«, sagte Charlie überrascht. Der Gnom steckte etwas in die Tasche seines Regenmantels. »Adieu, Veen Grat! Es war nett, Sie kennenzulernen. Kommen Sie mal bei mir vorbei. Könnten ein paar Partien … äh … Gin spielen.«

»Vielleicht mache ich das«, erwiderte Van Groot. »Eines Nachts. Dann bringe ich meinen eigenen Dschinn mit.«

Charlie war schon recht weit tunnelaufwärts gekommen, als er sich plötzlich umdrehte und zurückrief: »He, Van Greet!«

»Ja?« Die Stimme schwebte aus der Dunkelheit sanft herbei.

»Was haben Sie mir gegeben?«

»Was? Einen Flagan-Flansch natürlich.«

Charlie kicherte, als er darüber nachdachte. Er konnte nicht mehr aufhören. Obwohl es gar nicht so lustig war. Das machte ihn nervös, und er hörte auf. Er war gerade dabei, eine symbiotische Beziehung mit seiner Matratze einzugehen, als es an der Tür klopfte. Das Klopfen wurde nachdrücklich wiederholt. Es hörte einfach nicht auf.

Murrend stolperte er zur Tür und lugte durch das Guckloch. Niemand öffnete in New York um zwei Uhr in der Nacht einfach so seine Tür. Plötzlich war er sicher, daß er schon vor vier Stunden zu Bett gegangen war und jetzt träumte. Dennoch öffnete er die Tür.

Da stand Miss Hochdruckgebiet.

Sie trug lose einen Morgenmantel über einem Nachthemd, das durchsichtig war wie der Himmel an einem hellen Morgen. Die Kumulusformen waren beunruhigend genau sichtbar.

»Kann ich reinkommen, Mr. … äh …«

»Dimsdale«, murmelte Charlie. »Charlie Dimsdale.«

Er trat zwei Schritte zurück. Da er noch den Türgriff festhielt, kam die Tür ihm nach.

Die Frau trat herein und schloß die Tür hinter sich. Der Morgenmantel öffnete sich noch weiter. Genau wie Charlies Pupillen. Proportional.

»Sie werden denken, daß ich einfach *schrecklich* (das war eine offenkundige Lüge) bin, aber …« Sie starrte ihn überaus seltsam an. »Ich kann es wirklich nicht … erklären. Aber, nun, wenn Sie nur …«

Sie trat rasch einen Schritt vor und schlang ihm die Arme um den Hals. Für jemanden, der so aus der Übung war, reagierte Charlie prima. Sie wisperte etwas in sein Ohr. Und es war nicht der Wetterbericht.

Was sie sanft flüsterte, war: »Es ist okay. Er denkt, ich bin in Genf.«

Charlie behielt sie im Arm und bugsierte sie herein in sein Apartment. Er schloß die Tür mit einem Fußtritt hinter ihnen. Nachdenklich hörte er zu.

Nun dämmerte ihm, was ein Flagan-Flansch bewirkte.

Schub

Künstler inspirieren selbstverständlich andere Künstler. Im Gegensatz zu gewissen Theorien entsteht Kreativität nicht in einem Vakuum. Man kann ein dickes Buch über die Geschichte der westlichen Kunst schreiben und als Illustrationen nur Gemälde von der Versuchung des Heiligen Antonius verwenden. Ein Science Fiction-Autor kann die Inspiration für ganze Romane in einer hingeworfenen Zeile im Buch eines Kollegen finden.

Manchmal kommt die Inspiration in Form einer Herausforderung, aus einer ähnlichen Idee oder einem ähnlichen Ansatz etwas anderes zu machen. Das Ergebnis überrascht meistens den Schriftsteller, der sich zu Anfang vielleicht etwas vollkommen anderes vorgestellt hatte.

Vor vielen Jahren schrieb Poul Anderson eine Kurzgeschichte über ein bierbetriebenes Raumschiff. Poul beherrscht seine Wissenschaft, und das verdammte Ding funktionierte. Ich habe ihn nie gefragt, woher er seine Idee hatte, aber ich kann ihn mir vorstellen, wie er dasitzt, tief ins Gespräch mit Physikern und Chemikern versunken, wie er die genauen Details der erforderlichen Bahn und des Schubs, die für die Geschichte notwendig sind, ausrechnet. Alternativ dazu kann man sich die wahrscheinliche Realität vorstellen.

Vielleicht war das Konzept eine Herausforderung von einem Fan oder Kollegen. Oder es entstand aus einem fiesen Angriff von was auch immer. Wie dem auch sei, die Geschichte, die sich daraus ergab, war amüsant und unterhaltsam. Pouls Geschichten funktionieren immer.

Und nun zu mir, mein Hintergrundwissen in den Naturwissenschaften ist das Produkt von reichlich Am-Kopf-Krat-

zen und schwierigen Nachforschungen und nicht einer formalen akademischen Ausbildung. Aber eine Herausforderung ist eine Herausforderung. Wenn es ein Raumschiff gibt, das mit Bier angetrieben wird, warum dann nicht mit einem noch unwahrscheinlicheren Treibstoff?

TAG 001 - 22:32

Boyd Cottle, Commander, klingt immer noch ungewohnt. Jeder andere an Bord ist mindestens so nervös wie ich, und das ist reichlich. Das war zu erwarten. Solange alle zu beschäftigt sind, um zuzulassen, daß ihre Nerven ihre Leistung beeinträchtigen, bin ich darüber nicht besorgt.

Dr. Sese Oyo hat sich geweigert, denen Beruhigungsmittel zu geben, die ein Mittel zur Entspannung brauchen. Ich pflichtete ihrer Entscheidung bei. An diesem Punkt unserer Reise können wir es uns nicht erlauben, daß irgend jemand mit weniger als der maximalen Effizienz arbeitet. Ich habe statt dessen zusätzliche Arbeit angeordnet, da ich glaube, daß das eher geeignet ist, eine Heidenangst vergessen zu machen als eine Dosis Coraphin hin und wieder.

Alle Schiffsfunktionen liegen innerhalb von 99,8 Prozent der vorgeschriebenen Parameter. Selbstverständlich läuft die *Secondjump* fast wie von selbst. Ich kann mich des Gefühls nicht erwehren, daß wir eher Passagiere denn Crew sind.

Nebenbei erwähnt, Eva Östersund und ich konnten die zwei Zehntel Abweichung als Folge einer minimalen Funktionsstörung identifizieren, die vielleicht/wahrscheinlich im Festabfallrecycling lokalisiert ist. Obgleich sie absolut kein unmittelbares Problem darstellt, hat sie doch Moutiers Berufsstolz verletzt. Er ist vollauf damit beschäftigt, das Problem zu beseitigen. Dr. Oyo hilft ihm, so gut sie kann, ohne ihre eigene Arbeit zu vernachlässigen, die vornehmlich darin besteht, auf uns, die wir als erste in den tiefen Weltraum vorstoßen, ein wachsames Auge zu haben.

Wir sind alle geradezu abstoßend gesund, behauptet sie. Das ist auch keine Überraschung, da physische Fitness ein genauso wichtiges Auswahlkriterium für uns war wie mentale Fähigkeiten.

Nur sechzehn Jahre, vier Monate, zwei Tage ± trennen uns von Barnards Stern. Das heißt, falls es uns nicht gelingt, den Molenon Multiplier erfolgreich einzusetzen. Keiner von uns erwartet davon irgendeine Hilfe. Wir können uns nicht vorstellen, wie die Installation eines außerirdischen Geräts uns helfen soll, wie gut auch immer es für die Verwendung durch Menschen modifiziert wurde. Zumal die Experten zugeben, daß sie die Funktionsweise nicht voll verstanden haben.

Ich verstehe nur, daß der Multiplier irgendwie auf mentalen Output reagieren soll und diesen in Raum-Zeit-Verzerrungssprünge entlang unserer Flugbahn übersetzt. Ich bleibe bei den Photonentriebwerken, danke schön. Langsam, aber stetig, so wird ein Rennen gewonnen.

Am Tag Zwölf soll Sese Oyo uns während unserer ersten ›Session‹ vorsitzen. Niemand freut sich auf diese Sache, die wir alle im wesentlichen als Zeitverschwendung betrachten, aber Befehl ist Befehl. Der Gedanke, wie sechs hochgebildete Wissenschaftler herumsitzen und ›Om‹ murmeln, während sie im Innern positive Gedanken über Barnards Stern formulieren, erscheint uns mehr als nur leicht abwegig. Dennoch bin ich gewillt zuzugeben, daß solch meditative Sessions einen vorteilhaften Entspannungseffekt haben könnten. Das ist der einzige Grund, warum ich schließlich zugestimmt habe, das durchzuführen.

Als nomineller Kommandant und Chefprogrammierer des ersten Versuchs der Menschheit, die Sterne zu erreichen, möchte ich nichtsdestotrotz an dieser Stelle erneut formal Einspruch erheben.

TAG 003 - 14:32

Bis jetzt lief alles glatt. Moutiers hat das Problem mit dem Festabfallrecycler gefunden und behoben. Momentan macht er sich glücklich und zufrieden an seinen Hydrokulturen zu schaffen. Er rechnet damit, daß er zweiunddreißig Jahre hat, um eine bessere Beutelmelone zu züchten.

Kim Rahman schnurrt ihre wertvollen Maschinen an, die wiederum mit einem Schnurren antworten. Unser Sterngucker, Paul Usakos, kann es kaum erwarten, daß wir das Sonnensystem verlassen. Wir alle fühlen das gleiche. Die Moral ist gut. Astrogator Östersund fand eine Kursabweichung von einer Bogenminute, was in diesem Stadium des Fluges nicht unerwartet kommt. Sie und Rahman werden zusammen an der Korrektur arbeiten.

Danke an die Stadt Barsoom für den Gruß mit der Stadtbeleuchtung. Ja, wir sind unterwegs, ihr gilt unser aller Dank.

TAG 007 - 11:43

Uns ist der Uranus-Vorbeiflug gelungen, und wir haben der dortigen Station Aufzeichnungen und Botschaften übermittelt. Unser letzter enger Kontakt mit der Zivilisation. Die Ringe haben eine ätherische Schönheit, die kein Foto wirklich wiedergeben kann. Östersund und ich haben sie schon früher gesehen, aber für den Rest der Crew war der Anblick neu. Sie verbrachten Stunden an den Bullaugen und ohten und ahten. Sie hatten Zeit für das Sightseeing. Wir alle hatten Zeit.

Die *Secondjump* übertraf alle Erwartungen.

TAG 012 - 21:58

Wir haben gerade die erste Session unter der Leitung von Dr. Oyo hinter uns. Ich fühle mich keinen Deut weniger lächerlich als erwartet. Ich bin an die Arbeit zurückgekehrt und habe versucht, den Blicken meiner Mannschaftsmitglieder auszuweichen. Die allgemeine Reaktion schien in Beschämung zu bestehen. Dr. Oyo sagt, daß das nach einigen Sessions abklingen wird, aber da bin ich mir nicht so sicher. Nur sie und Jean-Jacques Moutiers schienen voll in der Sache aufzugehen. Moutiers ist ohnehin eine Art Spinner. Ein Künstler, wenn es um die Technik des Lebenserhaltungssystems geht, aber tief drinnen ist er ein Clown. Es wird interessant sein zu sehen, mit welcher Art verbesserter Melone er ankommen wird.

Ach, nebenbei, der Molenon Multiplier funktioniert. Ich kann die Freudenschreie auf Tycho bis hierher hören. Amüsiert euch ein Weilchen, Leute.

Östersund hat mir berichtet, und ich habe es davon unabhängig bestätigt, daß sich unsere Geschwindigkeit um einen Faktor von ... nun, sehen Sie in den Messungen nach, die wir an Sie absenden. Was das bedeutet, ist, daß dieses wunderbar komplexe angepaßte außerirdische Dingsbums, das wir jetzt schon den ganzen Weg bis Pluto mitschleppen, dafür sorgen wird, daß wir Barnards Stern exakt zwei Stunden, vier Minuten eher als vorherberechnet erreichen werden.

Soviel zum hochgelobten ›Geschenk der Aliens‹, wie es die Nachrichtenmedien getauft haben. All die Forschung und das Geld und die Zeit, um zwei lausige Stunden in sechzehn Jahren eher anzukommen! Ich würde am liebsten die Monstrosität abkappen und aus der Luftschleuse schmeißen. Ich würde es vielleicht sogar tun, wenn sie nicht so eng mit den restlichen Systemen des Schiffes verbunden wäre.

Dr. Oyo besteht darauf, daß wir bei unseren Sessions Besseres leisten können. Sicher können wir.

Nachträgliche Geburtstagsgrüße von Kim Rahman an ihren Vater in Kuala Lumpur. Wenn er die Nachricht erhält, wird er ... älter sein. Haben Geburtstagsgrüße von Mr. und Mrs. Usakos für Paul erhalten. Er erwidert die Grüße und bittet seinen Vater, jedem in seinem alten Rugby-Team zu sagen, daß er nicht rechtzeitig zum Play-off zurück sein wird, daß er aber zurückkommt, um ihre Kinder zu trainieren.

TAG 019 - 08:27

Dr. Oyo sagt, daß mit steigender Langeweile gerechnet werden muß. Sie versichert, daß das ein Stadium ist, das vorbeigehen wird, wenn wir uns erst richtig an die Flugroutine und die Tatsache, daß wir für die nächsten zweiunddreißig Jahre komplett von der restlichen menschlichen Gesellschaft abgeschnitten sind, gewöhnt haben. Ich wünschte, ich wäre auch so sicher. Tatsächlich muß ich zugeben, daß ich ein wenig beunruhigt bin. Die ganze Arbeit und die verfügbaren Spiele und alles, was wir uns ausdenken mögen, scheint zur Überwindung der momentanen Ernüchterung nicht auszureichen. Ich hoffe, das geht vorbei, wie Dr. Oyo behauptet.

Oh, es gibt keine äußeren Zeichen für die Unzufriedenheit. Dafür sind wir alle psychisch zu stabil, zu ausgeglichen. Aber ich kann unterscheiden, wenn sich jemand gut amüsiert und wenn jemand nur so tut.

Sogar Kim Rahmans Schmuck und Skulpturen leiden. Paul versucht sie zu inspirieren. Der erste Anflug von Aufregung darüber, das ganze Sonnensystem betrachten zu können, ist bereits abgeflaut.

Heute gab es eine weitere Session. Dr. Oyo klang erfreut. Östersund verzeichnete einen weiteren kleinen Sprung in unserer Position. Wir erreichen nun unser Ziel drei Tage, sechs Stunden vor dem Zeitplan. Ich bin nicht beeindruckt, auch wenn Sese (Entschuldigung, Dr. Oyo) ganz aufgeregt ist.

Ich persönlich denke, daß wir das Beste geben. Wenn der Multiplier nichts Besseres tun kann, als uns drei Tage von einem Trip von sechzehn Jahren zu ersparen, habe ich persönlich keine Hoffnung für seine zukünftigen Vorteile bei einer interstellaren Reise.

TAG 033 - 06:44

Es scheint, daß wir immer mehr Zeit opfern müssen, nur um unsere geistige Gesundheit zu behalten. Die *Secondjump* läuft wie immer wie ein Uhrwerk. Alle Systeme arbeiten fehlerlos. Die Menschheit kann auf dieses Schiff stolz sein.

Ob sie auf uns genauso stolz sein kann, ist gegenwärtig eine offene Frage. Ich bin noch nicht ernstlich besorgt, aber die unerfreulichen Aussichten beschäftigen mich. Dr. Oyo und ich hatten gestern eine private Besprechung. Sie schreibt meine Besorgnis meiner Position als Kommandant zu. Meine Sorgen, erklärte sie, seien für jemand, der wie ich die Verantwortung trägt, typisch.

Nach unserer Unterhaltung bot sie mir ein leichtes Schlafmittel an. Das lehnte ich ab. Ich bin nicht aus über dreitausend Bewerbern für diese Position ausgewählt worden, weil ich auf künstliche Hilfen zurückgreifen muß, um die Kontrolle über mich zu behalten.

TAG 045 - 22:35

Moutiers nahm mich gestern beiseite. Er glaubt bei einem Routinecheck des Recyclings geringe Spuren einer komplexen Proteinkette entdeckt zu haben, die nicht in unserer Nahrung sein sollte. Er ist mit dieser Verbindung nicht vertraut und hat auch keinen Eintrag darüber im Chemieregister finden können.

Dieses Fehlen von Daten beunruhigt ihn. Er hat mir versichert, daß die Proteine harmlos sind und sogar ein vorteilhafter Zusatz, den jemand vergessen hat, in der Computerdatenbank einzutragen. Die Auslassung kränkt ihn. Wie ich wohl vorher schon erwähnt habe, ist Jean-Jacques Perfektionist.

Ich habe ihm gesagt, wenn er sich sicher ist, daß die Proteine nicht schädlich sind, soll er sich darüber keine Sorgen machen. Ich habe ihm vorgeschlagen, daß er das Zeug in seiner Freizeit untersuchen und identifizieren soll, solange das nicht mit seinen normalen Aufgaben kollidiert. Damit hat er dann eine kleine Sonderaufgabe, die wir, weiß Gott, alle brauchen könnten.

TAG 055 – 18:49

Ich ging zu Moutiers, um ihn zu fragen, ob er das mysteriöse Protein, das er vor zehn Tagen entdeckt hatte, isolieren oder identifizieren konnte. Moutiers war nicht an seiner Station. Ich erwartete, ihn in den hydroponischen Anlagen zu finden. Das war auch der Fall. Ich hatte allerdings nicht erwartet, daß er sich mit Kim Rahman auf unrecyceltem Gemüseabfall wälzen würde.

Nachdem ich – ohne sie zu stören – gegangen war und emotionslos über die Angelegenheit nachgedacht hatte, entschloß ich mich, das Ganze niemandem gegenüber zu erwähnen. Ich hatte natürlich keine Einwände dagegen, daß Moutiers und Rahman sich miteinander amüsieren. Niemand hat erwartet, daß diese Crew aus knapp dreißigjährigen gesunden Genies zweiunddreißig Jahre lang zölibatär leben würde.

Meine Sorge begründete sich nur darin, daß Moutiers offensichtlich die Bio-Effizienz der Ästhetik opferte, wenn man an die Matratze aus unrecyceltem Grünzeug denkt. Das Material hätte ordnungsgemäß der Wiederverarbeitung in den Schiffsanlagen zugeführt werden müssen. Dennoch war es gut zu sehen, wie beide Crewmitglieder sich so gründlich amüsiert haben. Ich habe das Gefühl, daß unter diesen Umständen über den Verlust der maximalen Recyclingeffizienz hinweggesehen werden kann.

TAG 062 - 12:43

Prof. Rahman und Moutiers vernachlässigen momentan fast regelmäßig ihre Pflichten. Sie verbringen praktisch die ganze Zeit, die nicht zwingend notwendig anders verbracht werden muß, in einer von ihren Kabinen. Rahman hat ihre persönlichen Werkzeuge zur Herstellung von Schmuck und Skulpturen zum Schaffen von Objekten benutzt, über deren Natur ich zum jetzigen Zeitpunkt nichts sagen möchte. Nach langer Überlegung habe ich mit ihr darüber gesprochen. Ihre Reaktion war gleichgültig, im besten Fall.

Dieser erste echte Bruch in der Disziplin beunruhigt mich stark. Da ich jedoch der Ansicht bin, daß eine Konfrontation vermutlich mehr Schaden anrichtet als nutzt, hatte ich eine weitere private Besprechung mit Dr. Oyo.

Sie beruhigte und entspannte mich so wie immer. Warum sich Sorgen machen, fragte sie mich, solange das Schiff richtig funktioniert? Erst wenn die Schiffsleistung wirklich leiden würde, wäre der rechte Zeitpunkt gekommen, um auf der Einhaltung der vorgeschriebenen Regeln zu bestehen. Wenigstens litten die zwei Crewmitglieder nicht mehr unter der niederdrückenden Langeweile.

Ich mußte zugeben, daß das einen Sinn ergab. Daher habe ich Moutiers und Rahman ihrem Vergnügen überlassen.

Es ist offensichtlich, daß sich Moutiers' Interesse an Melonen von der Hydroponik zum Antrieb verschoben hat.

TAG 064 - 03:08

Paul Usakos, unser Astronom, bespricht die Astrogation mit Eva Östersund. Seit einiger Zeit schon, wie es jetzt aussieht. Über welchen Kurs sie auch reden mögen, sie haben einen lautstarken Disput, die selbst durch die geschlossene Kabinentür zu hören ist.

Obwohl die *Secondjump* durch die Vernachlässigung keinen Schaden zu erleiden scheint, finde ich doch das Fehlen einer ständigen Überwachung von Kurs und Geschwindigkeit beunruhigend. Ich habe versucht, das wettzumachen, indem ich einen Teil der Funktionen von Östersund und Usakos übernommen habe. Wegen der Überarbeitung macht sich Dr. Oyo nun Sorgen um *mich.*

Gestern hatte ich mit ihr eine weitere Besprechung. Sie ist eine hervorragende Fachfrau, und wir können froh sein, sie an Bord zu haben.

Ich finde es immer schwieriger zu ignorieren, daß Dr. Oyo für jemanden mit drei akademischen Graden, darunter ein Dr. med., erstaunlich gut gebaut ist.

TAG 068 - 12:53

Mit dem Schiff stimmt etwas nicht, aber es scheint niemanden zu kümmern. Östersund war bei Usakos und Moutiers, als ich sie dazu befragen wollte. Sie murmelte was von einer unerwarteten visuellen Verzerrung der stellaren Matrix, aber ihre Ausführungen waren unzusammenhängend. Unter diesen Umständen hielt ich es für das beste, das Gespräch abzubrechen.

Ich versuchte, etwas über die Art der Verzerrung herauszufinden, ob sie externe oder schiffsinterne Ursachen hat. Noch bevor ich richtig anfangen konnte, wurde ich von Dr. Oyo unterbrochen.

Der offensichtlich vollständige Zusammenbruch der Schiffsroutine erfüllt mich mit Sorge, aber die *Secondjump* ignoriert uns. Sie fliegt weiter auf ihrem vorgegebenen Kurs, unbeeindruckt von den pubertären Spielen der organischen Einheiten.

Ich muß zugeben, daß die Unterbrechung durch Dr. Oyo und ihre Besorgnis um meine Gesundheit mir nicht vollkommen unwillkommen waren. Sese weiß immer, wie sie mich aufmuntern kann.

TAG 073 - 02:21

Das erste Mal seit langer Zeit hatten wir wieder eine Gruppensession. Nur daß diesmal keine Meditation stattfand. Ich fühle, wie mir die Realität mehr und mehr entgleitet und ich in eine Nichtrealität unbeschreiblicher Freude eintauche. Das Schiff selbst scheint wärmer zu sein, seine Farben noch weicher als das gewöhnliche Pastell.

Es ist offenbar geworden, daß im Kindesalter ein Teil meiner Erziehung schwer vernachlässigt wurde. Die anderen amüsieren sich auf freundschaftliche Weise königlich über meine Unbeholfenheit und Verwirrung. Mein Wille, zu lernen und zu experimentieren, überwiegt jedoch jedes persönliche Unbehagen. Alle Anzeichen der Verdrießlichkeit und Langeweile sind verschwunden. Dennoch neigen sie immer noch dazu, mich zu necken.

Der Computer zum Beispiel enthält keine Erklärung für den Begriff ›Gänseblümchenkette‹. Ich habe allerdings die Einschränkung gemacht, daß er nichts mit botanischer Terminologie zu tun hat.

TAG 080 - 00:16

Jean-Jacques sucht seine geliebte Hydroponik nur noch lange genug auf, um sicherzustellen, daß alles ordnungsgemäß funktioniert. Er hat eine Reihe neuer Proteine entdeckt, die nicht in seiner Liste waren. Aber er ist überzeugt, daß diese entweder harmlose Nebenprodukte unserer Recyclinganlage oder wohltuende Zusätze sind.

Von Zeit zu Zeit frage ich mich, wie sie in eine Nahrungsversorgung kommen konnten, die so sorgfältig konstruiert wurde wie die der *Secondjump*. Normalerweise sind wir aber mit wichtigeren Dingen beschäftigt.

TAG 083 - 11:04

Eva Östersund und Paul Usakos sind schon zu zwei Dritteln durch das Kamasutra durch. Meistens sind wir anderen zu beschäftigt, um zuzusehen, aber wir werden von ihnen immer informiert, wenn sie auf etwas besonders Interessantes gestoßen sind. Dann versuchen wir es auch. Von uns anderen hat jedoch nur Kim Rahman eine ausreichende körperliche Beweglichkeit, um gewisse Stellungen auszuprobieren.

Wir anderen fühlen uns dadurch nicht vernachlässigt oder benachteiligt. Wir erfinden eigene Tricks.

Dr. Oyo – Sese – hat bewiesen, daß medizinisches Wissen auch dort eingesetzt werden kann, wofür es eigentlich nicht gedacht war.

TAG 084 - 02:15

Oh, wow.

TAG 085 - 04:24

Wir haben gestern die Rotation abgeschaltet. Wir genießen momentan alle den freien Fall. Ich denke nicht, daß unsere Muskelspannung darunter leiden wird. Die Schwerelosigkeit ermöglicht Variationen, die sich Sir Richard Burton nie hätte vorstellen können. Kim Rahman schafft einige beeindruckende Geräte in ihrer Werkstatt.

TAG 091 - 15:13

Ich kann es nicht erklären. Niemand von uns kann es. Es ist erstaunlich und verwirrend und unmöglich und wundervoll.

Die *Secondjump* hat angehalten. Draußen gleißt eine Sonne, die nur Barnards Stern sein kann. Diese Entdeckung war so außerordentlich (nichts anderes hätte vermutlich gereicht), daß wir wieder an unsere Stationen zurückgekehrt sind.

Es ist ohne Zweifel wahr, wir haben Barnards Stern erreicht. Bei einer ersten Untersuchung haben wir sechs Planeten entdeckt, und zwei, *zwei* davon sind erdähnlich. Der dritte und der vierte Planet. Wie Paul mir sagt, besteht sogar eine Chance, daß der sechste Mond des fünften Planeten (ein Gasriese) bedingt bewohnbar sein könnte. Das übersteigt unsere wildesten Träume und sicher auch die von jedem auf der Erde.

Wir liegen sechzehn Jahre, einen Monat vor dem Zeitplan. Wir können nur annehmen, daß der Molenon Multiplier ganz wunderbar arbeitet. Meine Entschuldigung an alle am Projekt Beteiligten.

TAG 093 - 06:29

Jean-Jacques, Kim, Paul und Sese sind mit dem Landungsboot zur Oberfläche von Barnard III runter, den wir nach einem Vorschlag von Jean-Jacques La Différence genannt haben. Sollen sich die Historiker daran später mal die Zähne ausbeißen.

Eva und ich haben stundenlang am Computer gesessen, um den Grund für den so plötzlichen überwältigenden Erfolg des Multipliers zu finden. Jetzt haben wir es. Es wäre für jeden offensichtlich gewesen, der sich die Zeit genommen hätte, in den letzten Monaten gewisse Dinge zu checken. Von uns war keiner in der Lage, physisch oder mental, sich regelmäßig um Ablesungen zu kümmern.

Sese bestätigt unsere Entdeckung. La Différence, nebenbei bemerkt, ist zu neun Zehnteln erdähnlich. Er hat eine leicht höhere Gravitation, ist gemäß den Berichten von unten aber in jeder Hinsicht ein Paradies. Es gibt keine höheren Lebensformen als niedere wirbellose Tiere.

TAG 096 - 14:20

Jean-Jacques ist mit dem Landungsboot hochgekommen, um verschiedene Exemplare auszuladen und frische Vorräte mitzunehmen. Jean-Jacques hat sich ein paar Stunden Zeit genommen und schließlich die mysteriösen Proteine identifiziert. Es war recht einfach, da wir jetzt wußten, wonach wir suchen mußten.

Also wirklich, all diese Pheromone und Aphrodisiaka wären doch wirklich nicht nötig gewesen.

Das süße Energiebündel Sese zog die richtigen Verbindungen. Sie sagte, wenn man uns mitgeteilt hätte, daß der beste theoretische Weg, den Multiplier zu betreiben, wäre … äh … zu versuchen sich fortzupflanzen, hätten uns unsere Hemmungen wahrscheinlich gleich zu Anfang besiegt. Zugegebenermaßen sind einige unter uns, die in dieser Hinsicht nicht gerade ultraliberal eingestellt sind. Ich vor allen Dingen.

Der unverzerrte mentale Output schaltet die Raum-Zeit-Verzerrungsfunktion des Molenon Multipliers ein. Dieser Output ist beim Sex am größten. Eins zu null für die Eierköpfe zu Hause, aber ich bin mir immer noch nicht *ganz* sicher, daß ich es schätze, so ausgetrickst worden zu sein. Wie sollen wir von jetzt an die Geschwindigkeit messen? In Lichtjahren pro Orgasmus?

Das wäre nicht mehr als ein Scherz, wenn es nicht so unglaublich effizient wäre.

Barnard IV ist ebenfalls bewohnbar. Ich will noch nicht verraten, wie Eva und ich ihn genannt haben, aber ich freue mich schon darauf, zu sehen, wie die Medien damit umgehen werden.

Gentlemen, das ist eine unglaubliche Art, ein Raumschiff anzutreiben.

Wir kehren bald nach Hause zurück, sobald wir unsere gründliche Erforschung beendet haben. Schließlich will Paul wieder Rugby spielen.

Wir werden unser Bestes tun, um ihn rechtzeitig zum Play-off nach Hause zu bringen …

Pfeifenträume

»Wo bekommen Sie nur Ihre Ideen her?« ist wohl die Frage, die Autoren von Fiction und insbesondere Science Fiction am häufigsten gestellt wird. Üblicherweise wird mit einem Scherz geantwortet, erst recht, wenn der Schriftsteller in Eile ist. Wenn er Zeit hat, antwortet er vielleicht durchdacht.

Manchmal kann die Antwort präzise sein.

Vor etlichen Jahren nahm ich an einer Science Fiction Convention in Los Angeles teil. Der Con wurde von einem wundervollen Mann namens Bill Crawford initiiert und bot eine Mischung aus Science Fiction, Fantasy und Horror. In gewisser Weise war es ein Vorläufer heutiger multimediaorientierter Conventions. Bill war altmodisch, hatte aber ein Gespür für zukünftige Entwicklungen.

Einer der Gäste und ein guter Freund von Bill war ein charmanter, hochgewachsener Gentleman, der mit kühlem Auftreten und immer eine Pfeife im Mund über den Con schlenderte. Neben anderen Dingen war Walt Daugherty ein Fotograf, der einige der größten Horrorstars der Filmgeschichte, Karloff und Chaney eingeschlossen, aufgenommen hatte. Er hatte einen bissigen Humor und ein herzliches Wesen, die einen, wenn sie zusammenarbeiteten, an Hitchcocks Einführungen in die Geschichten seiner Fernsehshow erinnerten.

Das größte Problem auf solchen Conventions besteht darin, wie man Leute begrüßen soll, die man kaum kennt, aber denen man ständig auf den Gängen oder in den Vortragsräumen begegnet. Nach einer Weile verlieren »Hallo!«, »Wie geht's?« und »Was gibt's Neues?« ihren Reiz. Genau so ging es mir, als ich immer wieder mit Walt zusammenstieß.

Am Nachmittag des zweiten Tages betrat ich den Kiosk und traf erneut auf Walt. Diesmal zündete er gerade seine Pfeife an. Da ich keinesfalls seicht oder unhöflich wirken wollte, suchte ich nach einer Lösung und sagte schließlich: »Hi, Walt. Was rauchen Sie da?«

Er zog die Pfeife nur knapp zwischen den Lippen hervor, sah mit seinem linken Auge auf mich herunter und deklamierte mit gewichtiger Miene: »Ach, es ist nicht was. *Es ist* wen.«

Und so kommt man zu seinen Ideen. Danke, Walt.

Es war das Aroma des Tabaks, das sie zuerst anzog.

Fein genug, um Aufmerksamkeit zu erregen, ausgeprägt genug, um den gewöhnlichen Zigaretten- und Zigarrengeruch zu überdecken. Es war das erste, was an diesem Abend herausstach.

Sie hatte gehofft, bei Normas kleiner Zusammenkunft jemanden zu treffen, der wenigstens ein bißchen interessant war. Bisher jedoch war Normas Gästeliste ein Spiegel ihres Geschmacks. Emma hatte sich selbst getäuscht, wenn sie gedacht hatte, daß es hätte anders sein können.

Da, da war es wieder. Offenes Holzfeuer und Geißblatt. Wirklich anders, kein bißchen bitter oder beißend.

Die Plattheit ihrer Entschuldigung, als sie sich entfernte, kam nur der Plattheit des jungen Mannes gleich, den sie verließ. Er hielt seinen halbgeleerten Martini, und sein dritter oder vierter verbaler Versuch auf Tuchfühlung zu gehen, blieb ihm im Halse stecken. Der große Footballspieler brauchte kein Mitleid. Er schüttelte die Abfuhr sofort ab und wandte sich einer anderen von Normas Freundinnen zu. Schon bald setzte er ihr mit denselben geklauten Sprüchen zu, die er ihr als neu präsentierte.

Der Besitzer der Pfeife war Überraschung Nummer zwei. Er schien auf der Party so fehl am Platze wie ein

Konzert von Mozart. Statt eines Mädchens hielt er ein dickes Buch im Schoß. Er hatte sich in eine fast leere Ecke des Wohnzimmers abgesondert.

Sie legte eine Hand auf die hohe Rückenlehne des Sessels.

»Hi«, sagte sie. Er sah auf.

»Hallo.« Es klang geistesabwesend. Dann wandte er sich wieder dem Buch zu.

Ihre Neugier wuchs. Vielleicht spielte er absichtlich den Gleichgültigen ... aber das nahm sie eigentlich nicht an. Wenn er interessiert war, dann täuschte er das Gegenteil gut vor. Und Männer taten Emma üblicherweise nicht mit einem beiläufigen Hallo ab. Auch glitten sie nicht nur mit einem flüchtigen Blick über ihr Gesicht und vermieden vollkommen den interessanten unteren Teil ihres Körpers. Sie fühlte sich pikiert.

In der Nähe stand eine freie Fußbank. Sie zog sie zum Bücherregal heran und setzte sich ihm gegenüber. Er sah nicht auf.

Gut gebräunt, kein Bart oder Schnauzer (noch eine Anomalie). Dunkles gewelltes Haar, durchsetzt von Grau am unteren Ende gemäßigter Koteletten. Könnte über vierzig sein. Markantes breites Kinn, aber sonst waren seine Gesichtszüge eher fein, fast kindlich. Trotzdem war etwas Furchteinflößendes an ihm.

Sie war nicht leicht zu ängstigen.

»Ihr Tabak ist mir aufgefallen.«

»Hmmm?« Wieder sah er auf.

»Ihr Tabak. Auffallend.«

»Ach, wirklich?« Er sah geschmeichelt aus, nahm die Pfeife aus dem Mund und bewunderte sie. »Es ist eine Spezialmischung. Für mich gemacht. Es freut mich, daß Sie sie mögen.« Er schaute sie mit offensichtlicher Belustigung an. »Ich nehme an, als nächstes werden Sie mir sagen, daß Sie den Geruch der Pfeife eines Mannes lieben.«

»Tatsächlich kann ich ihn normalerweise nicht ausstehen. Dadurch erscheint mir Ihrer so angenehm. Süß.«

»Nochmals danke.« Hörte sie da einen leichten Akzent, der wohlverborgen war?

Er schien sich fast wieder dem Buch zuwenden zu wollen. Nachdem er einen Moment zögerte, klappte er es dann doch mit einem Knall, der durch die verdrängte Luft entstand, zu. Und stellte es wieder an seinen Platz im Bücherregal. Sie beäugte den Buchrücken.

»Dürer. Sie mögen Dürer?«

»Nicht als Künstler. Aber ich mag, wie sich ein neues Buch anfühlt.« Er deutete lässig auf das Bücherregal. »Das sind alles neue Bücher.« In seinen Mundwinkeln erschien ein Lächeln.

»Auf dem Rücken von dem da steht ›1962‹«, bemerkte sie.

»Nun, nicht neu also. Sagen wir unbenutzt. Nein, ich bin wirklich nicht verrückt nach Dürer. Aber seine Arbeit hat unter einem medizinhistorischen Gesichtspunkt beträchtlichen Wert.«

Emma setzte sich auf dem Fußschemel zurecht und umklammerte ihre Knie mit beiden Händen. Dadurch zog sich ihr Rock, wie beabsichtigt, provokant nach oben. Er beachtete die auf diese Weise freigelegten Regionen nicht.

»Was ist Ihr Spezialgebiet?«

»Wie wunderbar!« sagte er. »Sie sagt nicht ›Sind Sie Arzt?‹, sondern geht gleich zu ›Was ist Ihr Spezialgebiet?‹ über und vermutet das Offensichtliche. Es scheint mir, junge Dame, daß da hinter der Starletfassade und dem Körper wie aus einem Comic ein Gehirn sein könnte.«

»Bitte, lieber Herr«, bat sie spottend, »Sie schmeicheln mir unverschämt. Und ich bin kein ›Starlet‹. Ich bin Schauspielerin. Und, um Ihrer nächsten Attacke zuvorzukommen, ich spiele momentan in einem kleinen Theater mit sehr guten Kritiken und sehr wenigen Zuschauern. In *Ein Sommernachtstraum*, und das ist *kein* Rockmusical.«

Er nickte. »Schön, schön.«

»Bekomme ich für meinen Test ein Goldsternchen, Herr Lehrer?« schmollte sie.

»Zwei. Um Ihre Frage zu beantworten, wenn es Sie wirklich interessiert, mein Spezialgebiet ist Endokrinologie. Sie«, fuhr er gemütlich fort, »scheinen, was mein Gebiet anbelangt, nicht nachteilig betroffen zu sein. Bitte stellen Sie mich jetzt nicht als Idioten hin, indem Sie mir von Ihren Schilddrüsenproblemen seit dem zarten Alter von fünf Jahren erzählen.«

Sie lachte. »Nein, das werde ich schon nicht.«

»Ist das nicht eine herrliche Party?«

»O ja«, erwiderte sie mit ausdruckslosem Gesicht. »Herrlich.«

Da fing er wirklich an zu lächeln, ein breites, echtes Lächeln – ein weißer Halbmond brach das gebräunte Gesicht auf.

»Wenn Sie sich für Kunst interessieren, ich habe ein paar Stücke, die Sie vielleicht mögen werden. Öl, Bleistift und Tusche, keine Kupferstiche.« Schmunzeln. »Die Leute darauf bewegen sich nicht, aber sie sind mehr voller Leben als dieser Haufen hier.«

»Ich würde mich freuen.« Sie lächelte zurück.

Die Fahrt dauerte länger, als sie dachte. In Los Angeles heißt das schon etwas. Gute zwanzig Minuten nördlich vom Sunset, den Pacific Coast Highway hoch und dann noch eine kleine holprige Straße entlang.

Das Haus war auf Stützpfählen erbaut, die sich von einem niedrigen Felsen zum Ufer des Ozeans erstreckten. Das Meer hämmerte unablässig gegen das Holz, das Lied drang von unten hoch.

»Möchten Sie etwas zu trinken?« fragte er. Sie schaute sich im Zimmer um. Gemütlich wie ein Handschuh und männlich wie Mahagoni. Intarsientisch; alte, sehr unmoderne, wunderbar komfortable Stühle; ein großes, dickes Monstrum von einem Sofa, in dem man verschwinden konnte.

»Können Sie mir einen Gingerbiß machen?«

Seine Augenbrauen hoben sich. »Mit oder ohne Zitrone?«

»Mit.«

»Das hatte ich gedacht. Einen Moment bitte.«

Hinter dem Sofa öffnete sich das breite Aussichtsfenster zu einer schmalen Veranda über dem schwarzen Meer. Der Schein der Lichter von der Santa Monica Bay ähnelte einer flachen Version von Rio de Janeiro. Die Lichter blinkten in dieser klaren Winternacht nicht. Nordwärts erhob sich der Buckel von Point Dume aus dem Wasser.

Die gegenüberliegende Wand wurde von einem einzigen riesigen Bücherregal eingenommen. Die meisten Bände waren medizinische Fachbücher, deren Titel vor lateinischer Substantive strotzten. Mehrere Bretter enthielten Titel in Deutsch, ein einziges hatte französische Bücher, und ein anderes enthielt Bände in so etwas wie einer skandinavischen Sprache.

In einer kleinen Ecke an der Nordwand drängten sich verschämt mehrere gerahmte Diplome von Institutionen an der Ostküste sowie eines in Deutsch und eines in Französisch, als ob sie zu den Büchern passen sollten.

Die Kunstwerke, von denen es nicht viele gab, waren zumeist klein. Picasso hatte sie erwartet, aber kein Original von Dali oder Winslow Homer oder die bezaubernden Wyeth-Skizzen, ein paar englische Sachen, die sie nicht erkannte, und die gerahmten anatomischen Zeichnungen von da Vinci … keine Originale natürlich. Über dem Kamin hing in einem massigen Eichenrahmen eine große Landschaftsmalerei der Sierra Nevada von Bierstadt.

Eine charakteristische Sammlung, genau wie ihr Besitzer, überlegte sie.

»Mit Zitrone.«

Sie fuhr atemlos herum. »Sie haben mich überrascht!«

»Das ist nur fair. Sie haben mir das gleiche bereits heute abend angetan.«

Sie nahm das Glas, ging zum Sofa, setzte sich hin und nippte.

»Nur ein kleiner Spritzer Zitrone«, murmelte sie anerkennend.

Er kam zu ihr herüber und setzte sich neben sie.

»Ich kann mir nicht vorstellen, daß Sie zu vielen von Normas Parties gehen.«

»War das der Name unserer charmanten Gastgeberin?« fragte er. »Nein, tatsächlich nicht.« Auf dem Tisch stand ein breites Gestell mit um die zwanzig Pfeifen. Eine Dose mit verschiedenen Takaksorten war an einem Ende zu finden. Er wählte sich eine neue Pfeife aus und stopfte sie.

»Ich wurde von einer meiner Patientinnen zu der Party eingeladen.«

Sie kicherte. Der Drink war perfekt.

»Ich fürchte, das ist wahr.« Er lächelte. »Sie war über mein mutmaßliches mönchisches Leben in Sorge. Arme Mrs. Marden.« Er nahm die Pfeife zwischen die Lippen und holte eine Streichholzschachtel hervor.

»Lassen Sie mich«, sagte sie und hatte schon das Feuerzeug aus ihrer Handtasche gezogen.

»Uh-uh. Doch nicht damit.« Sanft schob er ihre Hand beiseite. Ihr Handgelenk kribbelte, nachdem er seine Hand weggenommen hatte.

»Gasflammen verderben das Aroma. Das bemerkt nicht jeder Raucher, aber ich schon.«

Sie streckte den Arm aus und nahm die Schachtel mit den italienischen Streichhölzern. Sie zündete eines an und beugte sich vor. Während er ein paar schnelle

Züge machte, bis der Tabak richtig brannte, glitt eine seiner Hände in ihr Dekolleté.

»Ich hätte nicht gedacht, daß Sie ein Mieder tragen.«

»Ach, kommen Sie!« Sie blies das Zündholz aus. Seine Hand bewegte sich sanft. »Sie klingen wie ein Techniker!«

»Das tut mir leid. Sie haben sehr viel Glück, wissen Sie.«

Ihre Atmung wurde unregelmäßig. »Wie... so?«

»Nun«, begann er im Tonfall eines Professors, »die Unterseite einer weiblichen Brust ist empfindlicher als die Oberseite. Es sind nicht viele gut genug ausgestattet, um den Unterschied bemerken zu können. Das ist aber nicht Ihr Problem.«

»Was«, hauchte sie und strich über seine Wange, »sagt das Buch über die Unterlippe im Gegensatz zur Oberlippe?«

»Dazu ...« – er legte die Pfeife auf den Tisch und beugte sich näher, viel näher, zu ihr herüber – »... sind die Meinungen noch geteilt.«

Der Neujahrstag kam und ging, wie gewöhnlich ganz und gar wie ein normaler Tag vom letzten Jahr.

Es war keine Affäre, natürlich nicht. Eher ein Jahrmarkt. Ein andauernder, wunderbarer, leicht verrückter Jahrmarkt. Wie der Jahrmarkt in Sorotschinsk in *Petruschka*, aber ohne Marionetten. Walt schrie sie nie an, sagte ihr nie ein gemeines Wort. Er war immer sanft, höflich, aufmerksam, mit genau der kleinen Prise Teufelei, die das Ganze erst würzig machte.

Er hatte weniger persönliche Eigenarten als jeder andere Mann, den sie je getroffen hatte. Das einzige, was ihn wirklich zu stören schien, war jeder Anflug von lärmendem Wesen auf ihrer Seite. Das war nur ein kleines Problem, da er in Hinsicht auf seine Vorgeschichte und seine Arbeit sehr freimütig war und nicht erst gefragt werden mußte.

Sie war ein wenig überrascht, als sie erfuhr, daß er schon zweimal verheiratet gewesen war. Aber da es keine Kinder als Verbindung zur Vergangenheit gab, schwand ihre Besorgnis schnell.

Und nächsten Dienstag war sein Geburtstag. Sie war fest entschlossen, ihn zu überraschen.

Aber womit? Kleidung? Davon hatte er erstens reichlich, und zweitens war er kein Aushängeschild für Mode. Ein Gemälde von Qualität konnte sie sich nicht leisten. Davon abgesehen ist es unmöglich, für jemand anderen ein Kunstwerk auszuwählen. Elektronische Spielereien, das Äquivalent des modernen Mannes für Spielzeug und Bausteine, interessierten ihn kaum.

Dann dachte sie an den Tabak.

Natürlich! Sie würde ihm eine seiner speziellen Mischungen machen lassen. Wann immer er sich eine Pfeife anzünden würde, würde er an sie denken.

Und jetzt, dachte sie, während sie sich umschaute, wo würde ich mich verstecken, wenn ich eine Dose eines besonderen Tabaks wäre? Hier mußten doch irgendwo große Dosen sein. Die kleine auf dem Tisch enthielt nicht so viel, aber sie war immer voll ... obgleich sie nie sah, wie er sie nachfüllte. Sie konnte ihn selbstverständlich nicht fragen. Damit würde sie die Überraschung verderben.

Wie sich herausstellte, waren sie nicht versteckt. Sie waren nur an einem Ort, zu dem zu gehen sie noch nie einen Grund hatte. Da gab es einen kleinen Vorratsraum, ein zweites Schlafzimmer eigentlich, an der Vorderseite des Strandhauses. Es enthielt noch mehr Bücher und ausgewählten Schnickschnack, wie einen teuren und unbenutzten Satz Golfschläger.

Die Tabakdosen waren in einer alten Glasvitrine in einer dunklen, kühlen Ecke. Die Türen waren verschlossen, aber der Schlüssel lag oben auf der Vitrine. Wenn sie auf Zehenspitzen stand, kam sie gerade heran.

Sie besah sich jede Dose genau, aber da war nichts,

was man eine Spezialmischung hätte nennen können. Da waren amerikanische Marken, türkische, arabische und brasilianische und sogar eine kleine, verbogene Dose aus einem afrikanischen Land, das in den letzten zehn Jahren dreimal seinen Namen geändert hat.

Aber keine Spezialmischungen.

Sie schloß die Vitrine und legte den Schlüssel zurück. Frustriert versetzte sie dem alten Stück einen leichten Fußtritt. Es machte klick. Der untere Teil hatte wie solides Ahornholz ausgesehen, aber das war es wohl nicht, denn vorne schwang ein Paneel ein, zwei Zentimeter auf.

Sie kniete sich hin und öffnete es ganz.

Dort standen acht große Dosen auf zwei Brettern. Jede war in etwas eingewickelt, was wie braunes Reispapier oder dünnes Leder aussah, aber keins von beidem war. In sauberer, kraftvoller Schrift hatte jemand auf die Vorderseite von jeder geschrieben:

SPEZIALMISCHUNG, BEREITET EXTRA FÜR DR. WALTER SCOTT

Darunter standen die verschiedenen Namen der Mischungen: Liz Granger, Virginia Violet und so weiter.

Sie holte eine Dose heraus und untersuchte sie gründlich. Das war alles, keine Adresse, keine Telefonnummer, nichts. Sie betrachtete jede Dose sorgfältig, mit dem immer gleichen Ergebnis. Nur SPEZIALMISCHUNG, BEREITET EXTRA FÜR … und der Name der Mischung. Nichts, dem man entnehmen konnte, wer es gemischt hatte, wo es herkam.

Das Papier der letzten Dose war leicht beschädigt. Sie behandelte sie vorsichtig und untersuchte den Riß. Da war etwas in das Metall der Dose eingraviert, fast ganz verborgen von der Umhüllung. Sanft löste sie etwas davon ab.

Ja, da war ein ovaler Stempel. Sie hatten ihn vermutlich alle. Die Gravur war schwer zu entziffern; der Stempel war schwach.

Peter van Eyck, Die Raucherecke … und eine Adresse, mitten auf dem Santa Monica Boulevard.

Sie fand ein kleines Papierstück und notierte sich den Namen und die Adresse. Dann glättete sie das gerissene Papier (oder war es Leder?), so gut sie konnte, setzte die Dose wieder auf das Brett und schloß das Paneel. Mit einem erneuten Klick rastete es in das altmodische Schloß ein.

Der Hollywood Boulevard ist wie eine Filmkulisse. Alles nur Fassade und nichts drinnen. Wenn man von den Hügeln von Hollywood nach Süden geht, stößt man als erstes auf den Sunset Boulevard, dann auf den Santa Monica Boulevard. Über den größten Teil seiner Länge ist der Santa Monica Boulevard wie die Rückseite einer Kulisse. Eine Straße, wo man sich sicher sein kann, daß alle Schaufenster zur Gasse schauen und alle Rückseiten zum Boulevard.

Sie war schon fast überzeugt, daß sie die Adresse falsch abgelesen hätte. Aber nachdem sie das dritte Mal vorbeiging, entdeckte sie den Laden. Es war nicht mehr als eine Tür in einem zweigeschossigen Gebäude.

Sie ging um die Ecke und quetschte sich zwischen einem neuen Kastenwagen und einem alten Cadillac durch.

Die Tür war offen und die Treppe innen hinreichend sauber. Am oberen Treppenabsatz sah sie nach links und ging dann nach rechts. Sie klopfte einmal an die Nummer fünf und trat ein. Der überwältigende, beißende Geruch von Tabak schlug ihr sofort entgegen. Die Glöckchen über der Tür klingelten ein zweites Mal, als sie die Tür wieder schloß.

Aus dem Hinterzimmer sagte jemand: »Einen Moment bitte!« Zwei Minuten später erschien der Eigentümer.

Klein, fett, mit einem Haarkranz um den Kopf

herum, vom Kinn über die Wangen in die Koteletten übers Ohr zum Hinterkopf, wie eine Schneiden-Sie-an-der-gepunkteten-Linie-Markierung.

Er war wenigstens in den Sechzigern, aber die meisten Falten waren Fettfalten und keine Altersfalten. Seine Stimme war weich, mit einem leichten Akzent. Er lächelte.

»Nun, wenn ich mehr Kunden wie Sie hätte, junge Dame, würde ich nicht daran denken, mich vom Geschäft zurückzuziehen.«

»Danke. Wie dem auch sei«, sagte sie, »Sie können sich nicht zur Ruhe setzen, wenigstens nicht vor heute abend. Ich möchte ein Geburtstagsgeschenk für einen ganz besonderen Freund kaufen.«

Der Besitzer setzte einen erfreuten Gesichtsausdruck auf. »Was mag er, sagen Sie mir das. Importierte Zigarren? Pfeifentabak? Schnupftabak?« Er blinzelte wissend, ein widerlicher Zwerg. »Vielleicht etwas Ungewöhnlicheres? Mexikaner, sagen wir, oder Taiwanese?«

»Und die Opiumhöhle unterm Dach.« Sie lächelte zurück. »Nein, ich fürchte nicht. Mein Freund kauft regelmäßig seinen Tabak von Ihnen …«

»Er hat einen guten Geschmack.«

»… eine Spezialmischung, die Sie für ihn bereiten.«

»Meine Liebe, ich mache für viele Leute Spezialmischungen, und nicht nur hier in Los Angeles. Es ist eine rechte Kunst, und die jungen Leute heutzutage …« Er seufzte. »Einige meiner besten Kunden, ihre Namen würden Sie überraschen. Wie heißt Ihr Freund?«

»Dr. Walter Scott.«

Lächeln, auf Wiedersehen. Grinsen, weggewischt. Humor, in ein anderes Universum verschwunden.

»Ich verstehe.« Ganz plötzlich war er ihrer überdrüssig. »Weiß der Doktor, daß Sie das tun?«

»Nein. Ich will ihn überraschen.«

»Das glaube ich wohl.« Er sah auf seine Füße. »Ich fürchte, liebe Frau, daß ich Ihnen nicht helfen kann.«

Das gab keinen Sinn. »Warum nicht? Können Sie es nicht eben … mischen oder was auch immer Sie sonst machen? Ich brauche es nicht vor der nächsten Woche.«

»Liebe Frau, Sie müssen verstehen, daß das eine sehr spezielle Mischung ist. Ich kann den größten Teil davon bereiten. Aber eine Ingredienz ist immer die gleiche, und die fügt Dr. Scott immer selbst hinzu. Es ist wie der Safran in der Paella, wissen Sie. Ohne das bißchen Safran haben Sie nichts Besonderes. Ohne den kleinen Zusatz des Doktors …« Er hob die Schultern.

»Haben Sie noch nie herauszufinden versucht, was es ist?« bedrängte sie ihn.

»Natürlich. Aber der Doktor, er lächelt nur. Ich kann ihm nicht verübeln, daß er das Geheimnis seiner Mischung hütet. So eine wunderbare Süße gibt es dem Rauch, sage ich Ihnen!« Der Tabakhändler schüttelte den Kopf, sein Kranz wackelte. »Nein, ich kann Ihnen nicht helfen. Entschuldigen Sie mich.« Er zog sich wieder ins Hinterzimmer zurück.

»Na, das mag ich!« Sie trat wieder durch die Tür. Auf halbem Weg die Treppen hinunter hielt sie inne. Seltsam. Ach, was soll's? Sie würde ihm die antike Sturmlampe kaufen, die er in Ports o' Call so bewundert hatte.

Es regnete, als sie zum Haus hinausfuhr. Mittwochs arbeitete er immer lange, und sie war sich sicher, daß er etwas Gesellschaft brauchen konnte. So wie sie. Sie erzitterte wohlig.

Der Pacific Coast Highway war eine der Hauptverkehrsadern. Aber dank des Regens und des Nebels hatte die Zahl der vierrädrigen Gefährte heute abend stark abgenommen. Typischer Regen Südkaliforniens: sauber, kalt, zahmer als im Osten.

Sie schloß sich leise selber auf.

Walt legte gerade einen weiteren Holzscheit in den Kamin. Er schmauchte seine übliche Pfeife, dieses Mal eine groteske Meerschaumpfeife. Nach dem Spurt durch den Regen vom Parkplatz zur Haustür war das Feuer ein sinnliches, erfreuliches Inferno, fauchend wie eine angekettete orangefarbene Katze.

Sie nahm ihren schweren, nassen Mantel ab und schlenderte hinüber, um der Wärme nahe zu sein. Die Hitze war wundervoll. Sie küßte ihn, aber diesmal kam sein Enthusiasmus dem des Feuers nicht gleich.

»Ist was nicht in Ordnung, Walt?« Sie schmunzelte. »Macht Mrs. Norris dir mit ihren Drüsen wieder Ärger?«

»Nein, nein, das ist es nicht«, erwiderte er ruhig. »Hier, ich habe dir einen Gingerbiß gemacht.«

Der Drink war kühl und wie immer perfekt.

»Nun, dann sag mir, was es ist.« Sie ging zum Sofa und rollte sich da zusammen. Das Feuer war ein wenig zu heiß.

Er lehnte sich gegen die Steineinfassung und starrte in die Flammen hinunter. Das einzige Licht im Raum ging vom Kamin aus. Sein Gesicht nahm einen biblischen Schimmer an. Er seufzte.

»Emma, du weißt, was ich von Frauen halte, die ihre Nase reinstecken, wo sie nicht hingehört.«

»Walt?«

Verdammt, er mußte den neuen Riß in der Umhüllung der Tabaksdose bemerkt haben!

»Ich weiß nicht, was du meinst, Liebling.« Das gutaussehende Profil wandelte sich zum ganzen Angesicht.

»Du warst an meinem Tabak, oder etwa nicht?«

Gingerbiß – es kitzelte, während es die Kehle hinablief.

»In Ordnung. Ich gestehe, Liebling. Ja, ich war an deinem wertvollen Schatz.«

»Warum?«

In seiner Stimme schwang mehr als nur ein wenig Neugier. Sie schien von einer vollkommen anderen Person zu kommen. Sie drückte sich zurück in die Couch und zitterte. Das war der plötzliche Temperaturwechsel, als sie hereinkam, natürlich.

»Ach, Walt, ich hätte nicht gedacht, daß du so … so aufgebracht sein würdest.«

»Warum?« wiederholte er. Seine Augen glühten nicht. Das war nur eine Reflexion des Feuers.

Sie lächelte hoffnungsvoll. »Ich wollte dich zu deinem Geburtstag überraschen. Ich wollte dir etwas von deiner Spezialmischung kaufen und dich wirklich überraschen. Glaube nur nicht, daß ich dir sagen werde, was ich dir jetzt besorgt habe!«

Er lächelte nicht. »Ich verstehe. Du hast meine Mischung also nicht bekommen?«

»Nein, das habe ich nicht. Ich ging in dein Tabakgeschäft …«

»Du gingst in mein Tabakgeschäft?« wiederholte er.

»Ja, auf dem Santa Monica Boulevard. Die Adresse war unter dem Papier oder woraus die Umhüllung ist.« Sie blinzelte, schüttelte sich. War sie so müde? Sie nahm einen weiteren Schluck von dem Drink. Es half nicht. Tatsächlich schien sie nur noch schläfriger zu werden.

»Der nette Mr. … Ich kann mich an seinen Namen nicht mehr erinnern … er … Entschuldige, Walt. Ich weiß nicht, warum ich plötzlich so … schläfrig bin.«

»Fahr fort. Du gingst zum Geschäft.«

»Ja. Der Eigentümer sagte, daß er mir keine deiner Mischungen machen könnte, da (benebelt) du immer eine deiner eigenen (*so* müde) Ingredienzen mitbringst und er nicht wußte, was es war. Daher mußte ich dir was anderes besorgen.«

»Warum?« sagte er wieder. Und bevor sie antworten konnte: »Warum müßt ihr immer *alles* wissen? Jede eine Pandora.« Er griff den Schürhaken und schürte das Feuer. Es flammte hoch auf, die Funken hüpften trunken vom Eisengitter.

Sie leerte den Drink und setzte das Glas auf dem Tisch ab. Es schien zu verschwimmen. Sie lehnte sich aufs Sofa zurück.

»Es tut mir leid, Walt. Ich hätte nicht gedacht, daß du dich so ... so aufregen würdest.«

»Es ist in Ordnung, Emma.«

»Schon lustig ... diese ... Dosen. Acht Stück. Zwei hatten ... die Namen Anna Mine und Sue deBlakely.«

»Und?« Er befingerte den Schürhaken.

»Nun«, kicherte sie, »hießen so nicht ... deine zwei Exfrauen?«

»Ich bin sehr sentimental, Emma.«

Sie kicherte wieder und runzelte die Stirn. Wenn sie einschlafen würde, würde das den ganzen Abend ruinieren. Warum nur konnte sie ihre verdammten Augen nicht offenhalten?

»Tatsächlich ... alle deine Mischungen hatten ... Frauennamen.«

»Ja.« Er kam zu ihr herüber und blickte starr auf sie herunter. Seine Augen schienen zu brennen ... wieder eine Reflexion des Feuers ... und sein Gesicht verschwamm, wurde undeutlich. »Du schläfst ein, Emma.« Er rückte ihr leeres Glas vorsichtig an ein Tischende. Es war ein gutes Kristallglas.

»Ich ... verstehe das nicht. So ... müde ...«

»Vielleicht solltest du dir etwas Ruhe gönnen, Emma. Viel Ruhe.«

»Ruhe ... vielleicht ...« Seine Arme umschlossen sie.

»Leg dich hierher, Emma. Nah an das Feuer. Es wird dich wärmen.«

Er legte sie auf den Teppich vor dem Kamin. Die Flammen tänzelten höllisch, erwartungsvoll, schlugen gegen das rotglühende Innere des Kamins.

»Warm ... heiß, Walt«, murmelte sie schläfrig. Ihre Stimme war schwer und unsicher. »Niedriger, ja?«

»Nein, Emma.« Er nahm den Haken und stieß und schob die Scheite nach hinten an die Rückwand des Kamins. Schon komisch, daß sie nie bemerkt hatte, wie groß er für so ein bescheidenes Haus war.

Ihre Augen schlossen sich. Es war mehrere Minuten lang still. Als er sich hinkniete und nach ihr langte, flatterten ihre Augen wieder ein bißchen auf.

»Walt ...« Ihre Stimme war fast unhörbar, und er mußte sich nah über sie beugen, um sie zu verstehen.

»Ja?«

»Was ... Spezialzusatz?«

Da war ein Seufzer, bevor er antworten konnte, und ihre Augen schlossen sich wieder. Lange Augenblicke. Er warf zwei weitere Scheite ins Feuer und richtete sie auf dem Rost aus. Dann kniete er sich nieder und faßte sie unter den Armen. Ihre Atmung war flach und schwach.

Er legte seinen Mund nah an ihr Ohr und wisperte: »Asche, mein Liebes. Asche.«

Mutter Donner

Jessica Amanda Salmonson und ich korrespondieren seit Jahren miteinander, unregelmäßig, aber immer mit Respekt und Interesse. Neben dem Schreiben ihrer eigenen Stories ist Jessica auch eine fleißige Herausgeberin. Als ich erfuhr, daß sie eine Anthologie mit Geschichten zu mythologischen Themen zusammenstellte, war ich sofort interessiert.

Mythologie hatte mich in der Schule immer fasziniert, aber das einzige, von dem wir im Rahmen des anglozentrischen amerikanischen Curriculums der höheren Schule je gehört hatten, waren die Sagen von Griechenland und Rom. Wenn ein Lehrer besonders belesen und vorbereitet war, erhielten wir eventuell sogar ein Tröpfchen von den nordischen Göttern, diesen Göttern, die heute durch ihr Erscheinen in den Marvel Comics so berühmt geworden sind. Von den Hiesigen geht keiner nach Walhalla oder Asgard. Erst nachdem ich das College verließ, erfuhr ich von dem Erfindungsreichtum der Menschheit, von den Erzählungen und Vorstellungen des Restes meiner Brüder.

Eines der Dinge, die ich herausfand, war, daß Mythologie existiert, um weiterentwickelt zu werden. Die Traumzeit konnte auch meine Zeit sein. Die alten Geschichten von Tansania waren genauso treffend und relevant wie die, die in den Straßen von Topeka verbreitet wurden. In bezug aufs Geschichtenerzählen sind die Menschen alle gleich. Ich denke, daß meine Ausschmückung der Realität in einer Jurte in der Wüste Gobi genauso willkommen wäre wie in New York.

Was mich anfänglich zu den Inkas hinzog, war nicht ihre Mythologie, sondern ihre Tragödie. Wenn sie nur, sagte ich zu mir, als ich die traurige Geschichte ihrer Vernichtung durch die Konquistadoren las, eine Schrift besessen hätten. Wenn sie nur das Rad gekannt hätten. Wenn sie nur eine gleichwertige Kavallerie oder Schießpulver gehabt hätten. Wenn sie nur …

Niemand schenkte dem verrückten Yahuar Aufmerksamkeit, bevor die Silbermänner kamen.

»Sie haben den Fluß überquert«, berichtete der erschöpfte Chasqui dem Priester. »Gerade eben bahnen sie sich den Weg den Berg hoch.«

»Sie dürfen nicht hierherkommen«, murmelte der alte Priester. »Dies ist der heiligste Ort des Tahuantinsuyu, der Vier Ecken der Welt. Sie dürfen nicht hierherkommen.«

Er wickelte seinen Federumhang fester um die Schultern. Der Wind auf dem Berggipfel war kalt.

»Die Silbermänner gehen, wohin sie wollen.« Der Lehrer/Edle, der rechts neben dem Priester stand, hatte die letzten zwanzig Jahre viel erlebt. Er war zum Realisten geworden.

»Warum noch weiterträumen, alter Mann? Wir haben drei Möglichkeiten: wir können uns ergeben, wir können mit den Manco-Inka in den Dschungel fliehen, oder wir können hier sterben. Was mich anbelangt, ich wähle selbst mein Grab, und das liegt hier. Hier begann mein Großvater, und hier wird seine Linie enden.«

»Wenn wir zur Sonne beten«, begann der alte Priester. Der Lehrer unterbrach ihn ärgerlich:

»Es ist zu spät für Gebete, Priester. Wir haben vergessen, wozu sie dienen, wir haben zu viel vergessen, als daß Gebete jetzt noch von Nutzen wären. Gebete halfen Atahualpa nicht. Die Silbermänner haben ihn erwürgt, Lösegeld oder nicht, Gebete oder nicht. Geben Sie mir eins von deren gepanzerten langbeinigen Lamas, um darauf zu reiten, und eine von deren Feuerwaffen, um damit zu kämpfen, und behalten Sie

Ihre Gebete.« Er richtete seine Aufmerksamkeit auf den schnaufenden Chasqui.

»Wie viele, Botenläufer?«

Der Chasqui hielt ihm ein Quipu entgegen, und der Lehrer studierte die Zahl und die Plazierung der Knoten, die in die Schnur geknüpft worden waren. »Zu viele. Du hast deine Arbeit erledigt, Läufer. Ich will dich nicht aufhalten. Was wirst du nun tun?«

»Zu meiner Familie zurückkehren.« Der Chasqui atmete von dem langen Lauf den Berg hoch noch immer schwer.

»Geh jetzt, wenn du die Silbermänner umgehen kannst, und lebe lange.«

»Danke, Edler.« Der Läufer drehte sich um und flog fast den steilen Pfad hinunter, ungeduldig, der Heiligen Stadt zu entfliehen. Er hatte von der Barbarei der Silbermänner gehört, von den Abscheulichkeiten, die sie sogar in der großartigen Stadt Cuzco begangen hatten, und er hatte nicht das geringste Verlangen danach, mit denen, die sich vielleicht entschieden, die Zitadelle zu verteidigen, den Märtyrertod zu sterben. Das überließ er lieber den Priestern und Edlen.

Der alte Priester seufzte. »Das Reich neigt sich dem Ende entgegen. Es ist zu schade.«

»Zu schade ist ein zu schwacher Ausdruck, Priester.« Der Lehrer unternahm keine Anstrengungen, seine Bitterkeit zu verbergen. »Ich beschuldige Huascar und Atahualpa. Wenn die beiden Brüder nicht die Kraft und den Reichtum des Reiches darauf verwandt hätten, um miteinander um die Nachfolge zu kämpfen, hätten wir die Silbermänner bereits ins Meer zurückgetrieben, trotz ihrer seltsamen Waffen und Lebensweise. Jetzt ist es zu spät.« Er wandte sich um und blickte über die unteren Terrassen hin zur inneren Stadtmauer.

»Und jetzt werde ich hier sterben, nicht für das Reich, sondern für meine Ahnen und meine Eide.

Mehr ist mir nicht mehr geblieben. Was werden Sie tun, Priester?«

»Ich bin geheißen, Inti, der Sonne, zu dienen. Ich werde darum beten, von ihm geleitet zu werden, und wenn es sein Wille ist, werde ich im Tempel sterben, zu der Zeit, die er für mich auswählt.«

»Pah. Lieber im Kampf sterben. Dennoch bin ich kein Priester, und ich sollte einem Priester nicht sagen, wie er sterben soll. Jeder muß tun, was er tun muß.«

»Das ist das Gesetz, mein Sohn.« Der Priester legte eine verwitterte Hand auf die Schulter des jüngeren Mannes. »Ich kann nicht mit dir zusammen kämpfen, aber ich kann darum beten, daß du gut kämpfst.«

»Ich nehme deine Gebete an, alter Mann. Sie haben in der Vergangenheit geholfen, obwohl die Vergangenheit vorbei ist. Ich gehe und organisiere die Steinschleuderer.«

Er drehte sich um und ging die Stufen hoch. Der Priester sah besorgt den Berg hinunter. Die Morgensonne glitzerte grell in den Fluten des entfernten weißen Wurms, des Urubamba-Flusses. Wie bald schon, fragte er sich. Wie bald schon, daß das Sonnenlicht auf den Rüstungen der Silbermänner glitzerte? Wenn er sich nur an die alten Wege, die alte Magie erinnern könnte.

Aber so viel war vergessen worden, seit der erste Inka das Reich schuf.

»Wir werden uns ihnen am steilsten Teil des Pfades stellen«, sagte der Lehrer den versammelten Bauernkriegern. »Wenn wir sie dort nicht aufhalten können, haben wir keine Chance. Ihre langhälsigen Lamas werden Schwierigkeiten damit haben, dort hochzuklettern.«

»Ein steiler Pfad wird ihre Feuerpfeile nicht aufhalten«, sagte eine Stimme von hinten.

»Fürchtest du dich vor dem Feuer, Tamo?« fragte

der Lehrer. Der Mann, der gesprochen hatte, verfiel wieder in Schweigen.

»Wir sind bereit, bis auf die Priester und die Kinder.« Der Lehrer wollte schon vom Redestein steigen, als eine andere Stimme die Stille durchbrach:

»Was ist mit Yahuar?«

Der Lehrer mußte lächeln. »Der verrückte Yahuar? Laß ihn in Frieden seine Flöte spielen. Vielleicht lassen ihn die Silbermänner am Leben. Ich habe gehört, daß auch sie Verrückten gegenüber tolerant sind. Soll Yahuar bei den Priestern und Kindern bleiben, wo er hingehört.«

Von den Kriegern erklang Gelächter, und der Lehrer war froh. Wenn jetzt die Zeit kam, würden die Männer der Stadt ihre Hand zur Verteidigung gegen die Silbermänner erheben. Wenn die Götter es wünschten, würde der Lehrer aus dem Schädel seines Feindes ein Trinkgefäß machen. Wenn nicht, würden sie wenigstens wie die wahren Kinder von Viracocha sterben.

Am anderen Ende der Stadt saß der verrückte Yahuar auf den unteren Stufen des Tempels, die mit den Tränen des Mondes überzogen waren, und spielte auf seiner Panflöte. Die Kinder sahen ihm zu. Sie hatten von der Wichtigkeit des kommenden Kampfes keine Ahnung. Die Frauen neckten ihn oder lächelten traurig über seine Unschuld, während sie vorbeieilten, um Vorräte an Nahrung und Wasser für die Männer vorzubereiten. Die Priester ignorierten ihn und trafen die Vorbereitungen für den Tod.

Yahuar saß auf dem Silber und spielte und lächelte. Und beobachtete den Himmel über der Schlucht des Urubamba. Er bewölkte sich schnell. Der Regen perlte über Yahuars Wangen und rann in Tropfen über seine krumme Nase. Die betörenden pentatonischen Klänge seiner Panflöte schwebten über den Rand der Klippen und hinunter in den Nebel, der vom brausenden Fluß aufstieg.

»Ein schmutziges Land, Capitan.« Der Soldat zerrte energisch an den Zügeln seines widerwilligen Reittiers, während er die Höhen über sich aufmerksam im Auge behielt.

»Schmutzig, aber reich, was, Rinaldo?« Capitan Borregos schlug sich zu einem vorspringenden Felsen durch und drehte sich, um seinen Kriegshaufen zu überblicken, der sich den Berghang heraufschlängelte.

Er hatte fünfzig kämpfende Männer, zwanzig Arkebusiere und dreihundert indianische Helfer. Sie hatten die Kanone am Grund der Schlucht zurückgelassen, nachdem die Männer bei der Aussicht, den Sechspfünder den steilen Abhang hochzuziehen, gemeutert hatten. Nun ja, mit einem bißchen Glück würden sie ihn nicht brauchen. Und wenn der schlimmste Fall eintreten würde, könnten sie damit ihren Rückzug decken.

Aber Borregos dachte nicht an Rückzug. Er hatte zu lange zu hart daran gearbeitet, diese Männer vom Komfort, den das besiegte Cuzco bot, loszueisen. Es war dennoch weniger schwer gewesen, als er erwartet hatte.

Der größte Teil des Reichtums der geplünderten Stadt war schon zu der Zeit, als diese Männer Peru erreichten, auf dem Weg nach Spanien. Cortez und die Pizarro-Brüder hatten die Inka-Hauptstadt ihres Goldes, Silbers und ihrer Juwelen beraubt. Die Stadt war voller verzweifelter, erwartungsvoller Männer gewesen, die begierig auf eine Chance auf Beute waren, die das Interesse der ganzen Iberischen Halbinsel geweckt hatte. Solche Männer waren gute Kämpfer, da sie willig jeden Befehl befolgten, der eine goldene Belohnung versprach.

Borregos' Trupp wurde von keinem Priester begleitet. Diese machten ihn nervös. All das Stöhnen und Winseln über den Tod der ungläubigen Indianer. Die Gegenwart eines Priesters hätte das notwendige Schlachten unangenehm gemacht. Daher waren Borregos und seine Männer heimlich aus Cuzco geschlichen, in kleinen Gruppen und zu zweit, um nicht die Aufmerksamkeit der Obrigkeit oder der Kirche auf sich zu ziehen.

Er drehte sich um und rief den Indianer, der in der Nähe stand, an. Omo schreckte bei der Erwähnung seines Namens auf und eilte zum Felsen des Capitans hinüber. Er war ein Cotol, von einem Stamm der Puma-Anbeter, die weit oben an der Küste lebten. Die Cotol hegten keine Liebe für die Inkas. Viele von Borregos' indianischen Verbündeten waren Cotol. Ein unwürdiges Volk, überlegte Borregos, das nichts von der schlichten Würde seiner Inka-Herren hatte.

»Bist du dir sicher, daß der Weg richtig ist, Omo?«

Der Indianer antwortete in gebrochenem Spanisch. »Ja, Herr. Das ist der richtige Weg. Dies ist der *einzige* Weg. Bald sind wir da, am großartigsten Ort in all den Vier Ecken der Welt. Er ist klein, weil er ein Geheimnis ist, und noch wichtiger als sogar Cuzco.«

»Und hier ist das Gold?«

»Ja, Herr. Der Tempel auf der Spitze des Berges ist der Erinnerung an Viracocha geweiht, den ersten Inka, den Schöpfer. Die Mauern des Tempels sind mit dem Schweiß der Sonne überzogen, sein Dach und sein Boden mit den Tränen des Mondes. Hierher hat Huanya Capac, der letzte große Herrscher, viele Schätze zur Aufbewahrung gebracht. Hier hat Viracocha zuerst die Erde berührt, inmitten von Feuer und Donner, und hat seine Kinder herniedergeschickt, um Inkas und Herren über die Welt zu sein.«

»Du fürchtest dich vor dem Ort, nicht, Omo?«

»Ja, Herr.«

»Warum gehst du dann weiter? Warum kehrst du dann nicht in deine Heimat weit im Norden zurück?«

»Weil mein Herr mich dann töten lassen würde.« Der Blick des Indianers begegnete dem Borregos' nicht. Ganz so, wie es sein sollte, dachte der Capitan.

»Das ist richtig, Omo. Bis wir hier unsere Geschäfte erledigt haben. Dann kannst du nach Hause gehen, mit all den Lamas, die du und deine Männer mitnehmen können.« Borregos konnte großzügig sein. Er hatte für Lamas keine Verwendung. Er war hinter dem Gold her. Schweiß der Sonne, wie die Inkas es nannten. Seine Augen strahlten.

»Kommt weiter, Männer!« schrie er seiner sich vorwärtskämpfenden Truppe zu. »Für den guten König Karl und für die Ehre!« Er zog sein Schwert und richtete es auf die Felsen über sich.

»Seine Ehre kann er behalten«, murmelte einer der bärtigen schmutzigen Soldaten in der Kolonne, als er sein Pferd weitertrieb, »solange da eine Menge Gold ist.«

»Vergiß nicht die Erwählten Frauen«, rief sein Begleiter grinsend. »Das ist eine große Tempelanlage. Da sollten auch viele von denen sein und keine Priester, die uns das Vergnügen verderben könnten.«

»Ach, die hatte ich vergessen«, bekannte der andere Soldat. Er trieb sein Pferd mit neuer Kraft an. »Das wird ein denkwürdiger Tag.«

Die Bauernkrieger kämpften mutig, und die Priester beteten unablässig, aber Schleudersteine und Baumwollrüstungen waren Kugeln und Toledostahl nicht ebenbürtig. Das Feuer der Spanier trieb die Verteidiger schließlich weg vom Pfad. Sobald die Invasoren in die Nähe der Mauer kamen und den relativ ebenen Grund erreicht hatten, wo sie ihre Pferde einsetzen konnten, schien das Ende nah zu sein.

Der Lehrer zog sich mit den überlebenden Kämpfern zum großen Tempel der Sonne zurück, der sich am anderen Ende der Stadt erhob. Hier hielten die Spanier inne, beeindruckt, aber nicht von Ehrfurcht ergriffen durch die massive Steinstruktur. Sacsayhuaman in Cuzco war größer und besser verteidigt gewesen, aber es war dennoch gefallen.

Für den Moment begnügten sich die Invasoren damit, die strohgedeckten Gebäude der Stadt zu plündern und anzuzünden und ein spätes Mittagessen zu genießen. An drei Seiten des Tempels fielen die Klippen jäh Hunderte von Metern ab. Ihre Beute konnte nirgendwohin entkommen. Die Männer waren zwar ungeduldig, endlich zu den richtigen Schätzen vorzustoßen, doch empfahl ihnen Capitan Borregos, sich auszuruhen und frische Kraft zu sammeln.

Selbst in den gewöhnlichen Häusern war reichlich Gold zu finden. Die nicht erwählten Frauen waren zwar nicht so hübsch wie die, die im Tempel dienten, aber die Konquistadores waren für den Moment befriedigt. Innerhalb des verbarrikadierten Tempels mußten der Lehrer und die Krieger ihre Schreie und Rufe anhören und bissen sich die Lippen blutig.

»Was sollen wir jetzt tun?« fragte ein Krieger mit schweren Schnittwunden.

»Wir sollten nicht hierbleiben. Wir müssen herausgehen und uns ihnen wie Männer stellen und wie Männer sterben«, sagte der Lehrer.

»Vielleicht können wir mit ihnen einen Handel abschließen«, schlug ein anderer hoffnungsvoll vor. »Sie töten nicht jeden.«

»Doch, wenn sie Lust darauf haben«, fauchte der Lehrer. »Es sind keine Männer von Adel, wie die wenigen, die die Armee, die die Hauptstadt einnahm, anführten. Diese hier haben noch nicht einmal einen Priester dabei, der sie an ihren Gott erinnert. Wir können hier sterben oder draußen unter der Sonne.«

»Nicht einmal das«, sagte ein anderer Kämpfer voller Trauer. »Regenwolken bedecken den Himmel.«

»Wo kommt dieser infernalische Lärm her?« Der Lehrer wirbelte herum, starrte zu den rückwärtigen Räumen des Tempels, von wo merkwürdige Flötenmusik zu hören war.

»Haben Sie den verrückten Yahuar vergessen?«

sagte ein Krieger entschuldigend. »Er sitzt beim Sonnenstein und spielt auf seiner Flöte.«

»Geh und bring ihn her«, befahl der frustrierte Lehrer. »Er sollte wenigstens auch wie ein Mann sterben.«

Zwei der Krieger eilten durch die Gänge, bis sie zu dem kleinen zum Himmel offenen Platz kamen, wo der aus Stein und Metall bestehende Obelisk des Inti Huatana Blitz und Donner standhielt. Wegen der Wolken war es dort sehr dunkel. Aus dem Berg unter ihnen war ein seltsames Grollen zu hören, und der höchste Punkt des Inti Huatana glühte wie die Sonne, während der verrückte Yahuar davor spielte. Die zwei Krieger zogen sich vom heiligen Platz zurück, da es ihnen schien, daß der Sonnenstein dem Spiel des verrückten Yahuar antwortete.

»Besser, wir stellen die Pferde unter«, schlug einer von Borregos' Lieutenants vor. »Wir können dieses verdammte Unwetter abwarten.«

»Ich schätze, das ist das beste.« Borregos war unzufrieden. Nun hatten sie nur die Auswahl, eine feuchte Nacht in der Einfriedung der Eingeborenen zu verbringen oder einen Angriff im Regen zu starten. »Verdammtes Pech. Obwohl ich denke, daß das Gold auch noch auf einen schönen Morgen warten wird.«

»Capitan!« Borregos fuhr herum und starrte auf den Soldaten, der auf dem nahen Wall Wache hielt.

Etwas erhob sich aus der Schlucht und bewegte sich zur Zitadelle, stieg zu den Wolken auf. Gesichter versammelten sich hinter den Fenstern des Tempels der Sonne. Sogar die Priester waren von ihren letzten Gebeten weggelockt worden. Über dem auffrischenden Wind und dem tiefen Getrommel, das aus dem Berginnern zu kommen schien, war das unregelmäßige Geflüster der Flöte des verrückten Yahuars zu hören.

Der Schlitten bestand aus leuchtendem Silber und Gold, und er schwebte wie ein Kondor durch die Luft. Auf dem Schlitten, ganz in die Tränen des Mondes gehüllt, war die Gestalt einer Frau zu sehen. Ihr silbernes Haar war lang und steif und formte einen glühenden Halo um sie herum. Manche hielten ihr Gesicht für wunderschön, und andere dachten, daß es ein überzogener Totenschädel wäre. In ihren Augen stand ein nichtmenschliches Feuer.

In einer Hand hielt sie den Stab des Himmels, einen bleichen Stab, der mit Licht gefüllt war, das zu hell war, um es anzuschauen. Als er sich nach unten richtete, sandte er einen Blitzschlag zu der Stadt auf der Bergspitze.

Er berührte zuerst Capitan Borregos, dann seinen Lieutenant, dann die Männer neben ihnen und verwandelte sie in Asche und bloße Erinnerung. Die folgenden Blitze ließen Steine wie Männer durch die Luft fliegen. Ein paar der Soldaten vergaßen ihre Furcht lange genug, um auf das Gefährt zu feuern, aber die Kugeln waren dagegen so nutzlos wie Speere.

Und als der letzte der Invasoren niedergestreckt und vernichtet war, kreiste Mutter Donner einmal über die Zitadelle und deutete mit ihrem Stab nach unten, bevor sie wieder in dem abziehenden Unwetter verschwand.

Zitternd und furchterfüllt, aber lebend, folgten die Überlebenden Yahuar nach draußen auf die Stufen des Tempels und blickten auf ihre Stadt.

»Schaut das Werk von Illapa Mama, Tochter von Viracocha!« Niemand hielt die Worte des Flötenspielers noch für verrückt.

Da, wohin der Stab als letztes gedeutet hatte, war ein Loch im Dach des Berges erschienen. Eine Treppe führte hinunter außer Sicht, ins Unbekannte.

»Hier ist der Weg zum Ort der Rückkehr«, kündigte Yahuar an. »Bringt die heiligen Objekte, die Überbleibsel des Tahuantinsuyu, nach unten.«

Die Leute beeilten sich zu gehorchen, entblößten den Tempel und die umliegenden Gebäude von den Tränen des Mondes und vom Schweiß der Sonne und den heiligen Reliquien. Sie sammelten Nahrung für die kommende Reise, eine Reise, die, wie alle wußten, lange dauern würde.

»Das Werk Viracochas zerfiel, da sein Volk seine Lehren vergessen hat. Es dachte nur noch an das eigene Vergnügen und hielt sein Andenken nicht mehr in Ehren und verlor sich in nichtigen Streitigkeiten und Kämpfen«, erklärte Yahuar. Unter denen, die zustimmend nickten, war auch der jetzt schweigsame, ernste Lehrer.

»Aber Viracocha war weise. Einen weisen Mann jeder Generation wurde das besondere Lied gelehrt, das Lied der Erinnerung, das nur in äußerster Not gespielt werden darf. Das Lied, das Illapa Mama zur Rettung seiner Kinder rufen und ihnen den Weg zur Rückkehr zum Lernen und Frieden zeigen würde.

Wir müssen nun zum Haus Viracochas zurückkehren, bis es für seine Nachfahren wieder Zeit ist, zurückzukehren und ihre Herrschaft über dieses Land auszuweiten. Wisset, daß ich der weise Mann bin, der Lied-Spieler dieser Generation, Urenkel des ersten Lied-Spielers, der von Viracocha selbst unterrichtet wurde. Folgt nun meinem Lied.« Er hob die Panflöte an seine Lippen und begann zu spielen.

Die Menschen der Stadt folgten Yahuar, die bekannte Melodie wortlos mitsummend, hinunter in den Bauch des Berges, und sie zitterten nicht einmal, als er sich hinter ihnen schloß.

Ein lauter Donnerschlag war selbst in Cuzco zu hören. Einige dachten, sie hätten eine Feuersäule gesehen und einen Berg, der zum Himmel auffuhr. Andere sagten, das sei nur eine vom Blitz beleuchtete Wolke gewesen. Wieder andere hatten weder etwas gehört noch gesehen und verlachten die Worte derer, die etwas wahrgenommen hatten. Später fragten sich Reisende, was aus dem Volk der heiligen Stadt Machu Picchu geworden war, ebenso wie sie sich über die Westseite des großen Berges wunderten, wo ein Teil abgesplittert und verschwunden zu sein schien.

Ein Großteil der Stadt ist geblieben, wie auch der Inti Huatana, der Sonnenstein, obgleich er nicht mehr mit Metall gekrönt ist. In manchen Nächten erzeugt die Panflöte eines schlaflosen Schafhirten eine seltsame Resonanz in der uralten Säule. Niemand findet es bemerkenswert, da viele Erdbeben das Land, das einst von Viracocha erobert wurde, erschüttern, genau wie niemand daran denkt, zu graben, um zu sehen, was im großen Berg liegen mag …

Der Stuhl

(mit Jane Cozart)

Ideen für eine Geschichte kommen von überall her. Sogar von Objekten.

Im Westen Texas' lebt eine bemerkenswerte Dame. Jane Cozart wurde in eine Theaterfamilie hineingeboren. Ihr Vater, für die älteren Leser, war niemand anders als Smilin' Ed McConnel, der in Radio und Fernsehen zu Ruhm kam. Einige können sich vielleicht auch an seinen Gummikumpel Froggy erinnern. Jane verzichtete auf eine mögliche Filmkarriere, als sie sich kurz vor den Aufnahmen zu einer kleinen Geschichte, in der sie eine Rolle erhalten hatte, das Bein brach. Der Film hieß National Velvet, *und Janes Rolle ging dann an eine andere jugendliche Schauspielerin mit Namen Taylor.*

Jane heiratete und ließ sich im Westen Texas' nieder, um ein paar Kinder, eine Menge Tiere und ein kleines Höllenspektakel aufzuziehen. Jede Post, die in dieser Region ankommt und einfach an die Gemeine Hexe des Westens adressiert ist, landet direkt bei ihr. Als ich sie das erste Mal traf, war ich sofort beeindruckt, da ihre persönliche Bibliothek größer war als die der örtlichen Schule.

Meine Frau JoAnn hatte geknausert und gespart, um mir vor unserer Hochzeit einen faszinierenden geschnitzten Stuhl zu kaufen. Als ich ihn Jane eines Tages beschrieb, hatte sie eine Idee, wie er die Grundlage einer interessanten Geschichte bilden könnte. Ich war davon nicht so überzeugt, aber ich sagte ihr, wenn sie die Geschichte schriebe, würde ich mit ihr daran arbeiten. Der Stuhl steht immer noch in meinem Arbeitszimmer, und das Gesicht an seiner Rückseite beobachtet mich selbst jetzt, wo ich dies schreibe;

seine Herkunft ist immer noch im Dunkel der Zeit verloren.

Und wenn June Foray, die eine unter den vielen Zeichentrickstimmen ist, dies zufälligerweise liest: Jane McConnel läßt grüßen.

»Nicht noch ein Antiquitätengeschäft.«

Dylan McCarey verdrehte die Augen und versuchte, möglichst genauso wütend auszusehen, wie er müde war. Die Fordlimousine wartete nervös im Leerlauf, sie war diensteifrig.

Auf dem Vordersitz des goldenen Spritsäufers – momentan vom Straßenstaub bedeckt, so daß die Farbe mattbronzen aussah – verschränkte seine Frau die Arme, schürzte die Lippen und warf sich in einen Schmollwinkel erster Klasse. Die Pose war gut geübt und gab ihr das Aussehen eines gefolterten Spaniels. Die Ähnlichkeit wurde durch ihre moosgrünen Augen und das schwarze Haar, das glatt den Rücken hinunterfiel und sich im Gürtel ihres Rockes verfing, erhärtet.

Dylan war in seiner ausgelassenen, kurzen Ehe schon häufig das Ziel ihres Schmollens gewesen. Das hatte allerdings nicht dazu geführt, daß sein Widerstand dagegen gewachsen war. Göring, überlegte er, hatte gewußt, wann die Bomber der Royal Air Force und der Amerikaner über den Kanal kommen würden. Das Vorwissen hatte ihm aber genausowenig die Macht gegeben, ihre Angriffe abzuwenden, wie Dylan verhindern konnte, unter dem Anblick von Marjories kleinmädchenhaften Allüren wegzuschmelzen.

»Schon gut, schon gut. Aber es ist hoffentlich nicht zu weit weg.« Er sah auf die Uhr. »Ich würde gern vor Mitternacht nach Hause kommen.«

»Danke, Schatz.« Der Schmollmund verschwand schneller als ein hungriger Kolibri. »Es ist nicht weit.« Sie betrachtete ein Papierstück, das dicht an dicht mit

Hieroglyphen beschrieben war. »Es ist genau südlich von Colorado, am Lake.«

»Pasadena.« Sie fuhren bereits an Covina vorbei, wie er bemerkte. Sie *waren* nah dran, und es lag am Weg aus L. A. raus. Zeit für seine unfreiwillige Großmut, das Lob einzustreichen. »Sicher, Liebling. Es gibt keinen Grund, warum wir nicht halten und uns ein paar Minuten umschauen sollten.«

Aber es dauerte länger, als er dachte, bis er das Geschäft gefunden hatte. Das Auto mußte ein paarmal an den richtigen Hausnummern vorbeifahren, bevor Marjorie das kleine Schild entdeckt hatte, das an der Ziegelsteinwand angebracht war.

Sie parkten in der Nähe. Ungeduldig, sich wieder auf den Weg zu machen, grummelte das Auto, als er es ausschaltete. Sie mußten nicht weit gehen. Mehrere Läden, einer verkaufte Alkohol, ein anderer pornographische Bücher und Magazine und FILME, WÖCHENTLICHER WECHSEL, 25 Cent.

Eine dunkle Treppe zur Rechten des Schildes führte zum Gebäude hoch, ein enger, gepflasterter Schlund. »Entweder ist das ein sehr altes, exklusives Geschäft oder nur ein weiterer Secondhandladen, der sich als Antiquitätengeschäft verkleidet hat.« Bedächtig musterte er die Treppe.

»Warum sagst du das?«

Er ging hoch. »Er ist hier oben auf der ersten Etage in einer heruntergekommenen Wohngegend. Entweder hat er eine alte, erstklassige Stammkundschaft, die diesen Ort kennt, oder es geht deswegen eine Treppe hoch, weil der Laden sich die Erdgeschoßlage nicht leisten kann.«

»Du denkst, daß du verdammt klug bist, was?« Sie drückte liebevoll seinen Arm, und er lächelte sie an.

Die Tür war die erste, die sie am oberen Treppenabsatz sahen. Zur Rechten und Linken verliefen dunkle Gänge ins Nichts. Sie konnten, nach allem, was Dylan sah, zu anderen Türen, anderen Läden oder auch in die vierte Dimension führen.

Ein Name an der Tür: Harry Saltzmann. Es gab keine Klingel. Auch auf mehrmaliges Klopfen folgte keine Reaktion.

»Niemand zu Hause.« Er hoffte, daß ihm seine Erleichterung nicht anzumerken war. Nach dreitägigem Rumlatschen durch die Metropole war er erschöpft, und er teilte Marjories fanatische Liebe zu Antiquitäten nicht. Er hatte genug davon, die Ausdünstungen einer industriellen Zivilisation einzuatmen. Es war an der Zeit, nach Hause zurückzukehren.

»Es ist Dienstag. Wie kann ein Laden an einem Dienstag geschlossen sein?« Marjorie klang sehr verblüfft. »Und da stehen keine Öffnungszeiten. Verdammt.«

»Du wirst eines Tages ein anderes Antiquitätengeschäft finden, Marj«, versicherte er ihr. »Du kannst sie riechen.«

Die Tür machte ein klickendes Geräusch und schwang leicht nach innen. Augen starrten nach draußen und hoch zu ihnen. Sie waren so grün wie die einer jungen Katze, das am jüngsten wirkende Merkmal in einem alten Gesicht. Sie formten eine Art Grenze zwischen dem schmalen unteren Gesichtsteil und Kinn und dem sich wölbenden, überdimensionalen Schädel. Letzterer hatte einen weißen Haarkranz, die ganze fleischige Basilika war anscheinend zu groß, um auf die eingesunkenen Wangenknochen und das dünne Kinn darunter zu passen.

»Oh, Sie haben geöffnet.«

Die Stimme des Mannes war fest, der Akzent aus den Südstaaten, irgendwo zwischen Dallas und Nibelheim:

»Vielleicht, junge Dame. Wer sind Sie?«

»Ich bin Marjorie«, erwiderte sie mit ihrer üblichen

charmanten Geradlinigkeit. »Das ist mein Ehemann, Dylan. Er ist Schriftsteller. Sind Sie Mr. Saltzmann, der Besitzer?«

»Hat wohl keinen Zweck, das abzustreiten«, murmelte er. Er sah resigniert aus. »Sie wollen sich umsehen? Ich habe nicht viel Zeit.«

»Nicht, wenn Sie geschlossen haben. Wir möchten Ihnen keine Mühe machen.« Marjorie wollte nie jemandem Mühe machen, dachte Dylan trocken. Sie war der Typ, der sich sogar beim Steuereintreiber dafür entschuldigen würde, daß sie dem Staat nicht mehr Geld geben konnte.

»Nein, keine Mühe.« Das toplastige Gesicht schien sich ein wenig zu entspannen. »Ihr Leute seid nicht aus der Stadt?«

»Nein. Woher wissen Sie das?«

»Sie sehen glücklich aus. Woher kommen Sie?«

Dylan ging die Fragerei langsam auf den Wecker, aber Marjorie warf ihm einen scharfen Blick zu, und er klammerte sich an seinen Rest Höflichkeit. »Oben von der Küste. Kleine Stadt namens Cambria. Sie liegt in der Nähe von San Simeon. Wissen Sie, wo das Kastell Hearst ist?«

»Ja, sicher. Sie haben ein paar nette Stücke.«

Ein paar nette … entweder nahm der alte Mann sie hoch oder die erste von Dylans Annahmen war richtig und das Inventar hier würde nicht billig sein.

Die Tür bewegte sich in den Angeln. »Kommen Sie rein.«

Der Laden war durchorganisiert wie ein Gezeitenbecken. Möbel, Kleidung und Antiquitäten waren in einer seltsamen, aber gefälligen effizienten Weise in dem hohen Raum angeordnet. Man hatte den Eindruck, daß, wenn eine Neuerwerbung hinzugefügt werden würde, diese sich wie eine Welle unter den Sachen ausbreiten würde und nichts durcheinanderbringen, sondern zu einer neuen Lage vergangener

Kreativität auf den Sedimentablagerungen des Ladens werden würde.

Durch ein altes, hohes Fenster drang das Licht von der Straße ein. In den dunkleren Ecken des nirgendwo hellen Raums leuchteten kleine Glühbirnen wie fette Glühwürmchen in einem Wald in Ohio.

Meisterwerke und Schund standen nebeneinander, rangen um den knappen Ausstellungsraum. Ein alter städtischer Mülleimer enthielt Kleider, die über hundert Jahre alt sein mußten. In einem zerkratzten Glasgefäß lag Modeschmuck in einem glitzernden Haufen. Da war sogar ein altmodisches Diadem aus farbigem Glas, dessen funkelnde Smaragde und Diamanten erstaunlich echt aussahen. Einer der geschliffenen grünen Steine war so groß wie Dylans Uhrglas.

Neugierig rief er nach dem Eigentümer. Saltzmann lugte an seinem Bauch vorbei, dahin, wohin Dylans Finger zeigte.

»Die Halskette? Das kostet sieben Dollar.«

»Nein, nein. Das Diadem daneben.«

»Ach das. Das kostet dreihunderttausend.«

Dylan vergaß einen Moment lang zu atmen und starrte auf die zarte, feine Filigranarbeit aus Gold und Edelsteinen. »Sie scherzen doch.«

»Zu teuer? Na gut, wenn Sie sie wirklich wollen, kann ich sie Ihnen wohl für zweihundertfünfzig lassen. Gehörte der Josephine … Bonapartes Mädchen.«

Dylan bemühte sich, nicht blöde zu grinsen. »Wir denken darüber nach.«

Vom anderen Ende des Ladens erklang ein Hilferuf. Marjorie war in den alten Kleidern eingegraben, ließ ganze Jahrhunderte durch ihre Hände gleiten, probierte eine Ära nach der anderen an. Saltzmann wackelte zu ihr hinüber, um behilflich zu sein.

Ein gelangweilter Dylan blieb allein zurück, um sich seinen Weg tiefer in die Tiefen des Ladens zu bahnen. Der lange Raum schien bis zur anderen Seite des Gebäudes zu reichen. Eine Galionsfigur lächelte auf ihn herab, und er bewunderte sie und versuchte sich vorzustellen, wie ihre Brüste die sieben Meere durchschwammen. Er kam an Fässern vorbei, die noch nach dem schon vor langer Zeit getrunkenen Whiskey rochen, Fäßchen mit Schienennägeln und altem Blechspielzeug. Da waren ausgetrocknetes und gerissenes Zaumzeug, rostige Farmwerkzeuge, die von der Decke hingen und von Trockenheit und schlechten Ernten flüsterten.

Eine Ecke führte ihn zu einem Hinterzimmer, das ein wenig besser erleuchtet war als der Hauptgeschäftsraum. Dort lagen mehrere auseinandergenommene Möbelstücke auf Boden und Bänken verteilt. Er hatte gerade begriffen, daß er in die Werkstatt des alten Mannes geraten war, als er den Stuhl sah.

Er kauerte in einer eigenen Ecke, neben antiken Colaflaschen, schlaffen Pelzumhängen und Werkzeugen. Für einen Schriftsteller von Reise- und Abenteuergeschichten war er so unwiderstehlich wie eine Studienreise in das Arabien des achtzehnten Jahrhunderts.

Dennoch nahm er sich die Zeit, erst noch einen Blick in den Geschäftsraum zu werfen. Marjorie hielt sich ein schwarzes viktorianisches Kleid an den Leib und feilschte mit dem Eigentümer. Das Kleid schien ihre junonische Figur genau nachzubilden. Irgendwo war eine gleichermaßen liebliche Gestalt, die der ursprünglichen Trägerin des Kleides, nun zu Staub geworden. Schnell zog er sich wieder in den Arbeitsraum zurück und trat näher, um gierig den Stuhl anzustarren.

Er hatte eine gerade Rückenlehne, vier Beine, zwei gerade Armlehnen und einen gebogenen Sitz. Alles war aus einem schweren, dunklen Holz geschnitzt. Wahrscheinlich Eiche oder Walnuß, überlegte er. Neben den relativ gewöhnlichen, mit Klauen versehenen Beinen und Dekorationen in Wirbelform waren da auch offensichtlichere Beispiele für die Kunst des Holzschnitzers.

Jeder Arm endete in einem eigentümlichen anthropomorphen Fisch. An beiden oberen Ecken der Rükkenlehne befand sich ein genau gearbeiteter Löwenkopf, der ihm mit offenem Maul entgegenstarrte, so daß die Fänge zu erkennen waren. Aber es war die Rückenlehne des Stuhls, die seine größte Begeisterung auslöste.

Ungefähr die Hälfte der glatten Fläche war mit winzigen geschnitzten Gesichtern gefüllt. Keines war größer als sein Daumennagel, dennoch war der Detailreichtum erstaunlich. Als er eines genau inspizierte, eine Frau mittleren Alters, konnte Dylan perfekt geschnitzte Zähne, Augenbrauen und Haare entdecken. Der Gesichtsausdruck war verzerrt, wie auch der aller anderen.

Über dieser Miniaturengalerie war ein viel größeres Gesicht, so groß, daß er es mit seiner ausgestreckten Handfläche kaum verdecken konnte. Es sah außerordentlich beseelt und lebensecht aus. Die lange Nase war offensichtlich gebrochen. Die Wangen blähten sich zu Windböen auf, die zu beiden Seiten des Stuhles bliesen und in die glatten Mähnen der Löwen fuhren. Dylan studierte die fast bewegliche Schnitzerei. Er konnte sich nicht entscheiden, ob der Meisterschnitzer ein lachendes oder schreiendes Gesicht dargestellt hatte.

»Hier ist Betreten verboten, mein Sohn.«

Dylan stolperte beinahe, so erschrocken fuhr er herum.

»Entschuldigung. Ich ... ich habe kein Schild oder so gesehen.«

Den Boden beäugend, fand Saltzmann ein dreckiges, zerbeultes rechteckiges Schild und hob es auf. Auf ihm stand in schiefen Lettern NUR FÜR MITAR-

BEITER. Er murmelte etwas zu sich selbst und hängte das Schild außen neben den Zugang.

Während er damit beschäftigt war, winkte Dylan seine Frau herein.

»Schatz, komm und sieh dir das an.«

Marjorie ging zu ihm und zog nach einem Blick auf den Stuhl eine Grimasse. »Das ist dein Geschmack, in Ordnung. Grauenvoll.«

»Ach, komm schon, Marjorie. Sieh dir diese Handwerkskunst an, die Gesichter, die Details.«

»Ist das deine Art zu sagen, daß du es haben möchtest?« fragte sie platt.

Er war plötzlich beschämt. »Äh ... hast du etwas gefunden?«

Sie lächelte duldsam. »Ein paar Kleider.«

»Das ist großartig. Kauf, was immer du willst, Liebling.«

»Das sagst du immer ... nachdem *du* etwas gefunden hast, was du willst.«

»Nuuun ...« Er wußte, daß sie ihn jetzt neckte.

»Vergiß es. Ich bin froh, daß du auch etwas gefunden hast. Erwarte nur nicht, daß ich mich da reinsetze.« Im Umdrehen sprach sie den zusehenden Saltzmann an: »Was kostet er?«

»Der Stuhl? Ja, wissen Sie, er steht leider nicht zum Verkauf.«

Dylans Hoffnungen zerschellten. »Ich habe ihn seit fünfundvierzig Jahren.« Er sah auf die Uhr. »Aber da ich heute abend um sieben Uhr zwanzig sterben werde, denke ich, daß Sie ihn genausogut wie jeder andere haben können. Das heißt, falls die Geschichte Sie nicht beunruhigt. Ich bin verpflichtet, sie Ihnen zu erzählen.«

»Geschichten interessieren mich und beunruhigen mich niemals.« Dylan warf einen besitzergreifenden Blick auf den Stuhl und dachte kaum an den makabren Sinn für Humor des alten Mannes.

»Was denkt ihr, wie alt der Stuhl ist, Leute?«

Dylan wußte nichts über Antiquitäten. Er überließ das Raten Marjorie. »Hundert Jahre? Nein, zweihundert.«

Saltzmann grinste. Abwechselnd waren Goldzähne neben dunklen Lücken zu sehen. Sein Mund ähnelte einer Burgzinne. »Knapp vierhundert.«

Oh, oh, verdammt, dachte Dylan. Ein so alter Stuhl in so gutem Zustand würde teuer sein.

»Er gehörte John Dee. Dr. John Dee?« Dylan und Marjorie warteten gespannt. Der Besitzer sah enttäuscht aus. »Er war der Hofastrologe der Königin Elizabeth der Ersten persönlich, nachdem sie ihm aus der Patsche half wegen seiner Ausübung Schwarzer Magie. Er erfand die Kristallkugel; wenn nicht, erklärte er den Wahrsagern wenigstens, wozu sie gut war.« Er machte eine Pause, um das Folgende herauszustreichen. »Er schrieb die einzige englische Übersetzung des *Al Azif*.«

»Nie davon gehört«, gab Dylan ehrlicherweise zu.

Saltzmann grunzte und murmelte was von der Ignoranz der heutigen Jugend und deutete dann auf die Rückseite des Stuhls. »Das ist sein Gesicht, Dr. Dees, da oben.«

»Das ist ja interessant.« Dylan hatte seine Geldbörse gezückt. »Wieviel?« Er versuchte, beiläufig zu klingen.

»Ach, das spielt jetzt keine Rolle mehr. Fünfzig Dollar?«

Dylan atmete schneller. »Okay. Sicher.«

Marjorie hielt ihm die Tür auf, während er den Stuhl mühsam in den Gang wuchtete. »Beeil dich, mein Sohn«, drängte ihn der Ladenbesitzer. »Ich habe noch eine Menge zu tun, bevor ich abgeholt werde.«

Als sie endlich den Stuhl auf dem Rücksitz des Autos gesichert hatten, erwähnte Marjorie die Bemerkung des Alten über seinen Tod um sieben Uhr zwanzig.

»Er hält sich selbst für eine Geistesgröße«, sagte Dylan zu ihr, während er sich versicherte, daß der Stuhl auf der langen Fahrt nach Hause nicht verrutschen würde. »Außerdem, hast du nicht gehört, wie er, als wir gerade gingen, gesagt hat, daß er sich fertig machen muß, bevor er abgeholt wird? Irgendwer fährt irgendwo mit ihm hin. Und er kann wohl kaum weggehen und zur gleichen Zeit sterben, oder?«

»Schätze, nicht.« Marjorie glitt auf den Vordersitz und bewunderte ihre neuen alten Kleider.

Sie kamen gerade noch vor dem Nebel zu Hause an. Dafür war Dylan dankbar. Der Nebel umschlang ihn wie eine feuchte Pyjamahose, als er aus dem Auto stieg, sich streckte und die Garagentür hinter sich schloß. Dann bugsierte er den Stuhl vorsichtig vom Rücksitz der Limousine, während Marjorie die Tür zum Haus aufschloß.

»Ich kann es kaum abwarten, wie er sich im Arbeitszimmer macht.«

Ein paar Minuten später hatte Marjorie die Katzen gefüttert, ihre Kleider aufgehängt und sich dort zu ihm gesellt. Zwölf Meter unter dem breiten Fenster klatschten die Wellen gegen die seewärtige Mauer, die das Haus stützte. Sein Tisch stand vor diesem Fenster. Bücher bedeckten die anderen drei Wände, unterbrochen von Hängepflanzen, Gemälden, Skulpturen, einem alten Gewehr, einem polynesischen Rohrstock, einer Streitaxt und einem Säbel sowie weiterem Krimskrams, den sie auf ihren vielen Reisen gesammelt hatten. Irgendwo vor der Küste tutete ein Schiffshorn in den Nebel wie ein erkältetes Flußpferd.

Der Stuhl stand hinter dem Tisch. »Muß ihn morgen polieren.« In der Nähe fingen Hunde laut an zu bellen. Das Arbeitszimmer grenzte an ein weiteres

Strandhaus. »Diese verdammten Hunde! Einen Pudel könnte man vielleicht noch aushalten. Aber nein, wir ziehen hierher, um weit weg vom Lärm und Nachbarn zu sein, und einen Monat später zieht er hier ein mit einem Paar Dänischer Doggen, die fast so groß wie Ponys sind.« Das überlaute Gebell erklang erneut.

»Du lernst besser, damit zu leben, Schatz. Es ist nicht gegen das Gesetz, daß ein Nachbar Hunde besitzt.« Sie deutete auf den Stuhl. »Und, nebenbei erwähnt, du wirst das da polieren, nicht ich. Ich werde ihn nicht berühren. Der macht mir eine Gänsehaut.«

Er zog eine Grimasse, die Zähne ragten über seine Unterlippe vor, und er kam mit zu Krallen gekrümmten Händen auf sie zu. »Ah, hüte dich vor dem Schrecken des transsilvanischen Stuhls, meine Schöne!«

»Genug. Hör auf damit, Dylan!« Sie trat zurück und schlug nervös nach seinen Händen. »Du weißt, wie leicht ich mich fürchte.«

Er nahm seine Hände herunter und sah entrüstet aus. »Ach, um Gottes willen, Marjorie. Das ist nur ein Stück totes Holz.«

»Na schön.« Sie zog sich ins Schlafzimmer zum Auspacken zurück. »Aber du polierst ihn.«

Kopfschüttelnd drehte er sich um und bewunderte seine Neuerwerbung. Jetzt hatte er genug Zeit, um die winzigen Gesichter im Holz unter dem großen zu bewundern. Genug Zeit, um die reiche Maserung des Holzes sowie die Handwerkskunst zu bewundern.

»Sie bauen heutzutage keine Möbel mehr wie dieses hier«, sprach er leise zu sich selbst und setzte sich darauf. Er umfaßte die Fischköpfe und saß ganz gerade. »Fünfzig Mäuse!« Die gerade hölzerne Rückenlehne war ein wenig hart, aber das war zu erwarten. Im England des sechzehnten Jahrhunderts hatte man genauso auf Haltbarkeit geachtet wie auf Komfort. Die kleinen Gesichter preßten sich in seinen unteren Rückenbereich, der offenstehende Mund des größeren Portraits zwischen seine Schulterblätter.

»Ich hoffe, du beißt nicht, Doktor.« Es war draußen sehr dunkel und still, der Ozean eine verborgene Masse, die träge im Nebel atmete.

Auf halbem Weg zur Küche blieb Marjorie plötzlich stehen, weil sie ein seltsames Geräusch gehört hatte. Sie wandte sich um und ging zum Arbeitszimmer. Als sie hereinschaute, sah sie Dylan über die Schreibmaschine gebeugt. Der Stuhl verbarg ihn fast, aber das vertraute hysterische Geschnatter der Maschine reichte ihr, um zu wissen, was er tat.

»Jetzt noch arbeiten? Ich dachte, du wärst von der Fahrt ganz erschöpft.«

Er hielt inne und blickte sich zu ihr um. »Ich hatte eben einen Gedanken, den ich zu Papier bringen mußte. Du kennst mich, Marj. Wenn ich es nicht sofort mache, vergesse ich ihn.« Ohrenbetäubendes Gekläff unterbrach ihn. »Diese Köter! Ich muß es versuchen und mit Andrus noch einmal vernünftig reden.«

»Andrus ist Rechtsanwalt, Schatz. Du weißt, daß du mit ihm nicht vernünftig reden kannst.« Sie wandte sich wieder um und ging in die Küche.

Der Kaffee schnurrte, ein dunkler, weicher Ton. Sie hob den altmodischen Filtrierapparat und schenkte zwei Tassen ein. Dylan trat herein und schloß die Tür vor dem enttäuschten Morgennebel. Er hielt die Zeitung zerknüllt in seiner rechten Hand. »Immer noch neblig heute morgen, Schatz. Was ist los?«

Seine Miene war ernst und nachdenklich. »Ich wünschte, ich hätte gestern abend über Mark Andrus nicht so harte Worte verloren. Ich habe gerade seine Haushälterin, Mrs. Samuels, getroffen.« Marjorie nickte abwartend. »Andrus starb um jene Zeit.«

»O nein, Dylan.« Er nickte. »Wie ist das passiert?«

Er warf die Zeitung auf den Küchentisch und machte sich nicht die Mühe, sie aufzuschlagen. Sie stellte den Kaffee vor ihn hin, und er nippte nachdenklich. Aus der Tasse stieg Dampf auf, die dünnen Schemen mischten sich mit den Locken seiner Haare.

»Herzanfall, hat der Arzt gesagt, meinte Mrs. Samuels. Es scheint nicht fair. Er war kaum älter als ich.«

»Ist das nicht etwas ungewöhnlich, in seinem Alter einen Herzanfall zu haben? Mit nicht mal vierzig.« Sie rührte den Zucker in ihre Tasse.

Achselzuckend öffnete er die Zeitung und legte sie flach auf den Tisch. »Schwer zu sagen. Wenn die Männer in seiner Familie auch schon Ärger mit dem Herzen hatten, dann ist es wohl natürlich. Großes Feuer weiter oben an der Küste bei Eureka.« Er tippte auf die Seite. »Wenn es hier nicht mal bald ordentlich regnet ...«

Er hielt inne und blickte ins Nichts. Marjorie kannte diesen abwesenden Blick. Bis er sich entschloß, wieder zurückzukommen, konnte sie genausogut mit dem Kaffee reden.

»Weißt du«, sagte er schließlich zu ihr, »es wirkt jetzt vielleicht ein wenig krank, aber das hat mir eine tolle Idee für eine Geschichte gegeben.«

Sie zog eine Grimasse, während sie vor dem Herd stand und die Eier in die Pfanne schlug. Sie machten ein Geräusch wie ein Sandsturm in der Wüste, wenn sie in der heißen Bratpfanne landeten. »Du hast recht, das ist krank.«

»Aber es ist eine unglaubliche Idee.« Er stieß sich vom Tisch ab und stellte sich hin. »'tschuldige, Schatz, ich bin gleich zurück.« Marjorie seufzte, als sie ihn praktisch ins Arbeitszimmer rennen sah. Jetzt würde sie ihn mindestens ein halbes Dutzend Mal zum Frühstück rufen müssen, und die Eier würden auf jeden

Fall kalt werden. Nicht, daß ihn das stören würde. Im Fiebergriff einer neuen Idee konnte er ohnehin nichts schmecken.

Das Frühstück war erst der Anfang. Von da an schien die Kreativität nur noch davon abzuhängen, wie schnell man tippen konnte, um mit der Ideenflut mithalten zu können. Alles, was Dylan in den folgenden Monaten schrieb, ließ sich gut verkaufen, und die zwei Bücher, die er vollendete, waren ein *großer* Verkaufsschlager. Nicht gerade Bestseller, aber wenn man bedenkt, daß die Verleger nicht dafür geworben hatten, liefen sie wirklich gut. Das reichte, um die Verlage aufzuwecken. Wenn Dylan ein drittes Buch schreiben würde, könnte er es meistbietend verkaufen.

Das war alles sehr erfreulich, aber es forderte einen hohen Tribut von Dylan. Es wurde so schlimm, daß er wie eine Rakete hochschoß und zur Schreibmaschine spurtete. Nach einem Tag hysterischen Schreibens hatte er gerade noch genug Kraft, um langsam sein Abendbrot zu mümmeln und erschöpft ins Bett zu stolpern.

Dylan war früher nicht nur hinter seiner Schreibmaschine kreativ gewesen. Damit soll gesagt sein, daß dieser unglaubliche Kreativitätsschub auch von Marjorie einen hohen Tribut forderte.

»He.«

»Hmmm?« Dylan sah nicht von seiner Schreibmaschine auf. Sie war noch nie von den Geräuschen der elektrischen Maschine begeistert gewesen, aber in letzter Zeit hatte sie das Gefühl, daß jedes Hämmern eine kleine Kugel war, die sich direkt in ihr Herz bohrte.

»Ich sagte, daß die Haushälterin gern ein Gespräch mit dem Hausherrn führen würde.« Sie lehnte im Türrahmen des Arbeitszimmers. Ihr Magen hatte sich in der letzten Woche immer mehr verkrampft, bis er sich jetzt anfühlte wie ein kleiner, harter Golfball. Draußen war es so trübe, daß man nichts durch das Fenster erkennen konnte, der unausweichliche Nebel der nordkalifornischen Küste.

»Verdammt, Schatz, ich arbeite.«

»Du arbeitest, und ich sterbe.« Sie versuchte wütend zu klingen, aber es kam mit einem Schluchzen raus.

»Sei nicht alb …« Irgend etwas machte klick in seinem Kopf, und er wandte sich ihr zu und sah sie neugierig an. »Schatz, was ist los?«

Sie mußte das Thema also nicht selbst anschneiden. Er hatte die Frage gestellt. »Was los ist? Was könnte schon los sein?« Sie richtete sich auf und trat in sein Arbeitszimmer.

»Komm schon, Schatz, was ist es?«

»Komm mir jetzt nicht mit ›Komm schon, Schatz‹!« Sie verlor die Beherrschung. »Ich habe dich seit Monaten nicht mehr gesehen, mit dir gesprochen oder irgendwas mit dir unternommen!«

»Ich arbeite.« Seine Stimme war leise, aber nicht sanft. »Ich arbeite mir für uns den Arsch ab. Du weißt, wie gut es in letzter Zeit läuft. Unser Bankkonto …«

Sonst fand sie sein scherzhaftes Kleine-Jungen-Gehabe bei einem Wortwechsel immer unwiderstehlich, aber jetzt war es nur noch ärgerlich. »Zur Hölle mit unserem Bankkonto. Ich will meinen Mann wiederhaben. Du bist in letzter Zeit so von deiner Arbeit besessen, seit wir in L. A. waren, daß …« Sie brach ab und starrte ihn mit offenem Mund an.

»Besessen, ja genau. Seit du diesen gottverdammten Stuhl gekauft hast.«

»Er ist nicht gottverdammt. Er ist wunderschön. Das hast du selbst gesagt.«

»Ich habe nie gesagt, daß er wunderschön ist, niemals! Gut gemacht, vielleicht, aber ich habe nie gesagt, daß er wunderschön ist. Das wüßte ich.«

»Jetzt sei nicht so dumm, Marj. Wenn überhaupt irgendwas, dann war der Stuhl gut für mich, wenn man bedenkt, wieviel ich in letzter Zeit verkauft habe und wie gut dazu.«

»Vielleicht ist er gut für dich, aber nicht für mich. Ich ... ich will, daß du ihn los wirst.«

»Ihn loswerden?« Er sah aus, als ob sie ihm Schwimmen bei Nacht vorgeschlagen hätte, jetzt im November. »Dieser Stuhl ist eins meiner Lieblingsstücke.« Er lächelte gönnerhaft. »Sag mir nur nicht, Marj, daß du auf den Stuhl eifersüchtig bist.«

»Wirst du ihn aus dem Haus schaffen?« Ihre Stimme war leise und gereizt.

Er saß einen Moment lang ruhig da, dann sprach er gelassen und mit einer Kälte in der Stimme, die sie erzittern ließ. »Du bist hysterisch, Marjorie. Ich kann nicht vernünftig mit dir reden, wenn du hysterisch bist. Wir reden später weiter. Ich muß heute abend noch zehn Seiten schaffen.« Er wandte sich wieder der Schreibmaschine zu.

Sie starrte auf seinen Rücken. *Tatta-ta-tat-tatta-tatta* ... Die Buchstaben feuerten auf sie, jeder einzelne von ihnen ein kleiner Nadelstich tief in ihren Bauch. Sie öffnete den Mund, versuchte etwas zu sagen, wirbelte herum und rannte aus dem Zimmer.

Er sah nicht einmal auf.

Die Türklingel schellte fordernd. Trotz der Kühle des Raums schwitzte Dylan. Beim dritten Klingeln sah Dylan von der Maschine auf. Benommen betrachtete er die Arbeit dieses Abends. Fast neuntausend Wörter.

Als die Klingel wieder schellte und er sich erhob, um zur Tür zu gehen, erinnerte er sich vage an etwas Beunruhigendes an diesem Abend. Ach, ja, er und Marjorie hatten eine Art kleinen Wortwechsel gehabt.

Das war wahrscheinlich sie an der Tür. Wenn sie sauer oder frustriert war, nahm sie häufig den Wagen und fuhr ein wenig herum. Das dumme Mädchen hatte wohl die Hausschlüssel vergessen und sich ausgesperrt. So sehr er auch nachdachte, an den Grund ihrer Auseinandersetzung konnte er sich nicht mehr erinnern. Nun, er würde sich für was auch immer entschuldigen, die Schuld auf sich nehmen, versprechen, es nie wieder zu tun, und sie würden sich küssen und sich versöhnen.

Er legte sich Entschuldigungen zurecht, während er die Tür öffnete. Marjorie stand nicht draußen.

Statt dessen bemerkte er, daß er einen großen Fremden in einer blauen Uniform vor sich hatte. Der Mann trug einen weißen Kunststoffhelm und Abzeichen und Schnallen wie ein von einem Kubisten gemalter Kaktus. Er bedachte Dylan mit einem ernsten Blick, der nicht zu seiner halbmilitärischen Aufmachung zu passen schien.

Dylan hatte das Gefühl, in der plötzlich aufkommenden Flut einander widersprechender Gedanken und Emotionen zu ertrinken. Er hörte, wie eine Stimme, entfernt und verdächtig seiner eigenen ähnelnd, sagte: »Ja, Officer?«

»Mr. McCarey? Dylan McCarey? Ist das hier 1649 Oakhurst Place?«

»Marjorie ...« Dylan beugte sich vor, in den feuchten Abend hinein, und versuchte zur Garage zu sehen. Das Tor war oben. »Hatte sie einen Unfall?«

»Es tut mir leid, Mr. McCarey. Sie starb am Unfallort.«

»Starb?« Er schüttelte den Kopf. Dadurch wurde er auch nicht klarer. Er lächelte schief. »Marjorie?«

»Sie hat offenbar bei dem Nebel eine Kurve übersehen. Auf halbem Weg zwischen hier und Goleta.«

»Goleta? Was wollte sie da …« Er hielt inne, erinnerte sich. Sie hatten einen Streit gehabt, und er hatte sich weggedreht. Marjorie.

»Marjorie.« Er trat aus der Tür. Eine feste Hand faßte ihn, ein Arm versperrte ihm den Weg.

»Es tut mir sehr leid, Mr. McCarey, wirklich sehr leid. Es ging schnell. Ihr Auto fiel eine über einhundert Meter hohe Klippe hinunter. Mir wurde gesagt, daß sie sofort tot war.«

Dylan starrte an dem Mann vorbei in die nebelige Nacht. In dem Nebel war nichts zu sehen, außer auf dem Fahrweg ein schwacher, ungefähr rechteckiger Umriß, auf dessen Oberseite ein rotes Licht blinkte. Blut, Nebel, Nacht … Marjorie.

»Ich bin Sergeant Brooks. Ich gehöre zur Polizeistation von San Simeon. Wenn Sie vielleicht mitkommen wollen …«

»Später vielleicht. Nicht jetzt«, erwiderte er wie betäubt. »Später.«

»Sind Sie sicher, daß Sie okay sind?«

»Ich bin in Ordnung.« Er sah auf. »Danke, Sergeant. Ich muß ein paar Telefonanrufe machen, ein paar Leute erreichen.«

»Selbstverständlich. Sie können auch morgen zum Leichenschauhaus kommen … oder sobald Sie eben können. Zur offiziellen Identifizierung. Es tut mir leid.«

»Natürlich. Ich komme morgen früh. Nach den Anrufen. Gute Nacht, Officer.«

»Gute Nacht, Mr. McCarey.« Brooks betrachtete ihn aufmerksam und kam zu einem Entschluß. »Ich gehe jetzt. Wenn wir etwas für Sie tun können, rufen Sie uns bitte an.«

»Ja. Danke.«

Dylan blieb im Türrahmen stehen, eine dunkle Silhouette vor dem Licht. Er sah zu, wie der große Polizist vom Nebel verschlungen wurde. Dann hörte er das Geräusch einer zuschlagenden Autotür. Mit einem tiefen Grollen drehte sich das rote Licht und verschwand in die Dunkelheit. Er blickte ihm nach, bis nichts mehr zu sehen war.

Der Reflex führte ihn wieder ins Arbeitszimmer zurück an seinen Schreibtisch. Ein vom ihm abgetrennter Teil war sich des traurigen Dialogs zwischen Wind und Wellen unter dem Fenster bewußt. Marjorie, Marjorie. Worum hatten sie sich nur gestritten, daß sie so blindlings vom Haus, von ihm, weggelaufen war? Dieser dumme Streit wegen nichts, wegen eines Stuhls. Wegen eines verdammten Möbelstücks.

Er drehte sich um und betrachtete ihn. Ein kleiner Streit, und seine Marjorie war ihm für immer genommen worden. Ein absurder kleiner …

Er runzelte die Stirn, ein eiskalter Schauer lief ihm den Rücken hinunter. Eine unaussprechliche Furcht beraubte ihn seiner Muskelkontrolle, und er zitterte unkontrolliert.

Die Rückenlehne war verändert. Er hätte schwören können, er war sich sicher, daß er ursprünglich neun Gesichter, in das Holz geschnitzt, gezählt hatte. Jetzt waren da elf. Bei einer genauen Inspektion stellte er fest, daß eines sehr, und zwar ganz unwahrscheinlich, dem kürzlich verstorbenen jungen Rechtsanwalt und Nachbarn Mark Andrus ähnelte. Das andere … mein Gott, das andere …

Langes Haar formte einen rankenähnlichen Strahlenkranz um das fein gearbeitete Gesicht. Der winzige Mund stand offen, formte eine kleine Höhlung im dunklen Holz, während die Miniaturaugen sich auf einen unsichtbaren, aber unmittelbaren Schrecken richteten. Der komplexe Ausdruck war der einer Person, die einen tiefgreifenden Schrecken sah oder wie ein Zug in voller Fahrt auf sie zukommt oder wie die Erde unter ihr aufbricht oder …

Felsen am Fuß einer Klippe, die auf sie zukommen.

Zitternd, kalt, so kalt in dem geheizten Raum, kniete er sich nieder. Sein Zeigefinger bewegte sich unsicher auf das winzige Portrait zu. Seine Stimme war ein Echo.

»Marjorie?« Er berührte die Schnitzerei.

Sie war wärmer als das sie umgebende Holz.

Dylan sprang auf, stieß sich am Tisch, schreckte zurück. Seine Augen blieben fest auf den Stuhl gerichtet. Er trat gegen etwas – den Abfalleimer – und stolperte darüber. Tief aus seiner Kehle kamen seltsame Geräusche, eine Art Grunzen, wie von jemandem, der im Schlaf einen Alptraum hat.

Er stieß mit dem Rücken gegen die Wand, und mehrere kostbare Bücher fielen herunter, aber er beachtete sie nicht. Eine Vase mit Buntlippen zerschellte am Boden und hinterließ auf dem grünen Teppich einen Flecken. Etwas Schweres fiel mit einem fordernden dumpfen Knall herunter.

Er sah zu Boden. Die Streitaxt lag glatt und sauber zwischen dem Dreck und der Erde und den Scherben der Vase. Langsam griff er nach unten und nahm die Replik auf. Sie war schwerer als alles andere im Arbeitszimmer. Roter Nebel behinderte seine Sicht.

Heulend wie ein verwundeter Wolf, hob er die Axt mit beiden Händen über den Kopf und stürmte auf den Stuhl zu.

Im letzten Augenblick erhob dieser sich auf seine vier klauenbewehrte Beine und wich aus.

Die Axt fuhr blindlings nieder, verfehlte den Stuhl und zerschmetterte Dylans linkes Schienbein. Aus dem Gleichgewicht gebracht, wirbelte er herum und schwang die Axt erneut hoch. Sie durchschlug das Aussichtsfenster mit einem kristallinen Schrei, und Dylan folgte ihr.

Unmittelbar darauf erklang ein durch die Entfernung gedämpfter dumpfer Knall unten von den Felsen. Dann war es still im Arbeitszimmer. Durch die

Bruchstelle zog der Nebel herein, getragen vom Klang der winterlichen Wellen zwölf Meter weiter unten.

»Ich kann es nicht glauben.« Das junge Mädchen sah ihren Verlobten glücklich an. »Er war so billig.«

Er grinste ihr mit der Überlegenheit des Älteren zu (er war zwei Jahre älter als sie und hatte das College bereits abgeschlossen). »Ach, es war nur ein Nachlaßverkauf in einer Kleinstadt. Keine Händler, gegen die man hätte bieten müssen. Es war ein guter Kauf. Was für eine Art, unser Apartment zu möblieren! Warte, bis Sally und Dave ihn morgen zu sehen bekommen.

Komm, laß uns losfahren. Du hast morgen früh Vorlesungen.«

»Montag, brrr!« Sie verzog ihr hübsches Gesicht.

»Du hast den ganzen Tag frei, um ihn zu bewundern, während ich in Haskells Seminar Interesse heucheln muß.«

»Er wird noch da sein, wenn du nach Hause kommst.« Er glitt hinter das Lenkrad des Lieferwagens.

»Er ist wirklich toll, nicht?« Sie drehte sich auf ihrem Sitz um und betrachtete den Stuhl. Er lehnte gegen eine ausziehbare Couch und war mit einem Seil gesichert. Sie bewunderte die geschnitzten Armlehnen und die Löwenköpfe, der offene Mund des Windbläsers krönte die Rückenlehne, und die zwölf Miniaturgesichter darunter waren einfach wunderbar.

Ihr Verlobter runzelte die Stirn und blickte in den Rückspiegel. »Hast du auch jemanden schreien hören?«

Sie lächelte ihn an und nahm seine freie Hand. »Wahrscheinlich nur ein Kind, das nach seiner Mama gerufen hat. Ich habe nichts außer Lachen gehört, Dummerchen.«

»Lachen, Schreien, wen interessiert's? Wir haben

einen verteufelt guten Kauf gemacht!« Er startete den Motor und fuhr den Lieferwagen vom Grundstück. Sie lachten, als der Wagen über mehrere Unebenheiten und Löcher in der Straße rumpelte.

Hinter ihnen erzitterte der Stuhl erwartungsvoll und grub seine vier hölzernen Füße noch ein bißchen tiefer in den blauroten Teppich …

Das Erbe

Ich liebe Katzen. Das habe ich schon immer, und das werde ich auch immer. Ich bin nicht allergisch gegen sie, und ich muß von ihren Haaren nicht niesen. Ich habe die letzten vierzehn Jahre mit Katzen geschlafen. Sie bewegen sich, sie wärmen meine Beine, und manchmal schnarchen sie. Aber sie sind großartige Gesellschafter. Ich mag echte Katzen, ausgedachte Katzen wie Gummitch, vollständig erfundene Katzen, große und kleine Katzenartige. Ich mochte Garfield lieber, als er eine Katze war.

Wie dem auch sei, ich habe im Laufe der Jahre bemerkt, daß nicht alle Mitglieder der menschlichen Gattung das gleiche fühlen. Da gibt es Menschen, die Katzen mögen, obwohl sie gegen sie allergisch sind; eine bedauernswerte Situation. Dann gibt es Leute, denen ihre Anwesenheit gleichgültig ist. Und dann gibt es noch, erstaunlich genug, Personen, die Katzenartige richtiggehend hassen.

Dann gibt es sogar welche, die sich vor einer gemeinen Hauskatze fürchten, deren Phobie eine Rückkehr ins Mittelalter und zu den Schrecken der Pest ist. Kein Argument kann ihre Meinung ändern, keine Logik kann ihren gegen Katzen gerichteten Haß zum Verschwinden bringen. In Anwesenheit einer Katze werden sie sich jedesmal furchterfüllt abwenden. Ein solches Verhalten finde ich nicht nachvollziehbar, nicht zu rechtfertigen, absurd und unvernünftig.

Wäre es nicht lustig, wenn sich herausstellen würde, daß sie recht haben?

»... mein Heim, Trenton, seinen Inhalt und die Summe von fünfhundertfünfzigtausend Dollar, nach Abzug der Steuern.«

Jedes Auge in dem mit Pecanoholz getäfelten Raum richtete sich auf Mayell. Sie, in ihrem grünen, ärmellosen Kleid und Pumps, blieb ganz gelassen und schaffte es, nicht zu grinsen.

»Es gibt zwei Bedingungen«, fuhr der Rechtsanwalt fort, und sein Tonfall zeigte sein Mißfallen über die Art, in der der Rock der Sekretärin des Verstorbenen unzüchtig ihre Schenkel hochgerutscht war, »Sie müssen sechs Monate in Trenton House wohnen bleiben, um den Angestellten die Möglichkeit zu geben, sich in einem angemessenen Zeitraum eine neue Arbeit zu suchen.«

»Und die andere Bedingung?« Mayell sprach mit dem harmonischen Klang eines Gamelan und bewies, daß ihre Stimme genauso süß wie ihre Erscheinung war.

Der Rechtsanwalt schnaubte. »Da bleibt noch die Sache mit Saugen, der Katze des Verstorbenen. Sie werden fürderhin für die Pflege der Katze verantwortlich sein. Der komplette Transfer der zuvor erwähnten Summe erfolgt in sechs Monaten vom heutigen Tage an, vorausgesetzt, daß Trenton für diese Zeitspanne den gegenwärtigen Angestellten ein Zuhause bietet, und vorausgesetzt, daß Saugen zu diesem Zeitpunkt glücklich, gesund, gut gefüttert und zufrieden erscheint.«

»Das ist alles?«

»Das ist alles.« Der Rechtsanwalt richtete den Papierstapel ordentlich aus, indem er ihn leicht mit beiden Händen senkrecht auf die Tischplatte klopfte. »Die Verlesung, meine Damen und Herren, ist beendet.«

Gemurmel erhob sich wie Fliegen an einem heißen Tag über der kleinen Versammlung aus enttäuschten entfernten Verwandten und mäßig belohnten Dienstboten, aus hoffnungsvollen Bekannten und ernsten Geschäftspartnern. Einige hatten beträchtlich mehr erhalten, als sie gehofft hatten, andere beträchtlich weniger. Niemand hatte es auch nur annähernd so gut getroffen wie die ›Sekretärin‹ des verstorbenen Hiram Hanford, die wundervolle Mayell.

Von den Dienstboten schien keiner so befriedigt wie der Gärtner, Willis. Niemand hatte so viel Grund wie er. Wiewohl Hanford ihm nur eine kleine Summe hinterlassen hatte, war Willis doch der Erbe von beträchtlich mehr, als im Letzten Willen zu lesen war. Er hatte Mayell geerbt.

Als sie sich erhob, um die Kanzlei des Rechtsanwalts zu verlassen, trafen sich ihre Augen in beiderseitigem stillen Triumph. Sie hatten sich. In sechs Monaten würden sie das Geld haben und Trenton House. Bald könnten sie das Leben führen, das sie sich in den letzten erbärmlichen fünf Jahren erträumt hatten.

»Liebes Kätzchen, Kätzchen. Süßer Saugen.« Mayell kniete im Foyer von Trenton und säuselte den gelben Kater an. Er strich um ihre Knöchel und schnurrte zärtlich.

Willis' Blick war anerkennend, wurde aber nicht auf die Katze verschwendet. Statt dessen schwelgte er in der Landschaft, die Mayells provokante Pose bot: kniend und leicht vorgebeugt. Sie betonte ihr glänzendes blondes Haar, den regelmäßigen Schwung ihrer zarten Schultern und Hüften, der Brustansatz ließ sich besser mit geologischen denn physiologischen Begriffen beschreiben, da er anderen bemerkenswerten natürlichen Spalten wie dem Rift Valley ähnelte.

Sie stand auf und hatte den geschmeidigen Kater im Arm. Er schnurrte wie ein Uhrwerk. »Siehst du, er mag mich. Der süße Saugen konnte mich schon immer leiden.«

Willis sah, wie der Kater ihn anstarrte. Er hatte den gleichen durchdringenden, hypnotisierenden Blick aller Katzen, der in seinem Fall durch die übergroßen gelben Augen noch verstärkt wurde. Die schwarzen Schlitze im Zentrum wirkten wie Schnitte. Er schüttelte sich. Alle Katzen sahen so aus.

»Ist auch gut so. Der Parasit von einem Rechtsanwalt wird im Mai für einige Zeit hier sein, um das Haus und Seine pelzige Hoheit zu begutachten. Dafür zu sorgen, daß das Haus und die Rosen gut aussehen, wird mein Job sein. Dafür zu sorgen, daß der Kater der alte bleibt, der deine.«

Mayell drückte den Kater enger an ihren warmen Busen. »Das wird kaum Mühe machen, Willis. Er scheint Hiram kaum zu vermissen.« Sanft ließ sie Saugen zu Boden gleiten. Er verwandelte sich in eine sich bewegende, flauschige Kette um ihren Knöchel.

»Das haben wir gemeinsam.« Ihr perfektes Gesicht verzerrte sich zu einer wenig schmeichelhaften Grimasse. Für einen Augenblick erhaschte Willis etwas weniger Attraktives, das sich hinter der Maske einer Schönheitskönigin verbarg. »Fünf Jahre meines Lebens, einfach vorbei.« Sie schmiegte sich in die Arme des Gärtners. »Fünf Jahre!« Sie hing dicht an seinem schlanken, sonnengebräunten Körper. »Nur du hast sie mir erträglich gemacht, Liebling.«

»Wir bekommen einen fetten Batzen dafür. Einhundertundzehntausend für jedes Jahr in der Hölle.« Er sah sich in dem wuchtigen alten Haus um, auf die protzige neoviktorianische Ausstattung und den Überfluß an Antiquitäten. »Dazu das, was dieses Mausoleum einbringen wird. Und keiner hat einen Verdacht.«

»Nein.« Sie zeigte ihre cremeweißen Zähne in einem seltsam raubtierhaften Lächeln. »Das hätte ich auch nicht angenommen, so langsam, wie ich seine Medizin verändert habe. Über zehn Monate, immer nur ein bißchen. Sonst hätte das alte Reptil es wohl noch zwanzig Jahre gemacht.« Sie zitterte bei dem

Gedanken, der alte Erinnerungen wachrief. »Ich hätte das nicht ausgehalten, Willis.« Ihre Stimme und ihr Gesichtsausdruck waren hart. »Ich habe mir die halbe Million verdient.«

»Sechs Monate noch, und wir verlassen diesen Ort für immer. Wir gehen wohin, wo es sonnig und warm ist, so weit weg von Vermont, wie wir nur können.«

»Rio«, murmelte sie verlangend, ließ sich die einzige, weiche Silbe auf der Zunge zergehen, »oder Cannes oder die Ägäis.«

»Wohin du nur willst, Mayell.«

Sie umarmten sich eng genug, daß man kein Blatt Papier mehr zwischen sie bekommen hätte. Währenddessen umstrich Saugen sinnlich den perfekten Knöchel seines neuen Frauchens.

»Willis?«

»Ja, Mayell?«

Sie tranken ihren Kaffee im beheizten Wintergarten von Trenton und beobachteten die Bienen, die von Frühlingsblume zu Frühlingsblume flogen. Es war Samstag, und die verbliebenen Dienstboten hatten frei. Sie konnten sich aneinander erfreuen, ohne die schwatzhaften Augen, die spionierten, fürchten zu müssen.

»Sehe ich irgendwie anders aus?«

»Anders? In welcher Hinsicht, Liebling?«

Sie sah beunruhigt aus. »Ich weiß nicht … anders als sonst, schätze ich.«

»Noch schöner als früher.« Als er sah, daß sie es ernst meinte, betrachtete er sie genauer. »Du hast vielleicht abgenommen.«

Sie lächelte halb. »Sieben Pfund, um genau zu sein.«

»Und das stört dich?« Er schüttelte ungläubig den Kopf. »Die meisten Frauen würden das ein bißchen seltsam finden, Mayell.«

Sie fuhr mit ihren geschmeidigen Fingern durch das gelbbraune Fell von Saugen, ein Pelzknäuel, das in ihrem Schoß schlief. »Ich habe meine Eßgewohnheiten nicht geändert.«

Er grinste und lehnte sich bequem in die Chaiselongue zurück. »Könnte sein, daß du in letzter Zeit mehr Bewegung hattest.«

Sie lachte und schien erleichtert zu sein. »Natürlich. Daran hatte ich nicht gedacht.«

Er blickte sie mit gespielter Entrüstung an. »Nicht daran *gedacht*?« Jetzt lachten sie beide. »Ich schätze, wir müssen daran arbeiten, damit es dir im Gedächtnis bleibt.«

Ein besorgter Willis führte die Vogelscheuche, auch Oakley genannt, die gebogene Treppe hinauf.

»Wenn sie so krank ist, wie Sie denken, warum haben Sie mich dann nicht früher gerufen?« Der ältliche Doktor war aus echtem Schrot und Korn und nahm die Stufen ohne ins Schnaufen zu kommen.

»Sie hat mich nicht benachrichtigt. Ich habe Ihnen doch gesagt, Doktor, daß ich die ganze Woche in New York war und die Vorbereitungen für den Verkauf des Hauses und des Grundstücks getroffen habe. Ich wußte nicht, daß es ihr so schlecht geht, bis ich gestern wiederkam. Ich habe Sie dann gleich gerufen.«

»Etwas ungewöhnlich für einen Gärtner, über den Verkauf eines Besitzes zu verhandeln, nicht wahr?« Oakley hatte einen ihm eigenen trockenen Tonfall. »Diesen Gang entlang?«

Alte Füchse, diese Landärzte, dachte Willis. »Ja, sie traut mir und hat zu Rechtsanwälten kein Vertrauen.«

Damit hatte er ins Schwarze getroffen. »Da gibt es gute Gründe. Sehr vernünftig.«

»Das ist ihr Zimmer.« Er klopfte. Eine schwache Stimme antwortete.

»Willis?«

Sie traten ein. Der Gesichtsausdruck, der sich in Oakleys Zügen formte, als er der Gestalt in dem antiken Bett ansichtig wurde, sprach Bände. Es brauchte schon etwas, um einen so erfahrenen praktischen Arzt wie Oakley zu erschüttern, und so wie er aussah, war er sehr erschüttert.

»Guter Gott«, flüsterte er und eilte an die Bettkante, wo er den typischen schwarzen Arztkoffer öffnete. »Wie lange hat sie das schon?«

»Es geht schon seit ein paar Wochen so, wenigstens.«

Willis wich dem anklagenden Blick des Doktors aus. Wie sollte er erklären, daß sie keine Fremden wollten, die im Haus herumschnüffelten und unwillkommene Publicity anzogen oder gar gefährliche Fragen stellten? »Es ist, seit ich weg war, erheblich schlimmer geworden.«

Er nahm sich einen Stuhl auf der anderen Seite des Bettes. Die Hand, die seine ergriff, war faltig und zittrig. Mayells ehemals seidige glatte Haut war stumpf und pergamentartig, ihre Augen lagen eingesunken in den Höhlen. Sogar ihre Lippen waren bleich und knittrig, aber weder trocken oder eingerissen. Sie sah furchtbar aus.

Oakley arbeitete mit seinen Arztwerkzeugen. Er arbeitete schnell, als ob er nicht genug Zeit hätte. Sein Gesichtsausdruck war grimmig, gefährlich anders als der übliche mürrische.

Eine flauschige fette Gestalt landete auf Willis' Schoß. »Hallo, Kater«, sagte er und streichelte geistesabwesend Saugens Fell. »Was hat dein Frauchen nur, he?« Der Kater blickte ihn an, seine abgründigen Katzenaugen stachen tief in ihn. Mit einem jammernden Miau hüpfte er auf das Bett.

»Ist er Ihnen im Weg, Doktor?« Willis machte sich bereit, das Tier zu entfernen, sollte der Arzt zustimmen. Mayell langte hinunter, um Saugen zu streicheln. Er miaute erfreut und schlug seinen gestreiften kastanienbraunen Schwanz langsam von einer Seite zur anderen.

»Nein.« Oakley beachtete die Katze nicht, sondern war damit beschäftigt, den Blutdruck zu messen.

»Guter Saugen. Süßer Saugen«, wisperte Mayell. Willis war schockiert und erschreckt, als er sah, wie besenstieldünn ihr Arm geworden war. Sie blickte zu ihm herüber, und er zwang sich dazu, dem Blick ihrer schrecklich hervorquellenden Augen zu begegnen. »Er war mir so eine Hilfe, während du weg warst, Willis. Er hat mich jede Nacht warmgehalten.«

»Du hättest selbst den Doktor rufen sollen, Mayell. Du siehst furchtbar aus, viel schlechter, als ich dich zurückließ.«

»Wirklich?« Sie klang erstaunt und seltsam unbeteiligt, als ob sie den Ernst ihres Zustands nicht begreifen könnte. »Dann muß ich gesund werden, nicht wahr?«

Oakley erhob sich und blickte Willis bedeutungsvoll an. Sie zogen sich in eine entfernte Zimmerecke zurück. »Ich will die Frau in der Klinik in Montpellier sehen. Sofort. Heute nacht. Es ist kriminell, daß sie noch hier ist.«

»Ich habe es Ihnen doch gesagt, ich war in New York. Ich *wußte* es nicht. Der letzte der alten Dienstboten ist vor drei Wochen gegangen, und wir wollten das gleiche am Ende des Monats machen. Ihr ging es nicht annähernd so schlecht, als ich fuhr.« Trotz der vernünftigen Erklärung fühlte sich Willis immer noch schuldig. »Was fehlt ihr?«

Oakley studierte den Boden und kaute auf seiner Oberlippe, bevor er zum Bett zurücksah und auf das dort schlafende Skelett.

»Ich glaube nicht, daß ich dem einen spezifischen Namen geben kann, da ich denke, daß sie an mindestens drei verschiedenen Krankheiten leidet. Sie ist furchtbar krank. Ich kann nicht mit Sicherheit sagen, was ihr fehlt, bevor ich sie im Krankenhaus habe und ein paar Tests machen konnte. Akute Anämie, Muskelschwund der schwersten Art, Kalziummangel, wahrscheinlich wegen der Reabsorption ... das fehlt ihr. Was die Ursache ist, weiß ich nicht. Sie kann in letzter Zeit nicht viel gegessen haben.«

»Aber das hat sie«, protestierte Willis. »Ich weiß es. Ich habe heute morgen, als ich das Frühstück machte, den Kühlschrank und die Speisekammer kontrolliert.«

»Tatsächlich? Dann weiß ich nicht, wo die Kalorien hingehen. Sie verbrennt sie mit einer unglaublichen Geschwindigkeit. Vielleicht Tagwandeln. Menschen verbrauchen sich nicht so, wenn sie einfach im Bett liegen.« Er sah auf die Uhr.

»Ich will Sie ins Krankenhaus begleiten. Es ist nach fünf. Machen Sie sie bis acht fertig. Ich will die Sanitäter vorbereiten, die den Krankenwagen begleiten. Wir werden ihr sofort etwas intravenös geben. Wir werden so viel Glucose und Dextrose in sie hineinpumpen, wie ihr System nur aufnehmen kann. Versuchen Sie, sie dazu zu bringen, heute abend etwas Festes zu essen. Ein Steak wäre gut, wenn sie es bei sich behalten kann. Und ein Malzgetränk.«

»Ich werde mich darum kümmern, Doktor. Acht Uhr. Wir werden fertig sein.«

Er hatte Mühe, genug Beschäftigung zu finden, während er auf den Krankenwagen wartete. Er kontrollierte die Fensterriegel und die Alarmanlage. Wenn sie für eine Weile weg waren, war es wohl besser, sicherzustellen, daß keiner einbrechen und ihre wertvollen Möbel forttragen konnte. Er war immer noch in Sorge um Mayell, war aber durch die Aussage Oakleys beim Abschied, daß sie sich wahrscheinlich mit den richtigen Medikamenten und Fürsorge wieder erholen würde, ein wenig beruhigt. Sie *mußte* sich wieder erholen. Wenn sie starb, würden seine eigenen Hoffnungen auf ein Leben in Luxus mit ihr sterben.

Fast zwangsläufig kam sein überreizter Geist auf die Idee, daß es einen finsteren Komplott gegen sie gab. Könnte jemand, vielleicht ein verärgerter Verwandter, der im Testament nicht vorkam, Mayell auf eine Art ganz ähnlich der, mit der sie Hanford losgeworden waren, vergiften? Das war verrückt. Im Haus hatte es, während er da war, keine Besucher gegeben, die sich als potentielle Mörder qualifizieren würden, und Mayell hatte schon, bevor er nach New York reiste, begonnen abzubauen.

Außerdem, wenn er sich recht an das Testament erinnerte, würde im Falle des Todes eines Begünstigten dieser Erbteil nicht an einen der anderen gehen, sondern an verschiedene von Hanfords bevorzugten Wohltätigkeitsorganisationen. Er erinnerte sich an die Gesichter derer, die bei der Verlesung des Letzten Willens anwesend gewesen waren, und konnte nicht glauben, daß einer von ihnen ohne die Aussicht auf persönliche Vorteile zum Mörder werden würde.

Saugen versuchte, ihm Gesellschaft zu leisten, miaute und strich um seine Beine, während er das Steak briet. Er sah irritiert hinunter in die unergründlichen Katzenaugen. Sanft, aber bestimmt schob er das Pelztier mit dem Fuß von sich weg. Es miaute einmal empört und überließ ihn dann seinen Gedanken.

Vielleicht ein Plan von Hanford? Hatte er vermutet, was sie ihm antaten, und einen Killer angeheuert, um schreckliche Rache zu üben?

Er mußte das Abendessen vorbereiten. Kartoffeln überstiegen seine Fähigkeiten, aber das Fleisch hatte er gut hingekriegt. Und das Aufwärmen der gefrorenen Erbsen war leicht gewesen. Da er sich daran erinnerte, daß man Honig nachsagte, Stärke zu verleihen, tat er davon reichlich in ihren Tee.

Als er die Treppe zu ihrem Zimmer hochging,

schlug die Uhr unten in der Halle sieben Mal. Eine Stunde würde für sie zum Essen reichen.

»Mayell, Liebling?« Sie antwortete nicht auf sein Klopfen, daher balancierte er das Tablett vorsichtig mit einer Hand und drehte mit der anderen den Türknauf.

Der Raum lag im Halbdunkel, er wurde nur vom Mondlicht und einer einzigen kleinen Glühbirne eines Nachtlichts erhellt. Sie schlief immer noch. Er ging zur anderen Seite des Bettes. Dort war eine Stehlampe. Als er den Schalter suchte, bemerkte er auf ihrem Brustkorb eine vertraute Gestalt. Sie miaute, ein ungewöhnliches Miau, fast, als ginge es um einen Gebietsanspruch.

Saugen bewegte sich, erhob sich auf der Brust seines Frauchens und setzte sich dort. Willis dachte, er hätte etwas glänzen sehen, und blickte genauer hin, eine Hand am Lichtschalter.

Der Teppich dämpfte den Knall, mit dem das Tablett auf dem Boden aufschlug, aber es war immer noch lauter als erwartet. Die Erbsen rollten weg und verbargen sich im Teppichflor, und der Saft des dampfenden Steaks verschmutzte das feine Rosenmuster, als Willis rückwärts stolperte. Er fiel in die Lampe, und sie zerbrach in tausend kleine Glassplitter, als sie am Boden aufkam. Komische, nur halb artikulierte Geräusche drangen aus seiner Kehle, als er auszusprechen versuchte, was er sah. Aber er konnte nicht mehr tun, als seine Furcht herauszugurgeln.

Helle und lodernde Augen verfolgten ihn, während er zur Tür stolperte. Ein durchdringendes Miau jagte ihm einen eiskalten Schauer den Rücken hinunter. Er sah ganz deutlich, wie sich das Fell an Saugens Bauch wie aus freiem Willen bewegte, während sich Dutzende dieser dünnen, wurmartigen Tentakel zögernd aus der leeren Hülle, die einmal Mayell gewesen war, zurückzogen. Sie erinnerten Willis an winzige Schlangen, alle ringelten und wanden sich, als besäßen sie ein eigenes furchterregendes Leben. Die Löcher, nicht größer als die einer Spritze, die sie in der verbrauchten Haut hinterlassen hatten, schlossen sich hinter ihnen. Willis dachte an die Spinnen, die er so oft im Garten gesehen hatte, wie sie ihre Opfer lähmten und sie dann aussaugten wie eine Glasflasche. Das Glänzen, das er beobachtet hatte, wurde durch das Mondlicht verursacht, das an den Tropfen roter Flüssigkeit, die an der Spitze eines jeden dieser Nichthaare klebten, reflektiert wurde. Er würgte, als er schließlich die Tür fand und herausstürzte. Er dachte daran, wie viele Nächte dieses Katzending scheinbar schlafend auf der Brust des Mädchens gelegen hatte, während es die ganze Zeit sie heimlich ausgesaugt hatte.

»Gut gefüttert und zufrieden«, hatte in dem Testament gestanden. Ah, verdammt, der Alte, er hatte es *gewußt*!

Im Haus schien nichts mehr vertraut zu sein, als er die Treppe halb herunter stolperte, halb fiel. Seine Gedanken waren durcheinander, verwirrt. Die vollen Näpfe mit Katzenfutter, die unberührt die letzten Wochen in der Küche gestanden hatten. Die Abgeschiedenheit, in der Hanford sein Haustier gefüttert hatte, die regelmäßigen Besuche von armen Frauen aus der Stadt, die in der Erwartung kamen, ein natürliches Bedürfnis zu stillen, und die dann gingen, ihre Augen unruhig und furchterfüllt, um niemals ein zweites Mal zurückzukehren.

Irgendwo in der Gärtnerhütte war eine Waffe, eine Pistole, die Willis hatte, um Diebe und Eindringlinge abzuwehren. Er suchte die Vordertür. Oakley würde bald hiersein, mit dem Krankenwagen und den Sanitätern. Sie würden das nicht glauben, aber das spielte keine Rolle, würde keine Rolle spielen, weil er zuerst die Waffe finden würde und …

Er stoppte mitten im Atemzug, wie eingefroren

starrte er geradeaus, paralysiert von einem Paar überlegenen, hypnotischen gelben Juwelen, die ihn konfrontierten. Er versuchte, sich zu bewegen, kämpfte darum, anderswohin zu schauen. Er konnte sich nicht regen, konnte nur leise schreien, als diese glühenden, durchdringenden Augen seinen schwankenden Körper festhielten.

Sein Bauchfell stellte sich erwartungsvoll auf, der plumpe Kater verließ seinen Platz bei der Tür und trottete bedächtig auf ihn zu.

Laufen

Ich laufe gern, schon immer. Es ist nur so, daß ich darin nie gut war und auch jetzt nicht besser bin. Eine schwache Lunge hat damit eine Menge zu tun, das Ergebnis schwerer Scharlachfieberschübe im Kindesalter und jugendlicher Bronchitis der oberen Luftwege.

Dennoch mochte ich es. Und ich versuchte es. Es war etwas Besonderes. Ich fühlte gern den Wind, der an einem vorbeistrich, die Welt wurde zu einem Pastiche impressionistischer Formen und Farben. Vielleicht versuchte ich immer, die Subways meiner Kindheit wiederzufinden.

Ärgerlich war nur, daß mein Körper nicht mitspielen wollte. Kurz nachdem ich loslief, begann der Schmerz und intensivierte sich, bis sich meine Lunge anfühlte wie Zeitungspapier im Feuer: kleine verschrumpelte Flocken aus Schwärze, sich drehend und taumelnd, während sie den Kamin hochsteigen. Ich mußte dann langsamer werden und nach Luft schnappen, während andere, scheinbar ohne überhaupt zu atmen, an mir vorbeijagten, ihre Arme und Beine funktionierten in perfekter Harmonie, ihre Füße berührten kaum die Erde.

Im Laufe der Zeit wurde aus Laufen irgendwie ›Jogging‹.

Ich glaube, ich weiß jetzt, was joggen ist. Es ist Laufen, nur in Designerkleidung. Sein Wahrzeichen sind ein Paar Schuhe, die nur knapp weniger als ein guter Farbfernseher kosten; Schuhe, die in einem Billigmarkt ohne einen in die Seite eingestickten lächerlichen Namen nur ein Zehntel von einem Paar mit Namen kosten. Sein Wappen ist ein Satz kompakter Kopfhörer, der mit einem Walkman verbunden ist, der Musik hinausplärrt, die der Läufer zu hören zu erschöpft ist. Jogging ist eine Welt, die von seltsamen, häßli-

chen Kreaturen bewohnt wird, die, ohne je zu lächeln, die ländliche oder städtische Gegend entlangjagen, schwitzend und ruhelos, während sie behaupten, sich blendend zu amüsieren. Eine seltsame Erscheinung unserer Gesellschaft.

Laufen scheint mir ehrlicher zu sein.

Die Frau, die mit Jachal Morales im Bett lag, war nicht seine Frau. Die Ehre, mit ihr verheiratet zu sein, gebührte dem korpulenten Gentleman, der gerade eben unerwartet das spärlich eingerichtete Schlafzimmer betreten hatte.

Die Augen der sich zufrieden in Jachals Arme schmiegenden Hausfrau weiteten sich von einem schläfrigen zu einem entsetzten Ausdruck, als sie ihren Ehemann erblickte. In einem Reflex zog sie sich die Bettdecke bis zum Kinn hoch. Das hatte den Effekt, daß Jachal mit vollkommen nacktem Hintern dalag. Der Anblick dieses geschmeidig sich bewegenden nackten Körpers entflammte die Gedanken des ohnehin schon vor Wut platzenden Mannes, der im Türrahmen stand.

Ruhig richtete sich Jachal auf, schlüpfte aus dem Bett, setzte sein naivstes Lächeln auf und näherte sich mit erschlaffendem Glied und freundschaftlich zum Gruß ausgestreckter Hand dem älteren Mann.

»Ich entschuldige mich dafür, Bürger Pensy. Ehrlich, die Dinge sind nicht so, wie sie scheinen.«

Wie eigenartig, diese Zeile schließlich ohne zu lügen zu benutzen, sinnierte er. Unglücklicherweise und erwartungsgemäß glaubte Bürger Pensy kein Wort davon.

Noch schlimmer, der arme alte Narr hatte eine Waffe.

»Du beschissener, dreckiger Hurenbock«, stieß er aus, zitterte vor Zorn. »Ich werde dich töten. Sie werden dich von den Wänden meines Hauses abkratzen müssen!«

»Es wäre dumm, das zu tun, Sir. Schlecht für uns beide.«

»Noch schlechter für dich.« Sein Finger krümmte sich am Abzug.

Jachal blieb keine Zeit mehr für Diplomatie. Er ließ sich zur linken Seite fallen, und als sich die Waffe langsam bewegte, um sich wieder auf ihn zu richten, trat er mit seinem rechten Fuß nach oben aus. Die kleine Pistole entfiel der Hand des Bankers. Sie schlug zu seinen Füßen am Boden auf und hatte die extreme Unhöflichkeit, sich zu entladen.

Banker Pensy sah erstaunt auf das kleine Loch in seinem Jacket hinunter, das von einem langsam größer werdenden roten Fleck eingerahmt wurde. Jachal guckte ungläubig auf die Waffe. Das gleiche tat Banker Pensys Frau, die umgehend aus dem Bett stolperte, um ihren kollabierenden Ehemann zu umarmen. Sie bettete seinen Kopf in ihren Schoß und richtete ihren schockierten Blick auf ihren Beinahe-Liebhaber.

»Du hast ihn getötet. Musweir-Mann, ich hätte nie auf deine süßen Worte hören sollen. Du hast meinen armen Emil getötet.«

»Moment mal, Flinke, ich ...«

An diesem Punkt fiel ihr ein, daß es nützlich, um nicht zu sagen: angemessen wäre, zu schreien. Das tat sie mit bewundernswerter Energie, ihr gequältes Geheul hallte im Zimmer und zweifelsohne auch im Rest des Apartmentkomplexes.

Sowohl sie als auch den glücklosen Banker, der langsam in ihren Armen das Leben aushauchte, ignorierend, drehte Jachal sich um und zog sich schnell an. Das Fenster in der ersten Etage öffnete sich zu einer breiten schmutzigen Straße. Zu breit, aber es war ein bewölkter Morgen, und der Großteil der Bevölkerung würde bei der Arbeit sein.

Ihre Schreie im Hintergrund, schätzte er den Fall ab und sprang. Seine Beine stachen vom Aufprall, und seine Hände berührten den Boden, um das Gleichgewicht zu wahren. Seine dunklen Augen schossen nach rechts, dann nach links. Er mußte außer Sicht verschwinden, und das schnell, bevor die Frau des Bankers, nun mehr eine *Sirene* denn eine Sirene, die ganze Nachbarschaft alarmierte.

Vorsicht versicherte einen niemals gegen Pech. Er hatte dem armen Pensy die Wahrheit gesagt. Der Banker hätte heute morgen bei der Arbeit sein sollen, um irgendeinen Farmer zu schröpfen, statt genau im falschen Augenblick nach Hause zu kommen.

Jachal war auf der Suche nach Informationen gewesen, nicht Sex. Speziell nach den Kontrollcodes, die ihm den Zugriff auf die Zentralkreditgrenze des Finanzcomputers, der Pensys kleine Bank kontrollierte, gegeben hätten. Der Banker hatte ihn beim Diebstahl erwischt, okay, aber nicht bei dem, was der arme Mann dachte.

Jachal verschmolz mit den Schatten in der kleinen Straße, in die er sich zurückgezogen hatte, ein einsachtzig großer Mann, mager und dunkel wie gehärtetes Holz, schwarze Haare und Augen. Während er weglief, dachte er nicht als schlechtem Menschen von sich. Er bemühte sich weniger, das Gesetz zu brechen, als vielmehr es zu umgehen. Schlechtes Timing, der Fluch einer unsicheren Existenz, hatte ihn schließlich eingeholt.

Er zwang sich, seine Geschwindigkeit zu einem schnellen Schritt herabzumindern. Er war nun außer Hörweite der Schreie der rasenden Witwe. Der Anblick eines Fremden, der durch die Straßen rannte, würde Aufmerksamkeit erregen.

Embresca war eine neue Stadt, die langsam, aber beständig durch den Zustrom von Bauern wuchs, die auf der unglaublich fruchtbaren Scholle von Dakokraine ihr Glück machen wollten. Jachal bahnte sich seinen Weg durch die Straßen, die von vorfabrizierten Häusern gesäumt waren, die von Fabrikwelten importiert worden waren. Sie waren kein Luxus, sondern notwendig, da Dakokraine über so gut wie keine für den Hausbau notwendigen Materialien verfügte. Stein und Lehmziegel waren nicht in Mode.

In jeder neuen Gemeinde mittlerer Größe verbreiteten sich Nachrichten schnell. Jachal tat sein Bestes, dem immer um einen Schritt voraus zu sein, indem er sich strammen Schrittes zum Flughafen begab, wo er sich unter die Menge der Güter und Siedler von den nördlichen Verteilungszentren mischen konnte. Bis jetzt hatte ihn keiner angehalten. Vielleicht kehrte sein Glück zurück.

Es war ein Unglücksfall gewesen. Wenn überhaupt was, war es Notwehr gewesen. Jemanden zum Hahnrei zu machen war doch kein Grund, gleich zu schießen. Notwehr, mit Sicherheit ... und selbstverständlich würde die trauernde Witwe kaum zugunsten ihres Verführers aussagen. Sicher würde sie das nicht.

Jachal ging ein bißchen schneller.

Als er um eine Ecke bog, erblickte er eine Ansammlung bewaffneter Männer, die den einzigen Zugang zum Flughafengelände abriegelten. Sie trugen die verschiedensten Waffen und gestikulierten erregt damit.

Er zögerte keinen Augenblick, sondern drehte sich um und ging wieder zurück durch die Stadt. Der Flughafen war abgeriegelt, genau wie seine Zukunft. Wenn die Ortsansässigen ihn zu fassen bekamen, würde er nie eine Chance erhalten, auf irgendwas zu plädieren. Er würde ›auf der Flucht‹ erschossen werden. Diesen Nachruf hatte er auf den Gräbern zu vieler seiner Bekannten gelesen, um es sich auch für sich selbst zu wünschen.

Wenn sie ihm die Möglichkeit gaben, hatte er noch eine einzige Chance. Ein langsamer Selbstmord statt eines schnellen Todes im Kugelhagel des Mobs. Er entschied sich schnell.

Zwei der drei Monde Dakokraines standen hoch am Abendhimmel, während er sich dem hoch aufragenden elektrisch geladenen Zaun näherte, der die Stadt Embresca umgab. Zur Rechten und Linken waren die automatischen Geschützstellungen schwach sichtbar. Er beachtete sie nicht. Sie waren dafür programmiert, nach etwas anderem Ausschau zu halten, nicht nach ihm. Ihre tödlichen, durchsichtigen Läufe waren nach außen gerichtet.

Außen waren die hügeligen, weltumspannenden Ebenen, die den größten Teil der Oberfläche Dakokraines bedeckten, der grüne und braune Ozean, den die Siedler sich mühten zu zähmen. Der Mutterboden reichte viele Meter in die Tiefe und unterhielt ein endloses Meer an Getreide, das von den Siedlern behutsam gehegt und gepflegt wurde und mit dem die wachsende und immer hungrige Menschheit gefüttert wurde.

Hier in Stadtnähe waren die einheimischen Gräser untergepflügt worden, und die importierten Getreidezüchtungen wuchsen in phantastische Höhen, genährt von einem idealen Klima und Boden. Dazwischen erhoben sich sechs Meter hohe Zäune, kleinere Versionen der Hochspannungszäune, die die Stadt selbst schützten.

Die Zäune und Waffen, die Embresca umgaben, waren dazu gedacht, das Eindringen zu verhindern, nicht das Verlassen. Er rückte den kleinen Rucksack mit Vorräten zurecht, die er kaum Zeit gehabt hatte zu beschaffen, packte ihn höher auf dem Rücken und eilte hinaus auf das erste Feld. Es war Pflanzzeit, und das Getreide reichte ihm kaum bis zu den Knien. In drei Monaten würde es seinen Kopf überragen. Dann würde es seine eigenen Gefahren bergen.

Es machte keinen Sinn, sich jetzt darüber Sorgen zu machen, sagte er sich. Der Blick zurück über die Schulter zeigte ihm die funkelnden Lichter von Embresca, die vor dem dakokrainischen Nachthimmel tanzten. Es gab immer noch kein Anzeichen für eine Verfolgung.

Er wandte sich wieder dem gewählten Pfad zu und setzte sich selbst das Ziel, noch vor Sonnenaufgang sechzehn Kilometer zurückzulegen. Seine Beine pumpten gleichmäßig, rhythmisch, trugen ihn über die feste Erde und die flexiblen Halme der Setzlinge. Zwei Monde führten ihn ostwärts, und ein dritter erhob sich gerade über den Horizont.

Nur ein Mann in dem ganzen bewaffneten Mob, der vor dem Zaun stehengeblieben war, trug eine Uniform. Er repräsentierte die Hälfte der Polizeimacht Embrescas. Sein Partner war in der Station geblieben und überwachte die Anrufe.

Es war eine ereignisreiche Nacht gewesen. Die bäuerliche Gemeinde war relativ frei von Verbrechen. Die Leute waren unkomplizierte, hart arbeitende Menschen, die nur daran interessiert waren, dem reichen Boden ihren Lebensunterhalt abzuringen, und nicht ihren Mitmenschen. Normalerweise war die Arbeit als Polizist langweilig und uninteressant. So mochte er es.

Und jetzt hatte dieser Fremde einen Aufruhr verursacht, den Polizisten aus dem Schlaf gerissen, ihn gezwungen, so früh zum Dienst zu erscheinen und die ermüdende Pose der Amtsgewalt anzunehmen. Nicht zu vergessen die vielen offiziellen Formblätter, die er ausfüllen mußte. Ein Mord, nicht weniger. Ein Totschlag, auf jeden Fall.

In seinem Geist rekonstruierte er das Szenario, das sich vermutlich im Schlafzimmer des Bankers abgespielt hatte, und fragte sich, wer wohl der wahre Schuldige war, wenn es überhaupt einen gab.

Aber Embresca war eine kleine Welt für sich. Die Bevölkerung hielt eng zusammen. Er war nur ein Mann, und hier waren die kämpferischen Bauern, die es nach dem Blut des Fremden dürstete. Der Banker Pensy hatte eine Menge Freunde.

Glücklicherweise war das Objekt ihres Zorns höflich genug, um in den Veldt zu fliehen. Die Bauern wollten sein Blut, das ja, aber nicht so sehr, als daß sie ihn nach da draußen verfolgt hätten. Wenn er versuchen würde, wieder nach Embresca hineinzuschlüpfen, wäre er gezwungen, sich der Sache zu stellen. Wenn dieser außerhalb der Umzäunung bliebe, wäre die Justiz Sache von Dakokraine. Das wäre erheblich einfacher. Er entbot dem mutmaßlichen Täter im stillen seinen Dank, wo auch immer er gerade im Grasland wäre. Er wünschte ihm sogar Glück.

»Es ist alles in Ordnung«, beschwichtigte er den aufgebrachten Mob und deutete mit einem Nicken in Richtung der mondbeschienenen Felder von Triticalevier, die sich hinter dem Zaun erhoben. »Er ist veldtwärts gegangen. Es gibt keinen Weg, wie er unbemerkt wieder in die Stadt kommen könnte, und ich habe die Flugplatzüberwachung gebeten, nach ihm Ausschau zu halten.

Geht jetzt alle nach Hause und seht zu, daß ihr ein wenig Schlaf bekommt. Es sei denn, unter euch sind welche, die mich nach draußen zur Verfolgung begleiten wollen.«

Die von der täglichen Arbeit in der Sonne rotverbrannten Gesichter nahmen einen verdrossenen Ausdruck an, dann einen resignierten, als sie die silberne Landschaft betrachteten. Nein, bei Nacht würden sie nicht dem Eindringling hinterherlaufen, der das tägliche Einerlei ihres Lebens gestört hatte. Nicht mal für die Witwe des armen Mr. Pensy. Nicht hinaus in den Veldt.

Der Polizist hatte recht. Es gab nichts, wohin der Mörder entfliehen konnte. Er könnte gehen, wohin er wollte, und es würde ihm nichts nutzen. Dakokraine würde sich um ihn kümmern. Sie wandten sich vom

Zaun ab und machten sich wieder auf den Weg nach Hause.

Die sechs Meter hohen elektrischen Zäune waren nicht aufgestellt worden, um die Kinder von den Feldern fernzuhalten.

Es war immer noch dunkel, als sich Jachal auf das letzte der kultivierten Felder fallen ließ. Er zog sich noch ein wenig weiter … und bemerkte, wie er zwischen einheimischen Gräsern lag. Die Zivilisation hatte sich schneller nach Westen und Süden ausgebreitet als nach Osten.

Das Gras war mehr als mannshoch, viel mehr. Halme, vier Meter groß und mehr, erhoben sich über seinen Kopf. Sie wiegten sich in der Nachtbrise und verdeckten hin und wieder die Sterne.

Er war ohne einen langfristigen Plan im Kopf geflohen. Sein einziger Wunsch war gewesen, aus der Stadt und der Reichweite des Arms des improvisierten Gesetzes zu entkommen. Wenn er nur für ein paar Wochen hier draußen überleben könnte, würde die Erinnerung an die Tat in den Köpfen der Bürger durch die prosaischeren Sorgen ersetzt werden. Dann, wenn die elektronische Wache, die sie bestimmt alarmiert hatten, um nach ihm Ausschau zu halten, in ihrer Wachsamkeit nachlassen würde, hätte er vielleicht eine Chance, sich zurück in die Stadt zu schleichen.

Von da würde er irgendwie an Bord eines Flugzeugs gelangen. Dann zu einer großen Stadt, einem Raumhafen und weg von dieser Welt. Laß mich dieses eine Mal entkommen, versicherte er dem Kosmos, und ich will meine Aktivitäten künftig auf urbane Gesellschaften beschränken.

Er hatte keine Anzeichen für eine Verfolgung entdecken können, und er bezweifelte auch, daß das je der Fall sein würde. Es gab dafür keinen Grund. Er war lange genug auf Dakokraine, um zu wissen, warum selbst schwerbewaffnete Gruppen niemals außerhalb der geladenen Zäune reisten – außer in einem Flugzeug.

Er stand wieder auf und setzte sich in Bewegung. Seine Beine protestierten dagegen, so bald nach der Marathonflucht wieder arbeiten zu müssen. Ein kurzer Gang brachte ihn zu einer Felsnase aus Vulkangestein. Sie erhob sich knapp über die Grasspitzen.

Jahrhunderte zuvor war eine Lavablase geplatzt und hatte eine kleine runde Höhlung geschaffen, in der er sich jetzt dankbar niederließ. Hier wäre er einigermaßen sicher vor den kleineren Raubtieren, die den Veldt durchstreiften. Sie verließen den Schutz des Grases nur ungern.

Und er konnte die Sterne sehen. Es waren eine ganze Menge, da der Himmel von Dakokraine viel klarer war als der der meisten anderen Welten. Ihr Anblick lullte ihn in einen unruhigen Schlaf.

Am Morgen kletterte er auf den höchsten Punkt der Felsnase und untersuchte die Umgebung. Es gab nichts, was darauf hindeutete, daß die Stadt Embresca nicht weit entfernt im Westen lag. Sie war zwischen den in Grün und Braun gehüllten Hügeln versteckt. Aber Jachal machte sich darüber Sorgen, daß ein dummer Freund des glücklosen Pensy sich während des Tages aufmachen würde, um ihn lieber selbst zu jagen, als der hiesigen Natur die Arbeit zu überlassen. Obgleich die Wahrscheinlichkeit, in dem hohen Gras einen Flüchtling zu entdecken, sehr gering war, entschloß Jachal sich, kein Risiko einzugehen. Er mußte noch weiter von der Stadt weg.

Zum Frühstück aß er eine der konzentrierten Rationen, die er vor der Flucht hatte ergattern können, kletterte dann vom Felsen und machte sich in Richtung Osten auf. Es gab viele kleine Bäche, die sich durch die Vegetation schlängelten, und daher litt er nicht unter Wassermangel.

Gelegentlich tauchte er in ein kleines Tal hinab, wo das Gras zögernd verschiedenen Pilzarten gleicher Größe Platz gemacht hatte. Einer der drei Meter hohen Pilze hätte seine Nahrung wunderbar ergänzt, wenn er nur hätte entscheiden können, welche eßbar und welche giftig waren.

Es war kalte, rohe Nahrung, durch die er würde überleben müssen, das wußte er. Nur in den seltenen Fällen von Sicherheit, die etwa seine Höhle die Nacht zuvor geboten hatte, würde er ein Feuer riskieren können. Nicht daß er fürchtete, der Rauch könnte gesehen werden. Nein, einem Veldtfeuer auf Dakokraine würde keine vernünftige Person je nahe kommen wollen.

Er hörte viele Tiere, sah aber nur wenige. Insekten waren in unübersehbarer Anzahl im Veldt zu finden, die sich von dem baumhohen Gras ernährten, die unten an den Grashalmen knabberten, an Wurzeln mampften, die so dick wie sein Arm waren, und dabei die Erde belüfteten. Keins belästigte den einsamen Menschen. Die Fleischfresser, die durch den Wald aus Gras strichen und sich von denen ernährten, die sich vom Gras ernährten, bereiteten ihm Sorge.

Ironischerweise wäre er jedoch beinahe von einer Herde Pflanzenfresser erledigt worden. Er hatte sie, lange bevor sie ihn erreicht hatten, kommen hören, ein tiefes, raschelndes Geräusch, zu unbeständig, um durch einen auffrischenden Wind verursacht zu werden. Verzweifelt suchte er etwas, wo er hochklettern konnte. Aber da waren keine Bäume. Er suchte den Boden ab, fand aber keine Deckung. Das Gras neigte sich ihm entgegen, und aus dem sanften Rascheln war ein Grollen in der Erde geworden.

Da, eine Höhlung, ein Lichtstrahl auf Fels, eine Höhle. Ohne zu zögern ließ er sich hineinfallen, drehte sich, um mit den Füßen voran in die Öffnung zu gleiten.

Die Mufleens stürmten über ihn hinweg, ihr langes Haar strich über den Eingang seiner Zuflucht, während sie sich ihren Weg nordwärts fraßen. Seine Augen stachen von dem Staub, den die Herde aufwirbelte, und er sah nichts außer den zotteligen Bäuchen und Hufen, so groß wie ein Männerkopf. Er fürchtete zu ersticken. Die Granitplatte, die das Dach des Erdlochs bildete, bebte, wann immer ein Mufleen darauftrat, aber sie kam nicht runter, um ihn zu zerschmettern.

Nachdem die Herde endlich fort war, kam er wieder aus dem Loch zum Vorschein, schmutzig und zittrig. Die niedergetretenen Grashalme zeigten ihre Widerstandskraft, die platten Stengel richteten sich wieder himmelwärts. Irgend etwas hatte einen Teil seiner linken Schuhsohle weggeknabbert. Wenn es der Eigentümer des Baus war, der immer noch in der Dunkelheit hinter ihm steckte, hoffte Jachal, daß er sie nahrhaft gefunden hatte. Er hätte dankbar auch auf den Rest des Schuhs verzichtet, wenn er ihn nicht für Wichtigeres als ein Mittagessen gebraucht hätte.

Ein beständiger Nachmittagsregen begann zu fallen, der Jachal kühlte und säuberte. Er zog weiter ostwärts, zu müde, um sich über sein knappes Entkommen zu wundern.

Er hatte erwartet, daß die Läufer ihn eher finden würden. Hier gab es keine Zäune, um sich dahinter zu verstecken. Er hatte vor allem nicht erwartet, die Oberhand zu behalten, wenn die gefürchtete Konfrontation stattfand.

Der einsame Läufer lag neben dem Teich in den Felsen und starrte Jachal aus Augen mit riesigen Pupillen an. Er war unglaublich dünn und hätte, wenn er auf den Füßen gewesen wäre, über dreieinhalb Meter aufgeragt. Das hieß, daß er durchschnittlich groß war, wie Jachal wußte. Obgleich er nicht an dakokrainischer Ökologie interessiert war, hatte er nicht umhin gekonnt, von den Läufern zu hören. Sie waren unter den Siedlern das Hauptgesprächsthema.

Der humanoide Kopf war oval, aber das Kinn lief in einer Spitze aus. An den Seiten seines Kopfes standen zwei breite, mit einer dünnen Membran überzogene Ohren ab. Luftklappen pulsierten am langen, eleganten Hals. Der magere, muskulöse Körper war mit einem goldgelben Flaum bedeckt.

Der Läufer trug ein beiges Lendentuch und hatte einen kleinen, langgestreckten Sack über die Schulter geschlungen. Sein Speer lag außerhalb seiner Reichweite, neben dem tödlichen Knochenbumerang, den die Menschen als fliegende Sense bezeichneten. Jachal wußte, daß er seinen Kopf so leicht abtrennen konnte, als köpfte er eine Blume.

Ein langes Bein lag im Teich, in einem unnatürlichen Winkel abgeknickt. Mensch und Läufer betrachteten sich aufmerksam über das seichte Wasser hinweg. Jachal hatte nur ein Messer, aber das hing an seinem Gürtel. Es war nicht außer Reichweite wie Speer und Sense.

Der Blick des Läufers wanderte vom Menschen zu seinen eigenen Waffen. Er bemühte sich, sich auf sie zuzubewegen. Aber der Versuch wurde umgehend durch den Schmerz, der durch den dünnen Körper schoß, abgebrochen. Jachal besah sich das verletzte Bein. Vielleicht eine üble Verstauchung, aber wahrscheinlicher ein Bruch, sagte er sich.

Er zögerte; seine Gedanken rasten. Seine Chance, im Veldt zu überleben, war dürftig. Das wußte er so sicher wie die Siedler, denen er entflohen war. Hier mochte sich eine Chance bieten, die seine Erfolgsaussichten beträchtlich erhöhen konnte. Wenn er falsch tippte, nun, wenigstens würde er sich dann keine Sorgen mehr machen müssen.

Er brauchte ein Weilchen, bis er das Vertrauen des Läufers gewonnen hatte. Er fing damit an, ihn zu füttern, indem er Nahrung innerhalb der Reichweite der schlaksigen Arme schob und sich dann zurückzog, um zuzuschauen. Es dauerte noch länger, bis der Eingeborene ihm erlaubte, das verletzte Bein anzufassen. Der Winkel des Bruchs hatte den Läufer daran gehindert, selbst zu versuchen, den Schaden zu reparieren.

Endlich gelang es Jachal, den Bruch zu richten und zu schienen, indem er Schlingpflanzen benutzte, um tote Grashalme am Bein zu befestigen. Trotz der Größe des Läufers war sein Gewicht nicht besonders groß. Während der ganzen Prozedur hatte er keinen Laut von sich gegeben.

Als das Bein heilte, hatten Mensch und Läufer Zeit, einander zu untersuchen. Verletzungen bei Läufern heilten schnell. Das mußten sie, da die Läufer ein nomadisches Leben im immer gefährlichen Veldt führten.

Seit vor ungefähr fünfzig Jahren die erste Farm auf Dakokraine gebaut wurde, gab es fast ständig Kämpfe zwischen Menschen und Läufern. Trotz der Tatsache, daß sie nur die primitivsten Waffen hatten, kämpften die Läufer hart und waren zu einer echten Bedrohung geworden. Da sie wie hyperaktive Giraffen gebaut waren, konnten sie auf kurzen Strecken eine Geschwindigkeit von mehr als einhundert Stundenkilometern erreichen und auf Langstrecken für eine unbekannte Zeitspanne fünfzig bis sechzig. Ihre natürliche Färbung ermöglichte ihnen, mit der Landschaft zu verschmelzen, und sie waren verdammt clever. Wenn ein Mann auf freiem Feld erwischt wurde, war er so gut wie tot, wenn die Läufer ihn fanden, egal wie schwer bewaffnet er war.

Nur die teuren elektrischen Zäune konnten sie von den bewohnten Gebieten fernhalten. Aber selbst so drangen sie gelegentlich in ein oder zwei Felder ein. Die Ernte mußte unter Bewachung eingebracht werden, mit gepanzerten Mähmaschinen und Schwebern, die darüber kreisten. Die Expansion der großen Farmen wurde so verlangsamt, aber nicht verhindert.

Die Versuche, eine Waffenruhe auszuhandeln, waren ergebnislos geblieben. Die Kämpfe dauerten an. Die Läufer waren absolut gegen den Aufbau neuer Farmen und bekämpften ihn aufs heftigste. Die Kämpfe führten unausweichlich zu einer Anzahl toter Läufer und einem oder zwei toten Siedlern. Aber sobald ein Zaun gezogen war und unter Strom stand, waren die Läufer gezwungen, sich zurückzuziehen.

Der Tod der Läufer störte die Siedler nicht. Nur ein paar weichherzige Xenologen waren über die Verluste betrübt.

Was die Farmer einfach nicht verstehen konnten, war, warum die Läufer so hartnäckig waren. Dakokraine gehörte immer noch zu neunundneunzig Prozent ihnen. Es gab genug Platz für Siedler *und* Läufer. Warum leisteten sie dann gegen eine neue Farm hin und wieder so erbittert Widerstand?

Purer Starrsinn, dachten die Siedler. Sie kämpfen einfach gern. Nun, wir wissen auch, wie man kämpft.

Und selbstverständlich ging das Kämpfen weiter.

Schließlich fand der Stamm des verletzten Läufers sie. Jachal ließ sich durch das Auftauchen von drei Dutzend Kriegern und ihren Familien nicht aus der Fassung bringen. Damit hatte er gerechnet. Er zog sein Messer und legte es mit einer übertriebenen Geste nieder und trat zurück. Dann wartete er ruhig auf das, was da kommen mochte.

Der Läufer, dem er das Bein behandelt hatte, ignorierte ihn, war glücklich, wieder unter seinen eigenen Leuten zu sein. Als die Begrüßung vorüber war, kamen ein paar Krieger, um auf Jachal niederzuschauen. Niemand machte eine Geste der Dankbarkeit; niemand gab ihm sein Messer zurück.

Aber sie töteten ihn auch nicht. Wenigstens auf der Stelle.

Sie ließen sich auf den Felsen nieder, die Kinder spielten still Verstecken im umgebenden Gras, die

Frauen bereiteten das Essen, die Männer führten eine lautstarke Diskussion, die Jachal zum Gegenstand zu haben schien. Jachals Beitrag bestand in einem flehenden Blick, wann immer er eins der riesengroßen goldenen Augen auf sich gerichtet fand. Es hatte keine Auswirkung auf die Diskussion.

Schließlich zerstreute sich die Gruppe. Ein großer männlicher Läufer, der zusätzlich zu Lendentuch und Beutel mehrere Knochenhalsketten trug, die von seinem langen Hals baumelten, näherte sich ihm. Jachal spannte sich an. Der Krieger war viereinhalb Meter groß und für einen Läufer ungewöhnlich muskulös.

Er zeigte ihm einen leeren Rucksack und bedeutete Jachal mit Gesten hereinzuklettern.

Jachal runzelte die Stirn, aber er sah keinen Nutzen darin, sich zu weigern. Es gab nichts, was er tun konnte, wenn sie sich entschlossen, ihn mit Gewalt in den Sack zu stecken. So kletterte er hinein, setzte sich behutsam zurecht und wartete.

Dann flog er in kurzem Bogen durch die Luft. Er erwartete, gegen die Felsen geschmettert zu werden. Aber das geschah nicht. Statt dessen fand er sich auf dem flaumigen Rücken des Läufers wieder. Riemen erschienen, und mit diesen wurde er in den Sack gebunden, um ihn am Herausfallen zu hindern. Oder am Fliehen.

Die Läufer sprachen untereinander, und Jachal lauschte angestrengt, um ein paar Worte aufzuschnappen. Er baumelte gegen den Rücken des Läufers, dreieinhalb Meter über dem Boden. Die Sprache der Läufer war melodisch und scharf, wie die eines aufgebrachten Polynesiers.

Dann flog er, so schien es wenigstens. Der Stamm hatte sein kurzes Lager abgebrochen und bewegte sich in den Veldt.

Stelzenartige Beine fraßen die Entfernung mit langen, mühelosen Schritten, hohen Gräsern wurde mit

Leichtigkeit ausgewichen, über kürzere sprangen sie hinüber. Der Wind fegte am Gesicht des Passagiers vorbei, während er über seine Position nachdachte.

Sie hatten ihn nicht sofort erschlagen. Es war bekannt, daß die Läufer einfallsreich waren. Vielleicht hielten sie ihn am Leben, damit er morgen als Mittagessen dienen konnte. Die Läufer waren Allesfresser, wie die meisten Humanoiden. Momentan hätte ihn nichts mehr überrascht, einschließlich der Möglichkeit, daß der Läufer, dessen Bein er behandelt hatte, ausgewählt wurde, das Ausweiden zu übernehmen.

Was ihn dagegen überraschte, als der Stamm für die Nacht neben einem Fluß anhielt, der von siebeneinhalb Meter hohen blaugrünen Halmen verborgen wurde, war, daß der, der ihn in den Sack gesteckt hatte, auf ihn niedersah und fragte: »Warum kommt Zwerg allein in den Veldt?«

Bei all seinen Begegnungen und Gesprächen mit Siedlern hatte Jachal niemals gehört, daß die Läufer menschliche Sprache verstehen geschweige denn sprechen konnten. Andererseits hatten sich Läufer und Menschen auch nie zusammengesetzt, um einander ihre Fähigkeiten offenzulegen. Die wenigen Versuche, einen Frieden auszuhandeln, wurden von menschlichen Xenologen gestartet, die die Läufersprache verwendeten. Wahrlich, die Läufer waren ein cleveres Völkchen.

Daß sie ihm dieses Wissen verraten hatten, war ein sicheres Zeichen dafür, daß sie nicht die Absicht hatten, ihn gehen zu lassen.

»Warum kommt Zwerg allein in den Veldt?« wiederholte der Riese.

»Ich mußte es«, antwortete er. »Es war wichtig für mich.« Er nahm davon Abstand, Details preiszugeben. Die meisten Stammesgesellschaften verstanden die Bedeutung von Mord und standen dem nicht wohlwollend gegenüber.

»Einsamer Zwerg, allein, weit weg von Himmelsbeinen oder Vielhöhlen. Nicht verstehen: mußte es. Warum?«

Jachal war erschöpft und verwirrt, und die Anspannung durch die Frage, wann jemandes Sense ihm den Kopf abschneiden würde, hatte dazu einen großen Beitrag geleistet.

»Ich bin weggelaufen«, erklärte er. »Ich bin mein ganzes Leben gelaufen, und dies war nur ein weiteres Mal, daß ich laufen mußte. Ich weiß nicht, ob Sie das verstehen.«

Aus Erschöpfung und Verwirrung wurden schon manches Mal glückliche Bemerkungen geboren. Fehlinterpretation sei dein Retter … aber war es eine Fehlinterpretation?

Jachal war momentan nicht in der Lage, darüber nachzudenken. Er wußte nur, daß seine Antwort eine lebhafte Diskussion unter den Mitgliedern des Stammes auslöste. Ein paar sahen sogar so aus, als ob sie zuschlagen wollten. Zwei Meter große Kinder hockten im Gras und starrten ihn an.

Schließlich kam der Riese zu ihm zurück und blickte auf ihn runter.

»Zwerg leben für eine Zeit. Ältere finden es interessant. Später mehr sprechen.«

»Sicher, ich liebe es zu sprechen. Hören Sie, während wir sprechen, könnten Sie mich nach Reshkow bringen?« Er versuchte, den Standort der nächsten Stadt neben Embresca, die einen Flugplatz besaß, zu beschreiben. Wenn er es schaffen würde, Reshkow zu erreichen, könnte er mit Leichtigkeit ein lokales Transportmittel besteigen, es zu einer großen Stadt schaffen, und weg von dieser …

»Nicht gehen nah Vielhöhlen von Zwergen wegen uns selbst. Sicher nicht wegen Zwerg. Bleiben du mit uns. Ältere finden es interessant.«

Und das war es dann. Aber Jachal gab die Hoffnung

nicht auf. »Es«, er war gemeint, war für interessant befunden worden. Später mehr sprechen. Das war erheblich vielversprechender als später werden Essen.

»Wie haben Sie die menschliche … Zwergsprache gelernt?« fragte er.

Der Riese sah auf ihn herunter, das Licht des Feuers flackerte in den großen, dunklen Augen. »Einmal während Tag Himmelsbeine fallen runter zwischen uns. Zwerg steigen aus, erbitten Friedenszeichen. Ältere erwägen, welcher Nutzen kann kommen davon. So Zwerg bleiben mit uns für Zeit und lehren uns. Will machen Frieden. Schließlich Ältere fragen, ob Zwerg kann machen Todgräser-aus-kalt-Material wegnehmen. Zwerg sagt nein. Wir müssen erst kommen und geben auf Waffen. Zwerg belehrend, aber verrückt. Nicht verschwendet, wir essen es.«

»Ich verstehe«, murmelte Jachal und hatte die feste Absicht, interessanter als je zuvor zu werden.

Eine Woche ging vorbei und dann noch eine. Jachal wurde nicht zu einem Essen. Eines Morgens bereitete er sich darauf vor, seinen Tragesack zu besteigen, als der Riese abwinkte. Er schlang den Beutel lose über die Schulter.

»Was ist los, Apol?« Er sah aufmerksam über die Ebene mit Sämlingen, die sich westlich vom Lagerplatz erstreckte.

»Nicht mehr tragen Zwerg. Ältere entscheiden. Du immer laufen, sagen du. Nicht mehr tragen. Jetzt du laufen mit uns.«

Jachal verstand endlich, wie ihn die Fehlinterpretation am Leben gehalten hatte. Er wagte es nicht, ihnen zu erklären, daß das, was er jene Nacht vor ein paar Wochen mit »immer laufen« gemeint hatte, nichts mit physischer Bewegung zu tun hatte. Oder doch? Er wurde ganz verwirrt. War er nicht immer in exzellenter körperlicher Verfassung gewesen? Das hatte er auch sein müssen, um dem Gesetz immer einen Schritt voraus zu sein.

Sie hatten ihn am Leben gelassen, weil er eine Abnormität war, ein Zwerg, der davon redete, immer zu laufen, statt von Himmelsbeinen … Schwebern. Vielleicht sahen sie in ihm etwas Vertrautes, etwas von sich selbst.

Seine Waden pochten in Erwartung der kommenden Zerreißprobe. Aber er hatte keine andere Wahl, als es zu versuchen, das Beste zu geben.

Er lief, bis seine Lungen zu bersten drohten, bis seine Beine sich wie Eisengewichte anfühlten, bis seine Brust schmerzte und seine Kehle vor Schmerz brannte. Er lief, bis er nicht mehr laufen konnte, und niemand lobte ihn für seinen tapferen Versuch. Kein einziger Mensch, nicht der beste aller Marathonläufer, konnte darauf hoffen, mit einem Läufer Schritt zu halten.

Er gab auf und brach in einem Grasbüschel mit horizontalen Blättern, die im rechten Winkel vom Stengel wegwuchsen, zusammen. Der Himmel war ein schweißbeschmierter Klecks aus Blauweiß. Ein großäugiges ovales Gesicht blickte auf ihn herab. Es war nicht Apol.

Es gehörte Breang, dem Läufer, dessen Bein er gerichtet hatte.

»Ja'al laufen gut, für Zwerg.«

Er hatte nicht die Kraft, zu antworten, und nickte nur schwach. Er hoffte, der Läufer würde die Geste verstehen.

Lange, dünne Arme von erstaunlicher Stärke waren plötzlich unter seinen eigenen, halfen ihm hoch, zwangen ihn auf die Füße. Er stand auf wackligen Beinen und fühlte sich schwach, sein Körper hatte seine Reserven verbraucht, sein Herz hämmerte ihm gegen die Rippen, als ob es sich befreien wollte.

»Kann … kann nicht laufen … nicht weiter, Breang. Kann nicht.« Er lächelte schwach. »Zwerg … nicht Läufer. Kann nicht laufen mit …«

Breang zeigte ihm etwas. Es war der Tragebeutel,

den Apol benutzt hatte. »Ausruhen jetzt. Laufen später. Laufen gut für Zwerg, Ja'al. Sehr gut.«

Jachal beäugte den Sack verlangend. Er war noch nie in seinem Leben so ausgepumpt gewesen. Aber er zögerte, wußte, daß auch die Blicke anderer Augen auf ihm ruhten. »Die Älteren sagen, daß ich nicht getragen werden soll.«

»Schulden ich ein Bein dir. Kann nach Gesetz meine geben dir.«

Auge um Auge, Bein um Bein, dachte Jachal. Wenn ich sein Angebot annehme, tue ich Breang vielleicht sogar einen Gefallen. Vielleicht hat er zuvor nie mit mir gesprochen, weil er mir etwas schuldete und keine Möglichkeit hatte, seine Schuld abzutragen.

Er kletterte dankbar in den Sack. Währenddessen sah er, wie einige Ältere ihn beobachteten. Er konnte nicht beurteilen, ob sie ihm wohlwollend zusahen; oder war ihre Aufmerksamkeit nur Einbildung, ausgelöst durch den Sauerstoffmangel in seinem Gehirn? Er wußte es nicht, und es war ihm auch egal. Es war dunkel im Tragebeutel. Dankbar schloß er die Augen.

Eine Stunde später lief er wieder.

Als die Wochen in Monate übergingen, verstand er langsam, warum er verschont wurde. Wie er vermutet hatte, hatte seine Erklärung, daß er immer gelaufen war, eine wichtige und empfängliche Saite bei diesen Geschöpfen angeschlagen. Laufen war für die Läufer nicht nur ein Mittel, den Ort wechseln zu können. Es war der Grund ihrer Existenz, ihrer Religion, ihrer Gestalt. Sie liefen nicht, um zu leben; sie lebten, um zu laufen. Es war für sie so wichtig wie zu essen und zu atmen. Das Gefühl, wie die Luft an ihrem Körper vorbeirauschte, das Land unter der Bewegung ihrer Füße verschwand, der Sauerstoff über ihre Luftklappen strich – das waren die entscheidenden Empfindungen des Lebens, das Grundprinzip ihrer Existenz.

Ein ruhender Körper war unvollständig, jede andere

Art der Fortbewegung fremdartig und erniedrigend. Dann konnte man gleich so leblos wie ein Stein oder ein toter Grashalm sein. Diese Geschöpfe definierten sich durch Bewegung, durch das Laufen, indem sie ihre Unabhängigkeit von der festen Erde bewiesen. Um *demaru*, wirklich lebendig, zu sein, mußte man laufen.

Zwerge, Menschen, liefen nicht. Sie benutzten Maschinen, um sich über den Boden zu bewegen, und Himmelsbeine, um sich durch die Luft tragen zu lassen. Daher waren sie nicht richtig lebendig.

Kein Wunder, daß alle Bemühungen zwischen Siedlern und Läufern, Frieden zu schaffen, gescheitert waren. Die Läufer fanden schon die Idee, sich an einem Verhandlungstisch niederzulassen, abstoßend.

Der Stamm jagte und schlief, und gelegentlich wurde ein Baby geboren, das in wenigen Tagen auf den Beinen war und ebenfalls lief. Sie töteten einen Elemorph, ein monströses bärenartiges Ding, das sie angriff und mit seinen riesigen Klauen nach ihnen hieb, aber seine Peiniger nie ganz erreichen konnte. Sie liefen ihn zu Tode.

Sie liefen, wann immer sie nicht jagten, schliefen oder gebaren. Laufen hieß, frei zu sein.

Freiheit ... Jachal hatte einen Gedanken und ließ sich eines Nachts unter einem neun Meter hohen Grasdach dicht neben Breang nieder. Die breiten, spachtelförmigen Blätter beugten sich über ihren Köpfen einander zu, bildeten das Dach einer grünen Kathedrale.

»Warum hassen die Läufer die Zwerge so?« fragte er. »Abgesehen von den Kämpfen, abgesehen davon, daß die Zwerge nicht laufen. Warum?«

Breang dachte nach. »Zwerge machen neue Gräser wachsen. Kein Problem. Zwerge machen Veldt eben überall. Kein Problem. Zwerge aufstellen Todgräser-aus-kalt-Material.« Seine dunklen Augen wanderten über den grünen Himmel. »Großes Problem.«

Das war verständlich, dachte Jachal. Er versuchte es zu erklären: »Todgräser-aus-kalt-Material sollen die Bauern schützen, nicht nur vor euch, sondern auch vor den Mufleens und anderen Veldttieren, die die neuen Gräser der Farmer, die ihnen wichtig sind, niedertrampeln oder fressen würden.«

Gesichter waren plötzlich aufmerksam auf ihn gerichtet, nachdenklich, beurteilend. Ältere und Kinder hatten ihre Gespräche unterbrochen und wandten sich ihm zu, um zuzuhören.

»Kein Problem das«, sagte Breang überraschenderweise. »Kein Problem neue Gräser der Zwerge. Verstehen wollen halten draußen Mufleens und Morpats und Polupreas.« Jetzt war es Breang, der Jachal bittend ansah.

»Viele Läufe haben du leben mit uns, Ja'al. Viel haben du gelernt. Ist nicht der Himmel klarblau dir jetzt?«

Jachal dachte an das, was er gerade gesagt hatte, und an das, was er gelernt hatte, und plötzlich war der Himmel klarblau.

»Wirklich dumm«, sagte er der Xenologin, die in einem Flugzeug den ganzen Weg aus der planetaren Hauptstadt Yulenst gekommen war, um an der Konferenz teilzunehmen.

Sie saß ihm im Zelt gegenüber, das außerhalb von Embresca aufgestellt worden war. Die Formalitäten wurden draußen im Veldt beschlossen. Die Regierungsfunktionäre arbeiteten mit den Älteren der verschiedenen Stämme die Details des Vertrages aus. Die Verhandlungen fanden natürlich im Laufen statt. Die unzulänglichen Beine der Menschen wurden durch mechanische Hilfsmittel gestützt, die ihnen eine Zeitlang die Möglichkeit gaben, neben den Läufern herzurennen.

»Die Bauern haben die Zäune aufgestellt, um die

Grasfresser des Veldts sowie die Läufer fernzuhalten. Die ganze Zeit hatten sie gedacht, daß die Läufer gegen die Farmen seien, aber in Wirklichkeit waren es nur die Zäune, gegen die sie sich wehrten.« Er ging auf und ab. Aus irgendeinem Grund war er nicht in der Lage, stillzusitzen.

»Die Zäune gingen quer durch viele der alten Läufe, blockierten die traditionellen Pfade über den Veldt. Die Bauern konnten nicht verstehen, warum die Läufer nicht einfach um die Zäune herumgingen. Sie konnten nicht verstehen, daß sie die Läufer an der richtigen Art zu laufen hinderten. Wie jeder jetzt weiß, ist Laufen für sie alles. Sie tun es nicht nur, um von einem Ort zum anderen zu kommen.«

»Die Tuaregs der Pfade«, erwiderte die Xenologin und fuhr sich mit den Händen durch ihr graues Haar. Sie lächelte. »Die Tore in den Zäunen werden ausreichen, meinen Sie nicht?«

Jachal nickte, während er auf und ab lief. »Das und die Vereinbarung, die besagt, daß auch jede neue Farm den Läufern den freien Durchgang durch ihr Territorium erlauben wird.«

»Sie haben für die Läufer mehr als eine Art Tor geöffnet, Jachal Morales.«

Er zuckte die Achseln. »Manchmal muß man mit den Leuten leben, um ihre Bedürfnisse und Wünsche zu verstehen.«

Sie betrachtete diesen eigenartigen Mann neugierig. »Was ist mit Ihnen, da wir gerade von Toren sprechen? Ich habe von dem Vorfall gehört, in den Sie hier verwickelt waren. Sie müssen sich natürlich einer Gerichtsverhandlung stellen, aber sie wird vor einem legalen Gericht stattfinden und nicht vor einem Mob. Wenn Sie Hilfe brauchen oder eine Referenz – nach dem, was Sie getan haben, bin ich sicher, daß ich das arrangieren kann ...«

Er grinste sie an und ging zum Zeltausgang. Auf

einem Hügel in der Nähe, der als Ergebnis vulkanischer Aktivität über das Gras des Veldts hinausragte, wußte er, würden Breang und die anderen auf ihn warten.

»Danke für das Angebot, aber ich denke nicht, daß ich bereit bin, mich einem Gerichtsverfahren zu stellen. Nicht jetzt auf jeden Fall. Sehen Sie, ich bin mein ganzes Leben lang gelaufen. Das ist es, was ich ihnen gesagt habe.« Er deutete zum entfernten, lockenden Hügel. »Sie haben das, was ich ihnen sagte, fehlinterpretiert. Die Fehlinterpretation hat in diesem Fall zum gegenseitigen Verständnis geführt. Was ich damals noch nicht verstand, war, daß es in beide Richtungen funktioniert.

Sehen Sie, wenn mich niemand jagt …« Er ließ den Satz unbeendet, während er durch das Tor trabte und sich mit langen, gleichmäßigen, freien Schritten der fernen Hügelkuppe näherte.

»… Ich habe entdeckt, daß ich *gern* laufe.«

Langweilig

Nachdem über Ideen gesprochen wurde, fragen die Leser üblicherweise als nächstes, wie ein Schriftsteller auf seine Personen kommt. Manchmal haben sie in echten Menschen ihr Vorbild, aber häufiger sind sie vollkommen fiktiv. Oft sind sie eine Mischung aus vielen Leuten oder vielen individuellen Eigenschaften, die dem realen Leben entnommen sind, gewürzt mit der Vorstellung des Autors.

Die meisten meiner Figuren sind aus einem einfachen, sehr guten Grund vollkommen fiktiv. Genau wie ich Science Fiction und Fantasy schreibe, um Orte zu sehen, die ich anders nie besuchen könnte, bevölkere ich diese entfernten Regionen des Geistes mit Personen, die ich gern kennenlernen würde. Oder – im Fall der bösen Jungs – mit Leuten, die ich nicht kennenlernen will. Nur zur Abwechslung habe ich mal ein Buch geschrieben, wo ich eine volle 180-Grad-Wendung gemacht habe und jede Figur in der Geschichte auf jemandem basierte, den ich tatsächlich kannte (das Buch hieß ›Cachalot‹*).*

Niemals besaß ich die Frechheit, einer Figur einen Kollegen zugrundezulegen. Aber wie ich schon früher erwähnt habe, gibt es Zeiten, in denen sich eine Geschichte dem Autor aufzwingt. Es gibt nichts, was schwieriger aus den Gedanken zu verbannen ist, als eine Geschichte, die darauf besteht, geschrieben zu werden, selbst wenn es nicht lange dauert, sie zu erzählen.

Den Charakterzug, den ich in diesem Kollegen sah, der mich so faszinierte, habe ich auch bei anderen kreativen Personen im größeren oder geringeren Ausmaß festgestellt. Ich konnte und wollte die Figur in der daraus resultierenden Geschichte nicht zu einem unmittelbaren Portrait meines

Kollegen machen. Meine Arbeit ist Fiktion. Das schließt aber nicht aus, daß nicht eine reale Person als Sprungbrett für eine Geschichte dienen könnte.

Die Leser fragen immer, wie dieser oder jener Autor oder Künstler wirklich ist, wie er oder sie funktioniert, wie er oder sie – wie Vaughn Bode sagte – ›es schafft‹. Kreative Inspiration nimmt viele Formen an, und Motivation entsteht nicht immer im Kopf.

Ich traf Nevis Grampion zuerst bei der Ausstellung seines Werks, das die Met letzten Winter zeigte. Oder vielleicht sollte ich sagen, bei der Ausstellung, die er für die Met zeigte. Grampion war weit mehr als die Summe seiner Kunstwerke. Er selbst war seine beste Leinwand, er benutzte Worte mit der gleichen Kunstfertigkeit wie seine Palette. Seine Gemälde waren mutig, schockierend, manchmal empörend, aber niemals langweilig. Er hatte seine Technik in den zwanzig Jahren ausdauernder Übung in seinem Studio in einer Scheune perfektioniert. Arizona ist voller alter Scheunen und junger Künstler. Die Langlebigkeit der Scheunen übersteigt üblicherweise die der Künstler.

Seine Arbeit reichte von gekonnt bis brillant. Nicht, daß es die Kritiker interessierte. Grampion gab was her, und sie liebten es, ihn dazu zu provozieren, etwas über den Stand der Kunst heutzutage, die Aufgabe von Kritikern oder die Macht der großen Museen und Galerien zu sagen. Die Antworten Grampions enttäuschten sie nur selten.

Was mich zu ihm hinzog, waren weder seine Fähigkeiten mit dem Pinsel noch seine kalkuliert rauhe Persönlichkeit, sondern der Dämon, der auf seiner rechten Schulter hockte.

Es war nicht leicht, ihn allein zu erwischen. Die Leute hingen an ihm, wie Katzenhaare an einem Angorapullover. Er zog einen gleichzeitig an und stieß einen ab. Nevis Grampion, der Elefantenmensch der Kunst. Ich beobachtete die Menschen, die ihn beobachteten, und wurde an die Augenzeugen eines Autounfalls erinnert. Schließlich schaffte ich es, ihn allein anzutreffen, indem ich ihm so lange durch die Halle der Galerie folgte, bis der Reiz des Neuen, den er darstellte, sich abgenutzt hatte. Er war freundlich zu mir, ja sogar herzlich. Ich denke, er erkannte in mir eine Art verwandten künstlerischen Geist. Außerdem wollte ich ja nichts von ihm, nur ein wenig schwatzen. Ich denke, das machte mich unter denen, die zur Show gekommen waren, einzigartig.

Wir diskutierten über unsere jeweiligen Einflüsse, ich bezog mich auf Wyeth und Bierstadt und Lindsay, er sich auf Goya und Klee und Dali. Wir diskutierten über die relativen Vorteile von Acryl und Airbrush, die ich vorziehe gegenüber seiner Wahl von Öl. Er schimpfte mich aus, weil ich das einfachere Medium einsetzte, und ich nahm geduldig seine wohlmeinende Kritik hin.

Schließlich reichte es mir. Ich deutete auf seine rechte Schulter und sagte: »Nevis, vielleicht bin ich verrückt ...«

»Sind wir das nicht alle?« warf er ein. Er konnte keine Gelegenheit für eine kluge Bemerkung auslassen. Ein angeborenes Leiden, glaube ich, das ihn bei seinem Publikum nicht eben beliebt machte. Um so mehr, da er meistens tatsächlich der Klügere war.

»Ist da nicht auf ihrer Schulter etwas, das wie ein kleiner gotischer Wasserspeier aussieht?«

Das erste Mal an diesem Tag glitt ihm die Maske, die er für seine Fans trug, vom Gesicht, und ich hatte einen der seltenen Blicke auf den wahren Nevis Grampion.

»Mich laust der Affe. Sie können ihn sehen?«

»Ganz klar.« Ich trat auf ihn zu, um die Erscheinung genauer zu betrachten, die mich völlig ignorierte. Ich denke, sie schlief zu der Zeit. Sie war ein recht fester Körper und hatte nichts von einem Traum an sich.

»Er ist leuchtend rot, mit orangefarbenen Flecken, ungefähr dreißig Zentimeter groß bei seiner hockenden Haltung und hat vier Hörner auf seinem kahlen Schädel.«

Grampion nickte langsam und sah mich genau an. »Sie sehen ihn. Sie sind der erste … nein, der zweite, der das jemals tat. Maxwell war der andere.«

Ich dachte an Jarod Maxwell, einen engen Freund von Grampion und hervorragenden Portraitmaler.

»Was«, fragte ich, »macht er da?«

Grampion setzte das spaßige halb befriedigte, halb ärgerliche Grinsen auf, das in den Zeitungen so oft zu sehen war. »Sein Name ist Clamad. Er ist meine künstlerische Muse.«

Nachdem ich bereits die Präsenz dieser seltsamen Kreatur akzeptiert hatte, war es leicht, auch diese Enthüllung zu akzeptieren. »Ihre künstlerische Muse? Sie wollen sagen, daß er Sie inspiriert?« Tatsächlich glaubte ich bei näherer Untersuchung bestimmte Eigenschaften in dem Gesicht der Kreatur zu erkennen, die viele Male in Grampions Gemälden reproduziert worden waren.

»Das kann man so sagen. Clamad ist schon seit langer Zeit bei mir. Wenn es ihn nicht gäbe, wäre ich kein Maler.«

»Wirklich? Was wären Sie dann?«

Er hob die Schultern. »Etwas Gemütlicheres, was weniger anstrengend für den Geist ist. Lastwagenfahrer vielleicht, oder Bibliothekar. Aber kein Maler. Zu schmerzhaft. Aber ich habe mich vor langer Zeit dafür entschieden, einer zu werden. Ich habe daran gearbeitet und gearbeitet, und dann, eines Tages, war er da. Seitdem ist er bei mir.«

Und ich hatte immer gedacht, wenn überhaupt jemand, dann wäre Grampion der geborene Maler. Zu hören, daß das nicht der Fall war, war schon eine Enttäuschung, obgleich es in keiner Weise von der Genialität seiner Arbeiten ablenkte.

»Können Sie ihn nicht loswerden?«

Er lächelte traurig. »Denken Sie nicht, daß ich es versucht habe? Er half mir, meine Technik zu meistern, alles hervorzubringen, was ich jemals in meinen Werken sagen wollte. Aber als ich das erreicht hatte, weigerte er sich zu gehen. Er treibt mich dazu, mich selbst zu übertreffen, nach Perfektion zu streben. Er läßt mich nicht mal schlafen, wenn ich nicht wenigstens eine neue Studie an jedem Tag anfange.« Ein Anflug von Wahnsinn trat in seine Augen, während sich seine Stimme zu einem Flüstern senkte.

»Schauen Sie, Sie können ihn sehen. Das heißt, Sie müssen es verstehen können, wenigstens ein bißchen, selbst wenn Ihre eigene Arbeit zu oberflächlich, zu unerprobt sein sollte. Was wäre, wenn ich ihn überzeugen könnte, den Platz zu wechseln? Würden Sie ihn haben wollen?«

Das Angebot machte mich sprachlos. Auf der anderen Seite unserer kleinen Ecke brodelte die Party weiter. Gespräche, Kekse, angetrocknete kleine Sandwiches, Alkohol und Mineralwasser und mittendrin Grampion, der Dämon und ich.

Clamad, die Muse, bewegte sich ein wenig auf ihren klauenbewehrten karmesinroten Füßen und grunzte im Schlaf. Mich fröstelte, und gleichzeitig war die Versuchung da.

»Wenn ich zustimme, was wird mir dann geschehen?«

»Nicht viel«, sagte Grampion ein wenig zu eifrig. »Er wird Ihren Stil umgehend schärfen, sich auf jedwede natürliche Einzigartigkeit, die Sie besitzen, stürzen, Ihre Technik verbessern, Ihre Vorstellungen klären, Ihr verborgenes Ich zutage fördern und Ihnen zeigen, wie Sie es auf die Leinwand bannen können.

Oder in Stein oder auf die Bühne, was immer Sie wählen. Sie können innerhalb eines Jahres weltberühmt sein.«

»Und was verlangt er als Gegenleistung?« Der Dämon gähnte.

Grampion beäugte seine Schulter. »Nur Empfänglichkeit und künstlerische Hingabe. Seine Freuden sind einfacher Natur. Er bindet sich an einen Künstler mit Potential, weil er es mag, die Ergebnisse zu sehen. Paradoxerweise kann er selbst keinen Deut malen.«

»Lassen Sie mich darüber nachdenken.« Plötzlich schien die Halle dunkel zu sein, die Deckenbeleuchtung nur schwach. Die Gespräche um uns herum verstummten, als ob etwas absichtlich jedes andere Gespräch zum Schweigen gebracht hätte. Ich fühlte, wie sich mir die Kehle zusammenschnürte.

»Sicher. Sicher. Denken Sie darüber nach. Denken Sie darüber nach, was Sie mit Ihren dummen, niedlichen Bildern verpassen. Anerkennung, Reichtum, die Bewunderung Ihrer Kollegen. Denken Sie darüber nach.« Er war genauso sarkastisch wie enttäuscht.

»Wenn es so toll ist, ihn zu haben, warum sind Sie dann so wild darauf, ihn loszuwerden?«

»Wer sagt denn, ich sei wild darauf? Ich versuche nur einem jüngeren Künstler zu helfen, das ist alles. Ich ... ich brauche Ruhe. Ich habe alles getan, alles erreicht, was ich als Maler erreichen wollte. Es ist an der Zeit, den Reichtum zu teilen. Vielleicht widme ich mich der Frivolitätenarbeit. Denken Sie darüber nach. Wenn Sie sich entschieden haben, kommen Sie zu mir.«

Er stocherte in seiner Hosentasche und zog eine Karte vor.

»Sie kennen Paradise Valley?«

»Ein bißchen.«

Er nickte, drehte sich um und verschwand in der Menge. Ich sah, wie er von mehreren kriecherischen

Sammlern in Beschlag genommen wurde. Clamad der Dämon war über der Menschenansammlung wie ein rotes Blinklicht zu erkennen. Ein Blinklicht, das nur ich sehen konnte.

Ich weiß nicht, warum ich in jener Nacht zu dem Haus hinaufging. Versuchung. Versuchung. Eine Sache, die ich oft versucht hatte, als Gemälde darzustellen, und nun auslebte.

Auf dem Nachhauseweg dachte ich über Grampions Worte nach, über den Reichtum und die Unabhängigkeit, die ihm seine Arbeit gebracht hatte, die Unabhängigkeit, selbst den einflußreichsten Kritikern eine lange Nase zu drehen, denselben Kritikern, die meine eigene Arbeit als rein »kommerziell« abtaten, ein Stigma, das ich mich seit Jahren loszuwerden bemühte.

Heutzutage bin ich klüger, aber damals war ich jung und ungeduldig.

Auf mein Klingeln reagierte niemand, aber die Tür war unverschlossen. Ich überlegte. Hatte ich mit Grampion nicht eine Art persönliche Beziehung aufgebaut? Sicher hatte er nichts dagegen, wenn ich ihn überraschen würde, nicht mal zu so später Stunde. Es wurde gesagt, daß er Überraschungen liebe. Ich bildete mir ein, daß er glücklich sein würde, mich zu sehen, da er wohl viele flüchtige Bekannte hatte, aber es nur wenige gab, die ihn verstanden.

Ich rief durch die geöffnete Tür. Keine Antwort. Das war seltsam, fand ich. Sicher würde er nicht die Wohnung verlassen und sie unverschlossen lassen. Ich trat ein, ging durch das zentrale Atrium, den Küchenbereich, dann einen Gang entlang zu einem Schlafzimmer, in dem niemand schlief. Meine Uhr zeigte elf Uhr. Der Mond beleuchtete meinen Weg.

Nur für eine Minute rausgegangen, dachte ich. Künstler sind notorisch unpünktliche Esser. Kuchen und Schokolade um Mitternacht statt einer ausgewogenen Mahlzeit. Ich entschloß mich, auf seine Rückkehr zu warten.

Eine alte Standuhr schlug im Salon, und ihr Rasseln und Klingen verstärkte die unheimliche Stimmung. Ich durchforstete die gutsortierte Bibliothek, die Kunstgegenstände.

Plötzlich hörte ich ein Geräusch. Ein erstickter Schrei, fast ein Winseln. Ich runzelte die Stirn und beratschlagte mich mit mir selbst. Grampion hatte viele Feinde. Die Tür, unverschlossen. Konnte ich in einen Raub oder Schlimmeres gestolpert sein? Lag Grampion irgendwo blutüberströmt in der Nähe und brauchte dringend Hilfe?

Ich bewaffnete mich mit dem nächsten schweren Gegenstand – einer Trophäe aus bearbeitetem Marmor, von irgendeiner Gesellschaft von europäischen Avantgarde-Künstlern überreicht – und tastete mich vorsichtig in die Richtung, aus der das Geräusch kam. Als ich dem Gebäudeteil näher kam, das ich noch nicht betreten hatte, erreichte mich ein rhythmisches Brausen erregter Atmung. Ich wurde an einen Marathonläufer mitten auf seiner Strecke erinnert. Eine Tür war offen, aus ihr fiel Licht in den Gang. Vorsichtig stieß ich sie ganz auf.

Grampion stand im Gewölbe seines Studios vor einer Staffelei. Darauf stand eine halb fertige Leinwand, voll von verrückten grellen Farben und Strichen. Das Thema war noch nicht zu erkennen, aber das atemberaubende Talent, das hinter der Arbeit stand, war bereits offensichtlich.

Hinter Grampion hockte ein gigantisches, glühendes rotes Ding. Seine Augen waren jetzt offen, die Pupillen schwarze Schlitze, die die Leinwand prüften. Es war nicht länger dekorativ und bescheiden, es war unglaublich groß und muskulös. Mit seinen riesigen Klauen hielt er beide Handgelenke Grampions fest. Der hielt in jeder Hand einen Pinsel.

Grampion drehte sich um und sah mich. Seine Erscheinung schockierte mich. Sein Gesicht war rot, seine hervortretenden Augen waren blutunterlaufen, sein Gesichtsausdruck spiegelte aus vollkommener Erschöpfung geborene Verzweiflung.

»Hilf mir, Malcolm!« flehte er, seine Stimme war rauh, die Worte voller Schmerz. »Um der Liebe Gottes willen, mach, daß er aufhört!«

Mein Blick schweifte von dem dünnen, ausgezehrten Gespenst des Malers zu dem Dämon, der ihn nicht ruhen ließ, der ihn zu Brillanz und Wahnsinn und in die Nähe des Todes trieb. In diesem Moment bemerkte er, Clamad, *mich*. Er stieß ein drohendes Grollen aus, das sich unerwartet in etwas anderes verwandelte. Etwas, das zur gleichen Zeit weniger und mehr feindselig war.

Aufflackerndes Interesse.

Ich machte auf dem Absatz kehrt und floh schreiend aus dem Studio, aus dem verfluchten Haus, die Straße hinab. Mein Weg wurde nur vom Mond erhellt. Ich floh an meinem geparkten Auto vorbei, und ich hörte nicht auf zu rennen, als bis ich mich in einem Citybus befand und auf dem Weg nach Hause war. Die anderen Passagiere starrten mich an. Ich sah sie nicht.

Ich habe Grampion danach noch mehrere Male gesehen. Er war in meiner Gegenwart immer unnatürlich zahm, aber nicht reumütig. Ich allein kannte die wahre Ursache für die Ringe um seine Augen und die nervösen, zitternden Bewegungen seines Körpers. Clamad ritt wie immer auf seiner Schulter, wie immer schlafend, jedes Mal anscheinend ein wenig plumper. Ich fragte mich, wie er sich von Grampion ernährte, denn es war offensichtlich, daß er das tat, aber in gegenseitigem Einvernehmen beschränkten wir unsere Gespräche von nun an auf Kunst und verwandte Themen.

Ich habe Kunst um der Kunst willen aufgegeben. Ich

verdiene meinen Lebensunterhalt in der Werbung, wo die schmutzige Inspiration, die eine Muse wie Clamad liefern kann, kaum gebraucht wird. Aber immer wieder sehe ich einen Schatten, der den Raum durchstreift, die Arbeiten von Mark oder Jillian oder Carrie prüft, auf der Suche nach einer Offenbarung, nach Talent oder einem Opfer.

Ich meide Spiegel.

Der Donnerer

Das Wundervolle an der englischen Sprache (das Gemeine ist die Rechtschreibung, aber das hat nichts mit dieser Geschichte zu tun) ist, daß sie wie ein großer Staubsauger ist. Sie saugt alles auf, nützlich oder nicht, und ballt es an einer Stelle zusammen, wo man das Zeug in aller Gemütlichkeit durchforsten und das Nützliche von den Fusseln und toten Dingen trennen kann. Nicht nur einzelne Wörter und Ausdrücke, sondern ebenso Sprachmuster.

Vor nicht allzu langer Zeit brachte das Magazin The Economist *eine ausführliche Untersuchung des Englischen in aller Welt und stellte seine Flexibilität und Anpassungsfähigkeit an die heutigen Bedürfnisse heraus. Im wesentlichen wurde gesagt, daß ein Zulieferer von Rohmaterialien in Bombay seinem Händler in Singapur mitteilen kann, daß er die Sachen über Kenia nach London und New York verschiffen soll, auch wenn er sich nicht mit seinem Nachbarn in der gleichen Straße unterhalten kann. Wenn Urdu und Hindi sprechende Menschen Seite an Seite wohnen, werden sie ihre Gespräche in Englisch führen.*

Das liegt daran, daß die englische Sprache lebt, während andere dahinwelken und sterben. Im Englischen werden die Wörter nie mit dem Müll hinausgeworfen. Viel häufiger werden sie wieder zum Leben erweckt und erhalten ein neues Leben und eine neue Bedeutung. Man denke nur an ›gay‹, ›cool‹ und ›gas‹, alte Wörter, die eine neue Bedeutung erhalten haben. Manchmal kann ein Wort in einer einzigen Generation mehrere Bedeutungen gewinnen und verlieren, wie beispielsweise ›bitchin'‹. Wörter werden ebenso schnell abgelegt, wie neue erfunden werden, die ihren Platz einnehmen, wie ›rad‹, das ›reet‹ ersetzt hat.

Sprachmuster können genauso faszinierend sein wie die Wörter, die darin vorkommen. Wenn sie zusammengerührt werden, bilden sie eine Sprachsuppe, die eine eigene Mythologie erschaffen kann. Einfache alltägliche Gespräche können eine beliebige Zahl von phantasmagorischen Möglichkeiten eröffnen.

»Seine Füße, groß und platt wie schwere Einbäume. Seine Beine, so dick wie Eichen und hoch wie Pinien. Sein Körper, ein riesiger Felsblock, der von der Seite eines müden alten Berges abgeblättert ist, und die Arme hängen daran wie verdrehte Zypressen.

Er hat ein Zuckerrohrfeld von Haar und eine Haut von der Farbe des besten Mutterbodens, wolkengroße eingesunkene Wangen und Augen wie bodenlose Tümpel im Sumpf. Wenn die Bäume sich biegen, wenn der alte Fluß laut rauscht, wenn der Alligator sein Liebeslied brüllt, wenn der gekrümmte Blitz über den dunklen Himmel geht, dann sagen wir, daß der Donnerer geht, der Donnerer sich anschleicht, der Donnerer … er *spricht*! …«

– Alte Volkssage aus Louisiana

Südwestlich von New Orleans gibt es in den Counties Orte mit Namen wie Iberia und Cameron, Vermilion und Terrebonne, wo manchmal selbst der Regen keinen Ehrgeiz hat. Statt hart und quecksilbrig herunterzuprasseln, tröpfelt er nur lustlos aus einem Winterhimmel von der Farbe schmutziger Matratzen. Nachdem er seinen Weg träge durch die abgefallenen Blätter und das Dickicht und das Spanische Moos gefunden hat, kann man fast den Erleichterungsseufzer hören, wenn er endlich den Boden erreicht.

Die Texon-Geologin schob den glänzenden Schirm ihrer Regenkappe weiter nach unten, und immer noch lief ihr der Regen in die Augen.

»Sind Sie sicher, daß die Stelle hier irgendwo ist, Crossett?«

»Ja, Ma'am.« Der Führer grinste. Sein schmales Gesicht zerfiel in Quadrate, abwechselnd in Elfenbein und Gold, eine dünne Parodie eines Vasarely-Drucks. Seine Hand, die immer leicht zitterte, war eine Verlängerung des Außenbordmotors. Die Stimme des Mannes und die Stimme des Motors waren einander ebenfalls sehr ähnlich: ein beständiges, ruhiges Schnurren.

»Jean Pearl lebte hier schon vor meiner Geburt«, fügte er gesprächig hinzu und lugte an einer Seite vorbei, um nach vorne sehen zu können. »Niemand hier weiß, wer zuerst da war, Jean Pearl oder Jean Pearls Hütte.«

Mae Watkins sah ihn an. »Schon vor Ihrer Geburt?« Die Geologin kicherte, ein ansteckender samtweicher Laut, der die Melancholie des regengetränkten Sumpfes beiseite schob. »Dann muß er *alt* sein.«

»Keiner weiß es, Ma'am.« Crossett lehnte sich liebevoll gegen den Ruderarm des Motors, und das Boot schwang leicht nach Steuerbord. Die Bäume schlossen ihre hölzernen Arme über ihnen. Watkins hatte das Gefühl, als ob sie schwerelos durch einen graugrünen Tunnel glitten. Die Welt bestand hier aus verschiedenen Grautönen, Sumpffarben, die sich durch den Sturm einander angeglichen hatten. Die Bäume waren graugrün und graubraun, der Reiher, der hin und wieder zu sehen war, weißgrau, und die Alligatoren so grau, daß sie nahezu unsichtbar waren. Graues Moos schwebte im grauen Wasser.

Von vorne war ein Klick zu hören, und sie richtete ihre Aufmerksamkeit auf ihren Assistenten. »Leg es weg, Carey. Du weißt, was die Gesellschaft davon hält, zum Spaß zu schießen.«

Der andere Geologe war gerade in den Dreißigern und kaum den Kinderschuhen entwachsen. Zögernd sicherte er die Waffe wieder und legte das Gewehr quer über seine Knie. »Mae, er war sechs Meter lang!«

»Afrika ist sechzehntausend Meilen weit weg,

Carey.« Sie bewegte ihren Kopf ruckartig nach rechts. »Du bist ein Geologe, nicht Frank Buck.«

»Frank wie?«

»Vor deiner Zeit.«

Er sah immer noch empört aus. »Niemand hätte es erfahren müssen. Ich hätte einen sauberen Schuß gehabt.«

»Ich hätte es gewußt.« Sie ließ das einsinken und fügte dann hinzu: »Wenn der Trip sich bezahlt macht und wir die Vermutungen der Luftuntersuchung bestätigen können, dann kauft die Gesellschaft dir deinen eigenen Teich mit Alligatoren und du kannst dich an einer Schlachtorgie erfreuen.« Beim Anblick seines niedergeschlagenen Gesichtes sagte sie weniger anklagend: »Und wenn du das tust, möchte ich wenigstens drei Paar verschiedene Schuhe und passende Handtaschen dazu.«

Er versuchte angestrengt, nicht zu lächeln, aber vergeblich. Nervös wendete er sich ab und untersuchte die unscharfe Grenze, die die Insel vom Wasser trennte. Es war hart, in der Nähe von Mae Watkins verärgert zu bleiben. Es spielte keine Rolle, daß sie fünfzehn Jahre älter war als er und auf diesem Trip seine Vorgesetzte. Jede, die sich in einem Satz vom Boss zur Mutter und zur koketten Frau wandeln konnte, brachte einen fortwährend aus der Fassung.

Wie auch immer, beruhigte er sich selbst, es gab immer noch die Möglichkeit, daß ein Alligator sie angriff. Er hielt das Gewehr fest in seinen Händen, das Holz war hart und warm, glatt, angenehm.

Crossett sah, wie sich die Finger des Geologen um die Waffe schlossen, und lächelte. Er wußte, was der jüngere Mann dachte. Im unwahrscheinlichen Fall, daß ein verrückter Alligator in der Nähe aus dem Wasser brechen würde, würde sich dieser dumme weiße Junge höchstwahrscheinlich eher den eigenen Fuß wegschießen als alles andere.

Andererseits konnte man bei einem Wetter wie diesem durchaus eine Überraschung erleben. Sein eigenes Gewehr lag neben seinen Füßen. Es hatte Kerben und war abgenutzt, der Lauf war mit Stahlband umwickelt, um es zusammenzuhalten. Aber es spielte keine Rolle. Worauf es ankam, war, wo die Kugel landete, und nicht, wo sie herkam.

Regen kitzelte an seinen Augenbrauen. Nebel und Regentropfen behinderten seine Sicht. »Da ist sie, Ma'am. Genau wie ich gesagt habe.«

»Ja, Crossett. Genau wie Sie gesagt haben.« Sie packte ihre Ausrüstung zusammen, stocherte in den Kisten unter den Sitzen herum. Die Fotos und Karten beachtete sie nicht. Der Regen würde ihnen nicht schaden. Sie waren, bevor sie vor drei Tagen von Styrene aus losfuhren, eingeschweißt worden.

Carey Briscoe setzte sein Gewehr ab und schniefte resigniert, als sie sich der Insel näherten. Beim Näherkommen sah die Baracke aus wie das Exoskelett eines toten Käfers, dessen Inneres verwest und zu Staub zerfallen, und von dem nur die äußere Hülle übriggeblieben ist. Dutzende von Metallplatten und Blechresten bedeckten das Dach, ein Quilt, der mit Nägeln statt Zwirn zusammengehalten wurde.

Zwei blinde Fenster flankierten die Eingangstür, rechteckige Augen neben einer herabhängenden Nase. Die Veranda war an den seltsamsten Stellen eingebrochen. Es gab keine Lebenszeichen, nicht am Gebäude, nicht an der abbruchreifen Mole, die sich in den sumpfigen Flußarm erstreckte.

Sie glitten an die winzige Anlegestelle heran, stießen gegen die abgenutzten Augenhöhlen alter Reifen. »Paßt auf, wo ihr hintretet, Leute.« Crossett ging in Schleifen über die gespaltenen Planken. »Es ist ein bißchen runtergekommen.«

»Runtergekommen. Teufel auch.« Wie ein Kind, das heißes Badewasser testet, trat Briscoe erst mit einem, dann mit dem anderen Fuß auf die erste Planke. Er reichte Watkins die Hand und studierte die Hütte. »Wovon lebt er hier? Wem kann er was verkaufen?«

»Meistens Trappern.« Crossett hievte zwei große Benzinkanister aus dem hinteren Teil des Bootes. Laut schlugen sie aneinander, ein geräuschvolles Echo entfernten Donners. »Keine Touristen so weit draußen.« Er lachte, ein einziges scharfes ›Ha!‹. »Keine Straßen hier raus. Aber die Sumpfleute, sie wissen, daß er hier ist.«

Sie stapften auf die Hütte zu. »Interessante alte Bauweise.« Watkins fand selbst in der Bruchbude, der sie sich näherten, noch Schönheit. Für sie war sie malerisch. Für jeden anderen war sie ein Dreckloch. Semantik, sinnierte Briscoe.

»Und warum sie und ihr Besitzer hier sind, das ist offensichtlich«, sagte sie fröhlich. »Der Mann mag seine Privatsphäre. Man stelle sich vor, er hätte ein Geschäft in einer großen Stadt wie Lafayette. Was würde er mit dem überschüssigen Geld machen? Sich einen einsamen Platz hier draußen in den Wäldern kaufen und dann zum Pendler werden.«

»Sehr lustig.« Briscoe warf ihr einen verdrießlichen Blick zu, als sie auf die Veranda traten und endlich aus dem Regen kamen. Ein Hund lag an der Hauswand. Wahrscheinlich bewachte er es, dachte er. Das zottelige Tier schien eine Mischung aus allen Hunderassen zu sein, ein wahrer Weltbürger unter den Kötern, eine Hundemischung aus allen Rassen aller Länder und Zeitalter. Zwischen seinem Fell und dem Moos, das von den Zweigen einer in der Nähe stehenden Eiche hing, war kaum ein Unterschied.

Bei ihrer Ankunft hob er den Kopf und betrachtete sie mit geübten Blick, dann ließ er sich wieder auf die Veranda fallen. Er senkte den Kopf nicht. Er ließ sich wirklich fallen und landete mit einem deutlichen Knall.

Crossett ging zur Tür, um zu klopfen. Sie öffnete

sich, bevor er dazu kam. Im Rahmen stand entweder der französischste Schwarze oder der schwärzeste Franzose, den Watkins je gesehen hatte. Und der älteste. Es paßte, daß er etwas von der Trikolore an sich hatte. Haare, Schnurrbart, Zähne und Augen waren weiß, die Haut war schwarzblau wie Tinte und passend zu den Farben des Tages war seine Kleidung grau. Er war in der Taille etwas gekrümmt, schien aber aufmerksam und lebhaft zu sein. Nicht das alte Wrack, das sie nach Crossetts Beschreibung erwartet hatte.

»Hallo, Charlie Crossett.« Seine Stimme klang rauh, aber nicht gebrochen.

»Jean Pearl.« Ihr Führer nickte bedächtig und hielt die zwei Kanister hoch. »Benzin?«

»Ja.«

Gespräche waren hier genauso farblos wie die Szenerie, sagte sich Watkins.

»Ich hole es für dich.« Der alte Mann nahm die beiden Kanister, zog sich in die Hütte zurück und schloß die Tür hinter sich.

»Freundlicher Mensch«, sagte Briscoe und meinte das Gegenteil.

»Er bewahrt das Benzin in seinem Haus auf?«

»Hinten.« Crossett reinigte seine Zähne mit einem kleinen Splitter von der Veranda. »Ach, Jean Pearl ist freundlich genug.« Ein Nagetier unbestimmbarer Herkunft hüpfte zu ihnen her, und Crossett spuckte es an. »Wie die Lady sagte, er mag seine Privatsphäre.«

Er mochte es wohl auch, sich Zeit zu lassen. Während sie warteten, diskutierten Watkins und Briscoe über Sattelfalten und Salzdome. Um sie herum regnete es heftiger. Es entfaltete sich ein bemerkenswertes Unwetter, die Tropfen hämmerten nachdrücklich auf die fruchtbare Erde ein.

Schließlich wurde die Tür nach innen aufgezogen, und Pearl trat hervor. Er händigte die gefüllten Kanister Crossett aus.

»Gehen nun zurück, schätz' ich.« Die Frage kam unerwartet.

»Nein, Jean Pearl. Die Leute kommen von Styrene. Ölleute.«

»Ah! Besserwisser.«

Watkins lächelte ihn an. »Ich schätze, Sie halten nicht viel von uns, nicht wahr? Reißen nur Ihren wunderbaren Sumpf auf mit unseren Bohrplattformen?«

Pearl überraschte sie mit einem asthmatisch glucksenden Lachen. »Ihr verrückten Dummköpfe. Was schert mich der Sumpf? Reißt alles auf, was ihr wollt.«

»Finden Sie es hier nicht schön?« Briscoe konnte das Gesagte nicht mit Crossetts Aussage, daß Pearl seine Privatsphäre mochte, in Einklang bringen.

»Schön? Der Sumpf? Die Mokassinschlangen und Moskitos, Alligatoren und Ratten und Egel, so groß wie dein kleiner Finger? Du bist mit Sicherheit verrückt, Junge.« Er zuckte die Achseln. »Aber was soll Jean Pearl tun? Ich bin hier geboren, ich habe hier einen zu großen Teil meines Lebens gelebt. Sicher werde ich hier auch sterben. Ich kenne keinen anderen Ort, keinen Ort, wo ich hingehen könnte. Aber schön? Junge, wenn ihr den Sumpf aufreißen wollt, habt ihr von Jean Pearl den Segen.«

Plötzlich änderte sich sein Verhalten.

»Aber nicht hier, nicht heute nacht, ja?« Seine Stimme hatte einen ernsten, erwartungsvollen Tonfall angenommen statt des herausfordernden. »Du bist ein guter Kumpel, Charlie«, sagte er zu ihrem Führer. »Ich kenn deine Familie von vor deiner Geburt. Ich kenn deine Mama und deinen Papa.« Er deutete gefühllos auf die zwei Geologen und sprach, als ob sie nicht da wären.

»Die Leute da kenn ich nicht, sind mir egal. Aber du bist ein guter Kerl. Geh zurück nach Nordosten, Charlie. Du gehst nicht nach Westen, du gehst nicht nach Süden. Ich sage dir, der Donnerer, er ist heut nacht unterwegs, sicher.«

»Bist selbst ein guter Mann, Jean Pearl.« Crossett betrachtete den Älteren herzlich. »Wir danken dir für die Warnung, aber wir haben noch was zu tun.«

»Warnung?« Briscoe sah interessiert drein.

Genau wie Watkins. »Was ist der Donnerer, über den er redet, Crossett?«

Ihr Führer sah beschämt aus. »Beachten Sie ihn nicht, Ma'am. Es ist nur ein alter Aberglaube der Leute. Volkssage. Die Cajuns behaupten, sie hätten sie von den Indianern, die zuerst hier waren, und alle anderen haben es von den Cajuns.« Er lächelte. »Die Cajuns sind großartige Geschichtenerzähler. Es ist eine tolle Geschichte, um die Kinder zu erschrecken, bei einem Fest oder wenn man so zusammensitzt.«

»Ich war schon immer an Volkssagen interessiert.« Watkins sah den Einsiedler freundlich an. »Was ist ein Donnerer, Mr. Pearl?«

»Ihr Ölleute. Ihr solltet es wissen.« Pearl schnaubte. »Der Donnerer, er macht das Öl für euch.«

Briscoe mühte sich, nicht zu lachen. »Bei allem schuldigen Respekt, Sir, Petroleum bildet sich, wenn sich zersetzendes organisches Material ungeheurer Hitze und Druck ausgesetzt wird. Niemand ›macht‹ es.«

»Du kluger Junge, du. Ol' Jean Pearl kann dich nicht reinlegen.« Pearl drohte ihm mit seinem faltigen Zeigefinger. »Du findest den Donnerer, vielleicht findest du dann etwas Öl, ja.«

»In dem Fall ist er genau der Typ, den wir gerne treffen würden«, sagte Briscoe ruhig.

»Wie soll er aussehen?« Unauffällig hatte Watkins einen Stift herausgeholt und suchte in ihrem Tagebuch nach einer leeren Seite.

»Nicht ›soll‹ ... aussieht.«

»Entschuldigen Sie bitte. Wie *sieht* er aus?«

»Kann ich nicht sagen. Der Donnerer, das ist ein schüchterner Geselle. Schläft unter dem Sumpf die ganze Zeit, bis auf die wenigen Nächte jedes Jahr wie diese hier. So groß wie 'ne Zypresse, kann den größten Alligator im Sumpf als Zahnstocher nehmen. Trinkt gern Öl, und wenn er keins findet, macht er welches.«

Briscoe hatte das Interesse verloren und sich abgewendet, um eine Karte zu studieren.

»Ich verstehe.« Watkins' Stift flog nur so über die Seite. Sie war mit den Notizen fertig und sah auf. »Er ist eine Art örtlicher Bigfoot, ein südlicher Sasquatch. Wie ein großer haariger Mann, nicht wahr?«

»Ihr klugen Ölleute, vor euch kann man nichts verbergen.« Er sah Crossett bittend an. »Ich kann dich nicht daran hindern zu gehen. Ich seh schon. Du warst zu lange in der Stadt. Du vergißt, was deine Mama dir erzählt hat.«

»Nein, Jean Pearl.« Crossett sprach sanft und geduldig. »Ich habe sie nicht vergessen, und Papa auch nicht. Ich habe nicht vergessen, daß sie nichts hatten und daß ich ein Boot habe, und bald habe ich ein neues und ein neues Gewehr, weil ich diesen Leuten bei ihrer Arbeit helfe. Ich vergeß nicht so schnell, Mann. Danke für deine Sorge.«

Pearl wandte sich ab und sah so aufgewühlt aus, daß Watkins ihn aufmuntern wollte. »Machen Sie sich um uns keine Sorgen, Mr. Pearl. Wir sind bewaffnet, und Carey hier ist ein ziemlich guter Schütze, genau wie es sicherlich auch Mr. Crossett ist. Es wird uns nichts passieren.«

»Wenn du Ärger hast«, erwiderte Pearl fest, »dann feuer dreimal. Wenn ich's höre, Blitz und ich ...« – er deutete auf den Hund, der sich bei der Erwähnung seines Namens fast unmerklich bewegt hatte – »wir holen dann Hilfe.«

»Das ist sehr aufmerksam von Ihnen«, sagte sie. »Was schulden wir Ihnen für das Benzin?« Sie hatte schon ihre Geldbörse gezogen. »Sechzehn Liter, nur fünf Dollar.«

»Jean Pearl …«

Der alte Mann blickte Crossett ärgerlich an. »Ich nehm das zurück, daß du ein guter Kerl bist, Charlie. *Mirableu* … vier Dollar dann.«

Die Geologin holte eine feuchte Fünfdollarnote aus ihrer Geldbörse. »Hier, behalten Sie sie, für Ihre Besorgnis.« Sie bemerkte Crossetts mißbilligenden Blick, aber beachtete ihn nicht.

Auf dem Boot, während er die Leine losmachte, sagte Crossett warnend: »Sie sollten das nicht tun.«

»Warum nicht?« Sie setzte sich auf dem mittleren Sitz des Außenborders zurecht. »Er sah so aus, als ob er Geld brauchen könnte, und Texon kann es sich leisten. Selbst wenn wir kein Öl finden.«

»Das ist es nicht.« Crossett startete den Motor und fuhr sie wieder in den Seitenarm hinein. »Nun denkt er, er könnte von Ihnen immer einen mehr verlangen.«

»Das stört mich nicht«, sagte sie leichthin. »Seine Sorge um uns war rührend, wenn auch fehl am Platze.«

»Bigfoots«, schnaubte Briscoe. Er spuckte warmes Regenwasser aus. »Suchen wir diese Koordinaten auf, zünden wir Sprengladungen, machen die Messungen und machen, daß wir nach Styrene zurückkommen. Ich habe das Gefühl, nie wieder trocken zu werden.«

Sie erreichten bis zum Abend nicht die auf der Karte markierten Koordinaten. Als sie an einer erhöhten Insel an Land gingen, frischte der Wind auf und ächzte durch die Bäume. Der Sumpf klang wie der Aufenthaltsraum einer Irrenanstalt. Der Regen fiel fast waagerecht, krabbelte unter ihre Kapuzen und dann naß die Ohren und den Nacken hinunter.

»Was halten Sie davon, Crossett?« Watkins lugte aus dem Zelt zum Himmel hoch, als der Führer von ihrem an Land gezogenen Boot auf das Lager zukam, eine Kiste unter jedem Arm.

»Ich halte es für verdammt naß, Ma'am.« Er reichte ihr

nacheinander die Kisten und schlüpfte dann selbst ins Zelt. Im gleichen Moment war Donnergrollen zu hören. »Ich denke, wir sollten Essen machen und Radio hören.«

Als sie ihre Mahlzeit löffelten, sann Watkins darüber nach, daß trotz aller Fortschritte in der Wissenschaft immer noch kein Weg gefunden worden war, gefriergetrocknetes Essen nach richtigem schmecken zu lassen. Es war schmackhaft, sogar würzig, aber es war der Geschmack eines gewürzten Pappdeckels. Sie stellte die Dose Makkaroni mit Thunfisch beiseite und spielte am Radio herum, bis sie den Wettersender gefunden hatte.

»Tropischer Sturm«, sagte sie schließlich, die Ansage des jetzt stillen Moderators wiederholend. Sie schob das Radio in eine Ecke. »Kein Wirbelsturm, noch nicht. Und er bewegt sich nach Westen. Sollte weit an uns vorübergehen, selbst wenn er sich noch zu einem entwickelt.« Sie blickte Crossett an. »Was meinen Sie?«

Er überlegte kurz. »Ich denke, wir sind nur in Gefahr, mächtig naß zu werden. Sie wollen bleiben und arbeiten, ich bleibe auch.«

»Ich habe Sie nicht um Zustimmung gebeten, Crossett. Ich fragte, was Sie davon halten. Sie kennen das Land hier besser als wir. Ich habe für Texon schon zwei Wirbelstürme durchgestanden, einen in Styrene und einen in Maracaibo. Das reicht.«

»Ich habe Ihnen meine ehrliche Meinung gesagt, Ma'am. Ich denke, uns wird nichts passieren.«

»Gut.« Briscoe tupfte mit einem Brötchen die Reste seiner Käsesoße auf. Watkins zuckte bei dem Anblick zusammen. Er schien das Zeug tatsächlich zu mögen. »Ich würde es hassen, zurück zur Stadt zu fahren und ihnen zu sagen, daß wir über eine Woche lang die Zeit der Gesellschaft verschwendet haben.«

»Dann ist es beschlossen. Wir bleiben. Carey, sieh mal, ob du etwas Interessantes im Radio findest.«

Er nickte, setzte seinen blankgeputzten Teller ab und

zog das Radio zu sich her. »Gibt es etwas Spezielles, das du hören willst?«

Sie legte sich auf ihren Schlafsack. »Beethoven oder Bee Gees, spielt keine Rolle.«

Der Wind heulte ungleichmäßig um sie herum und schlug auf die Nylonwände des Zeltes ein. Das Zelt widerstand allen Versuchen des Windes, sich gewaltsam Zutritt zu verschaffen, der Rahmen aus Aluminiumrohren bildete über ihnen eine kuschelige, sichere Kuppel. Ihr Gewicht hielt es fest am Boden.

Watkins wachte auf und drehte schläfrig den Kopf. Eine Gestalt bewegte sich im Zelt. »Carey?«

»Nein, Ma'am, ich bin's«, flüsterte es mit tieferer Stimme.

»Ach, Crossett.« Sie hob den Kopf vom Kissen an und richtete irritiert ihr Haarnetz. »Was ist los?«

»Ich fürchte, das Wasser steigt. Oh, wir sind okay hier oben zwischen den Bäumen. Aber ich möchte nach unserem Boot schauen.«

»Gut. Aber machen Sie die Klappe wieder zu, wenn Sie draußen sind, ja?«

»Sie bleiben hübsch trocken, Ma'am. Ich werde vorsichtig sein.«

Sie erhaschte einen Blick auf etwas Graues, das sich bewegte. Das Prasseln des Regens war einen Moment lauter, als der Führer aus dem Zelt schlüpfte. Sie hörte, wie er die Klappe hinter sich wieder schloß, und legte sich wieder zurück.

»Was ist los?« Das war Briscoes durch die Decke gedämpfte Stimme.

»Crossett. Ist nach dem Boot sehen gegangen. Sei ruhig und schlaf weiter.«

Es gelang ihr nur teilweise, wieder in das entspannende Vergessen des Schlafes zu sinken. Der unebene Boden schien sie jetzt mehr zu stören als vor einiger Zeit, als sie sich das erste Mal niederlegte, und sie warf sich unruhig herum.

Plötzlich richtete sie sich kerzengerade auf und war auf diese merkwürdige irreale Art, die einen manchmal ohne Warnung überfällt, hellwach. Sie sah sich um. Im Zelt hatte sich nichts verändert. Draußen prasselte der Regen auf den Boden. Es hörte sich an, als ob der Wind leicht nachgelassen hätte.

»Carey. Carey«, flüsterte sie nachdrücklich, »wach auf, Mann.«

»Hä ... wassis ... was ist los?«

»Wann ging Crossett nach draußen?«

Briscoe rieb seine Augen und gähnte. »Wie, zum Teufel, soll ich das wissen? Er ging nach draußen?«

»Um nach dem Boot zu sehen. Erinnerst du dich?«

»Ach ja. Ja.« Er blickte träge zum dritten Schlafsack. Er war leer. »Noch nicht zurück, was?« Er sah ein wenig erstaunt aus.

»Nein.« Ein Gedanke überfiel sie; sie durchforstete ihre Tasche und holte ihre Geldbörse heraus. In der fast völligen Dunkelheit mußte sie die Scheine und Kreditkarten erfühlen. Alles schien da zu sein. Sie fühlte sich weder durch ihren Gedanken noch durch ihre Handlung beschämt, schließlich war sie ein Kind der Stadt und nicht des Landes.

»Vielleicht hat er Schwierigkeiten mit dem Boot«, vermutete Briscoe.

Ungeduldig schüttelte sie den Kopf. »Ich möchte wetten, daß er wenigstens schon eine Stunde weg ist.« Sie kniete sich vor die Klappe, öffnete sie und schaute hinaus in den strömenden Regen. Nichts. Ein Blitz erhellte den Außenborder, der sicher an Land lag und an einen Zypressenstumpf gebunden war. Aber kein Crossett. Der Blitz verblaßte und hinterließ auf ihrer Retina blaue Flecken. Donner hüpfte wie ein Stein über ihre Ohren. Sie ließ die Klappe fallen und machte sich nicht die Mühe, sie zu sichern.

»Nun?« Mittlerweile wach, saß Briscoe auf seiner Isomatte und blickte sie an.

Sie schüttelte verneinend den Kopf und biß sich auf die Unterlippe.

»Schau nicht so verdammt ernst«, wies er sie an. »Vielleicht ist er noch etwas herumgegangen, um einen besseren Platz für das Boot zu suchen. Willst du einen Kaffee, wenn wir schon mal wach sind?« Er lehnte sich zur Seite und suchte in der Dunkelheit nach einer Lampe.

»Uh, nein, danke. Crossett wäre zurückgekommen und hätte es uns gesagt, wenn er so lange hätte wegbleiben wollen.«

Ein Leuchten erfüllte das Zelt, als Briscoe die Lampe anschaltete. »Nicht unbedingt. Höflich, wie er ist, wollte er uns vielleicht nicht wecken. Es könnte auch sein, daß er sich verletzt hat. Man kann in dem Matsch leicht ausrutschen.« Er klang sowohl mitleidig als auch entrüstet.

»Ich habe keine Lust rauszugehen, um nach ihm zu suchen. Wenn er in, sagen wir, fünfzehn Minuten nicht zurück ist, sollten wir uns anziehen und ihn suchen gehen.« Er hielt in der Bewegung inne, eine Hand hielt den winzigen Brenner, die andere ein Paket Kaffee.

»Was ist?«

»Sei ruhig. Da ist was draußen«, flüsterte er.

Sie erstarrte. Einige Minuten vergingen, während denen sie nur das stetige Trommeln des Regens und den heulenden Wind hören konnten.

»Nichts, schätze ich«, sagte er schließlich. Er grinste. »Weiß du, ich hatte da eben einen Gedanken. Vielleicht nutzt unser guter Führer diese Gelegenheit, um uns Stadtpflanzen zu zeigen, daß hier draußen im Sumpf jeder mit ein wenig schlechtem Wetter und einer gruseligen Geschichte hinters Licht geführt werden kann.« Er stellte den Brenner an und setzte einen Topf Wasser auf.

»Okay, Crossett!« schrie er plötzlich. »Kommen Sie rein und wärmen Sie sich auf. Der Kaffee kocht und wir nicht.«

Keine Antwort. Weiter unten klatschte das aufgewühlte Wasser gegen den winzigen Strand. Briscoe zuckte die Achseln. »Soll er doch durch und durch naß werden. Aber ich sage dir, wenn er gleich hier reinkommt und uns naß macht …«

»NURRRRRR …!«

Es war Donner, aber ein schwerfälliger Donner, nicht klar und deutlich wie die Art, die über die Baumwipfel tanzte, sondern ein klangvolles raspelndes Rumpeln, das nichts mit elektrischen Entladungen zu tun hatte. Es war erneut zu hören, in einer höheren Modulation diesmal, und obwohl es nicht vom Himmel kam, kam es doch von einer Quelle fast ebenso ursprünglich. Ein wilder Donner.

Watkins merkte, wie sie mit dem Kopf nach unten in die Luft stieg. Der flammende Brenner machte neben ihr einen Purzelbaum und schoß an ihr vorbei aus dem Zelt. Kisten, Radio, Essensrationen, Karten, Schlafsäcke, alles fiel in einem surrealen Strom an ihr vorbei. Ihren Kopf hatte sie auf die Brust gelegt, und ihre Hände hatte sie instinktiv ausgestreckt. Dann machte sie einen kompletten Salto, ihre Hüften fielen an ihrem Kopf vorbei. Irgendwo über ihr schrie Briscoe etwas wegen seiner Beine, er war am anderen Ende des Zeltes. Aluminiumrohre knackten wie frisches Popcorn um sie herum.

So fühlt sich also ein Tier in der Falle, dachte sie verstört. Dann war da Luft und Regen in ihrem Gesicht. Sekunden später fühlte sie einen Schmerz, der ihren Hintern spaltete und ihr Rückgrat hinaufschoß, als sie auf dem Boden aufschlug.

Sich herumdrehend, murmelte sie schwach: »Carey?« Eine Stimme schrie und fluchte abwechselnd in der in Dunst gehüllten Entfernung, zusammengeworfene Worte in einem verbalen Tiegel von Wut und Schrecken. Ihr Mund war voll Schlamm. Sie zog sich auf ihren Händen hoch und brach zusammen, als ein unsichtbarer Peiniger eine lange Nadel in ihr Steißbein stieß.

»O Gott.« Sie lag auf der Seite, ihr rechter Arm war unter ihr begraben. Hinter ihr gingen das Schreien und die Forderungen weiter.

Ihr Blick richtete sich dem Lärm zu. Zur gleichen Zeit bemerkte sie den starken, schweren Gestank von Steinkohlenteerkreosot. Am Himmel aus grauem Krepp tanzten Blitze.

In dem Licht waren die Umrisse des Donnerers zu sehen. Gelegentlich stieß er ein quengeliges Brüllen aus, ein Grollen wie ein brodelnder Vulkan. Es ging ihr durch und durch. Sie dachte ein bißchen hysterisch an die Berichte von Sichtungen von Legenden wie dem Yeti und dem Bigfoot, die einen haarigen Mann oder menschenähnlichen Affen beschrieben, der zweieinhalb bis drei Meter groß war. Wie dumm die Leute doch sind! dachte sie tadelnd. Selbst die größte aller in der Phantasie existierenden Horrorgestalten fällt gegen die Realität ab.

Das, was da im Lichte der Entladungen stand, hatte wenigstens eine Schulterhöhe von fünf Metern, und es stand in gebeugter Haltung. Lange Arme schleiften über den Boden, endeten in riesigen knotigen Fingerknöcheln, die löffelbaggergroße Pfoten zusammenhielten. Lange weiße Klauen bogen sich zu den Handflächen hin. Es war nur entfernt menschenähnlich, ein grotesker Hybride aus Affe und gotischem Wasserspeier. Es hatte Ohren wie eine Fledermaus, riesige schwarze Augen und einen vorstehenden Oberkiefer, aus dem ein Paar nach oben gebogene Hauer wie bei einem Warzenschwein hervorbrach.

Sie erblickte einen kurzen, zuckenden Schwanz, kahl wie der einer Ratte. Die ganze, sich langsam hebende Masse war mit kurzen, stoppeligen Haaren bedeckt, die sparsam, aber gleichmäßig verteilt waren. Zwischen den Haaren bestand die Haut aus großen goldenen Schuppen wie bei einem Tarpon.

Das Ding hielt das zusammengebrochene Zelt in einer Pfote. Watkins begann wegzukriechen, dachte noch nicht daran, sich zum Boot zurückzuziehen, sondern nur daran, eine möglichst große Entfernung zwischen sich und die übernatürliche schreckliche Gestalt zu bringen. Sie mühte sich, das beständige Schluchzen, das aus dem zerstörten Zelt kam, zu ignorieren.

»UNNN … NURRRR …«, brüllte es. Auch die andere Hand in der Größe eines Bootes hob sich vom Boden, schloß sich über ihren Gefährten und drückte zu. Ein letzter, gnädig kurzer Schrei drang aus dem Zelt. Dann Stille, abgesehen vom Regen und dem Wind. Die Kreatur schien sich anzustrengen. Watkins glaubte, zwischen den fest zusammengepreßten Pfoten ein schwaches Glühen zu erkennen.

Der Gedanke an die Größe der Pfoten hatte sie an das Boot erinnert. Der Gedanke an das Boot erinnerte sie an die Gewehre darin. Während sie schmerzgepeinigt durch den Matsch robbte, dachte sie an die bescheidene .30-30er des armen Carey und Crossetts uralte Waffe. Sie kämpfte sich auf die Füße. Eine Hand hielt sie fest auf das Feuer in ihrem Steißbein gepreßt, als ob das irgendwie den Schmerz abwehren könnte. Als sie stand, durchschoß eine weitere Nadel ihren linken Knöchel, und sie fiel beinahe. Gebrochen? Sie konnte es nicht sagen.

Sie konnte, statt die Waffen zu benutzen, auch mit Dreck nach dem Ungeheuer werfen. Da fiel ihr etwas ein: ein sorgfältig eingewickeltes Päckchen mit Plastiksprengstoff für die Sondierungen. Wenn sie in wenigstens eine Ladung einen Zünder einsetzen konnte und sie dort plazierte, wo das Monster eventuell hintreten würde, konnte sie es abschrecken. Vielleicht sogar töten.

Sie hatte keine Zeit, sich darum zu kümmern, wo das Monster war, weigerte sich, daran zu denken, was es mit den Überresten von Carey machen mochte. All ihre Energie, all ihre Gedanken waren darauf gerichtet, das Boot zu erreichen. Das schien unberührt zu sein und hüpfte nervös im aufgewühlten Wasser auf und ab. In der Mitte unter ihrem Sitz sollte der kleine verstärkte Kasten sein, der die Ladungen enthielt. Sie erreichte die Bordwand ... und rutschte aus.

Kein Zweifel, dachte sie seltsam unbeteiligt, ihr Knöchel war definitiv gebrochen. Sie lag schwer atmend am Boden, der Regen prasselte auf ihr schlammbedecktes Gesicht. Ihre Arme bewegten sich schwach über den nassen Grund.

Ich muß ... die Ladungen ... erreichen ...

Trotz des Schmerzes arbeitete sie sich weiter vor. Die Erde unter ihr wurde zunehmend nasser, schlüpfriger. Ich muß den Schmerz ignorieren, sagte sie sich, vorgeben, er existiere nicht. Der Schmerz reagierte nicht auf positives Denken, er wurde schlimmer. Ihr Bein war ein Scheit im Feuer, das gleichmäßig brannte.

Sie hielt an, um Atem zu schöpfen. Feuchtigkeit bedeckte ihren Mund. Sie leckte die Lippen. Kein Wasser: dicker, beißend ... vertraut.

Sie blickte hinunter. Sie lag nicht in dünnem Schlamm oder einer Regenpfütze, sondern in dickem Öl. Es muß, dachte sie abwesend, eine natürliche Quelle sein, die hier an die Oberfläche drang. Das hieß, ein potentiell riesiges Feld, wo kaum gebohrt werden mußte. Nur die Pumpen aufstellen und es hochpumpen. Die Gesellschaft würde zufrieden sein.

Das Boot, das Boot ... sie zwang sich weiter vorwärts. Hand, Knie, Hand, Knie ... Vielleicht würde es sie nicht bemerken, eine verschwommene, sich langsam bewegende kleine Masse in der Dunkelheit. Ihr Kopf stieß irgendwo an: die Bordwand des Bootes.

Nun hoch, befahl sie sich selbst. Hand greifen Schandeckel, andere Hand greifen, ziehen ... ziehen, verdammt!

Ihr Kopf war über der Seitenwand. Weiter vorne, gesichert unter dem mittleren Sitz, war die kleine Metallkiste mit den Sprengladungen. Es war alles sorgsam verstaut und unberührt. Sie zog sich ins Boot.

Ein durchdringender Geruch stieg ihr in die Nase.

Kreosot.

Sie fanden das Boot und die Überreste des Zeltes eine Woche später. Der Wirbelsturm hatte sich verausgabt und lief über Alabama aus.

»Schöner Mist«, murmelte Hardin und kniete sich hin, um etwas Zerbeultes, Zerbrochenes aufzuheben. »Dies könnte das Radio gewesen sein.«

»Möglich«, stimmte sein deprimierter Begleiter zu. Weinberger hatte in Styrene mit den beiden vermißten Geologen zusammengearbeitet. Er hatte den sturmgepeinigten Sumpf abgesucht, den sumpfigen Flußarm, wo immer noch ein eiserner Ring an einen Zypressenbaumstumpf gebunden war. Das war alles, was sie vom vermißten Außenborder des Untersuchungsteams gefunden hatten.

In der Nähe war eine Ölpfütze, ein Klecks auf der Erde. Flecken zeigten, daß sie vor kurzem noch größer gewesen war. Kleidungsfetzen lagen verstreut in der Pfütze und um sie herum.

»Sieht so aus, als ob der Sturm ihnen die Kleider vom Leib gerissen hätte.«

Hardin, die Hände in den Hüften aufgestützt, stupste die geschwärzten Polyester- und Nylonfragmente an. »Wind mit hundertneunzig Stundenkilometern kann das mit Sicherheit. Sieht so aus, als hätten sie auch Öl gefunden.«

»Ich fürchte nicht, Sheriff.« Weinberger betrachtete die schmutzige Erde und die Reste der Flüssigkeit mit erfahrenem Blick, bemerkte auch die Spuren zweier weiterer Pfützen nahebei. »Sie müssen es bei sich gehabt haben, obgleich ich keine Ahnung habe, weshalb.

Der alte Einsiedler flußaufwärts sagte, daß sie von ihm nur Benzin gekauft hätten.«

Ein Stück Metall erregte seine Aufmerksamkeit, und er bückte sich. Es war ein ölbeschmiertes Stück mattgoldener Schlacke und hatte ungefähr die Größe einer Gürtelschnalle.

»Möchte wissen, was das war.« Er warf es zur Seite und seufzte. »Oh, das Öl? Es ist nicht aus dem Boden gekommen. Nein, ich fürchte, sie haben überhaupt nichts gefunden.«

Pleistosport

Auf dem TV in meinem Arbeitszimmer liegt der Schädel eines Säbelzahntigers (Smilodon californicus), *ein Harzabguß vom Original und bemalt, um genauso auszusehen. Der Unterkiefer läßt sich heben und senken, damit man sehen kann, wie die großen, prächtigen Säbelzähne sauber außen am Knochen vorbeigleiten. Unter diesen beeindruckenden Zähnen sitzt ein Garfield aus Plüsch und grinst gelassen. Verwandte, wie es scheint. Ich spreche wieder von Katzen.*

Als ich klein war, waren die Paläontologen so beschäftigt damit herauszufinden, welcher Kopf zu welchem Skelett gehörte und ob das Iguanodon *aufrecht oder auf allen vieren ging, daß sie kaum Zeit hatten, sich über das Aussehen Gedanken zu machen. Farbe versteinert nicht. Im letzten Jahrzehnt oder so haben Künstler wie William Stout, Richard Bell, Linda Broad und John Sibbick für das prähistorische Leben das getan, was Chris Foss für Raumschiffe getan hat. Gemusterte Modelle ersetzten einfarbige, und Farbe nahm ihren rechtmäßigen Platz in unserem Bild von der urzeitlichen Welt ein.*

Große graue Eminenzen wie die Sauropoden und Therapoden wurden nicht von Ted Turner, sondern von der Vernunft und der Logik koloriert. Plötzlich verwandelten sie sich von gewaltigen Symbolen eines vergangenen Äons in lebende, atmende Wesen. Sie hatten Farbe angenommen. Farbe zur Anziehung eines Gefährten, Farbe zur Warnung, Farbe zur Tarnung. Die Natur hat nicht den Menschen und den Malerpinsel gleichzeitig erfunden. Früher hielt man das Mesozoikum für eine langweilige Epoche. Die Dinosaurier waren groß wie Elefanten, daher wurden sie selbstverständlich auch in Elefantengrau dargestellt.

Die späteren Säugetiere hatten kein besseres Los. Pflanzenfresser waren so braun wie ein Bison. Die großen Katzen und katzenähnlichen Fleischfresser waren sandgelb wie Löwen. Das war offensichtlich und höchstwahrscheinlich falsch. Die urzeitliche Umwelt war so mannigfaltig wie die heutige. Als sich das tierische Leben weiterentwickelte und spezifische Nischen Umwelt einnahm, was wäre da natürlicher gewesen, als daß es Farbe und Form änderte, um sich anzupassen? Von möglichen Unterspezies des Smilodon *sollte man nicht weniger erwarten.*

Ich denke, daß jemand, der sich seine Nahrung erjagt, einen höheren moralischen Standard hat als die, die in den Supermarkt gehen, um sich das Fleisch schon geschlachtet zu holen. Aber derjenige, der jagt, um eine ›Trophäe‹ zu haben, befindet sich unterhalb des moralischen und intellektuellen Niveaus eines Neandertalers. Für den ersteren Respekt und sogar Bewunderung. Für den letzteren diese Geschichte.

Es gibt ein wunderschönes Bild in Farbe von dem bekannten Maler kalifornischer wildlebender Tiere Lewis Jones, das diese Geschichte illustriert.

Thackeray liebte das Pleistozän.

Oh, er mochte auch den Rest des Quartärs, aber das Pleistozän war ihm die liebste Periode. Es beherbergte eine größere Anzahl großer Tiere als jede andere Zeitspanne im Quartär. Und wenn man Glück hatte, konnte man einen Blick auf einen der frühen Hominiden erhaschen, der durchaus Ihr Urgroßopa hätte sein können (wobei das Ur mehrere hunderttausendmal zu wiederholen wäre).

Es war eine Schande, daß das Zeitfenster nicht mehr als das Quartär umfaßte. Dennoch gaben ein bis fünf Millionen Jahre einem Mann eine Menge zu erforschen. Wenn man etwas Jüngeres als eine Million Jahre probierte, blieb der Chronovert einfach in seiner Stationsbox und winselte gereizt. Probierte man mehr als fünf

Millionen Jahre – und der Chronovert (und höchstwahrscheinlich auch sein Passagier) verwandelte sich in einen Haufen teurer Schlacke.

Wenn die Techniker dem doch nur hundert Millionen Jahre hinzufügen könnten! Was würde er nicht dafür geben, wenn er mit dem Kopf eines Tyrannosaurus oder eines Deinonychus zurückkommen könnte, die er in seinem Horst, den er gerade über Santa Fe gebaut hatte, aufhängen würde? Die Jungs im Club würden ihm wenigstens eine lebenslange Mitgliedschaft anbieten.

Natürlich würden diese Schwächlinge von der Zeiterhaltungsgesellschaft wieder in ihre üblichen Tiraden ausbrechen, genau wie immer, wenn er oder seine Freunde eine Trophäe mitbrachten. Rasen und Phrasen dreschen über die Erhaltung der Ökologie und die Unverletzlichkeit der Vergangenheit, das würden sie tun. Nun, er wußte, warum sie so gehässig die Jäger des Quartärs verdammten. Das lag nur daran, daß keine dieser Schwuchteln den Mumm hatte, selbst in die Vergangenheit zu reisen.

Er kuschelte sich tiefer in seinen Sessel. Außerhalb des Ansitzes fiel der Schnee. Der getarnte Unterschlupf hielt ihn versteckt und schön warm. Mit Hilfe der Schneebrille konnte er das blendende Weiß relativ leicht durchdringen.

Die Wincolt Kaliber .50er lag nah bei seiner Hand, ihr vierzigschüssiges Hochleistungsmagazin saß fest am Lauf, das Infrarotzielfernrohr war bereit, ihn zu warnen, wenn irgendwas in Schußweite kam. Der Laserpointer wartete sehnsüchtig darauf, sich auf einen tödlichen Punkt zu richten. Thackeray war stolz auf seine Ausrüstung. Schließlich war er ein Sportsmann. Er langte hinter den gepolsterten, elektrisch beheizten Sessel und hob die Thermoskanne mit dem Kaffee herauf. Ein Teil des Schals wehte in seinen Mund, und er schob ihn irritiert beiseite, während er am heißen Kona nippte. Auf der anderen Seite des dreieckigen Eingangs zum Ansitz weiter unten an der Böschung wogte ein schäumender Fluß. Zu seiner Rechten lag die Grenze der primordialen Eisdecke. Irgendwo unter diesen Kilometern von festem Eis war ein Land, das zu seiner eigenen Zeit die Provinz Kanada, Unterbezirk von Britisch-Kolumbien, sein sollte.

Hinter ihm waren die fast neuen Felsspitzen der kanadischen Rockies. Immer noch ein schönes Land, aber nicht so wild und gefährlich wie dieses. In den neuen Rockies streiften nur ein paar Pumas und Bären herum. Die Rockies im Quartär jedoch waren mit eindrucksvollen Tieren aller Art bevölkert. Und keine Wildhüter. Die Nationale Jagdvereinigung hatte dafür gesorgt.

Thackeray genoß die Herausforderung. Die meisten seiner Jagdfreunde zogen die wärmeren Regionen vor. Insbesondere das Gebiet um die La Brea-Teerlöcher war sehr beliebt. Man konnte darauf rechnen, von dort immer einen anständigen Mastodonkopf mitzubringen oder, wenn man Glück hatte, einen Höhlenbärenkopf. Gefährliche Wölfe waren so häufig wie Flöhe. An ein Tier, das in einem Teerloch gefangen war, konnte man sich leicht anschleichen.

Nun, davon hatte Thackeray genug. Schließlich war er ein Sportsmann.

Es gibt keinen Nervenkitzel ohne Herausforderung, ohne Arbeit und ohne Unbequemlichkeit. Wie dem auch sei, er hatte bereits die besten Teerlöcher abgegrast. Sein Trophäenraum war mit Rekord- und Beinaherekordköpfen vollgestopft: *Smilodonten*, schrecklichen Wölfen, amerikanischen Löwen, gigantischen Bodenfaultieren, Mammuten und Mastodonten und einem neuen, bis jetzt unklassifizierten, kleineren Verwandten.

Nun war er hinter der einzigen wichtigen Trophäe her, die ihm fehlte: dem Wollnashorn. Die Paläontologen hatten entschieden, daß das Wollnashorn nie weit verbreitet war. Die Mammute waren effizientere unterglaziale Grasfresser, die Moschusochsen intelligenter. Der Wettbewerb war hart.

Aber zum Teufel damit, hatte Thackeray sich entschieden. Er wollte einen Kopf von einem Wollnashorn, und, bei Gott, er würde einen kriegen. Er war ohnehin der Auffassung, daß die Paläontologen mit den Erhaltern unter einer Decke steckten. Mit Sicherheit würde die Geschichte der Erde durch den Verlust eines einzigen lausigen Nashorns keinen Schaden erleiden.

Der Wind heulte klagend um den Ansitz. Wenn da ein echter Sturm heraufzog, würde er das Lager abbrechen und abwarten müssen. Oder es würde noch schlimmer kommen. Er blickte über die Schulter.

Hinter ihm stand ein Stuhl aus Metallröhren, der von einer Hülle aus Kunststoff-Spritzguß umgeben war, in den besondere Schaltkreise integriert waren. Er konnte immer noch in den Chronovert zurückklettern, seine Ausrüstung zusammenpacken und zu der Zeitstation im Albuquerque des zweiundzwanzigsten Jahrhunderts verschwinden.

Wenn er das täte, würde er aber einen Mißerfolg zugeben. Thackeray mochte Mißerfolge nicht. Er mochte sie bei sich selbst nicht, und er mochte sie bei seinen Angestellten nicht, die unglücklicherweise nur gefeuert werden konnten und nicht erschossen. Zudem war Chronoverting teuer, selbst für jemanden, der so reich war wie er.

Chronoverting konnten sich nur wenige leisten. Nicht viele hatten die nötigen finanziellen Mittel oder waren gesund genug. (Er war erst dreiundvierzig.)

Er war fest entschlossen, sich den Wollnashornkopf für seinen Trophäenraum zu holen. Er hatte dafür einen Platz an der Westwand ausgespart, eine Freifläche, über die er keine weiteren Kommentare mehr hören wollte. Es reichte ihm. Der kriecherische Ölscheich aus Qatar, Musseb Tuq, hatte sie während der Neujahrsparty sofort entdeckt.

Nun, Tuq hatte auch kein Nashorn. Das wußte Thackeray, da er das Haus des Ölscheichs besucht hatte. Hierbei wollte er der erste sein.

Wenn ihm die Paläontologen nicht zuvorkamen. Sie jagten auch Wollnashörner, aber zur Zucht und zum Studium. Thackeray verabscheute die Verschwendung von gutem Reisegeld.

Der Infrarotsensor auf dem Sichtgerät der Wincolt piepte einmal. Schnell setzte er die Thermoskanne ab und wischte sich den Kaffee von den Lippen. Er hob die Waffe und umfaßte sie auf seinem Schoß, während er hinaus in das Schneetreiben blickte.

Der Fluß war eine gute Stellung für einen Ansitz. Er floß von der Basis der entfernten Eisdecke aus den Bergen heraus, hinunter in einen sich entwickelnden See, der von relativ flachem Land umgeben war. Herden von Kamelen und kleinen Pferden grasten zufrieden am See. Sie hatten sich jetzt gegen den Schnee zusammengedrängt. Dies war ein Übergangsbereich, wo sich die Bewohner des glazialen Bereichs mit den Zuwanderern aus den wärmeren subalpinen Regionen mischten. Hier gab es frei fließendes Wasser und genug Futter. Ein perfektes Nashorngebiet.

Er hatte sich diesen Ort an der Flanke eines Hügels genau unterhalb des unzugänglicheren Vorsprungs der Rockies ausgesucht. Von hier aus konnte er den Hügel hinunterschießen. Eine massige Kreatur wie das Nashorn würde einen Vorstoß nicht gut bergauf führen können. Thackeray war ein Sportsmann, aber ein besonnener.

Er hob die Wincolt und blickte durch das Zielfernrohr. Viele Mammute in Sichtweite, eine große Herde Zebraartiger, aber keine Nashörner. Wahrscheinlich hatte das Gewehr wegen eines jener Tiere gepiept.

Er wollte seine Waffe schon wieder niederlegen, als er den Schrei hörte. Er war deutlich und hoch, und der Wind trug ihn direkt zu ihm. Kein Huftier, dessen war er sich sicher. Von denen hatte er zu viele schreien gehört, wenn sie geschossen wurden. Dies war etwas anderes.

Dem Schnee trotzend, steckte er den Kopf aus der Deckung. Ein raschelndes Geräusch, ein leises Rupfen, kam von irgendwo hinter seinem Ansitz. Er runzelte die Stirn. Es schneite stark, aber es schien keine Gefahr zu bestehen, daß sich ein Schneesturm entwickelte. Konnte es ein festsitzendes Nashorn sein, vielleicht ein im Schnee steckengebliebenes? Der Wind konnte den Schrei verzerrt haben. Wenn das so war, war es leicht, es zu töten. Er überlegte, ob er gehen und es sich anschauen sollte.

Unwahrscheinlich, daß es ein Mammut war. Der Pfad den Abhang hinauf war zu schmal, und zudem hatte ein Mammut keinen Grund, hier langzukommen. Aber ein hungriges Nashorn, das vielleicht, nur vielleicht.

Teufel auch, es war es wert, nachsehen zu gehen. Die Wincolt fest umfassend, verließ er den Ansitz. Der Wind traf ihn mit voller Kraft, und er fröstelte sofort. Er bahnte sich vorsichtig einen Weg um seinen Unterstand herum. Der Schnee lag nicht hoch genug, um sein Fortkommen zu behindern. Er peitschte seine ungeschützten Wangen und ließ ihn an sein warmes Arbeitszimmer in Santa Fe denken.

Er konnte nichts erkennen und wollte schon zum Ansitz zurückkehren, als er wieder das rupfende Geräusch hörte. Es war jetzt schwächer, aber ganz in der Nähe, hinter einer felsigen Anhöhe. Sorgsam versicherte er sich der Position seines Ansitzes, der weiß war, um im Schnee nicht aufzufallen. Es würde nicht schaden, noch einige wenige Meter weiterzugehen. Die Möglichkeit, ein gefangenes Nashorn zu entdecken, trieb ihn voran.

Schnaufend erkletterte er die leichte Anhöhe. In der Nähe des höchsten Punktes ließ er sich auf alle viere fallen und kroch vorwärts, bis er über den Rand der Schneebank blicken konnte.

Er hielt den Atem an. Es war kein Wollnashorn. Es war etwas anderes.

Der Phororhacos war tot, die drei Meter große Gestalt des gigantischen fleischfressenden Laufvogels lag ausgestreckt im Schnee. Seine verkümmerten, winzigen Flügel waren eng an den Körper gepreßt. Der enorm große Kopf mit dem rasiermesserscharfen Schnabel lag reglos, die Augen waren nach dem kürzlich eingetretenen Tod geschlossen.

Es gab nicht viele Kreaturen, die sich auf einen Kampf mit diesem gefiederten Monster eingelassen hätten, dessen Appetit und Fähigkeit, seiner Beute mit einem Haps den Kopf abzubeißen, es zu einem gleichwertigen Gegner für den legendären Vogel Rock machten. Thackeray hatte einen ähnlichen, aber kleineren Schädel in seinem Trophäenraum hängen. Er hatte das Biest von einem Baumversteck aus geschossen, da er sich nicht trau … es nicht am Boden erlegen wollte.

Etwas hatte diesen Vogel hier getötet. Er dachte an das rupfende Geräusch, wegen dem er seine Deckung verlassen hatte. Blut lief immer noch aus dem Schnabel und von der Stelle, wo ein einziger Biß fast seinen Hals durchgebissen hatte. Vielleicht war er auf der Suche nach den großen agutiähnlichen Nagetieren gewesen, die ihre Höhlen entlang der Bergflanke hatten. Nun war er selbst zur Beute geworden.

Es gab nur einen Fleischfresser des Pleistozäns, der stark und gerissen genug war, um den riesigen Vogel in ein Mittagessen zu verwandeln. Aber niemals, niemals hatte Thackeray von so etwas geträumt. Es war ein *Smilodon,* das über dem Leichnam stand, eine Säbelzahnkatze. Aber es war anders als jedes andere *Smilodon,* dessen Beschreibung er je gelesen hatte. Statt der vertrauten gelb-braunen Färbung war dieser Killer in ein prächtiges weißes Fell mit schwarzen Punkten gehüllt. Zusätzlich hatte er eine volle schwarze Halskrause. Es verschmolz perfekt mit seiner Umgebung.

Die Unkatze blickte von ihrer Beute auf. Thackeray vergrub sich tiefer in den Schnee. In seiner Begeisterung bei der Vorstellung, diesen exquisiten Schädel in seinem Trophäenraum hängen zu haben, hatte er vergessen, daß er sich außerhalb der gepanzerten Wände seines Ansitzes aufhielt. Grüne Augen strahlten durch den gefrorenen Atem hindurch, der zwischen seinen dreiundzwanzig Zentimeter langen Säbelzähnen aufstieg. Die Spitzen dieser außergewöhnlichen Waffen waren mit dem Blut des Phororhacos beschmiert.

Die abgeflachte Stirn und die Stellung der Ohren an den Seiten statt an der Oberseite des Kopfes kennzeichneten diese Kreatur als einen wahren Säbelzahn und nicht als eine der echten modernen Katzen. Sie gehörte zu einer Linie, die dazu bestimmt war, im Fluß der Zeit zu ertrinken. Einer Linie, die zu einem wilderen, ursprünglicheren Zeitalter paßte.

Das muß eine neue Spezies sein, dachte Thackeray erregt. Er konnte sie sogar benennen. *Smilodon californicus alpinus*. Nein, nein. *Smilodon californicus thackeray*. Das klang viel besser. Was würde Musseb Tuq *dazu* sagen?

Nach den Bestimmungen war es in solchen Fällen seine vorderste Pflicht, einen Paläontologen hinzuzuziehen. Das würde er, verdammt noch mal, nicht tun. Er hatte die Bestie entdeckt. Es war *seine.* Ein Paläontologe würde sie ohnehin lebend einfangen wollen. Und das war nicht gerade das, was Thackeray im Kopf hatte.

Außerdem war er außerhalb seines Ansitzes, ungeschützt. Er mußte sich schließlich selbst verteidigen, oder?

Langsam hob er die Wincolt und schob die Mündung durch den Schnee. Die Kugeln, die sie abfeuerte, waren speziell dafür entwickelt, durch den Einschuß zu töten. Sie würden nicht splittern oder explodieren. Das würde eine gute Trophäe ruinieren. Er richtete seinen Blick durch das Zielfernrohr, aktivierte den Laser und zwinkerte.

Der Phororhacos blieb im Fadenkreuz, der rote Laserpunkt spielte über die windzerzausten Federn. Das *Smilodon* allerdings war spurlos verschwunden.

Er riß seine Augen weg vom Zielfernrohr. Verdammt. Er hatte es nur für eine Sekunde aus den Augen gelassen, und schon war es im Schneetreiben verschwunden. Hatte wahrscheinlich die Bewegung der Waffe gehört und verschreckt reagiert.

Einen verrückten Moment lang dachte er daran, es zu verfolgen. Aber nur einen Moment lang. Der Schneesturm konnte jederzeit stärker werden. Zudem war er kein Spurenleser. Er war ein Sportsmann. Sportsmänner heuerten Spurenleser an. Sie versuchten nicht, sie zu imitieren.

Vielleicht kehrt es zu seiner Beute zurück, dachte er. Wenn das der Fall wäre, würde ihn der Infrarotsensor seiner Wincolt alarmieren. In der Zwischenzeit könnte er den Ansitz so ausrichten, daß sie hierher wies. Zum Teufel mit dem Nashorn. Er war über etwas gestolpert, das die Jagd viel mehr lohnte.

Nichts wie los also. Den Ansitz zu drehen, würde ganz schön Arbeit machen, und Thackeray war an körperliche Arbeit nicht gewöhnt. Er machte sich wieder auf den Rückweg die Anhöhe hinunter.

Als er sich dem Eingang näherte, begann die Waffe leise zu piepen. Er schlug einen Bogen und hielt die Mündung nach außen. Der Schnee pfiff in seinen Ohren, neckte ihn von den nackten Felsen her. Nichts sonst bewegte sich an diesem Abend im Quartär.

Dann sah er, wie sich die Seiten des Ansitzes bewegten. Der Säbelzahn war nicht weggelaufen. Er war drinnen!

Thackeray verfiel nicht in Panik. Einige Männer geraten nicht in Panik, weil sie mutig sind. Einige geraten nicht in Panik, weil sie sich zu sehr fürchten, um sich zu bewegen. Einige wenige, wie Thackeray, geraten nicht in Panik, weil sie unglaublich arrogant sind.

Das sollte leicht sein, dachte er. Leichter als oben auf dem Hügel. Er hielt das Gewehr bereit und schlich um den Ansitz herum, bis er dem Eingang gegenüberstand. Wenn das *Smilodon* seine Erkundung des Inneren abgeschlossen hätte, würde es herauskommen. Es gab nur diesen einen Ausgang. Thackeray würde seine Trophäe bekommen.

Diese würde nicht an die Wand kommen. Nicht bei dem Fell, sinnierte er. Aus dem mache ich einen Vorleger.

Die Zeit verging, kalte Zeit. Thackerays Gesicht wurde langsam taub. Seine Hände begannen selbst in den dicken Thermohandschuhen kalt zu werden. Er konnte nicht in den Ansitz hineinschießen, da er möglicherweise den Chronovert treffen würde.

Komm raus, verdammtes Vieh! Warum kommst du nicht raus? Komm raus, wo ich dich töten kann!

Es kam Thackeray in den Sinn, daß der Säbelzahn, nachdem er einen behaglichen, warmen Unterschlupf gefunden hatte, sich vielleicht niederließ, um besseres Wetter abzuwarten. Sicherlich war der Ansitz komfortabler als jede Höhle, in der er gelebt hatte.

Er mußte rauskommen. Thackeray war ein wenig besorgt. Er mußte hungrig sein. Bald würde er erscheinen, um den Körper des toten Phororhacos in seinen neuen Bau zu ziehen.

Bald, bald ... Thackeray bemerkte, wie er vor Kälte zitterte. Wenn er noch viel länger draußen wartete, würde er zu heftig zittern, um mit dem Gewehr zielen zu können. Zudem war es fast dunkel. Er konnte nicht darauf warten, daß es vollständig Nacht wurde. In der

Dunkelheit konnte alles geschehen. Er hatte die Dunkelheit noch nie gemocht.

Erstmalig sah er in Gedanken den Säbelzahn als eine potentielle Bedrohung anstatt als eine noch nicht aufgehängte Trophäe.

Der Schaft der Wincolt beherbergte eine Reihe spezialisierter Kontrollen. Thackeray traf eine Entscheidung und drückte mit seinen tauben Fingern eine Kontrolle um mehrere Einstellungen weiter. Jetzt war die Waffe vollautomatisch. Er konnte vierzig Schuß in genauso vielen Sekunden abgeben. Nicht sehr sportlich, aber andererseits war sich zu Tode zu frieren das auch nicht. Er hatte nun lang genug den Sportsmann gespielt. Es war nicht sein Fehler, daß sich das dumme Vieh weigerte zu kooperieren. Er wollte eine Mahlzeit und etwas heißen Kaffee.

Wenn er vorsichtig war, konnte er es leicht kriegen. Vielleicht schlief es. Er würde nur wegen des Chronovert vorsichtig sein müssen. Er fror.

Langsam näherte er sich dem Eingang. Innen war dämmriges Licht zu sehen, das von einer Fotozelle aktiviert worden war, als die Nacht hereinbrach. Mit der Spitze seines Gewehrs stupste er das Material beiseite, ließ dann den Laserpointer über das Innere des Ansitzes tanzen. Innen bewegte sich nichts. Und der Infrarotsensor piepte nicht mehr.

Als er hereintrat, sah er das Loch in der Rückseite des Ansitzes. Das war natürlich unmöglich. Das Material hätte gegen einfache Zähne oder Klauen oder ähnliches unempfindlich sein müssen. Nicht, daß an einem dreiundzwanzig Zentimeter langen Säbelzahn etwas Einfaches wäre. Die zerfetzten Ränder des Risses flatterten im Wind.

Das entschied es für ihn. Er konnte nicht zwei Eingänge bewachen. Vergiß den Kaffee, laß die Mahlzeit aus. Das Gewehr in der Hand ging er auf den Chronovert zu und setzte sich in den gepolsterten Sitz. Er würde nach Hause zurückkehren und mit einem größeren, haltbareren Ansitz, einem professionellen Spurenleser und angemessener Schneeausrüstung zu denselben Koordinaten zurückkehren. Vielleicht sogar mit einem Schweber. Dann würde er losziehen und diese verdammte Unkatze zur Strecke bringen.

Während er die Instrumente des Chronovert aktivierte, konnte er es deutlich vor seinem inneren Auge sehen: das gepunktete Fell, ausgebreitet auf dem Boden seines Trophäenraumes, die schrecklichen gezackten Säbelzähne, die aus dem abgeflachten Schädel herausstanden, grüne Augen, ersetzt durch ebenso schöne leuchtende Glasaugen.

Oh, er würde es nach Hause bringen. Man mußte nur die richtigen Werkzeuge haben. Er war hinter einem Nashorn hergewesen, nicht hinter einem Bergsäbelzahn.

Er aktivierte die Kontrollen. Der Chronovert begann zu summen, das Zeitfeld formte sich darum herum. Die Umrisse des Innern seines Ansitzes begannen zu verschwimmen.

Etwas brummte in der Maschinerie. Er runzelte die Stirn. Das war nicht der rechte Zeitpunkt für eine technische Panne. Die Chronoverts sollten narrensicher sein. Das mußten sie auch. Man konnte im Quartär schließlich keinen Laden eines Zeitphysikers finden. Wie dem auch sei, das Feld wurde endlich heller, wie es sich gehörte. Er wandte den Kopf, um die Projektoren zu überprüfen.

Aus dem Frachtraum starrte ihn ein Paar leuchtend grüner Augen an. Sie waren kaum dreißig Zentimeter von seinem Gesicht entfernt. Ein Fauchen hob unter ihnen an. Es war ein hungriges Fauchen, wie Thackeray korrekterweise angenommen hatte.

Er schrie über zehn Millionen Jahre hinweg.

Thackeray hatte immer das Pleistozän genossen. Es war nur fair, daß jetzt das Pleistozän ihn genoß.

Norg gliebie gop

Als ich begann, Science Fiction zu lesen, bezogen sich Frauenthemen üblicherweise darauf, welche Marke eines Wäschetrockners für das Haus gekauft werden sollte oder ob die Wohnung unter dem fürchterlichen Gilb litt. Letzteres hörte sich für mich immer nach einer heimtückischen, infektiösen, außerirdischen Krankheit an (ist da eine Geschichte?).

Meine Güte, wie die Zeiten sich ändern.

Ich hatte nie ein Problem mit der Gleichberechtigung, vielleicht, weil von Anfang an so viele meiner Verleger, nicht zu erwähnen mein Agent, Virginia Kidd, Frauen waren. Nur um es zu beweisen (größtenteils mir selbst, nehme ich an), habe ich als Protagonisten meines zweiten Romans eine Frau gewählt. Einen Charakter, den ich gerne kennengelernt hätte.

Noch schwieriger, als über einen Charakter zu schreiben, der zufälligerweise das andere Geschlecht hat, ist, sich an einer Geschichte zu versuchen, die ein Problem behandelt, das geschlechtsspezifisch ist. Es ist, als ob C. L. Moore sich an einer Geschichte versucht hätte, die Northwest Smiths Angst vor der Impotenz behandelt.

Der einzige Weg, so glaube ich, wie ein Schriftsteller eine solch schwierige Situation handhaben kann, ist, mit Angehörigen des anderen Geschlechts zu diskutieren. Selbst dann ist da immer die Angst, daß man psychologisch auf der Stelle tritt, statt zu etwas Greifbaren zu kommen.

»Sie sind einfach zu niedlich«, sagte Deering.

Al Toney, ihr Freund und ebenfalls Xenologe, widersprach ihr.

»Die Inrem sind ein primitives, vollkommen fremdartiges Volk, über das wir immer noch fast nichts wissen. Deshalb sponsert AS auch diese Expedition. Obwohl das Verhalten der Eingeborenen uns gegenüber bis jetzt freundlich war, wissen wir über ihre Kultur noch nicht annähernd genug, um verallgemeinern zu können. ›Niedlich‹ ist aber eine Verallgemeinerung, Cerice, und zudem keine sehr wissenschaftliche. Diese Leute sind Jäger und Sammler, die eine komplexe soziale Struktur entwickelt haben, die wir gerade beginnen zu verstehen. Ihre Sprache bleibt wegen der wandernden Satzteile und der Vokalwechsel unverständlich. Und ihre Rituale sind nicht weniger verwirrend.«

Cerice Deering lehnte sich in ihrem Stuhl zurück und sah aus dem Glasbullauge auf die Oberfläche von Rem V. Die Sonne war ein wenig heißer als die ihrer Heimat, die Atmosphäre dicht und feucht. Und die Welt wies die seltenste aller Entdeckungen auf, ein eingeborenes intelligentes Volk. Wie intelligent, mußte noch bestimmt werden. Sie schätzte sich glücklich, zu denen zu gehören, die ausgesucht waren, die Bestimmung vorzunehmen.

Teilnehmer an dieser Expedition zu sein war nicht nur aufregend und lehrreich, sondern konnte auch ihre Karriere vorantreiben. *Wenn* sie etwas Spektakuläres herausfinden konnte. Der Konkurrenzkampf, als erster einen Durchbruch zu erzielen, war hart unter den Wissenschaftlern der Expedition. Als eine der jüngsten hätte sie es schwer, sich auszuzeichnen. So dachten wenigstens ihre Kollegen. Sie lächelte verstohlen über ihren eigenen Plan. Fortuna ist mit den Mutigen, so ähnlich besagte es ein lateinisches Sprichwort. Sie beabsichtigte, es herauszufinden.

Sie konnte Toney nicht ins Vertrauen ziehen. Er war zwar ein Freund, aber er war auch ein Rivale, und er würde ihre Absichten mit Sicherheit nicht gutheißen.

»Wo ist dein Sinn für Abenteuer, Al?« fragte sie neckend.

»In der wissenschaftlichen Methodik. Im sorgfältigen Zusammentragen der Beobachtungen für den späteren Vergleich. Dann werden die wahren Entdeckungen gemacht. Indem man geduldig und mit sicherer Hand Daten zusammenträgt. Das ist kein Spiel, Cerice. Die Inrem sind keine Spezialeffekte. Man springt nicht blindlings in eine fremdartige Kultur. Das kann gefährlich sein.«

Sie konnte ein Lachen nicht zurückhalten. »Die Inrem? Gefährlich? Reden wir über dieselben Aliens, Al?«

»Trau niemals dem äußeren Anschein. Das ist eine Wahrheit aus der menschlichen Anthropologie, die genauso für Aliens gilt.«

»Dann hocken wir also hier und sammeln am Tag ein oder zwei nützliche Daten. Wissenschaft im Schneckentempo.« Sie legte ihre langen Beine auf den Tisch. Sie wußte, es würde ihn ablenken. »Nehmen wir zum Beispiel diese *Gop*-Zeremonie, die sie heute nacht durchführen. Wie, zum Teufel, sollen wir sie studieren, wenn uns verboten wird teilzunehmen?«

Toney sah unbehaglich drein, teils wegen der Frage, teils weil Deering nur Shorts und ein rückenfreies Oberteil trug. Rem V war eine heiße Welt, und es wurde immer heißer, sinnierte er.

»Wir können sie nicht studieren. Wir müssen warten, bis wir eingeladen werden oder bis Dhurabaya und seine Leute diese lächerliche Sprache geknackt haben und wir gelernt haben, richtig um Erlaubnis zu fragen.«

»Sie ist nicht lächerlich. Die Inrem wissen nicht, daß ihre Sprache für uns wie Babysprache klingt.«

»Ich weiß. Aber es ist dennoch schwer, ernst zu bleiben, wenn der hiesige Anführer auf einen zugewatschelt kommt und in aller Ernsthaftigkeit etwas sagt wie ›*Niemay guh ga wieble fisk*‹ oder was es war, das er uns gestern erzählt hat.«

»Das ist einer der Gründe, warum ich sie für so niedlich halte.«

»Es wäre möglich, daß er mich verflucht hat.«

»Meine Güte. Du bist paranoid, Al. Die Inrem waren die ganze Zeit, seit wir hier unser Lager aufgeschlagen haben, ausgesprochen freundlich. Sie waren jedesmal neugierig und hilfsbereit, wenn wir etwas von ihnen erbeten haben. Außer daß sie uns von den gelegentlich stattfindenden Zeremonien ausschließen.«

»Du hast was vor.« Toney sah sie scharf an.

»Wer, ich? Ich bin nur eine Forschungsassistentin. Die meisten der älteren Wissenschaftler auf diesem Kahn gehen nicht mal davon aus, daß ich ein Gehirn habe.« Sie zog ein Knie an die Brust und umschloß ihren Knöchel mit den Händen.

Tony schluckte, starrte sie an und vergaß die warnende Predigt, die er seiner Freundin halten wollte.

Nacht und die Geräusche einer fremdartigen Welt. Pfiffe und Geheul, Kreischen und Summen drangen auf das Lager ein. Deering war unbesorgt, als sie sich aus dem Lager schlich und sich den Weg durch den Wald zu dem großen Inremdorf suchte, wo sie ihre Feldstudien machten. Die Expedition war schon seit sechs Monaten auf Rem, und sie hatten keine größere Herausforderung als einen beißenden Käfer erlebt. Violette Blätter streichelten ihre Schenkel. Weber huschten ihr aus dem Weg, die großen fluoreszierenden Augen leuchteten im Licht ihres Glührohrs.

Es waren etwa zweieinhalb Kilometer über ebenes, relativ trockenes Gelände bis zum Dorf. Lange bevor sie einen guten Standort für ihre Beobachtungen gefunden hatte, konnte sie schon das gleichförmige Flüstern ihres monotonen Gesangs hören. Die Inrem hatten viel für Zeremonien übrig, sie machten wenigstens eine in der Woche. Sie hatten den sie besuchenden Menschen gestattet, die meisten davon zu studieren.

Nur bei ein paar war der Zutritt verboten, wie bei dieser *Gop*-Zeremonie heute nacht.

Deering wußte, daß es eine besonders wichtige Zeremonie war, aber sie und ihre Kollegen hatten nicht herausfinden können, warum. Der größte Teil der Interspezies-Kommunikation zwischen Menschen und Inrem beruhte noch auf Zeichen und Gesten, da die Linguisten der Expedition immer noch damit beschäftigt waren, die komplexe, wenn auch albern klingende Sprache zu knacken.

Sie brach ein Tabu, als sie ihre Aufnahmeausrüstung auf einer kleinen Anhöhe, von der aus man das Dorf überblicken konnte, aufstellte, aber sie hatte keine Angst. Ein Botaniker der Expedition hatte vor zwei Wochen einen jugendlichen Inrem aus Versehen getötet, aber selbst das hatte nicht gereicht, um ihren Ärger zu wecken. Sie schienen mit Verständnis und sogar Mitleid auf den untröstlichen Besucher zu reagieren.

Das Dorf bestand aus Langhäusern aus Stein und Holz, die in einem Kreis um einen zentralen Platz angeordnet waren. Vor jedem Langhaus war eine Öffnung im Boden. Soweit die Forscher herausgefunden hatten, führten diese Öffnungen zu einem komplexen Tunnelsystem, über dessen Ausdehnung sie nichts wußten. Die Löcher waren zu klein, als daß Menschen hindurchgepaßt hätten (die Inrem waren im Schnitt neunzig Zentimeter groß), und so konnten die Untersuchungen nur mit Meßgeräten stattfinden. Die allgemeine Meinung unter den Forschern war, daß die Höhlen dazu dienten, Nahrung zu speichern, und als geheime Verbindungen zwischen den Langhäusern genutzt wurden. Sie dienten nicht der Verteidigung. Es gab unter den Inrem keine Kriege.

Die Zeremonie hatte bereits begonnen. Da war kein geschnitztes Abbild, keine Gottheit, die verehrt wurde. Die Rituale der Inrem waren bislang ein offenes Rätsel mit einer Vielzahl möglicher Interpretationen. Sie hoffte, daß sie durch ihre Arbeit heute nacht zu einigen Interpretationen gelangen würde. Und wenn nicht, so könnte sie sich doch mit einer Dokumentation einer ihnen verbotenen Zeremonie schmücken.

Sie legte gerade einen neuen Würfel in ihr Aufnahmegerät ein, als sich ein halbes Dutzend bewaffneter Inrem aus den Bäumen hinter ihr materialisierte. Sie beobachtete sie wachsam und zog sich hinter den Recorder zurück. Sie hatte eine kleine Pistole dabei, aber wenn sie sie gegen einen Eingeborenen einsetzte, und sei es auch nur in Notwehr, würde sie schwer getadelt und in Unehren nach Hause geschickt werden.

Wie auch immer, nichts in der Mimik oder den Bewegungen der Inrem verriet auch nur eine Spur von Feindseligkeit. Der älteste Krieger trat vor. Wie alle anderen Inrem hatte er dicke Stummelbeine. Sein untersetzter Körper schien aus grauem Kitt modelliert zu sein. Er hatte keinen Hals, nur eine Verjüngung des Torsos, die Kopf genannt wurde. Sein kurzer Schwanz zuckte, als er mit der rosettenförmigen, gefransten Spitze seines beweglichen Rüssels an ihr schnüffelte. Die Zähne in seinem Mund waren stumpf, und etwas, das einer matschigen Melone ähnelte, zierte seinen kahlen Schädel.

»Si mokle rierip ba buhvle«, deklamierte er. *»Norg glieble gop.«*

Wie immer mußte Deering ein Schmunzeln unterdrükken. Nicht, daß die Miene für die Inrem eine Bedeutung gehabt hätte. »Sehen Sie, ich wollte nicht aufdringlich sein.« Die Worte waren nur für sie selbst bestimmt, da die Eingeborenen kein Wort einer menschlichen Sprache verstehen konnten. Sie streckte ihre Hände mit den Handflächen nach oben aus, eine universelle Geste der Versöhnung. »Ich wollte nur zusehen.« Jetzt lächelte sie. »Ich gehe, wenn Sie darauf bestehen.«

Die Inrem hatten ein eingebautes Lächeln wie die Delphine. *»Norg glieble gop«*, wiederholte der Älteste.

»Ach, okay, was soll's? *›Norg glieble gop‹*.«

Das schien die Krieger über die Maßen zu freuen. Offensichtlich hatte sie genau das Richtige gesagt. Der arme Toney und seine Paranoia. Wie schade, daß er und die anderen verknöcherten Kerle diesen kleinen Triumph improvisierter Interspezies-Kommunikation nicht miterlebt hatten. Man muß das Ganze nur mutig und mit dem rechten Schwung angehen, sagte sie sich.

Der Ältere stieß ein weiteres erfreutes *»Norg glieble gop«* hervor und nahm sanft ihre Hand und führte sie ins Dorf hinunter. Niemand protestierte, daß sie ihren Recorder mitnahm. Sie fühlte sich befriedigt und erheitert. Das war so schön an der Wissenschaft, der Adrenalinschub, wenn man einen entscheidenden Durchbruch erzielte, der Kitzel, wenn man etwas beobachtete, was noch nie jemand gesehen hatte.

Ein paar der Dörfler hielten in ihren unbeholfenen, aber lebhaften Tänzen inne, als sie auf den Platz geführt wurde. Erstmalig spürte sie so etwas wie Feindseligkeit, bis der älteste Krieger, der sie begleitete, die Hand hob und laut erklärte: *»Norg glieble gop! Suhkle wa da fuhkie!«* Danach war die gute Stimmung wiederhergestellt.

Niemand belästigte sie, als sie ihre Geräte aufstellte und sie auf eine Gruppe älterer Inrem-Frauen richtete. Die Spezies hatte drei Geschlechter: männlich, weiblich und keins von beidem. Hinter ihr steigerte sich die fremdartige Musik zu einem ohrenbetäubenden Getöse, als die Gruppe von Musikern die Instrumente heftig trommelte, blies und zupfte. Dies war die bei weitem beeindruckendste Vorstellung, die bislang beobachtet worden war, und Deering konzentrierte sich auf ihr Aufzeichnungsgerät. Der mitreißende atonale Takt der Musik war aufwühlend und faszinierend.

Mit einem Schrei stoben die Musiker und die Tänzer auseinander. Normalerweise kennzeichnete das das Ende der Zeremonie, aber die *Gop* war anders. Die

Hauptmatriarchin zog sich nicht wie üblich in ihr Langhaus zurück, sondern sammelte ihren favorisierten Mann und das Lieblings-Geschlechtsunbestimmte um sich und schloß sich der restlichen Bevölkerung an, die sich in kleinen Gruppen vor den zahlreichen Höhleneingängen sammelte. Deering stellte, bei dem Versuch, so viele Gruppen wie möglich einzuschließen, das Gerät auf Weitwinkelaufnahme.

Dann keuchte sie und sah vom Okular des Recorders auf.

Aus jeder der Öffnungen vor den Langhäusern kam etwas gekrochen, langsam und tastend. Jeder blaßrosa Wurm war so dick wie ein Männerarm. Das hintere Ende war zugespitzt. Sie sahen harmlos aus, hatten keine Augen oder Ohren, keinen Mund und keine Nasenlöcher. Die Würmer schwangen vor und zurück, als ob sie sich zu der jetzt verklungenen Musik bewegten, die sie gerufen hatte.

Gelegentlich berührte ein Wurm einen der Sänger, worauf die Person, die so gesegnet worden war, sich auf den Rücken fallen ließ und sich ekstatisch zu winden begann. Deering arbeitete hektisch an ihrem Recorder. Sie hatte hier eine Art feierlicher symbiotischer Beziehung entdeckt, die keiner der Expeditionsteilnehmer auch nur im entferntesten vermutet hatte. Was die Inrem von den Würmern erhielten, darüber würde später spekuliert werden müssen. Deren bloße Existenz, nicht zu erwähnen ihre besondere Beziehung zu den Eingeborenen, würde unter ihren Kollegen einen Tumult auslösen. Sie war heimlich aus dem Lager geschlüpft, weil sie etwas Einzigartiges gesucht hatte, und war über ihre wildesten Träume hinaus belohnt worden.

Die Würmer wiegten sich mittlerweile niedrig über den sich windenden, zuckenden Leibern der Gesegneten. Es war nicht zu erkennen, was genau geschah, da die stehenden Mitglieder der Gruppe die Sicht behinderten. Sie steckte einen weiteren Würfel in den Recorder.

Etwas berührte sie am Rücken.

Sie fuhr herum und sah einen Wurm, der keinen Meter von ihrem Gesicht entfernt war. Obwohl er keine Augen hatte, schien er sie neugierig zu studieren. Er hatte wahrscheinlich einen hochentwickelten Tastsinn, sagte sie sich und atmete schwer. Der Wurm krümmte sich auf sie zu und strich ihr über den rechten Unterarm. Sie wich nicht zurück. Da waren keine Zähne, gegen die man sich hätte verteidigen müssen, kein Gift. Nur ein dünnflüssiges, angenehm riechendes Sekret.

Sie stellte ihren Recorder langsam und vorsichtig, um den Wurm nicht zu erschrecken, auf Nahaufnahme. Überall um sie herum berührten und wiegten sich die Würmer über den am Boden liegenden Eingeborenen. Da kam ihr ein wirklich abwegiger Gedanke.

Was wäre, wenn die Würmer nicht individuelle Kreaturen waren, sondern nur die Tentakel, die Gliedmaßen von etwas, das viel größer war und unter dem Dorf lebte? Sie stellte sich vor, wie es sich als Antwort auf die *Gop*-Musik erhob und sich seinen Weg aus unvorstellbaren Tiefen zur Oberfläche grub, um die, die ihn gerufen hatten, sanft zu streicheln und sich mit ihnen auszutauschen.

Der Wurm berührte sie erneut und erschreckte sie dieses Mal. Sie fühlte, wie sie erbebte, fast so, als ob sie eine Art Injektion erhalten hätte. Das war unmöglich. Der Wurm – (Tentakel?) – hatte nichts, womit er eine Injektion hätte verabreichen können. Aber er hatte einen glänzenden Fleck dieses duftenden Sekrets auf ihrem Arm hinterlassen. Angenommen, es konnte durch die Haut absorbiert werden? Zum ersten Mal fühlte sie sich unsicher. Sie war allein hier draußen, umgeben von delirierenden Eingeborenen und gigantischen rosa Würmern. Sie hatte genug herausgefunden, um mit Sicherheit eine Belobigung zu erhalten. Besser, sie strapazierte ihr Glück nicht über Gebühr.

Ein warmes Gefühl von Frieden und Wohlsein durchströmte sie. Sie packte ihren Recorder zusammen. »Ich … ich gehe jetzt besser«, sagte sie zu dem Inrem, der ihr am nächsten stand. Er lächelte ruhig zurück.

»Norg glieble gop?«

»Ja. *Norg glieble gop.*«

Sie schulterte den Recorder und drehte sich um. Sie schaffte es bis zum Waldrand, bevor sie zusammenbrach.

Sie erwachte in einem Bett der Krankenstation des Lagers. Der Chefarzt Meachim sah auf sie herunter. Mißbilligend, wie sie feststellte.

Da sie nichts zurückzuhalten schien, setzte sie sich auf.

»Man hat Sie knapp außerhalb des Lagers gefunden.«

Meachim runzelte die Stirn. »Ihre Würfel wurden zurückgespult. Jeder diskutiert mit jedem. Die Biologen sind ganz aus dem Häuschen.«

Sie berührte ihre Stirn und ihre Schläfen. Sie fühlte sich gut. Besser als gut, sie fühlte sich hervorragend. »Ich muß bewußtlos geworden sein. Es war reichlich aufregend. Ist mit mir alles in Ordnung?«

Meachim zuckte die Achseln. »Sie sehen, meiner Ansicht nach, großartig aus, aber das ist nichts Neues. Dennoch war es schon komisch. Ich habe versucht, Sie mit Compol und Damrin wieder zu Bewußtsein zu bringen. Ihr Körper hat aber auf beides nicht reagiert. Da ihre Körperfunktionen aber vollkommen intakt blieben, habe ich es gut sein lassen. Vor fünf Minuten haben Sie begonnen, langsam wach zu werden. Das Überwachungsgerät hat mich benachrichtigt. Jetzt können Sie sich ohne offensichtliche Beschwerden sogar aus eigener Kraft aufsetzen. Versuchen Sie, meinen Job überflüssig zu machen?«

Sie glitt vom Bett und sprang versuchsweise ein paarmal hoch. »Entschuldigung, aber ich bin in Ordnung, Meachim. Wissen Sie was? Ich werde berühmt werden.«

»Das sagt jeder. Der Captain würde Sie am liebsten ertränken oder vierteilen, bildlich gesprochen, aber davon wollen die Wissenschaftler nichts wissen. Sie hocken über Ihren Aufnahmen und können es nicht abwarten, daß Sie eine komplette Forschungsgruppe ins Dorf führen. Sie haben den Eindruck, daß Sie eine besondere Beziehung zu den Inrem haben.«

»Es braucht nur Mut, in der Wissenschaft genau wie überall sonst. Kann ich gehen?«

»Die Krankenstation ist für Kranke, Cerice. Sie sind nicht krank.« Er drehte sich um und gestikulierte. »Da wartet jemand auf Sie.«

Al Toney trat herein. »Man sollte dich erschießen. Statt dessen werden sie dich heiligsprechen. Du hast eine Entdeckung gemacht, die wichtiger ist als alles, was wir bisher über die Inrem erfahren haben.«

»Ich weiß.«

Er schüttelte den Kopf. »Ich frage mich, ob du überhaupt weißt, wieviel Glück du hattest.«

»Glück hatte damit nichts zu tun, Al. Ich hatte die Inrem nur richtig eingeschätzt. Niedlich, erinnerst du dich?«

»Denke, ja. Ach, Dhurabaya hat einige Fortschritte gemacht. Vielleicht, wenn wir zu deinem Dorf – so nennt es jetzt jeder, ›dein Dorf‹ – zurückkehren, können wir die richtigen Fragen stellen.«

»Du mußt nicht die richtigen Fragen stellen können, wenn du die richtige Einstellung hast. Die Inrem erkennen Einfühlungsvermögen, wenn sie es fühlen.«

Toney nickte und sah nachdenklich drein. »Albern klingende Sprache, die sie da haben, aber logisch, wenn man mal die Grundlagen hat. Das ist das, was Dhurabayas Leute sagen. Nimm zum Beispiel ›*Norg glieble gop*‹. Die Inrem benutzen diesen Ausdruck seit Monaten immer wieder.« Er ging zur Tür. Sie begleitete ihn. Sie konnte es kaum erwarten, in der Bewunderung ihrer Kollegen zu baden.

»Ich erinnere mich. Sie haben ihn während der Zeremonie häufiger benutzt.«

»Wirklich? Vielleicht erklärt das, was für eine Zeremonie es war. ›*Norg glieble gop*‹ bedeutet ›schwanger‹.«

Frosch

Die Metamorphose ist ein Wunder der Natur, das mich schon immer faszinierte. Schon als ich ein Kind war, und so ist es heute noch. Sie nimmt viele Formen an, nicht nur die Verwandlung einer Raupe in einen Schmetterling. Der Gedanke, das Leben in einem Körper zu beginnen und es in einem unvorstellbar anderen zu beenden, ist für Menschen schwer vorstellbar, für uns, die wir im wesentlichen in der gleichen Hülle anfangen und enden. Ich habe in dem Buch Auch keine Tränen aus Kristall, *das mit der Zeile* ›Es ist hart, eine Larve zu sein …‹ *anfängt, versucht, einige Aspekte der Metamorphose zu behandeln.*

Arthur C. Clarke breitete das Konzept in dem Klassiker Die letzte Generation *aus. Eric Frank Russell wählte in seiner Novelle* Metamorphose *einen anderen Ansatz. Ich frage mich, ob der Autor des Buches* Cocoon *jemals diese Geschichte gelesen hat.*

Man nimmt ein vertrautes Konzept und wendet es auf etwas Gewöhnliches und Alltägliches an, und manchmal kriegt man eine Geschichte.

»Vergiß es, Mann. Du kommst nie an sie ran.«

Shelby stellte einen Bauern zwei Felder nach vorne und versuchte, seinen König zu schützen. »Jeder Typ im Gebäude hat's versucht und auch ein paar von den Puppen.«

Troy zog seinen Springer vor, und einer der Läufer seines Freundes wurde vom Brett entfernt. Shelby runzelte bei dieser Entwicklung die Stirn.

»Das kann ich mir denken. Unreife Knaben, die meisten. Ich wette, du und ich sind die einzigen im ganzen Komplex, die den ersten Studienabschluß schon in der Tasche haben. Sie wartet nur darauf, daß ein reifer Mann vorbeikommt, das ist alles.«

Shelby streckte die Hand nach seinem verbliebenen Läufer aus, überlegte es sich anders und studierte wieder das Brett. »Sicher. Ich wette, du kommst nicht auf die andere Seite ihrer Tür.«

»Um was willst du wetten?«

»Dinner für zwei bei Willy.«

»Top. Die Frage ist nur, lohnt es sich, in ihr Zimmer zu kommen?«

Sein Freund schob einen Turm zur Seite und schaute befriedigt drein. »Ich habe sie rausgehen sehen. Es lohnt sich. Glaub mir, es lohnt sich.«

»Wie sieht sie aus?«

»Anders. Exotisch. Meißner Porzellan, dunkel gefärbt. Sie ist ein kleines, sehr kleines Ding, aber etwas ist an ihr, das mich wahnsinnig einschüchtert, selbst aus der Entfernung. Wenn ich zu ihr hochginge, würde ich mit den Zähnen klappern, bis sie mir ausfallen. Ich wüßte nicht, was ich sagen sollte.«

»Das mochte ich schon immer an dir, Shelby. Du kennst deine Grenzen.«

»Und du nicht, Troy. Deine Erfolge sind imposanter als meine, aber auch deine Mißerfolge. Und du hast mehr von beidem.«

»Das nennt man auch Leben.«

»Werd jetzt nicht philosophisch mit mir, Mann. Spar dir das für Gileads Kurs auf. Jetzt mach schon deinen Zug. Ich bin hungrig.«

Troys Dame bewegte sich beinahe über das ganze Brett. »Schachmatt.«

Shelby starrte auf das Muster aus hellen und dunklen Quadraten. »Also, zum Teufel. Wo hast du das gelernt?«

Troy erhob sich von der Couch. »Hab's improvisiert.«

Sein Zimmergenosse seufzte. »Um es bei Ms. Seltsam oben zu schaffen, mußt du schon mehr tun.«

Troy richtete seinen Blick zur Decke. »Wir werden sehen.«

Die Türklingel schellte ein paarmal, bevor die Tür einen Spalt geöffnet wurde.

»Wer ist da bitte?«

Komischer Akzent, dachte er. »Entschuldige. Mein Name ist Troy Brevard. Ich wohne im dritten Stock. Ich habe gehört, daß du eine Studentin an der State bist.«

»Das ist richtig.« Er versuchte es, aber er konnte nicht in den Raum hinter der Tür sehen. Die Stimme war sanft, weich und sicher, und das trotz der Tatsache, daß sie offensichtlich eine Fremdsprache benutzte.

»Ich studiere hier nach dem B. A. weiter. Politikwissenschaft. Ich habe ein paar Fragen im Zusammenhang mit einer Arbeit, die ich schreibe, über die Motive im Ersten Weltkrieg. Ich habe mich gefragt, ob du mir nicht vielleicht helfen könntest.«

Sicher war eine Studentin von außerhalb an einem Weltkrieg interessiert, egal was ihr Hauptfach sein mochte.

Stille auf der anderen Seite. Dann: »Du hast schon einen Studienabschluß, ich nicht. Wieso denkst du, daß ich dir helfen könnte?«

»Weil es dumme Studenten mit Abschluß und brillante ohne gibt.«

»Wie kommst du darauf, daß ich zu den Brillanten gehören könnte?«

»Etwa nicht?«

Lachen, oder etwas ähnliches. Die Tür schwang auf und kündete von seinem ersten kleinen Sieg.

»In Ordnung, Brevard. Komm rein, und ich werde sehen, ob ich dir helfen kann.«

Er trat über die Schwelle. Das Apartment war nahezu identisch mit dem, das er sich mit Shelby teilte, abgesehen vom Ausblick. Sie wohnten im dritten Stock. Dieses Apartment lag in der sechsten und obersten Etage. Zur Linken des kleinen Zimmers mußte das Bad und das Schlafzimmer sein, zur Rechten die kompakte Küche. Das hohe Fenster gab den Blick frei auf den sonnenbeschienenen Campus der Arizona State University.

Die Tür verbarg sie, und daher konnte er sie nicht sofort sehen. Statt dessen wurde seine Aufmerksamkeit von etwas anderem eingenommen. Das Zimmer war von zahllosen Fröschen überschwemmt.

Steinfrösche aus mexikanischem Onyx und Speckstein zierten die Wandregale und bewachten endlose Bücherreihen. Ein Zuni-Froschfetisch aus Türkis hatte den Ehrenplatz auf dem Glastisch vor der Couch. Von der Lehne der Couch starrten glubschäugige Plüschfrösche herab, und auf dem Sofa lagen mehrere handgenähte Froschkissen. Er sah Keramikfrösche und Jadefrösche, stilisierte Frösche aus Edelstahl und traditionelle Frösche aus Holz und Zinn, gebastelte Pappfrösche aus Bausätzen und Papierfrösche, die von der Decke baumelten.

Portraits von Fröschen in Öl und Wasserfarbe, Pastell und Bleistift und Acrylfarbe zierten die Wände. In den Terrarien blubberte und rülpste es, gepunktete grüne Wesen bewegten sich träge hinter den Glaswänden. Er trat ein und bemerkte, daß er auf einem dicken Froschteppich stand.

»Du magst Frösche«, stellte er trocken fest.

»Meine Sammlung«, erwiderte sie.

Dann wandte er den Kopf, um sie anzuschauen, und vergaß die Frösche.

Sie einzuordnen erwies sich als unmöglich. Ihre Haut hatte die Farbe von Kaffee. Das deutete auf ein Zuhause irgendwo zwischen dem Kongo und den Bräunungsstudios Südkaliforniens hin. Sie war so zierlich, daß sich jeder Mensch plump neben ihr vorkommen mußte. Außer ihre Augen. Diese dominierten das feine Gesicht, riesige, feuchte Kugeln, in denen ein Mann leicht ertrinken konnte. Sie waren leuchtend grün, so rein, als ob sie Laserlicht aussandten, und so lebendig wie das Unterholz eines Regenwaldes.

Da er sich bewußt war, daß er sie anstarrte, zwang er sich, woanders hinzuschauen.

»Darf ich mich setzen?«

»Oh, entschuldige. Wo sind nur meine Manieren? Ich bekomme nicht viel Besuch.«

Er ließ sich auf die Couch fallen. Von den Regalen beäugten ihn Frösche, beobachteten ihn vom überfüllten Couchtisch. Er rückte ein Froschkissen in seinem Rücken zurecht und breitete seinen Notizblock und die Bücher aus.

»Es ist wirklich nett von dir, daß du mir hilfst.«

»Warum benutzt du nicht die Bibliothek?«

»Büchereien vermitteln einem nicht alle Standpunkte, insbesondere nicht die heutigen. Davon abgesehen, bin ich faul. Ich frage lieber jemanden. Besonders wenn dieser Jemand hübsch ist.«

Du liebe Güte, wurde sie etwa rot? Es war bei der Hautfarbe schwer zu sagen. Konnte es sein, daß niemand bei ihr landen konnte, weil es niemand probiert hatte?

»Ich bin nicht hübsch. Tatsächlich bin ich immer noch häßlich.«

Spielte sie mit ihm? Die Frau war prachtvoll! Schmächtig, fast knabenhaft, aber mit Zügen, die viele professionelle Models vor Neid erblassen lassen würden. Wenn es ein Spiel war, spielte sie es gut. Wenn nicht, dann erklärte es vielleicht einiges.

»Magst du deshalb Frösche so gern? Weil du dich für unattraktiv hältst und sie es auch sind?«

»O nein«, sagte sie nachdrücklich. »Sie sind wunderschön. Ich versuche mich als sie zu sehen.« Als ob sie bereits zu viel von ihrem inneren Wesen enthüllt hätte, wurde sie plötzlich geschäftsmäßig. Eine winzige Hand deutete auf die Materialien, die er mitgebracht hatte. »Nun, wo bist du hängengeblieben, und wie kann ich dir helfen?«

Er machte eine Show daraus, seine Notizen zu durchwühlen. »Wie wäre es, wenn wir Freitag abend zusammen ausgingen? Das wäre mir eine riesige Hilfe. Das würde meinen mentalen Zustand ungemein verbessern. Ich kenn ein großartiges Lokal für mexikanisches Essen. Willys.«

Sie lächelte entschuldigend und schüttelte ihren Kopf. »Es tut mir leid. Ich gehe nicht aus.«

»Jemand, der so hübsch ist wie du? Komm schon!« Er hatte eine plötzliche Eingebung. »*Ich* weiß, was los ist. Du bist aus einem anderen Land, nicht wahr? Du weißt nicht, wie du dich verhalten sollst, wie du auf unsere speziellen amerikanischen Gebräuche reagieren sollst. Werd doch darüber nicht zum Einsiedler. Die Hälfte der Zeit fragen wir Eingeborenen uns genauso verwirrt, wie wir uns verhalten sollen. Entspann dich. Du kannst nichts machen, was mich beschämen würde. Ich werde nichts von dir verlangen, wobei du dich nicht wohl fühlst. Ich denke nur, daß du meine Gesellschaft genießen wirst. Und ich deine. Wie wäre es?«

»Du hast recht, Troy Brevard. Ich komme aus einem anderen Land.«

»Nur Troy, bitte. Wie soll ich dich nennen?«

»Mein richtiger Name ist ein bißchen länger, als du bequem finden würdest. Ich nehme Eula als Kurzform.«

Eula. Das war keine Hilfe. »Äthiopien? Irgendwo in der Karibik vielleicht? Jamaika?«

Sie schüttelte den Kopf und schenkte ihm ein schüchternes, zögerndes Lächeln.

»Zu nah.«

»Dann Indien?«

»Ich werde es dir nicht sagen, Troy. Laß mir ein paar Geheimnisse.«

»Du scheinst nur aus Geheimnissen zu bestehen, Eula. Aber okay. Siehst du, ich verlange nichts von dir.«

»Ich denke auch nicht, daß du das wirst.« Oh, diese Augen, dachte er. »Ich werde Freitag abend mit dir ausgehen. Ja, ich denke, das werde ich tun. Es sollte lehrreich sein.«

»Eine wirklich einsatzfreudige Studentin, nicht wahr? Eine aufmerksame Beobachterin der hiesigen Kultur.«

»Ich muß einsatzfreudig sein, Troy. Ich werde noch diesen Juni den Abschluß machen.«

»Ich auch. Gehst du dann weiter zur Universität?«

»Ja, aber nicht hier.«

»Und wo?«

»Zu Hause.«

»Und das wäre wo?«

Sie drohte warnend mit dem Finger, und diesmal war er an der Reihe zu grinsen.

»Okay.« Er hob beide Hände. »Schuldig. Ich werde es nicht wieder tun.« Vielleicht war sie ein Flüchtling aus einem der vielen kleineren Kriegsgebiete in der Dritten Welt. Er verstand, daß sie das vielleicht irgendwie beschämen mochte. Es wäre noch genug Zeit, das herauszufinden.

Daß es keine der üblichen Bekanntschaften werden würde, hatte er erwartet. Still beobachtete sie alles und jeden, egal wohin sie gingen. Nachdem er langsam ihr Vertrauen gewonnen hatte, konnte er sie überallhin ausführen, nur nicht auf Parties. Sie weigerte sich entschieden, auf Parties zu gehen.

»Ich mag sie nicht«, teilte sie ihm offen mit. »Die Leute sind laut, sie trinken zu viel, und dann verhalten sie sich dumm. Mann kann von Leuten in dem Zustand nichts lernen. Sie benehmen sich wie Kinder.«

»Nicht wie wir erwachsenen Leute, hmmm?«

Er scherzte, aber sie nicht.

»Wir sind nicht erwachsen, Troy. Wir sind immer noch Heranwachsende.«

»Vielleicht denkst du das von dir, Eula, aber ich nicht. Ich bin dreiundzwanzig.«

Er konnte den Blick, den sie ihm zuwarf, nicht deuten. Schließlich sagte sie: »Jeder von uns hat ein Bild von sich, Troy. Ich weiß, was ich bin. Ich werde nicht erwachsen sein, bevor ich den Studienabschluß habe. Bevor ich nach Hause gehe.«

Er ließ es an sich abperlen. »He, ich bin selbst nicht wild auf laute Parties. Ich hatte nur gedacht, daß du sie lehrreich finden würdest.«

Ihr Lächeln kehrte zurück. »Das würde ich vielleicht, aber nicht genug, um meine Abneigung zu überwinden. Laß uns heute abend anderswo hingehen.« Sie schwächte ihre Kritik ab, indem sie ihn berührte. Es war eine Premiere oder so. Er legte seinen Arm um sie, keine leichte Aufgabe. Mit seinen einsachtzig war er dreißig Zentimeter größer als sie.

Zwei Monate, dachte er und genoß die Wärme ihres geschmeidigen Körpers. Zwei Monate, um sie so weit aufzutauen. Dennoch hatte ihn der alte Sinn für Vorstoß und Rückzug, für Jagd und Eroberung schon vor Wochen verlassen. Das Mädchen war nicht nur eine weitere Eroberung. Sie war etwas Besonderes, Einzigartiges, und sie hatte ihn tiefer berührt, als er zu Beginn bemerkt hatte. Ihre stille Ernsthaftigkeit, ihre ehrliche Schüchternheit hatten etwas tief in ihm erreicht, hatten etwas Schlafendes berührt, das nun langsam erwachte.

Zu seiner großen Überraschung stellte er fest, daß er sich verliebt hatte.

Shelby hatte es auch bemerkt.

»Du bist der Puppe wirklich verfallen, was, Mann?«

»Ja, warum auch nicht, Dummkopf? Und bezeichne sie bitte nicht als Puppe.«

Shelby hob beide Hände abwehrend hoch. »Entschuldige bitte! Nun, es ist dein Leben, Troy. Sieh nur zu, daß nicht sie es für dich führt.«

Troy sah von dem Geschichtstext hoch, den er durcharbeitete. Es tat weh zu wissen, daß Eula nur eine Aufzugfahrt entfernt war. Aber sie bestand auf getrennter Zeit zum Lernen sowie auf ihre Privatsphäre. Sie ließ nicht zu, daß er sie vollständig mit Beschlag belegte.

»Das mache ich schon. Und das will sie ja auch gar nicht.«

»Sie schüchtert dich immer noch nicht ein?«

Troy schüttelte den Kopf.

»Nun, mich würde sie einschüchtern, Mann. Als ich den ersten abwesenden Blick an dir bemerkte, dachte ich, daß ich eine kleine Überprüfung starte, da du zu weit weg schienst, um noch etwas zu merken. Ich meine, wir teilen dieses Loch jetzt seit drei Jahren. Du bist ein guter Kumpel, Troy. Ich würde nicht wollen, daß du in etwas reinrasselst, was dir über den Kopf wächst.«

»Wovon redest du eigentlich, zum Teufel?« Er schloß das Buch und schob die Schreibtischlampe beiseite.

Shelby betrachtete angelegentlich die Fingernägel seiner rechten Hand. »Nur davon, daß sie das geheime Wunder der Abschlußklasse ist. Hast du sie je gefragt, was ihr Hauptfach ist, wie viele Seminare sie besucht?«

Troy schüttelte den Kopf. »Sie mag ihre Privatsphäre, erinnerst du dich? Ich dachte, sie würde vielleicht eine Art Studium generale machen.«

Sein Zimmergenosse lachte. »Da hast du recht. Ich schätze, wenn man alles belegt, nennt man das wohl Studium generale. Sie ist ein echter Einstein, Mann! Sie hat drei Hauptfächer: Weltgeschichte, Antrophologie und Botanik. Sechsundsiebzig Stunden. Darüber hinaus macht sie jedes Curriculum unter einem anderen Namen, und keiner davon ist Eula oder etwas Ähnliches.«

Troy hatte Mühe, die Informationen seines Freundes zu schlucken. Er konnte sich kein menschliches Wesen vorstellen, das so viele Stunden Vorlesungen belegen konnte. Natürlich wußte er nicht viel über ihre Studien. Er sah sie kaum während des Tages.

»Das ist physisch und geistig unmöglich.«

»Das dachte ich auch, Mann, aber sie macht's. Ich frage mich, warum sie drei Decknamen hat.«

Troy dachte angestrengt nach. »Du hast es selbst gesagt. Sie ist schüchtern, mag ihr Privatleben. Wenn sich das, was du mir erzählt hast, auf dem Campus rumsprechen würde, würde ihr Bild in allen Zeitungen der Stadt erscheinen.«

»Ja. Ja, das glaube ich auch. Und wenn ihr beide zusammen seid, gibt sie dir nicht das Gefühl, ihr unterlegen zu sein?«

»Nein, niemals.«

»Schont dein männliches Ego, möchte ich wetten.«

»Nein. Das sähe ihr nicht ähnlich, Shelby. So ist sie nicht. Trotz ihrer Intelligenz ist sie unsicher. Sie muß wenigstens zwanzig sein, dennoch bezeichnet sie sich selbst als Heranwachsende.«

Er behielt die Informationen seines Freundes für sich. Er hatte Angst, sein Wissen Eula zu enthüllen. Er wollte nicht, daß sie dächte, er habe Shelby dazu angestiftet, sie auszuspionieren. Er hatte es nicht, aber sie davon zu überzeugen, könnte schwierig sein.

»Nach dem Abschluß«, sagte er ihr eines Nachts, als sie auf dem Camelback Mountain parkten und auf die Lichter von Phoenix hinabsahen, »könnten wir vielleicht zusammen Ferien machen. Nichts Intimes«, fügte er schnell hinzu. »Nur ein Trip, um uns an unserer Gesellschaft zu erfreuen.«

»Ich muß nach Hause, Troy«, sagte sie traurig. »Ich mache meinen Abschluß. Das weißt du.«

»Ja, ich weiß. Ich mache auch den Abschluß, erinnerst du dich? Sicherlich können wir eine Woche freinehmen. So hart wie du gearbeitet hast, verdienst du echte Ferien.« Er ließ seine Aufregung herausströmen. »Meine Leute haben Geld, Eula. Viel Geld. Wir können überall hingehen, wohin du nur willst. Afrika. Europa. Die Seychellen. Am Amazonas Frösche fangen.«

Sie lachte darüber, füllte die Nacht mit Schönheit. »Du kennst mich ein bißchen, Troy. Mehr als jeder andere während meiner Ausbildung. Ja, ich würde gerne am Amazonas nach Fröschen suchen. Aber ich kann nicht. Ich muß nach Hause. Ich muß den Abschluß machen. Das kann ich nicht vermeiden, nicht mal, wenn ich es wollte. Und Troy ...« Sie zögerte, wendete den Blick von ihm ab. Eine große Sorge schien sie zu bedrücken. »Du magst mich wahrscheinlich nicht mehr, nachdem ich den Abschluß gemacht habe.«

Er runzelte unsicher die Stirn. »Das ist ein starkes Stück, das zu sagen. Welchen Unterschied macht der Abschluß schon? Ich mache den Magister. Wir machen den Abschluß zusammen.«

»Nein, Troy. Das machen wir nicht. Da, wo ich herkomme, bedeutet der Abschluß mehr. Ich mache den Abschluß von der Schule sowie den von der Jugend. Es ist eine große Veränderung.«

»Nun, dann verändere dich, aber mach dir keine Sorgen, daß ich dich nicht mehr mögen würde.« Er konnte es nicht länger für sich behalten. Er hatte sogar das Gefühl, daß ihm die Zeit davonlief. Ihnen. »Mach dir keine Sorgen, daß ich dich hinterher nicht mehr liebe.«

»Troy, Troy, was mach ich nur mit dir?«

»Wie wäre es einstweilen damit?« Er beugte sich vor und küßte sie. Sie widerstand nur kurz.

Er hielt während der Abschlußfeier nach ihr Ausschau, konnte sie in der Menge der Kappen und Gewänder aber nicht entdecken. Das war nicht weiter verwunderlich. Wenn Shelbys Informationen richtig waren, dann konnte sie bei der Abschlußklasse jeder der drei verschiedenen Abteilungen sein. So mußte er sich damit zufriedengeben, die Ansprachen der Ehrengäste, das Wechseln der Troddeln und das In-die-Luft-werfen der Barette der jungen Rechtsanwälte abzuwarten, bevor er sich aus der Menge lösen und zu seinem Auto eilen konnte.

Sie reagierte nicht auf sein Klingeln. Er wartete den ganzen Tag, nahm abwesend den Strom der Gratulationsanrufe seiner Eltern und Verwandten aus dem Osten entgegen und probierte alle zehn Minuten, Eula telefonisch oder in ihrem Apartment zu erreichen. Der Tag wandelte sich zur Nacht, und immer noch kein Zeichen von ihr. War sie bereits fort? Hatte sie die Zeremonien ausgelassen und war verschwunden? Sicher würde sie nicht einfach ihre Sachen packen und ohne Abschied verschwinden, wo sie doch wußte, was er fühlte.

Oder vielleicht würde sie das, dachte er verzweifelt. Ein sauberer, schneller Schnitt, keine Tränen, kein langgezogenes emotionales Verabschieden. Vielleicht machte man das so in ihrem Land.

Er rannte die Treppen hoch. Ihre Tür war immer noch verschlossen. Er ignorierte, daß ihn die anderen Bewohner anstarrten, als er wiederholt dagegen trat, er trat zu, bis sein Bein pulsierte und seine Füße schmerzten. Schließlich gab die Tür nach und fiel nach innen.

Abgesehen von der gemieteten Möblierung war das Apartment leer. Jede persönliche Note war verschwunden, bis hin zur letzten winzigen Porzellanamphibie. Er suchte trotzdem, riß die Schubladen auf, durchstöberte die Schränke, und fand nichts. Kleidung, Make-up, Toilettenartikel, alles weg.

Er rannte zurück in den Gang, sah auf die Uhr. Elf Uhr. Sie konnte mittlerweile überall sein. Sein erster Gedanke war, den Flughafen zu überprüfen. Dann fiel ihm ein, daß er immer noch nicht ihren Nachnamen wußte. Wenn Shelby mit den vielen Decknamen recht hatte, konnte es sein, daß er nicht mal ihren Vornamen wußte.

Shelby stand im Gang neben den Aufzügen und beobachtete seinen Freund.

»Wo ist sie, Mann?« Er ergriff seinen Zimmergenossen bei den Schultern. »Wo ist sie hingegangen?«

»Sie sagte, daß sie nach Hause ginge. Ich war überrascht, sie zu sehen. Ich dachte, daß sie bei der Abschlußfeier sein würde, wie du. Das ist alles, was ich aus ihr rauskriegen konnte, Mann. Ehrlich. Sie hat ihre Sachen herausgeschafft. Ich weiß nicht, was sie mitgenommen hat, aber da war ein großer Laster der Heilsarmee, in den eine Menge Kartons eingeladen wurden. Vielleicht hat sie alles weggegeben.«

»Nicht ihre Froschsammlung«, murmelte Troy. »Davon würde sie sich nie trennen. Nicht davon. Bist du sicher, daß sie nicht gesagt hat, was sie nehmen wollte? Flugzeug, Zug, Bus?«

Shelby schüttelte den Kopf. »Ich sah, wie sie in ihrem kleinen gemieteten Datsun weggefahren ist. Sah nicht so aus, als ob sie viel Gepäck gehabt hätte.«

»In welche Richtung ist sie weg?«

»Zum Teufel, Troy, was macht das für einen Unterschied?«

Shelby hatte recht. Troy ließ ihn los. Seine Gedanken rasten. Wenn sie mit so leichtem Gepäck und weiter als bis Äthiopien reiste, dann mußte sie ein Flugzeug nehmen. Das bedeutete eine Verbindung über L.A. oder Dallas. Konnte er das, mit nichts als ihrer Beschreibung in der Hand, überprüfen? Es schien hoffnungslos. Er hätte an diesem Morgen das Gebäude nicht ohne sie verlassen sollen.

Dann erinnerte er sich an den Platz, ihren Lieblingsplatz. Draußen in Richtung Cordes Junction, wo die Interstate sich aus dem Valley of the Sun in das Mogollon Rim Country erhob. Eine riesige, leere Fläche. Sie waren ein paarmal dorthin hochgefahren, um die Stille und Einsamkeit zu genießen. Sie hatte ihm nicht auf Wiedersehen gesagt. Würde sie gehen, ohne sich von ihrem Lieblingsplatz zu verabschieden? Das war der einzige Ort, zu dem sie ihn je mitgenommen hatte. Er war immer derjenige gewesen, der entschieden hatte, wo sie hingingen. Außer bei diesem Platz, den sie so mochte.

Es war eine Chance, wahrscheinlich eine größere, als der Flugplatz bieten würde. Wenn sie zum Flugplatz gefahren wäre, dann war sie vermutlich schon in der Luft. Er eilte hinunter zur Garage und startete mit quietschenden Reifen, jagte seinen Porsche die Straße entlang.

Sobald er aus der Stadt war, beschleunigte er, ignorierte das Tachometer, als sich die Nadel der 160 näherte. An der Steigung unterhalb von Sunset Point fuhr er an den anderen Fahrzeugen vorbei, als ob sie stillstünden. Die Lastwagenfahrer schrien ihm nach, während er vorbeirauschte.

Dann fuhr er auf einen Nebenhighway, und danach kämpfte er mit dem Lenkrad, als er in eine Schotterstraße abgebogen war, die in die Berge hinauf führte. Der Bach, in dem sie so viele Male ihre Füße gekühlt hatten, gurgelte in einer dunklen Vertiefung parallel zur Straße. Dort, dort vorn, war die kleine Anhöhe, von der aus man auf das Tal hinuntersehen konnte. Mesquitbäume und verkrüppelte Eichen und Lärchen warfen komische Schatten gegen den mondlosen Nachthimmel.

Der Datsun stand verlassen am Straßenrand. Er hielt an und suchte nach der Taschenlampe, die er im Handschuhfach hatte. Erschöpft und verschwitzt von der langen Fahrt, stolperte er aus dem Auto und ließ das Licht über das Gehölz tanzen.

Er hörte ihre Stimme, bevor er sie sah. »Troy? O Troy. Was *machst* du nur hier? Geh zurück, Troy. Geh nach Hause!«

Er lief auf sie zu und sah erstaunt, wie sich ihre schmächtige Gestalt von ihm zurückzog. »Was ist los, Eula? Warum läufst du weg vor mir? Ich hätte alles verstanden, aber, verdammt, du schuldest mir wenigstens ein Auf Wiedersehen.«

»Nein, Troy, nein! Ich habe versucht, es dir verständlich zu machen. Ich habe es versucht. Geh nach Hause, Troy. Verstehst du nicht? Ich habe den Abschluß gemacht. Ich bin keine Jugendliche mehr. Ich kann nicht ...« Sie brach ab, ihr Blick richtete sich langsam und erwartungsvoll himmelwärts.

Etwas schwebte über ihnen in der Nacht. Es war riesig, lautlos und fiel rasch auf sie herab. Troy stand wie angewurzelt, den Kopf in den Nacken gelegt, die Taschenlampe baumelte von seiner Hand, während der gewaltige Schatten herniederglitt. An seiner Unterseite glühten ein paar winzige Lichter. Lautlos löschte es den Anblick der Sterne aus.

Ein helleres, sich intensivierendes Licht zog seine Aufmerksamkeit zurück zu den Bäumen, dahin, wo Eula gewesen war, die Eula, die er kannte, die Eula, die er geliebt hatte. Die Eula, die den Abschluß gemacht und ihre Jugend hinter sich gelassen hatte. An der Stelle wand sich nun eine wilde, gefährlich schöne Säule aus grünem Feuer. Sie überragte das Wäldchen aus Mesquitbäumen und Lärchen, zuckte vor unglaublicher Energie, so hell, daß ihm die Augen tränten. Er versuchte gleichzeitig, sie anzuschauen und sein Gesicht zu schützen. Spuren von Gelb und Weiß krochen über die feurige Gestalt; strahlende kleine Explosionen intensiver Farben tanzten im Innern.

Sie bewegte sich auf ihn zu, und er stolperte furchtsam zurück und fiel zu Boden. Die Erde unter ihm war kalt, aber er bemerkte es nicht. Die schwache Taschenlampe war vergessen. Sie war ohnehin nicht länger vonnöten. Die Nacht war Zeuge einer zeitweiligen smaragdgrünen Dämmerung.

Sie wisperte ihm voller furchteinflößender, unvorstellbarer Kraft zu: *»Ich habe versucht, es dir zu sagen, Troy. Ich habe es versucht.«*

Dann erhob sie sich in die Luft und verschwand in dem wuchtigen dunklen Gebilde über seinem Kopf. Die Sterne kehrten zurück, nachdem der Besucher verschwunden war. Troy preßte sich die Hände auf die Ohren, denn er fühlte einen kurzen, heftigen Schmerz, als die Luft explosionsartig an die leere Stelle strömte, wo der Besucher sich befunden hatte. Er war verschwunden, genauso wie das, was Eula gewesen war.

Er lag lange Zeit da, atmete schwer und überdachte alles, was sich ereignet hatte. Er fürchtete sich, aber als die normalen Geräusche der Nacht zurückkehrten, entspannte er sich langsam wieder. Wachteln piepten zögernd in die Dunkelheit, und eine Eule machte ein Geräusch wie ein Metronom. Unten im Bach nahmen die Frösche ihre abgebrochenen Gespräche wieder auf. Darüber mußte er sogar lächeln.

Er verstand jetzt ein bißchen. Das mit den Fröschen sowieso.

Eula war nach Hause gegangen, in ein Land, das weiter weg war, als er sich vorgestellt hatte. Sie war keine Heranwachsende mehr.

Er stand auf und klopfte den Schmutz von seiner Hose. Seine Beine arbeiteten noch und trugen ihn zum Auto. Keine Notwendigkeit, etwas zu bedauern, sagte er sich selbst. Nicht nötig, sich daran die Schuld zu geben, was passiert war, oder zu bereuen, wie er sich verhalten hatte.

Schließlich lieben es alle kleinen Jungs, Kaulquappen zu erhaschen.

Die tessellierte tetrahexaedrische Gelbe Rose von Texas

Clifford Simak ist nicht mehr unter uns. Cliff war einer jener Autoren, wie Poul Anderson und Jack Williamson, deren Kost so leicht und einfach zu schlucken ist, daß wir es als selbstverständlich hinnehmen. Bis es vorbei ist. Erst dann bemerken und verstehen wir, daß niemand sonst so schreibt, egal wie einfach und geradlinig und wie wenig vielschichtig es bei wiederholtem Lesen scheinen mag.

Cliffs Einfälle waren seinen Charakteren und der Atmosphäre, die er so mühelos zu schaffen verstand, untergeordnet. Wie bei einem Bild von Turner war es das Licht, das für Simak wichtig war, die Beleuchtung, die er schuf, und nicht der Inhalt, sei es ein Schiff oder eine Stadt oder ein Zug. Eine Geschichte von Simak war wie ein Gefängnis von Piranesi, das plötzlich in einen galaktischen Blumenstand verwandelt wird, oder ein Klangbild von Delius oder wie einer von D. W. Griffiths frühen filmischen Versuchen wie True Heart Suzie.

Ein so großer Teil der Science Fiction ist in Metropolen angesiedelt oder ist wenigstens mit einem städtischen Gefühl verbunden, daß, wenn Geschichten sich in das fremdartige Gebiet der ländlichen Gegend begeben, es üblicherweise vom Autor mit einem leichten Kichern gemacht wird. Wir benutzen die spaßigen Leute mit dem Heu zwischen den Zähnen und den schmutzigen Overalls größtenteils als befreiende Komik – oder als verrückte Mörder oder als Ach-du-Schreck-Kanone-her-Opfer von Invasoren aus dem Weltraum. Wann war das letzte Mal ein Bauer Held eines Science Fiction- oder Fantasy-Romans?

Nicht, daß wir überhaupt noch viele Bauern hätten. Heutzutage sind sie alle in der Landwirtschaft tätig und haben akademische Grade in Agrarökonomie, Betriebswirtschaft und Wirtschaftswissenschaft. Sie ziehen ihr Rindfleisch mit künstlicher Befruchtung, eine Sache, die auf vieles aus dem Bereich heutiger Science Fiction zutrifft.

Mehrere Verlage hielten die folgende Geschichte für zu lang für das, was sie erzählt. Es gab mal eine Zeit, die schon lange vorbei ist, wo das keinen kritischen Einwand ausgelöst hätte. Wir leben in einer Zeit, in der wir mit Informationen überschwemmt werden und wir nie genug Zeit haben, über sie auch nachzudenken und sich damit zu befassen. Aus Filmen werden Situationskomödien, Romane verwandeln sich in Videospiele, und politische und philosophische Debatten werden auf einen verbalen Schlagabtausch reduziert. Realität ist das, was schnell geht.

Aber auf diese Art lebt der größte Teil der Weltbevölkerung nicht. Nicht einmal der größte Teil der Bevölkerung in den USA lebt auf diese Weise.

»Sir, ich habe hier etwas ganz Ungewöhnliches.«

Der Lieutenant bekam einen reizbaren Gesichtsausdruck und ging hinüber zu dem Mann. Mobler war kein besonders ansehnlicher Mann. Das lag teilweise an einer unglückseligen Kinderkrankheit, die seinem Gesicht die Form und Beschaffenheit der Oberfläche eines Golfballs gegeben hatte. Diese ungleichmäßige Epidermis wechselte mit seinen Emotionen die Farbe. Zur Zeit ähnelten seine Wangen fetten, anämischen Erdbeeren.

Dennoch wurde er, wenn er auch nicht besonders gemocht wurde, von den männlichen und weiblichen Unteroffizieren und Mannschaften geachtet. Das war traurig, da Lieutenant Mobler kompetent und intelligent war. Es war nicht sein Fehler, daß er wie ein schniefender Jugendlicher und nicht wie ein Soldat aussah.

Es war dunkel in dem langen versiegelten Raum. Er wurde von schwachen Glühbirnen an der Decke und von den zahlreichen Anzeigen, Schaltern und Bildschirmen, die beide Wände bedeckten, beleuchtet. Leute in feschen Uniformen saßen aufmerksam vor den Instrumenten. Wenn sie sich überhaupt unterhielten, dann nur im Flüsterton. Eine natürliche Ernsthaftigkeit hielt die Gespräche leise und verstohlen, nicht Befehle. Der Zweck dieses Raums war allen, die hier arbeiteten, wohlbekannt, und das allein genügte, um Ehrfurcht und Ruhe zu erzeugen.

Jetzt war die geschäftige Aufmerksamkeit unterbrochen worden, und Mobler wollte den Grund dafür wissen. Hinter dem jungen Elektronikspezialisten sieben stehend, sah er diesem über die Schulter und auf den kreisrunden Bildschirm vor ihnen. Er fluoreszierte in einer Farbe wie Erbsensuppe. Sofort entdeckte Mobler den Grund für den Kommentar des Spezialisten, ohne allerdings die Ungewöhnlichkeit zu erkennen.

»So, Sie haben also eine Spur, Davis. Was ist daran so besonders?«

Mit unsicherem Gesicht deutete der Spezialist auf mehrere kleine Meßgeräte, die sich an der linken unteren Seite des Bildschirms befanden. Mobler beugte sich vor, um sie ablesen zu können, eine Bewegung, die seinen Adamsapfel in engen Kontakt mit der Nackenhaut des anderen brachte. Dann runzelte er die Stirn, was die winzigen Krater auf seinem Gesicht halbwegs gerade zog.

»Das ist nicht möglich«, erklärte er schließlich. Seine Stimme war überraschend tief.

»Das dachte ich auch, Sir.« Der Spezialist starrte nun auf seinen Vorgesetzten und nicht mehr auf den Schirm. Er wartete auf Befehle, hoffte aber auf eine Erklärung.

Mobler drehte sich um und sah die lange Reihe von Sitzen hinab. Seine angespannten Worte klangen in der

Beerdigungsatmosphäre unnatürlich laut. »Colson, Matthews. Die Instrumente von Spezialist Davis zeigen an, daß ein kleines Objekt wieder von Westen aus auf unregelmäßigem Kurs mit dreitausend Kilometern in die Erdatmosphäre eintritt.«

Eine der Frauen fuhr auf: »Entschuldigung, Sir«, fragte Matthews nach, »*drei*tausend und unregelmäßig?«

»Ich weiß«, stimmte Mobler zu. »Das ist viel zu langsam, und der Kurs sieht wie das Taumeln eines Betrunkenen aus. Schauen wir mal, ob wir eine Bestätigung bekommen.«

Plötzlich sah der Raum aus wie ein Ameisenhügel vor einem Gewitter. Die, die nicht zu den zweien gehörten, die die unmögliche Sichtung bestätigen sollten, mußten sich höchste Mühe geben, auf ihre eigenen Aufgaben zu achten. Der Lärmpegel im Raum stieg alarmierend an, aber Mobler konnte ihnen daraus keinen Vorwurf machen.

Endlich kam von beiden zusätzlichen Stationen die ungläubige Bestätigung, daß die Bahn richtig sei, daß sowohl die Geschwindigkeit des Wiedereintritts als auch der erratische Anflug korrekt seien. Mobler wandte sich wieder Davis' Station zu und sah zu seinem Mißfallen, daß der winzige Blip, die Ursache aller Aufregung, immer noch da war.

Geistesabwesend befahl er, ohne sich umzudrehen: »Matthews, Garcia, Abramawicz. Ich möchte von Ihnen die beste Voraussage über das Landegebiet, die Sie machen können, wenn Sie alle Veränderungen der Bahn einrechnen. Ich habe so eine Ahnung, daß dieses Ding nicht verglühen wird.«

»Was, denken Sie, ist es, Sir?« fragte Davis verwundert. Aber der Lieutenant war damit zugange, in der Nähe in ein selten benutztes Telefon zu sprechen.

Davis mühte sich, mitzuhören, und stellte fest, daß er die hiesige Hälfte des Gespräches mitbekam.

»Nein, Sir«, sagte Mobler ruhig zu jemandem, »dreitausend. Nein, keine Änderung des Anflugwinkels, bis jetzt jedenfalls nicht.« Dann eine Pause. »Ganz sicher? Das hatte auch ich gehofft, Sir. Ja, ich warte.« Er drehte sich um und sah, daß jedes Auge im Raum auf ihn gerichtet war.

»Es ist weder russisch noch chinesisch«, erwiderte er laut auf die unausgesprochene Frage aller. Ein fast hörbarer Seufzer der Erleichterung ging durch den Raum. »Absolut keine Starts in den letzten sechsundneunzig Stunden, und alle orbitalen Objekte sind an ihrem jeweiligen Standort und stimmen nach Anzahl und Masse.« Er wandte seine Aufmerksamkeit wieder dem Telefon zu und lauschte angestrengt.

»Ja, Sir … ich stimme Ihnen zu, Sir. Der Winkel ist für die Geschwindigkeit zu steil. Es kommt praktisch gerade herunter. Nein, Sir«, fügte er nach einem Blick auf Davis hinzu. »Es ist immer noch intakt. Ja, Sir, ich weiß, daß das keinen Sinn ergibt.« Eine längere Pause, und Mobler lehnte sich zur rechten Seite, um eine Karte zu studieren, die dort an der Wand hing.

»Nein, Sir, es ist keins von unseren. Unmöglich. Der letzte Wiedereintritt, den wir hatten, war OGO achtzehn, der geophysikalische Satellit, und er ist plangemäß vor zweieinhalb Wochen verglüht. Keiner von unseren oder den anderen soll zumindest in den nächsten drei Monaten runterkommen.

Ja, Sir, wir arbeiten an einem möglichen Absturzgebiet. Es gibt Anzeichen, daß es seine Bahn hin und wieder ändert. Dennoch ist da irgendwo eine gerade Linie … angenommen, es verglüht nicht doch noch. Eine Sekunde, Sir.«

Mobler blickte auf die drei Techniker, die er mit der Sonderaufgabe betraut hatte. Er sagte nichts, aber seine Wangen wurden ein wenig dunkler. Da sie dieses Zeichen kannten, arbeiteten die drei Spezialisten schneller.

Garcia meldete sich als erster aufgeregt. »Ich habe noch keine Bahn, aber etwas anderes, Lieutenant. Das Objekt ist nicht größer als drei Meter im Durchmesser und nicht kleiner als Komma acht. Seine ungefähre Form ist die einer Kugel.« Er zögerte und fügte dann hinzu: »Das ist alles nur eine Vermutung, aber eine brauchbare.«

Mobler nickte einmal und gab die Information an wen auch immer am anderen Ende der Leitung weiter. In der Zwischenzeit hatte Matthews einen letzten Instrumentencheck abgeschlossen.

»Wenn es nicht verglüht und seinen momentanen durchschnittlichen Kurs beibehält, wird es irgendwo im Südwesten oder dem mittleren Süden einschlagen«, rief Matthews.

»Können Sie es nicht besser eingrenzen, Matthews?« fragte Mobler. Sie biß sich auf die Unterlippe und stellte ein paar schnelle Berechnungen an.

»Ich schätze, irgendwo zwischen El Paso und Dallas longitudinal und Tulsa und Galveston latitudinal.«

»Danke, Matthews«, sagte Mobler dankbar. Diese Voraussage wurde pflichtgemäß über das Telefon weitergegeben. Der Lieutenant legte eine Hand über die Sprechmuschel und sprach erwartungsvoll zur Technikerin. »Colorado Springs und Washington würden beide gern wissen, ob Sie es noch etwas weiter eingrenzen können. Sie würden auch eine vorläufige Aufschlagspunktvoraussage zu schätzen wissen.«

Vielleicht war es die Aufregung der Situation, aber wahrscheinlicher war, daß die fast beiläufige Erwähnung dieser beiden Namen die Fähigkeiten der Spezialistin anstachelte. Nach mehreren Minuten hektischer Arbeit am Computer wandte Matthews sich um und erklärte vorsichtig: »Ich würde sagen, irgendwo in einem Gebiet bis zu dreihundert Kilometer östlich von Dallas. Das ist ein allgemeiner Radius, Sir.«

Mobler berichtete dies am Telefon. »Ja, Sir. Danke,

Sir. Ja, wir benachrichtigen auch Point Mugu und geben weiter, was wir haben. Sie werden es dann nach White Sands und Houston weitergeben. Sehr gut, Sir. Ja, Sir. Auf Wiederhören.«

Während er den Hörer einhängte, ließ der Lieutenant einen beiläufigen Blick durch den Raum schweifen. Jeder wandte sich umgehend seiner Arbeit zu, die genauso wichtig war wie das, was gerade geschah. Er sagte nichts, dachte einfach nach. Dann lehnte er sich zurück und starrte nach oben, versuchte durch die dreifach verstärkte Decke der Bodenstation zu sehen.

Irgendwo da oben, über den Palmen und dem Sand, in dem keine Touristenhotels standen, weit über den dichten hawaiianischen Wolken, zog etwas vorbei, das fast sicher nicht von dieser Erde war.

Sobald Point Mugu das rasch fallende Objekt erfaßt hatte, brausten die Jäger bei White Sands im Alarmstart los, in der Hoffnung, das Objekt vor dem Aufschlag visuell abzufangen. Unglücklicherweise waren die ganzen Vereinigten Staaten von Wintergewitterstürmen überzogen. Die wenigen Flugzeuge in der Luft hatten genug mit dem Kampf gegen Winde, die das Leitwerk flattern ließen, und falschen Instrumentenanzeigen durch Blitze zu tun. Das Objekt wurde nie gesichtet.

Schlimmer noch, nachdem es in die Troposphäre eingetreten war, ging der Kontakt verloren. Wichtige Personen an voneinander weit entfernten Orten wüteten machtlos gegen das unkooperative Wetter und rauchten viele Substanzen in Kette, deren einzige Gemeinsamkeit darin bestand, daß sie alle in Papierröhren eingehüllt waren und dann abgebrannt wurden.

So war es denn ein müder Josiah Chester, Major der USAF, der im Büro von General MacGregor stand, der ihn Hals über Kopf herbeizitiert hatte.

Chesters Haut war von dem schneidenden, eisigen Texaswind draußen ganz taub, als er sich anschickte, seinen schweren Wintermantel auszuziehen. Der General erlaubte ihm jedoch gerade eben, zu Ende zu salutieren.

»Bleiben Sie nur da stehen, Joe«, befahl MacGregor ihm freundlich. »Es hat keinen Zweck, den Mantel auszuziehen; Sie haben keine Zeit, sich aufzuwärmen.«

Chester nahm seine Hände von den Knöpfen. »Ich kam, so schnell ich konnte, Sir. Das Wetter heute nacht ist teuflisch. Ist etwas los?«

»Etwas«, schnaubte MacGregor neckend, als er nach der Flasche griff, die außer Sicht gestanden hatte. Er füllte ein halbes Glas und leerte es in einem Zug. Dann bot er Chester das gleiche an. Der Major akzeptierte und tat es dem General nach – sich gegen das Wetter zu wappnen, versicherte er sich.

»Ich hätte den Job nehmen sollen, den National Avionics mir in Washington angeboten hatte«, sprach der General in den Raum hinein. Genauso leichthin warf er dem stehenden Offizier einen verdrossenen Blick zu und fragte: »Joe, glauben Sie an fliegende Untertassen, UFOs und das ganze Zeug?«

Joe hatte geglaubt, verhältnismäßig gut vorbereitet zu sein, dafür, daß er so unerwartet zu einem Treffen mit seinem Standortkommandanten um zwei Uhr nachts während eines Beinaheblizzards gerufen wurde. Daher war die Geschwindigkeit, mit der er seine Haltung verlor, beunruhigend.

Eine Reihe einander widersprechender Gedanken wirbelte ihm durch den Kopf. Die Russen hatten was vor ... nein, wenn das so wäre, wäre er zu seinem Flieger gerufen worden und nicht ins Büro des Generals. Es findet eine Invasion statt ... aber wenn das der Fall wäre, dann stünde er hier nicht allein.

Endlich kam er zu dem Schluß, daß etwas sehr

Wichtiges vorging, das nach dem Willen der höheren Chargen nicht mehr Leute als absolut notwendig erfahren sollten. Kurz bevor er antwortete, dachte er noch, daß er wahrscheinlich keine Gelegenheit erhalten würde, Charlene anzurufen, um ihr zu sagen, daß er nicht in der Lage sein würde, heute Mary-Ellens Ballettvorführung in der Schule anzusehen.

»Nein, Sir, ich glaube nicht daran, aber andererseits möchte ich die Existenz auch nicht abstreiten.«

»Ein Agnostiker, was die kleinen grünen Männchen angeht, was?« scherzte MacGregor. Bevor der Major die Gelegenheit hatte, darauf etwas zu erwidern, fügte er nervös hinzu: »Ach, um Gottes willen, stehen Sie bequem, Joe!« Joe entspannte sich, als der General die Flasche auf dem Tisch zu ihm hinschob.

»Noch einen? Eine Zigarre vielleicht? Havanna.«

»Nein danke, Sir.«

MacGregor seufzte und faltete seine Hände auf dem Tisch. »Warum glauben Sie nicht an UFOs?«

Chester dachte genauso ernsthaft über die Antwort nach, wie die Frage gestellt worden war. Es war eine Frage, über die jeder Pilot zu der einen oder anderen Zeit während seiner Karriere nachdenken mußte.

»Nicht genügend Hinweise, nicht genug Fakten, die ihre Existenz belegen würden«, stellte er schließlich fest.

»Diejenigen, die an fliegende Untertassen glauben, sagen, daß sie genug Fakten und Hinweise *haben*«, konterte MacGregor.

»Mich müssen sie noch überzeugen, Sir.«

Der General setzte sich zurück und war sichtlich zufrieden. »Gut. Das wollte ich hören.« Er rollte seinen Stuhl über den Teppichschutz aus Acryl und nahm eine Karte von Texas von der Wand. Während er sich erhob, suchte er etwas auf der Karte. Dann tippte er auf eine Stelle ungefähr in der Mitte.

»Kommen Sie herum, Joe.« Chester tat es und mühte

sich schwer, sich von der wachsenden Liste von Fragen nicht überwältigen zu lassen.

»Kennen Sie dieses Gebiet?« fragte der General und tippte erneut auf die Karte. Chester studierte das fragliche Gebiet.

»Ich habe den Staat auf der Interstate 20 durchquert, Sir.«

Der Finger verhielt. »Dies ist eine Stadt namens Cisco.«

Chester zuckte entschuldigend die Achseln. »Nie da gewesen, Sir.«

»Ich auch nicht«, gab MacGregor zu. »Die Stadt behauptet, den größten von Menschen gemachten Swimmingpool der Welt zu haben. Wir glauben, daß sie jetzt eine neue Attraktion hat.« Er legte seinen Finger in den Metallring am unteren Ende der Karte, zog und ließ die Plastikkarte sich ohne ein schnappendes Geräusch aufrollen.

Chester nahm dies als Zeichen, um an seinen früheren Platz vor dem Tisch des Generals zurückzukehren.

»Waren Sie schon im Zentrum für bemannte Raumfahrt?«

»Viele Male, Sir«, erklärte Chester. »Eine Bitte, Sir«, sagte er zögernd. »Darf ich meine Frau anrufen? Sie erwartet mich um fünf zu Hause.«

»Nur zu. Gibt keinen Grund, warum Sie das nicht sollten. Sie dürfen natürlich nichts über ihre Mission sagen – wohin Sie gehen und wie lange Sie da sein werden.« Auf Chesters besorgten Blick hin fügte der General hinzu: »Sie können ihr sagen, daß Sie dieses Mal das Land nicht verlassen werden.«

Chester sah glücklich aus. »Das wird sie freuen, Sir. Danke. Wohin werde ich geschickt?«

»Cisco und Umland. Zuerst aber werden Sie nach Houston gehen, um drei Leute vom Raumfahrtzentrum aufzunehmen.« Seinen Schreibtisch durchwühlend, fand er einen mit Notizen gefüllten Block. »Die Leute heißen Calumet und Tut.«

»Perham Tut?« fragte Chester nach. MacGregor sah ein wenig überrascht aus.

»Sie kennen ihn?«

»Nur vom Hörensagen, Sir, und aus einer Reihe von Artikeln. Es ist kein Name, den man leicht vergißt. Diesen Calumet kenne ich nicht.«

»Jean Calumet«, führte MacGregor aus und studierte seine Notizen. »Und eine Sarah Goldberg.«

»Den Namen kenne ich auch.« Manchmal wünschte Chester, der General würde sein Puzzle mit dem Rand beginnen statt mit den losen Teilen in der Mitte. »Sie und Tut sind mit allen Aspekten der Suche nach extraterrestrischem Leben befaßt. Sie arbeiteten beide an der Richtungsprogrammierung für Pioneer sechzehn und siebzehn. Ich schätze, Calumet arbeitet auf einem verwandten Gebiet, wenn nicht demselben.«

»Sie kriegen einen Fahrer«, fuhr der General fort. »Sie fünf werden von Houston nach Cisco gehen.« MacGregors Gesichtsausdruck wurde ernst. »Wir haben Hinweise darauf«, begann er langsam, »unbestätigt, aber reichlich beeindruckend, daß ein kleines Objekt, das von außerhalb des Sonnensystems gekommen sein könnte, den Eintritt in die Erdatmosphäre heute nacht überstanden hat und irgendwo in einem Gebiet von 120 Kilometern Durchmesser mit Cisco als Zentrum in einem Stück runtergekommen ist.« Er blickte auf.

»Sie verstehen«, fuhr er fort, während er mit beiden Händen einen Bleistift vor und zurück rollte, »den Grund für die totale Geheimhaltung und dafür, daß niemand von dieser Information in Kenntnis gesetzt werden darf.«

»Was ist mit lokalen Sichtungen?« fragte Chester.

»Dasselbe verfluchte Wetter, das dazu führte, daß wir dieses Ding über New Mexico verloren haben, hat uns offenbar auch geholfen. Wir haben jeglichen Funkverkehr in dem Gebiet überwacht, von den 50.00-Watt-

Radiostationen bis hin zu privaten CB-Anlagen. Niemand hat davon berichtet, etwas Ungewöhnliches gesehen oder gehört zu haben.

Das kann auch bedeuten, daß das verdammte Ding in der letzten Anflugphase doch verglüht ist. Tatsächlich sagen die Experten, daß das wahrscheinlich auch geschehen ist.« Er sah von dem Bleistift hoch, seine Augen waren kalt. »Selbstverständlich können wir das Risiko nicht eingehen.

In Anbetracht der vermutlich kleinen Größe des Objekts, des Wetters und der Tatsache, daß die Leute in dem Teil des Landes ziemlich weit auseinander wohnen, wäre es gut möglich, daß es intakt gelandet ist, ohne daß es irgend jemand bemerkt hat, selbst wenn es beim Aufprall einen schönen Knall gegeben hat.

Sie nehmen einen zivilen Transporter des Raumfahrtzentrums. Da passen fünf Personen und die minimale Ausrüstung, die den drei Wissenschaftlern erlaubt wurde, hinein.«

»Nicht viel Platz für Instrumente auf der Ladefläche eines Transporters«, stellte Chester fest.

Der General schmunzelte. »Nach allem, was ich gehört habe, wollten diese Goldberg und ihre Freunde sechs Viereinhalbtonner, vollgestopft mit technischen Spielereien aller Art, haben. Offensichtlich können wir die Aufmerksamkeit, die so ein Konvoi in dem Gebiet erregen würde, nicht brauchen.«

»Offensichtlich«, sagte Chester.

»Wir wollen versuchen, unser Interesse mit Offenheit zu verbergen«, erklärte MacGregor. »Nichts scheint so sehr die Aufmerksamkeit zu erregen wie Leute, die versuchen, keine Aufmerksamkeit auf sich zu ziehen. Daher werden Sie und der Fahrer Uniform tragen, und die drei Wissenschaftler werden natürlich tragen, was immer sie wollen.

Wenn das nicht nur ein schlechter Scherz von jemandem sein sollte und wenn das Objekt wirklich existiert und wenn es in erkennbaren Bruchstücken heruntergekommen sein sollte, dann rücken wir mit mehr Leuten an.«

»Heißt das, daß ich alles bekomme, was ich brauche, wenn ich es brauche?«

»Benutzen Sie Ihr Urteilsvermögen«, wies der General ihn an. »Behalten Sie im Kopf, daß wir das Ganze so unauffällig wie möglich halten wollen und daß Sie nicht nur die Air Force, sondern alle bewaffneten Streitkräfte repräsentieren. Spezialeinheiten in Fort Hood stehen für den Notfall in Bereitschaft. Auf Ihr Wort können sie innerhalb einer Stunde mit dem Helikopter im Gebiet um Cisco sein.

Denken Sie auch daran, daß ich, General Hartford in Fort Hood und ein paar andere hier und im Raumfahrtzentrum mit NORAD und Washington in ständigem Kontakt stehen.

Andererseits besteht eine verdammt große Chance, daß Sie mit nichts anderem als Hornviechern und jeder Menge Matsch zu tun bekommen. Wenn ich darüber nachdenke …« – der General lächelte dünn –, »bleibt Ihnen der Matsch aber wahrscheinlich erspart. Ich habe gehört, daß die Temperaturen da in letzter Zeit gut unter dem Gefrierpunkt liegen. Ziehen Sie besser Ihr wollenes Unterzeug an.«

»Kein Problem, Sir«, sagte Chester und lächelte zurück. »Ich trage es bereits.«

»Das ist gut, da Ihr Fahrer draußen schon auf Sie warten sollte.«

Chester blickte unwillkürlich zur geschlossenen Tür. Als er sich wieder umwandte, stand MacGregor bereits. Chester nahm Haltung an und salutierte. Der General salutierte zurück.

»Eines noch, Joe«, erklärte MacGregor. Chester hielt, die Hand bereits auf dem Türknauf, inne.

»Und das wäre, Sir?«

»Wahrscheinlich beunruhige ich Sie unnötig. Die

erste unserer Stationen, die das auffing, war Kauai. Midway hat nichts mitbekommen, aber wir können nicht sagen, ob das bedeutet, daß auch die Russen nichts gesehen haben. Wir haben von ihnen keine Anfragen erhalten, aber das muß nichts heißen. In Anbetracht des Potentials von dem, was wir hoffen, was es ist, nun … Ich will nicht sagen, daß sie irgendwas Verrücktes versuchen würden, aber …«

Chester antwortete nicht, sondern schlug sich nur bedeutungsvoll leicht auf den linken Unterarm. »Ich verstehe, Sir. Ich werde den Fahrer entsprechend instruieren.«

»Er hat seine Instruktionen bereits erhalten«, erklärte ein grimmiger MacGregor. »In Anbetracht der drei Wissenschaftler, die wohl miteinander plaudern werden, hätten wir ihn ohnehin nicht im dunklen lassen können. Es liegt bei Ihnen und dem Fahrer, auf die drei Leute von der NASA aufzupassen. Sie können nicht über den eigenen Tellerrand blicken.«

»Ja, Sir. Gute Nacht, Sir.«

»Gute Nacht, Major Chester. Sagen Sie dem Fahrer, er soll vorsichtig sein. Die Straßen sind in einem üblen Zustand.«

»Das werde ich, Sir.«

Chester wandte sich um und ging wortlos durch den Vorraum, einen Warteraum, einen Gang entlang und dann hinaus in die eisige Nacht.

»Pa?«

»Hm – was?«

»Pa!«

Jesse Shattuck blinzelte und wälzte sich im Bett herum. In dem durch die Wolken und das große Fenster gefilterten Mondlicht sah er das erwartungsvolle Gesicht seines sechzehnjährigen Sohnes David.

»Was ist los, Junge?« Dann hob er, um Ruhe bittend, die Hand, als sein Sohn antworten wollte.

Der Wind war nur noch ein schwaches Echo seiner vorherigen Macht – der Sturm war offensichtlich vorüber, sagte er sich –, und von der Rückseite des Hühnerstalls hörte er klar ein Bellen. Auf der anderen Seite des Bettes rührte sich ein Schatten und setzte sich auf. Er hatte ein kleines, leidenschaftliches, fein geschnittenes Adlergesicht mit Augen aus schwarzem Opal. Das Haar einer um dreißig Jahre jüngeren Frau fiel in Locken und Wellen zu den Seiten herunter.

Shattuck saß bewegungslos und lauschte dem hysterischen Bellen. Das Schlafzimmer war warm und dunkel. Von dem alten Heizkörper war ein sanftes hämmerndes Geräusch zu hören. Er hatte definitiv keine Lust, nach draußen zu gehen.

»Weshalb bellen diese blöden Köter jetzt nur wieder, J. W.?« fragte seine Frau in der Dunkelheit.

»Ich weiß nicht, Mutter«, gab der Rancher zu, während er seine langen Beine unter dem Quilt hervorschob. Er beugte sich vor und suchte nach seinen Socken. »Könnten Cojoten sein oder Wölfe. Zudem ist es kalt genug, daß sie kaum Beute machen dürften, so daß sie riskieren, es wieder mal mit dem Hühnerstall zu versuchen. Hätte allerdings gedacht, daß wir sie letzten Winter kuriert hätten.« Er zog die zweite Socke hoch und fand seine Stiefel neben dem Nachttisch.

David erhob sich mit aufgeregtem Gesicht. »Soll ich mein Gewehr holen, Pa?«

Shattuck nickte. »Und meinen Zwölfkaliber.«

»Und meinen«, sagte die Frau, während sie auf der anderen Seite aus dem Bett krabbelte.

»Denkst du nicht, daß du hierbleiben solltest, Mutter?«

Ein sarkastisches, vergnügtes Lächeln überzog ihr Gesicht und ließ es aufleuchten. »Geh ...«, und sie fügte einen farbigen, krassen Ausdruck hinzu. Shattuck sagte nichts und lächelte nur.

Nachdem David zu seinem hochgewachsenen Vater

und seiner Mutter zurückkam und sie erwartungsvoll ansah, waren sie bereits angezogen und streiften die Wintermäntel über. Der Sohn teilte die Waffen aus. Ehemann und Ehefrau überprüften methodisch ihre Gewehre. Vier Patronen glitten in vier Kammern.

Gegen die Kälte angemessen bekleidet und gegen was auch immer ihren Besitz bedrohte bewaffnet, machte die Familie sich auf den Weg zur Rückseite des Hühnerstalls.

Die Eiseskälte schlug Shattuck entgegen, als er die Hintertür öffnete. Trockene kalte Luft streifte seine stoppeligen Wangen wie Stahlwolle, und sein Atem formte Geisterwesen in der Nacht.

Nach Süden hin konnte man unter den schwarzen Wolken des abziehenden Sturms nichts erkennen. Der Rest des Nachthimmels war klar. Er betrachtete den fast vollen Mond und seinen düsteren Hof, vielleicht ein Zeichen dafür, daß mehr Feuchtigkeit folgen würde.

»Es wird kein Wolf sein, Pa, nicht wahr?« dachte David laut. »Ist es für sie nicht zu hell, um so nah heranzukommen?«

»Könnte ein kranker sein, David«, antwortete sein Vater knapp. »Seltsam, die Hunde haben aufgehört zu bellen. Still jetzt.«

Nur ein leichter Windhauch bewegte die kalte Luft. Vom Hühnerhof war nur ein leises Gackern zu hören, nervös und unsicher. Das war bei der Art, wie sich Cotton und Gin benommen hatten, zu erwarten gewesen. Aber das Gackern war nicht panikerfüllt, wie es gewesen wäre, wenn der Geruch von Wolf in der Luft gelegen hätte. Die Perlhühner wenigstens hätten das bemerkt, und die waren ruhig.

»Das muß von irgendwo hinter der Zisterne herkommen, J. W.«, sagte seine Frau. Der Rancher nickte bedächtig, und sie gingen am Hühnerstall vorbei.

Dahinter liefen die Hunde hin und her, sahen verwirrt und aufgeregt aus, rissen aber nicht an ihren Ketten. Cotton, der große Irish Setter, jaulte, als die Familie auf ihn zukam. Der große Weimaraner, Gin, drehte sich abrupt herum, bellte in die Dunkelheit und kam dann jaulend auf David zu.

»So haben sich die Hunde noch nie verhalten«, sinnierte Shattuck. »Irgend etwas dort draußen hat sie in Aufregung versetzt, sie scheinen aber nicht wild darauf, es zu jagen.«

Er sah zu der entfernten Zisterne hinüber, den tiefen künstlichen Teich, der die Wasservorräte der Ranch enthielt. Über ihren Köpfen war der Himmel fast weiß von Sternen. Der Mond streckte bleiche Finger über das stille Wasser. Ein wenig Schnee hatte den Boden überzuckert, ein letzter Gruß des abgezogenen Sturms.

»Siehst du was, Mutter?«

Seine Frau schüttelte bedächtig den Kopf, ein Finger ruhte leicht auf dem Abzug ihrer .30-30. »Nein, nichts, J. W. Wenn da etwas draußen ist, müssen wir die Hunde es suchen lassen.«

»Ja.« Er beugte sich über Cotton, seine Hände machten sich an dem Halsband des Setters zu schaffen. David machte das gleiche bei Gin.

»So, Mädchen«, wisperte er dem rostbraunen Hund ins Ohr, »geh, hol es dir. Laß ihn los, David.«

Beide Hunde wurden gleichzeitig freigelassen. Sie rannten auf die Zisterne zu. Zwanzig Meter vor dem Rand des Teiches wurden sie unerwartet langsamer, drehten sich um und trotteten zum Hühnerstall zurück. Etwas schien sie zurückzuziehen. Sie wirbelten herum und rannten wieder zur Zisterne. Und wieder kamen sie zum Stehen, änderten die Richtung und liefen wieder auf die erstaunte Familie zu.

»Ich schwöre, Mutter«, murmelte Shattuck, »das ist das seltsamste Verhalten, das ich je sah.« Er gestikulierte mit dem Ende seines Gewehrs. »Dennoch ist da draußen mit Sicherheit etwas. Es mag die Hunde erschrecken, aber es erschreckt mit Sicherheit nicht mich. Es ist auf unserem Besitz; ich finde besser heraus, was es ist.«

Nichts erhob sich, um sich ihnen entgegenzustellen, als sie den Rand der Zisterne erreichten, und auch nicht, als sie darum herumgingen. Die Zisterne lag neben einer kleinen Anhöhe, die einst Klapperschlangen beherbergt hatte. Sie gingen die Anhöhe hinauf. Abwechselnd bellend und jaulend, als ob sie sich nicht entscheiden könnten, ob sie wütend oder ängstlich sein sollten, trotteten die Hunde neben ihnen her. Sie zeigten nicht die geringste Neigung, vorzustürmen, was ihr normales Verhalten gewesen wäre.

Als sie auf den höchsten Punkt zugingen, leuchtete ihnen eine Helligkeit entgegen, die nichts mit dem Mondlicht zu tun hatte.

»Etwas brennt da vorne, J. W.«, sagte Beth Shattuck mit rauher Stimme. Der Rancher dachte nach und schüttelte dann entschieden den Kopf.

»Wir würden den Rauch in dieser Luft mit Sicherheit riechen, Mutter. Es könnte vielleicht ein Flugzeugabsturz sein, aber den hätten wir wahrscheinlich gehört. Ein Auto oder ein Motorrad wäre auch eine Möglichkeit, aber ich kenne keinen Jugendlichen in der Stadt, der dumm genug wäre, in einer Nacht wie dieser Geländefahren zu üben.«

»Vielleicht ist etwas aus einem Flugzeug gefallen, Pa«, schlug sein Sohn vor. »Man liest ständig, daß ein Teil der Fracht oder ein Stück Triebwerk sich lösen.«

Sein Vater nickte und lächelte nicht, aber in seinen Worten lag stillschweigende Zustimmung. »Könnte sein.«

Sie erreichten die Spitze des kleinen Hügels und sahen die andere Seite hinunter auf eine weite Ebene. Die toten Halme wilden Getreides rotteten sich an den Stämmen der Mesquitbäume zusammen, als ob sie

Wärme suchten. Die Äste der Bäume waren knorrig und faltig wie die Arme alter Männer.

Aber das Ding, das hier abgestürzt war, brannte nicht. Es hatte eine Schieferplatte getroffen, und darum herum gab es keine Brandflecken.

Shattuck, seine Frau und sein Sohn starrten darauf. »Was auch immer es ist, es sieht nicht gefährlich aus«, entschied er schließlich und sicherte sein Gewehr. Dann ging er langsam die Anhöhe hinunter.

»Es leuchtet«, stellte David fest.

Das Ding, das zwischen den trockenen Steinen und dem Geröll lag, hatte ungefähr die Größe von Mrs. Shattucks Waschmaschine. Es war im wesentlichen kugelförmig, hatte aber viele glatte, flache Oberflächen. In viele dieser Flächen schienen winzige Quadrate und andere geometrische Formen eingesetzt zu sein, die wie eingesetzte Lichter glühten.

Mehrere lange, gewundene Dinger, Antennen nicht unähnlich, erhoben sich aus den oberen Flächen, und zwei ragten aus einer Seite heraus. Sie waren die einzigen Besonderheiten an dem sonst gleichförmigen Gebilde.

Eine nähere Untersuchung enthüllte, daß die winzigen vielfarbenen Lichter fugenlos in die verschiedenen flachen Oberflächen eingesetzt waren. Karminrot und Purpur dominierten, obwohl auch jede andere Farbe des Regenbogens zu finden war. Einige glühten gleichmäßig, während andere von hell nach dunkel und wieder nach hell pulsierten, in anscheinend zufälligen Intervallen.

Das Objekt aufmerksam betrachtend, umrundete Shattuck es einmal und starrte bewundernd auf das Schauspiel der Lichter, die auf die eingelegten vielfarbenen Muster beschränkt waren. Der Rest des Objekts leuchtete in einem glänzenden Gelb im Farbton alter Butter.

»Was meinst du, woraus es besteht?« fragte er seine Frau.

»Es sieht wie Metall aus, J. W., hat aber keine spiegelnden Oberflächen.«

Das stimmte. Das Material selbst, und nicht etwas von innen, schien das Licht auszustrahlen. Die glatten Seiten zeigten einen Glanz wie Metall, aber das Objekt war wenigstens teilweise durchscheinend, ganz anders als jedes Metall, das sie je gesehen hatten. Dort, wo die zwei größten Fortsätze in der Oberfläche verschwanden, konnte man erkennen, wie sie im Inneren weiterführten.

Es war das intensiv leuchtende Mosaik der farbigen Formen – Rhomben, Dreiecke, Kreise und so weiter –, das sie daran hinderte, tiefer in das Ding zu blicken. Vorsichtig stellte sich Mrs. Shattuck direkt neben das Gerät. Als sie keine Hitze fühlte, streckte sie die Hand aus und berührte es.

»Es ist nicht heiß«, verkündete sie. »Sieht wie Metall aus, fühlt sich aber eher an wie Plastik.« Ihr Blick richtete sich für einen Augenblick zum Himmel. »Ich glaube nicht, daß es aus einem Flugzeug gefallen ist, David.« Sie strich mit ihrer Handfläche darüber. »Es ist sogar kalt.«

Überraschend gab das Objekt einen Laut von sich. Alle drei machten ein paar schnelle Schritte rückwärts. Drei Mündungen hoben sich gleichzeitig.

Da aber nichts weiter passierte, entspannten sie sich wieder. Abgesehen von den Geräuschen blieb das Objekt bewegungslos liegen und glühte so wunderschön wie zuvor. Nur daß es jetzt sanft sagte: *hmm-hmm-hmm, bss-hmm-bss … tick! Hmm-hmm-hmm, bss-hmm-bss … tick! …*

Wieder und immer wieder.

»Es scheint immer noch zu funktionieren«, sinnierte David. »Aber was ist es und was macht es?«

Sein Vater zuckte die Achseln. »Keine Ahnung.« Er bewegte sich wieder auf das Gerät zu und begann eine Nase-an-Oberfläche-Inspektion.

»Wonach schaust du, Pa?«

»Etwas, das es identifiziert. Wer auch immer es verloren hat, er wird es zurückwollen.«

»Ich weiß!« sagte der Junge, der plötzlich vor Wichtigkeit zu glühen schien. »Es ist ein Satellit! Vielleicht ein Raumfahrzeug von den Russen, das an der falschen Stelle gelandet ist.«

»Kein Sternenbanner«, sagte sein Vater. »Und auch nichts mit Hammer und Sichel, es sei denn, an der Unterseite.«

»Ich weiß nicht«, murmelte seine Frau, ihre Augen ruhten unablässig auf J. W. »Es sieht nicht wie ein Satellit aus, wenigstens nicht wie eine Art, über die ich je gelesen hätte, David – unsere oder einer von den Russen. Und selbst Raumfahrzeuge, die dafür konstruiert sind, in einem Stück wieder runterzukommen, haben normalerweise Brandspuren oder andere Zeichen des Wiedereintritts an sich.

Seht mal, da ist keine Schramme irgendwo auf dem Gerät oder auf dem Boden. Es ist weich gelandet.« Sie deutete zur Unterseite des Objektes. Das Geröll sah fast unangetastet aus, und das niedergedrückte Gras erhob bereits wieder die Halme durch den Schnee. »Sogar der Schnee ist nicht geschmolzen. Ich denke, daß es noch nicht einmal abgeprallt ist.«

»Nichts«, sagte Shattuck. Beide drehten sich um und sahen, wie er sich erhob und seine Hose abklopfte. »Ich kann nichts finden, was irgendwas aussagt, erst recht nicht, wo es herkommt. Wer auch immer es gebaut hat, war ziemlich schweigsam.« Er schien zu einer Entscheidung zu kommen und sah seinen Sohn an.

»Ja, Pa?«

»Lauf zum Haus zurück und hol den Lieferwagen, Junge. Schau dir die Winde an, ob sie nicht eingefroren ist.«

»Okay.« David machte zwei lange Schritte aufs Haus

zu, hielt inne und wandte sich um. »Was machen wir damit?«

»Nun«, sagte sein Vater taxierend, während er das faszinierende unidentifizierbare Ding studierte, »ich bin mir nicht sicher.« Fast schmerzhaft grelle Farben blinkten ihn an. »Ich weiß nicht, ob es zu irgendwas gut ist, aber mit Sicherheit ist es hübsch.«

»Das ist es sicher, J. W.«, kommentierte seine Frau und blickte darauf. Sie legte einen Arm um seine Hüfte. Sein Arm legte sich auf ihre Schulter. Während David schnaufend den Weg zum Haus und der Garage der Ranch zurücklegte, blickten seine Eltern auf das in der Nacht glühende Ding.

Schließlich blickte sie zu ihrem Ehemann hoch und lächelte. »Weißt du, J. W., ich glaube, ich habe da eine Idee …«

»Tatsächlich, Miss Goldberg«, sagte Joe Chester, während der Transporter, ein neues Modell, den sonnigen Feldweg entlangholperte, »bin ich überzeugt, daß es, wenn es denn intakt herunterkam, es an einem Ort und auf eine Weise geschah, daß wir es nie finden werden. Wir suchen es jetzt schon einen Monat lang und haben nicht den geringsten Hinweis auf seinen Verbleib. Ich persönlich bin ja der Ansicht, daß es in der letzten Minute des Wiedereintritts verglüht ist.«

»Wissenschaft«, sagte ihm die ältere Frau, ganz weich vor Hingabe, »verlangt Geduld, sogar mehr als Köpfchen, Major. Es tut mir leid, daß wir Ihnen Ungelegenheiten bereiten. Nehmen Sie sich die Freiheit, jederzeit nach Hause zurückzukehren.«

»Oh, es ist schon in Ordnung«, erwiderte Chester, während ein höfliches, aber falsches Lächeln sein Gesicht verzog, um seine Verärgerung zu verbergen. »Es macht keine Mühe.«

Er wandte sich wieder nach vorn und blickte aus

dem Fenster auf die schneebedeckten Getreidefelder, zwischen denen sie durchfuhren. Er konnte genausowenig gehen wie sie, obwohl er dafür andere Gründe hatte, wenn auch nicht weniger zwingende. Seine Befehle verlangten, daß er die kleine Expedition begleitete und bewachte, solange es die drei Wissenschaftler der Mühe wert befanden weiterzumachen.

Er fragte sich, was Charlene heute wohl tun würde.

Ein beiläufiger Blick auf die Uhr zeigte ihm neben der Zeit auch das Datum. Wenn die drei Musketiere auf der Rückbank noch viele weitere Wochen weitermachten, würde er die Ferien nicht mit seiner Familie verbringen können. Irgendwie mußte er sie davon überzeugen, daß es sinnlos wäre, weiterzusuchen.

Bevor das hier begonnen hatte, war er mehr als halb überzeugt gewesen, daß das mutmaßliche UFO nicht real war. Und wenn das nicht zutraf, dann war es sicherlich verglüht, explodiert oder auf andere Weise so zerstört, daß es unauffindbar über einen großen Teil von Westtexas verstreut wäre. Selbst wenn es existiert *hatte* und in einem Stück runtergekommen *war*, war dieser Staat von unzähligen Bächen durchzogen, die von Pappeln, immergrünen Eichen und anderer dichter Vegetation überwuchert waren. Oder es konnte in einen tiefen, trüben See gefallen sein.

Er war der festen Überzeugung, daß auch tausend Leute dasselbe Gebiet durchsuchen könnten und nicht mehr Glück als sie fünf hätten. Ein Monat war mehr als genug.

Diese ganze Angelegenheit machte ihn krank – er hatte genug von Kleinstadtmotels, genug davon, einsam im Bett zu liegen, und genug von der subtilen, aber spürbar herablassenden Art der Wissenschaftler ihm gegenüber. Er hatte selbst von dem Essen auf dem Lande genug, ein sicheres Zeichen, daß es Zeit war aufzugeben und nach Hause zurückzukehren.

Sie hatten immer noch ein wenig Zeit bis zu den Ferien. Er richtete sich darauf ein, diese Jagd noch ein wenig weiter zu verfolgen.

Der Tag schleppte sich dahin, während sie sich der mittlerweile monotonen Prozedur der Befragung von Farmern widmeten. Wenn irgend jemand etwas Ungewöhnliches beobachtet hätte, dann hätte er verstanden, warum die Wissenschaftler darauf bestanden, weiterzumachen.

Aber keiner der erstaunten Männer und Frauen, mit denen sie sprachen, hatte etwas Außergewöhnliches gesehen. Das war kaum überraschend, wenn man an den schrecklichen Sturm dachte, der in jener Nacht gewütet hatte. Jeder war so vernünftig gewesen, im Bett zu liegen oder sich vor einem wärmenden Kaminfeuer ausgestreckt zu haben.

Einige von den Blicken, mit denen sie bedacht wurden, besagten eindeutig, daß manch einer glaubte, es könnte sich bei der eigenartigen Gruppe aus fünf Leuten, die zu viele Nächte draußen, den Elementen ausgesetzt, verbracht hatte, um Typen handeln, bei denen im Oberstübchen nicht mehr alles in Ordnung war.

»Es wird dunkel«, bemerkte Sarah Goldberg. »Wir kehren besser nach Albany zurück.« Sie war als erste im Transporter und sah die neugierigen Blicke des Viehzüchters, den sie gerade befragt hatten, nicht.

»Wir haben praktisch alle Farmen und Häuser in diesem Gebiet abgeklappert«, sagte sie, als der Wagen wieder fuhr. »Morgen verlegen wir unsere Basis nach Breckenridge und folgen von dort aus einer Spirale nach außen.«

Als die Temperatur draußen fiel, drehte Chester die Heizung des Transporters an. Um sein Unbehagen zu vergrößern, hatte der Wagen letztlich begonnen, einen unangenehmen Geruch zu verströmen. Dazu gesellte sich ein beständiges Knirschen, als ob ein Lager oder so etwas sich gelöst hätte und nun innen klapperte.

Chester konnte den Fehler nicht finden. Das Auto

war den letzten Monat über Tag und Nacht in Benutzung gewesen. Es ließ nur die Frustration und Verärgerung hören, die Chester fühlte.

In der rasch hereinbrechenden Dunkelheit hatte der Fahrer, der ihnen nur als Pat bekannt war, das Fernlicht eingeschaltet. Die Extrabeleuchtung war auf den schmalen Farmstraßen äußerst willkommen. Pat mußte nur selten abblenden, da ihnen nur gelegentlich andere Fahrzeuge entgegenkamen.

Dieser Landesteil war besonders dünn besiedelt. Pat fuhr langsamer, da er fürchtete, die Abzweigung nach Albany zu verfehlen, und Goldberg fing plötzlich wie ein hysterischer Teenager an zu schreien: »Halten Sie an! Halten Sie an!«

Der sonst eher phlegmatische, gelassene Pat stieß seinen Fuß auf die Bremse, daß sie alle nach vorne geworfen wurden. Chester strich sich das Haar aus den Augen und wandte den Kopf, um ärgerlich in Richtung Rücksitz zu blicken.

»Was ist nun los, Miss Goldberg?« fragte er und kämpfte darum, höflich zu bleiben. Die Augen der alten Frau ignorierten ihn, und sie starrte aus dem Fenster zu ihrer Linken.

»Sehen Sie – sehen Sie sich das an«, murmelte sie.

Etwas in ihrem Ton ließ Chester schnell in die angegebene Richtung blicken.

Sofort schlug die Enttäuschung zu. Neben der Straße war nur eine weitere der vielen isolierten Ranches, an denen sie im letzten Monat vorbeigekommen waren und angehalten hatten, zu sehen. Diese war nur ein bißchen moderner und größer als der Durchschnitt, aber ansonsten gänzlich unspektakulär.

Passend zur Jahreszeit waren der Dachfirst und die Fenster mit Weihnachtslichtern geschmückt. Zwei einen Meter hohe Plastikzuckerstangen flankierten den Eingang zum Hof vor dem Haupthaus.

Chester fühlte bei dem Anblick einen plötzlichen

Anflug von Heimweh, wie bei jeder derartigen Dekoration, an der sie vorbeigekommen waren. Er würde nie rechtzeitig nach Hause kommen, um die eigenen Lichter anzubringen. Charlene und Mary-Ellen würden tieftraurig sein, und die Sachen würden für ein weiteres Jahr unbenutzt auf dem Dachboden liegen.

»Nicht das Haus. Nicht das Haus«, stammelte Goldberg, als sie die Richtung seines Blickes bemerkte. »Links davon, dahinter.«

Neben dem Haus und weiter entfernt von der Straße war eine große Scheune. Die vordere Kante des Scheunendaches war ebenfalls mit Lichtern geschmückt. Dort war der Grund für die plötzliche Hysterie der Wissenschaftlerin zu suchen.

Wie bei solchen Gebäuden üblich, befand sich über dem Scheuneneingang eine große viereckige Öffnung, die zum Heuboden führte. Die Öffnung wurde von einem Objekt unbestimmbarer Größe und Abmessung ausgefüllt.

Es beleuchtete die gesamte Front der Scheune mit einem strahlenden, gelben Glühen, so sanft und intensiv wie ein Sonnenuntergang in Arizona. In dem Gelb waren zahlreiche farbige Punkte, die in komplizierten und seltsamen Mustern angeordnet waren, so daß sie ein leuchtendes Mosaik bildeten. Während sie zusahen, änderten die Lichter ihre Position.

»Es ist so hell, die kleinen Lichter sind so strahlend und voller Farbe«, konstatierte Tut ruhig. »Vielleicht LEDs?«

»Nein«, widersprach Goldberg fest. »Dafür ist die Farbe zu intensiv. Fahren Sie hier rein, Pat; da ist kein Zaun.«

Bis jetzt hatte der stoische Sergeant mit Gleichmut alle Wünsche seiner Passagiere erfüllt. Dieses Mal blickte er seinen eigentlichen Vorgesetzten an und wartete auf Bestätigung.

»Auf alle Fälle, Pat, sehen wir uns an, was das ist«,

erklärte Chester, der nicht in der Lage war, seinen faszinierten Blick von dem rätselhaften Objekt zu lösen. Das Glühen war so hell, daß es das Schild, das mit Draht genau darunter befestigt war, überstrahlte. Das Schild war aus Silberfolie ausgeschnitten und bestand aus vier großen Buchstaben – N-O-E-L, konnte Chester lesen.

Schlaglöcher schüttelten die Insassen des Transporters durch, als er nach links fuhr, auf die Scheune zu. Als sie neben dem Haus anhielten und der Sergeant den Motor abstellte, war das Bellen von zwei oder mehr großen Hunden zu hören. Es kam jedoch keiner auf sie zu.

»Ich schätze, daß sie angekettet oder im Haus sind«, kommentierte Tut nervös. Chester war über das leichte Beben in Tuts Stimme nicht überrascht. Bei den zahlreichen Befragungen hatte sich gezeigt, daß der Ingenieur vor Hunden echte Angst hatte.

Goldberg stieg aus dem Auto aus und ging direkt auf die Scheune zu. Der jüngste der drei Wissenschaftler streckte die Hand aus, um sie zurückzuhalten, bevor Chester es verbal tun konnte:

»Warten Sie besser einen Moment, Sarah.«

Sie wirbelte herum und starrte ihn wütend an. »Warum warten?«

Jean Calumet ließ seine Hand auf ihre Schulter liegen, während er das Objekt abschätzend betrachtete. »Ich bin genauso neugierig wie du, Sarah, aber bedenke, wo wir sind.«

»So, wo sind wir denn?« fauchte sie, über die Verzögerung verärgert.

»Auf dem Besitz eines anderen«, gab der kleine Cajun zu bedenken. »Das ist hier nicht Los Angeles und noch nicht einmal Houston. Die Leute hier draußen haben archaische Ansichten über Dinge wie Besitzrechte. Wir warten besser, bis wir die Gelegenheit haben, unsere Absichten zu erklären.«

Während Goldberg und Tut über die Wartezeit stöhnten, standen sie unruhig herum, bis im Haus mehrere Lichter angingen.

Zwei haarige Gestalten stürmten aus der Vordertür und bellten wild. Die Besuchergruppe blieb stehen, sogar Perham Tut, der sich am liebsten in die Sicherheit des Wagens zurückgezogen hätte, hätte er nicht den entrüsteten Blick von Sarah Goldberg gesehen.

Die Hunde schnüffelten an ihnen und trotteten dann gelassen zurück zum Haus, befriedigt, wie Hunde sind, die sichergestellt haben, daß die Neuankömmlinge für ihre Herren keine unmittelbare Gefahr darstellen.

Ein großer, glattrasierter Mann Mitte oder Ende der Vierzig kam auf sie zu, um sie zu begrüßen. Er hatte abgetragene Blue Jeans an, ein altes Flanellhemd und Stiefel. Alles hatte er offensichtlich in aller Eile angezogen. Er war sogar noch größer als Tut, obgleich nicht annähernd so stabil. Der dünne Jugendliche, der ihm auf dem Fuße folgte, war noch ein paar Zentimeter größer.

»`n Abend«, sagte er freundlich. »Ich glaube nicht, daß ich Sie kenne.«

Chester trat vor und stellte sich und seine Begleiter mit Namen vor. Der Mann schüttelte den Männern die Hand und nickte Goldberg zu.

»Ich bin Jesse Shattuck. Das ist mein Sohn David«, sagte er. »Können wir Ihnen irgendwie helfen? Wir bekommen zu dieser Nachtstunde nicht viele Besucher, weder Fremde noch andere.«

Eine feste Stimme erklang von der Tür herüber. »Wollen Sie alle wie eine Brut paralysierter Wachteln draußen in der Kälte stehen bleiben? Kommen Sie rein. Ich habe für Sie ein wenig Pie und Kaffee.«

»Eine Minute noch, Mutter!« rief der Mann ihr zu. Der Mann sah Chester fragend an.

»Wir sind aus Houston«, erklärte ihm der Major, da

er das Gefühl hatte, daß der Mann eine Lüge schneller von der Wahrheit unterscheiden konnte, als er sich neue Irreführungen auszudenken vermochte. »Ich bin in der Air Force, die zum Zentrum für bemannte Raumfahrt der National Aeronautics und Space Administration in Houston gehört.« Er deutete hinter sich. »Meine Freunde sind alle Wissenschaftler. Wir durchforsten diesen Landstrich schon seit über einem Monat.«

»Wir haben danach gesucht«, unterbrach Goldberg und zeigte auf die Scheune. Sie sprach doppelt so schnell wie Chester. »Danke, daß Sie es für uns gefunden haben. Wir werden dafür sorgen, daß Sie eine angemessene Belohnung erhalten werden.«

Damit war die Sache – soweit es die Wissenschaftler betraf – erledigt, und sie gingen auf die Scheune zu. Chester wollte etwas sagen, aber Shattuck winkte ab und bedeutete ihnen, daß sie ebenfalls zur Scheune gehen sollten.

Zusammen standen sie auf der freien Fläche vor der Scheune und starrten gebannt in den fremdartigen Glanz des Artefakts.

»Ist es da sicher angebracht?« wisperte Tut schließlich und brach damit den Bann, mit dem das schöne Objekt sie gefesselt hatte. »Es ist so nah an der Kante … es könnte herunterfallen.«

»Nee«, versicherte Shattuck ihm. »Eine Reihe von Streben und ein Seil unter der Unterseite im Heu halten die Basis fest. Ich schätze, daß es aber auch keinem weh tun würde, wenn es herausfiele.« Vom bloßen Anblick des Objekts abgelenkt, hörten die drei Wissenschaftler die Einschätzung des Ranchers nicht.

»Was zählst du da, Jean?« fragte Goldberg ihren jungen Kollegen, als sie sah, daß sich sein Mund bewegte, während er auf das Objekt starrte.

»Die Facetten. Ich kann sie nicht Seiten nennen. Das Ding ähnelt meiner Ansicht nach zu sehr einem geschliffenen Edelstein.« Er blinzelte in das sanfte Glühen. »Wenn der Rest des Artefakts so ist wie der sichtbare Teil, dann hat es insgesamt vierundzwanzig Seiten, die Fortsätze, wie die Antennen, nicht mitgezählt.

Das läßt vermuten, daß sie ein System haben könnten, das auf zwei basiert oder drei, vier, sechs, acht, zwölf oder vierundzwanzig, und das nur, wenn ihre Mathematik nach den gleichen Prinzipien funktioniert wie unsere. Zehn Seiten hätten das Ganze erheblich einfacher gemacht.«

»Nicht notwendigerweise«, widersprach Perham Tut mit geschürzten Lippen. »Die vierundzwanzig Seiten könnten bloßen dekorativen Zwecken dienen und überhaupt keine mathematische Bedeutung haben.«

»Das ist wahr«, gab Calumet zu.

»Wir werden es herausfinden, sobald wir damit ins Labor kommen und es auseinandernehmen«, erklärte Goldberg mit ihrer halb sanften, halb schrillen Stimme. »Wie kriegen wir es da runter?« Sie wandte sich dem stillen Shattuck zu. »Wie haben Sie es überhaupt da raufbekommen?«

»Wir haben es in ein Drahtnetz getan und den Heuaufzug benutzt«, sagte der Rancher.

»Wir könnten es«, schlug Tut vor und rieb sich das Kinn, »hinten in den Wagen legen. Das würde Zeit sparen.«

»Nein, nein«, widersprach Goldberg, als ob sie ein Kind korrigieren würde. »Sehen Sie, wie hell es ist. Wollen Sie den ganzen Weg nach Houston zurückfahren, während es wie eine Lampe aus den Autofenstern leuchtet? Wenn das ein Reporter herausfindet, können wir das nie in Ruhe studieren. Nein, wir brauchen einen Lieferwagen oder einen kleinen Lastwagen.« Sie sah Chester fragend an. »Können Sie das für uns besorgen, Major?«

Chester stellte fest, daß er nickte. »Aber jetzt«, fuhr sie brüsk fort, »können wir es wenigstens runterholen, damit wir es uns näher ansehen können. Mr. Shamuck ...«

»Shattuck«, berichtigte der Rancher sie.

»Ja, Mr. Shattuck ... wenn Sie so nett wären, es auf die gleiche Weise herunterzuholen – und genauso vorsichtig –, wie Sie es hochgeschafft haben, wäre es für unsere vorläufige Untersuchung eine Hilfe.«

»Warum sollte er?« wollte eine neue Stimme wissen. »Gehört es Ihnen?«

Jeder drehte sich um und sah, wie Mrs. Shattuck auf sie zukam. Sie trug exakt die gleiche Kleidung wie ihr Ehemann.

»Ich schätze, wenn Sie alle hier draußen in der Kälte stehen bleiben und einfrieren, sollte besser jemand dasein, um Sie aufzutauen.« Überraschend jugendliche Augen hefteten sich auf die ältere Frau. »Ich habe Sie etwas gefragt, Schätzchen.«

»Äh ... nein, nicht richtig«, antwortete Goldberg und war von der Direktheit der Frage einen Moment lang verwirrt.

»Was meinen Sie mit ›nicht richtig‹?«

»Nun, wir haben es nicht gebaut oder ... Sehen Sie«, sagte Goldberg steif und versuchte trotz ihrer wachsenden Ungeduld wegen dieser ärgerlichen andauernden Verzögerungen höflich zu bleiben, »ich glaube nicht, daß Sie wissen, was Sie da oben auf Ihrem Heuboden haben.«

»Es sollte *jedem* klar sein«, fügte Tut zustimmend hinzu, »daß, was auch immer es ist, es sicherlich keine Weihnachtsdekoration ist.«

»Nein?« fragte Mrs. Shattuck, und ihr Blick fuhr zu dem sanft summenden Objekt hoch. »Wie wollen Sie das wissen? Finden Sie nicht, daß es hübsch dort oben aussieht, egal was das auch immer wirklich ist?«

»Hmm, es ist tatsächlich hübsch«, gab Tut erstaunt

zu. Er hatte über die ästhetischen Qualitäten des Artefaktes noch nicht nachgedacht.

»Sie *geben zu*, daß es Ihnen nicht gehört«, sagte sie energisch und mit blitzenden Augen.

»Wir sagten, daß wir es nicht *gebaut* haben«, argumentierte Tut, »aber im Namen der Regierung der Vereinigten Staaten und als ihre Repräsentanten bei der Suche nach extraterrestrischem Leben ... äh ... beanspruchen wir es hiermit.«

Ihr Mund war zu einer geringschätzigen Grimasse verzogen. Ihre Aufmerksamkeit richtete sich schließlich auf Chester, der eigentlich die Verantwortung trug.

»Was ist damit, Mister? Ist das Ding ganz legal das Eigentum der Regierung?«

Chester öffnete den Mund, um zu antworten: »Ich glaube nicht, daß es da eine ...«, und er hörte nachdenklich wieder auf.

»Was soll das, Major?« wollte Goldberg wissen. »Es gehört doch uns ... und der Regierung, nicht wahr?«

Nach einer langen Pause antwortete Chester: »Offen gesagt, weiß ich es nicht. Ich bin Soldat, kein Rechtsanwalt.«

»Das dachte ich mir«, sagte Mrs. Shattuck offensichtlich zufrieden. Sie sah zu ihrem Mann hoch. »Nun, J. W.?«

Der Rancher drehte sich um und blickte wortlos auf Chester.

»Sie wissen wirklich nicht, was es ist, oder?« schnaubte Goldberg.

»Ach, nach dem, was Sie sagen, wer Sie sind, und was ich darüber sagen kann ...« – sie deutete mit einem Daumen auf das blinkende Artefakt –, »schätze ich, daß es eine Art künstliches unbemanntes Raumfahrzeug von außerhalb dieser Welt ist, vermutlich von außerhalb unseres Sonnensystems. Nur weil wir hier draußen Fernsehen haben, heißt das noch lange nicht, daß wir verblödet sind, Schätzchen.«

»Es sieht also nicht so aus, als ob es Regierungseigentum wäre, oder?« stellte Shattuck gelassen fest. »Noch nicht, auf jeden Fall. Da es auf unserem Land runtergekommen ist, werden wir es wohl noch eine Weile behalten.«

»Das glauben Sie doch selbst nicht«, fing Tut erregt an und bewegte seinen massigen Körper nach vorne, »wenn Sie denken, daß wir Ihnen die wichtigste Entdeckung der letzten fünfhundert Jahre überlassen werden, nur damit Sie Ihre persönlichen ... nehmen Sie die Hand von mir weg, Jean«, befahl er seinem kleineren Kollegen.

»Sie können Ihren Arsch verwetten, daß wir es behalten werden, Brillenschlange«, teilte ihm Mrs. Shattuck in unmißverständlichen Worten mit.

»Entschuldigen Sie«, sagte Chester schnell zu Shattuck. »Wir wollten nicht unfreundlich sein. Sie müssen verstehen, daß Sie das Artefakt irgendwann werden aufgeben müssen. Warum machen Sie die Sache für uns und sich selbst nicht einfacher und lassen es uns nehmen. Sagen wir morgen.«

»Das hätte ich vor einer Stunde vielleicht zugelassen«, sagte der Rancher mit einem bedeutungsvollen Blick auf die schäumenden Tut und Goldberg. »Aber momentan fühle ich mich ein wenig störrisch. Ich will Sie ja nicht beleidigen, aber ich denke, wir werden es noch eine Weile behalten.« Er schaute zur Scheune hoch.

»Es sieht da oben mächtig hübsch aus, so zwischen den anderen Lichtern, richtig weihnachtlich.«

»Keine Beleidigung«, stimmte Chester freundlich zu, obgleich ihm die Gedanken bei der Wendung, die die Angelegenheit genommen hatte, unglücklich im Kopf herumschwirrten. »Sie verstehen, daß wir rechtliche Schritte einleiten müssen, um das Artefakt zu erhalten.«

»Ich verstehe, daß Sie tun müssen, was Sie für richtig halten«, stimmte Shattuck zu. »Wenn Sie die Legalität von allem überprüfen wollen, werden Sie wohl mit dem Sheriff drüben in Breckenridge sprechen wollen. Sein Name ist Amos Biggers. Sie sprechen mit ihm und lassen mich wissen, was er Ihnen gesagt hat.«

»Das werden wir tun, und danke«, erwiderte Chester. Er wandte sich der lebhaften Frau, die nahebei stand, zu. Die Hände in den Hüften gestemmt, starrte sie ihn herausfordernd an.

»Danke für die Einladung zu Kaffee und Kuchen, Ma'am. Ich hoffe, ich kann sie einmal unter angenehmeren Umständen annehmen.« Sie beruhigte sich etwas und lächelte ihn sogar an.

»Vielleicht. Wenn Sie nach Breckenridge fahren, passen Sie gut auf. Einige der Straßen sind immer noch ziemlich vereist. Wir wollen nicht, daß ihr glücklichen Leute mitten in der kalten Nacht noch in einem Graben landet.« Ihr Lächeln verbreiterte sich.

»Nein, das wollen wir nicht«, sagte Chester zustimmend. Er wandte sich ab und geleitete die Wissenschaftler zurück zum Transporter. Sie protestierten bei jedem Schritt des Weges.

Goldberg war außer sich. »Was denken diese ... diese Viehtreiber eigentlich, wer sie sind? Was denken Sie, wer Sie sind, Major? Sie sind als unser Helfer hier, um uns zu unterstützen, oder nicht? Ich denke, vielleicht ein paar Worte zu Ihrem vorgesetzten Offizier ...«

»Wir werden tun, was wir können, Miss Goldberg«, erklärte Chester und mühte sich, sein Temperament im Zaum zu halten, »aber wir werden es legal tun. Wenn Sie sich beruhigen, werden Sie sehen, daß das der beste Weg ist. Sie werden sich auch daran erinnern, daß ich allein das Kommando habe, wenn eine Situation die Anwendung von Gewalt erfordert. Sie können sich bei General MacGregor beschweren, wenn Sie das wollen.«

»Nun, ich werde darüber nachdenken«, grollte sie und kletterte in den Wagen.

»Also wirklich, Major Chester«, rief Tut vom Rücksitz, als sie losfuhren, »wie können wir einfach so abziehen? Sie können sonstwas mit dem Artefakt machen, wenn wir weg sind.« Er deutete mit einem Nicken zum Ranchhaus hinüber.

»Sie könnten es irgendwo in diesen endlosen Feldern verbuddeln. Wenn es nicht genug Strahlung einer Art aussendet, die wir messen können, werden wir es niemals lokalisieren können. Oder ihn könnte die Neugier überkommen, und er könnte versuchen, es auseinanderzunehmen. Er könnte es vollständig ruinieren. Die Bedeutung, das Wissen, das hier auf dem Spiel steht …« Er schüttelte ungläubig den Kopf.

»Diese Situation ist absolut verrückt. Das würde in Massachusetts nie passieren.«

»Das ist richtig, Mr. Tut«, stimmte Chester zu und sah nach hinten, während sie wendeten und der Sergeant den Transporter zum Highway steuerte. »Das hier ist nicht Massachusetts. Und wenn Sie mir nicht glauben« – er deutete auf das Haus, das hinter ihnen zurückblieb –, »sehen Sie da rüber zur Vordertür. Sie werden da einen Jugendlichen mit einem Gewehr sehen, das fast so groß wie er ist. Er steht da, seit wir zur Scheune gingen.

Man geht hier draußen nicht rum und bedroht Leute, Mr. Tut. Sie mögen das nicht, und sie haben ein untrügliches Gefühl für richtig und falsch. Wenn Sie und Miss Goldberg ein wenig höflicher gewesen wären und sich weniger wie Lehnsherren aufgeführt hätten, dann wäre uns das alles vielleicht erspart geblieben. Jetzt ist es zu spät. Sie haben den Mann herausgefordert, und er hat reagiert.«

»*Höflicher,* sagt er«, stieß Goldberg hervor. »Im Angesicht dessen fordert er uns auf, *höflicher* zu sein!«

Chester seufzte und setzte sich auf dem Beifahrersitz zurecht. »Jetzt müssen wir uns eine gesetzliche Bestätigung unseres Anspruches besorgen. Das heißt, daß wir mindestens einer weiteren Person von der Landung des Raumfahrzeugs erzählen müssen. Und das sollte doch verhindert werden.« Er blickte scharf über die linke Schulter. »Oder haben Sie das alles in Ihrer Eile, an das Ding zu kommen, vergessen?«

»In Ordnung, Sir, das soll also geheimgehalten werden«, schäumte Tut. »Dann machen wir es geheim ... kontaktieren *geheim* Fort Hood und lassen ein paar Wagenladungen mit Truppen reinbringen. Zeigen wir den Hiesigen Stärke. Wir zeigen ihnen, daß ...«

Chester schnitt ihm das Wort ab und schüttelte nachdrücklich den Kopf. »Sie scheinen nicht zu verstehen, Mr. Tut. Dies hier ist nicht nur nicht Massachusetts, es ist auch nicht Cam Ranh Bay oder Saigon – und auch nicht Moskau. Wir wollen nicht, daß die Leute jetzt oder später mit den Medien sprechen.

Beruhigen und entspannen Sie sich, und wir retten die Situation. Ach, ich denke nicht, daß Sie sich darüber Sorgen machen müssen, daß dieser Shattuck Ihr wertvolles UFO vergraben oder zerlegen wird. Glauben Sie mir, ich bin genauso wild darauf, an das Innenleben dieses Dings zu kommen, wie Sie.«

»Warum sind Sie nicht bersorgt?« fragte Goldberg herausfordernd.

»Weil sie das Ding oben auf dem Heuboden *mögen*, das ihr kleines ›Noel‹-Schild beleuchtet und ihre restliche Weihnachtsdekoration vorteilhaft zur Geltung bringt. Sie haben uns nicht weggejagt, weil sie irgendwas Hinterhältiges planen. Sie haben es getan, weil sie denken, daß sie im Recht sind.«

Chester wäre gern bei dem Familienrat dabeigewesen, den die Shattucks abhielten, während der Transporter die vereiste Straße zum entfernten Breckenridge schlitterte und holperte. Das Ergebnis dieses Kriegsrats war ein Telefonanruf, den Mrs. Shattuck mit San Francisco führte.

Sheriff Biggers von Breckenridge war wie ein Hydrant gebaut. Aus seinem langen weißen Hemd, das momentan bis zu den Ellbogen aufgekrempelt war, traten enorme Arme hervor. Sie waren mit reichlich roten Locken bedeckt, genau wie sein Kopf. Er sah aus wie ein Mann, der sein ganzes Leben hart gearbeitet hatte und damit auch fortfahren würde, bis ihn sein Körper im Stich ließ.

Seine Stimme jedoch war eine Überraschung, sie war so sanft und weich wie Schmelzkäse. »Sie sagen, daß dieses Ding auf Shattucks Besitz gelandet ist, ja? Ich kenne J. W. und seine Frau.« Biggers lachte still in sich hinein. »Die falschen Leute, um sie zu verärgern, Major.«

»Aber sicher können Sie die Bedeutung dieser Entdeckung für uns ermessen, Sheriff«, warf Goldberg schmeichlerisch ein. »Dies ist unser erster Kontakt mit einer anderen intelligenten Zivilisation. Wir *müssen* die Erlaubnis erhalten, es zu untersuchen.«

»Ja, Ma'am, ich verstehe das«, gab Biggers zu und kratzte sein dickes Ohr. »Die Schwierigkeit ist nur, daß die Shattucks wohl ein Anrecht darauf haben, da es auf ihrem Land runterkam.« Er breitete die Hände in einer Geste der Hilflosigkeit aus.

»Wenn J. W. seinen Anspruch geltend machen will, sehe ich keine Möglichkeit, hinzugehen und es ihm legal wegzunehmen.«

»Das ist lächerlich«, schnaubte Tut und drehte sich in wachsender Frustration um. »Vollkommen lächerlich!«

»Das mag schon sein«, räumte der Sheriff ein, »aber das habe ich schon über viele Gesetze gehört. Lächerlich oder nicht, sie gelten vor Gericht. Wenn Sie also wollen, daß ich zu J. W. rausfahre und ihm das Raumschiff oder was immer es ist wegnehme, finden Sie besser ein Gesetz, auf dessen Grundlage ich das machen kann.«

»Selbstverständlich gibt es dafür keinen Präzedenzfall«, murmelte Calumet nachdenklich. »Wenn wir ein Schriftstück von einer hohen Stelle kriegen könnten, die Ihnen die Erlaubnis gibt: sagen wir aus der Hauptstadt? Eine Anweisung vom Gouverneur des Staates Texas sollte ausreichen, meinen Sie nicht?«

Biggers nickte bedächtig, sichtlich beeindruckt. »Wenn Sie mir das besorgen können, bin ich sicherlich verpflichtet, hinzugehen und dem Nachdruck zu verleihen, mein Junge.«

Chester sah den jüngeren Wissenschaftler mit neuem Respekt an. »Würden Sie das schaffen?«

»Ich denke, schon.« Der Cajun-Physiker lächelte schüchtern. »Kann ich mal Ihr Telefon benutzen, Sheriff?«

»Ich hätte nichts dagegen, Mr. Calumet, aber«, sagte er entschuldigend, »das Budget des County ist in letzter Zeit knapp bemessen. Man hat ein scharfes Auge darauf, wofür wir das Geld ausgeben. Aber direkt vor dem Haus ist ein Münzfernsprecher.«

Calumet grinste. »Das wird reichen.« Die drei Wissenschaftler verließen das Büro. Chester blieb gegenüber dem Sheriff sitzen. Der Fahrer saß unbeteiligt in einer Ecke.

»Ich glaube nicht, daß ich je drei Leute gesehen habe, die so aufgeregt wie Ihr Haufen waren«, sagte Biggers gesprächig.

»Sie haben Grund für ihre Aufregung, Sheriff. Wenn es nicht so viele Dinge gäbe, über die ich mir Sorgen machen müßte, wäre ich genauso aufgeregt und bange wie sie.«

Nach einem Moment der Stille beugte Biggers sich plötzlich vor und sprach vollkommen anders mit Chester als vorher. »Wissen Sie, ich bin in diesem County jetzt schon fast seit fünfunddreißig Jahren Sheriff, Hilfssheriff und Chief, und in den ganzen fünfunddreißig Jahren habe ich noch nie einen Grund gehabt zu denken, daß ich die falsche Entscheidung getroffen habe.« Er sah den Major an.

»Was denken Sie? Sollte ich J. W. das Ding wegnehmen, ohne auf eine amtliche Genehmigung zu warten?«

Mit der Ehrlichkeit und Direktheit, die verhindern würde, daß Joe Chester je Brigadegeneral werden würde, antwortete er: »Ich würde nicht gegen fünfunddreißig Jahre Erfahrung handeln, Chief.«

Biggers lehnte sich zufrieden und erleichtert in seinem abgenutzten Drehstuhl zurück. »Ich hatte gehofft, daß Sie das sagen würden, Major.« Er zog ein Stück Kautabak aus seiner Hemdtasche, biß ab und bot es dann Chester an.

Der Major winkte lächelnd ab. »Nein, danke, ich habe das Zeug nie probiert.«

»Das sollten Sie mal«, schlug Biggers ihm vor, den Mund voller Saft. »Hat mir vor dreißig Jahren geholfen, das Rauchen aufzugeben.«

Er lächelte breit, ein braungeflecktes Lächeln. »Half mir auch dabei, meine erste Frau loszuwerden.« Er beugte sich vor und spuckte treffsicher in den hinter dem alten Tisch verborgenen Spucknapf.

Calumet hatte nicht angegeben. Er kannte wirklich die richtigen Leute in Austin, aber dennoch drehten sich die Räder der Regierung nicht reibungslos, sondern knirschten zunächst einmal. Es dauerte mehrere Tage, bevor ein offizielles Dokument, das vom Gouverneur unterzeichnet war, im Postbüro von Breckenridge eintraf.

So bewaffnet, machte sich die kleine Gruppe erneut zur Shattuck-Ranch auf. Begleitet wurde sie von einem zweiten Wagen, in dem ein Hilfssheriff und der widerwillige Sheriff Biggers saßen.

Auch Josiah Chester saß darin. Das zweite Auto gab ihm die Möglichkeit, der Gesellschaft der drei Wissenschaftler zu entkommen. Ihr Verhalten hatte ihn die letzten Tage mehrere Male die Wände des Landmotels hochgehen lassen, während sie auf die Regierungsanordnung warteten. Da genoß er zur Abwechslung die Chance, mit dem freundlichen Sheriff zu fahren.

»Glauben Sie, daß wir Schwierigkeiten haben werden?« fragte Chester ihn.

Biggers brauchte über die Frage nicht nachzudenken. »Nee. J. W. ist ein guter Mann. Stur, das sicher, wenn auch nur halb so stur wie seine Frau, aber sie sind gute, gesetzestreue Leute. J. W. wird jedes Wort dieses Schriebs lesen« – er deutete auf den formal aussehenden Briefumschlag, der auf der Ablage des Polizeiwagens lag – »und dann wird seine Frau ihn lesen, und dann wird er die Achseln zucken und sagen: ›Was sein muß, muß sein.‹ Und dann wird er sein Bestes geben, um Ihnen zu helfen, das Ding aus seiner Scheune zu kriegen und zu verladen.

Es ist eine Schande, daß ich das tun muß. Ihr Leute hättet nicht versuchen sollen, ihn herumzuschubsen.«

»Ich nicht«, berichtigte Chester ihn schnell. »Meine Schützlinge ließen sich in ihrer Aufregung hinreißen.«

»Ich schätze, ich kann das verstehen«, erklärte der Sheriff mitfühlend. »Ich bin auch ganz neugierig darauf, den Besucher vom Mars selbst zu sehen.«

»Nicht vom Mars«, korrigierte ihn Chester sanft. »Wir sind uns ziemlich sicher, daß es von viel weiter draußen als dem Mars stammt.«

»Ist das die Wahrheit Gottes?« murmelte Biggers. »Ich persönlich kann kaum ans Radio glauben.«

Es war schon später Nachmittag und ging schnell auf den Abend zu, als die zwei Wagen auf der freien Fläche vor dem Haus der Shattucks hielten. Dieses Mal war Mrs. Shattuck die erste, die draußen war, um sie zu begrüßen. Sie wischte sich ihre schmutzigen

Hände an der Rückseite ihrer Jeans ab. Das war sicherlich dieselbe Hose, überlegte Chester, wie die, die sie vor ein paar Tagen getragen hatte, nur daß sie inzwischen gewaschen worden war.

»Ich hatte erwartet, daß Sie früher zurück sein würden«, sagte sie statt einer Begrüßung.

»Wir haben so schnell gemacht, wie wir konnten«, versicherte Goldberg ihr, die Eiseskälte in ihrer Stimme paßte zu der in der Luft.

»Darauf möchte ich wetten«, sagte Mrs. Shattuck. Sie drehte sich um und brüllte zum Haus: »David! Geh, such deinen Vater. Sag ihm, die Eierköpfe aus Houston sind zurück!«

Chester unterdrückte ein Grinsen, als Tut und Calumet zusammenzuckten, während Goldberg sich kerzengerade aufrichtete.

»Hallo, Amos«, sagte Mrs. Shattuck zum Sheriff.

Er tippte sich an den Rand seines Hutes und antwortete: »'n Abend, Beth. Das hier tut mir leid.«

»Verdammt dumm von dir. Wir haben diesen Leuten gesagt, daß sie dich aufstöbern sollten. Jetzt mach dir keine Sorgen, Amos. Tu nur, was du tun mußt.«

»Ich dachte mir, daß du etwas in der Art sagen würdest, Beth.«

Sie blickte ungeduldig hinter sich und stellte sich auf die Zehenspitzen, um über den Zaun sehen zu können. »Wo bleibt nur J. W. – dieser Kraftstoffilter sollte doch mittlerweile repariert sein.«

»Ist es das?« fragte der Sheriff Chester und deutete auf die Scheune. In seiner Stimme schwang Ehrfurcht.

Das Raumfahrzeug mit den vielen Flächen saß immer noch in der Öffnung zum Heuboden und schien immer noch so hell wie zuvor. Seine vielfältigen Muster von eingelassenen Lichtern fuhren mit ihrem gleichmäßigen exotischen Blinken fort. Selbst auf diese Entfernung konnte Chester den leisen mechanischen Rhythmus von innen hören.

Hmm-hmm-hmm ... bss-hmm-bss ... tick! Hmm-hmm-hmm ... bss-hmm-bss ... tick!

»Das ist ja hübsch«, war der erste und einzige Kommentar des Sheriffs.

»Nicht wahr?« stimmte Beth Shattuck zu. »Es paßt gut zu dem Rest der Lichter.« Sarah Goldberg bedachte sie mit einem giftigen Blick.

»Kommt da J. W.?« fragte der Sheriff.

Beth Shattuck drehte sich um. »Ja, das ist er.« Ihre laute Stimme zerriß die Luft. »Beeil dich, verdammt noch mal!«

Chester erkannte die große, schlacksige Gestalt von Jesse Shattuck wieder, aber nicht den Mann, der ihn begleitete. Beide waren mit Flanellhemden und schmutzverkrusteten Jeans sowie abgenutzten Arbeitsschuhen bekleidet. Die Sachen des Fremden waren bei weitem nicht so abgetragen und fadenscheinig wie die des Ranchers. Noch etwas anderes paßte nicht. Die langen weißen Koteletten waren zu sorgsam geschnitten, sein Auftreten selbst auf die Entfernung sichtlich anders. Sein Gesicht war im Gegensatz zu dem braungebrannten Shattucks rosig.

»Hallo«, sagte der Rancher und grüßte Chester. Er ignorierte die Wissenschaftler und nickte dem Sheriff zu. »Tag, Amos.«

»J. W.«, murmelte der Sheriff. »Wer ist dein Freund?«

»Ach, er ist ein alter Freund meiner Frau, Amos. Mr. Wheaton, darf ich Ihnen Sheriff Biggers vorstellen?«

»Sehr erfreut«, sagte der kleinere, sanftere Mann und gab ihm die Hand. Er hatte eine Stimme wie eine ungestimmte Orgel, gebrochen, aber kraftvoll. Er gab auch Chester die Hand und trat dann zurück.

»Heißen Sie vielleicht mit Vornamen Cable?« fragte Jean Calumet unsicher.

»Das kann ich nicht abstreiten«, erwiderte der Mann.

Chester änderte seine erste Einstufung des Mannes

erneut. Er war keinesfalls ein Mann, der mit den Händen arbeitete, dessen war er sich sicher.

Im Geiste entfernte er das Flanellhemd, die schmutzige Hose und die Schuhe von Wheaton und ersetzte sie durch einen nicht ganz unauffälligen Anzug für dreihundert Dollar und kämmte das weiße Haar. In der Zwischenzeit hatte Calumet sich umgedreht, um mit Beth Shattuck zu sprechen.

»Wo haben Sie und Mr. Wheaton sich kennengelernt?«

Sie lächelte ihn groß an. »Cable war der Rechtsanwalt meines Agenten. Das ist er auch immer noch, glaube ich.«

Chester betrachtete die Frau des Ranchers eingehend, bemerkte die blitzenden schwarzen Augen, die elegante ebenholzschwarze Mähne und die immer noch hervorragende Figur.

»Joshuas Geschichte«, sagte er plötzlich. *»Wildromantischer Fluß.«* Jetzt lächelte sie ihn an, ein Lächeln, das er wiedererkannte. Dieser Film übers Trabrennen ... Er schnippte bei der Erinnerung mit den Fingern.

»Eine Schönheit«, murmelte er.

»Amerikanische Schönheit«, berichtigte sie ihn und nickte zustimmend.

»Ich hörte mit der Schauspielerei auf, als ich vierzehn wurde, obwohl J. W. für jemanden in Kalifornien arbeitete. Nach dem Krieg kamen wir hierher zurück. Sein Land – und jetzt auch meines.« Sie wies mit einer Geste auf das geräumige Haus, die stabile alte Scheune und das Land dahinter.

»Es ist nicht Hollywood, Gott sei Dank.«

»Das ist ja alles sehr interessant«, unterbrach Goldberg ungeduldig. »Ich bin mir zwar sicher, daß wir es alle *ganz toll fänden*, alle Einzelheiten von Mrs. Shattucks Karriere zu hören, aber wir haben etwas Wichtigeres zu tun.« Sie sah Biggers erwartungsvoll an.

»Sheriff?«

»Ich weiß, Ma'am, ich weiß.« Er drehte sich um und ging zum Auto zurück. Als er wiederkam, hatte er den bedeutend aussehenden Briefumschlag dabei. Er öffnete ihn und händigte den Inhalt entschuldigend, aber fest Shattuck aus.

»J. W., dies ist eine Anordnung vom Gouverneur, die Sie anweist, das Fahrzeug extrater ...« Er brach ab und versuchte, sich den Inhalt ins Gedächtnis zurückzurufen. Dann fuhr er fort: »Was auch immer es ist, Sie sollen es diese Leute mitnehmen lassen.«

»Laß mich das mal sehen, Jesse«, ertönte die Kirchenorgelstimme von Wheaton. Shattuck reichte das Papier an den kleineren Mann weiter und beobachtete, wie dieser das Dokument durchlas.

Tut und Calumet wurden ungeduldig, als er das Schreiben so lange studierte. Goldberg ignorierte das Verfahren, ihr Blick war fest auf das mehrseitige strahlende Objekt geheftet, das von der Heubodenöffnung eingerahmt wurde.

Schließlich sah Wheaton auf und lächelte. »Das ist sehr interessant, Sheriff, Major Chester. Wenn wir schon Sendschreiben austauschen ...« Er langte in die hintere Hosentasche und holte eine dicke Papierrolle hervor. Er öffnete die Rolle und schüttelte den trockenen Texasstaub ab. Chester zählte eine eindrucksvolle Anzahl von aneinandergehefteten Blättern.

»Schauen wir mal, was wir hier haben«, begann Wheaton, als er eine Seite nach der anderen umschlug. »Dies hier ist ein Unterlassungsurteil, das jedem Repräsentanten jeder Behörde der Regierung der Vereinigten Staaten und auch jeder anderen Regierung verbietet, irgend etwas von dem Besitz, der im folgenden die Shattuck-Ranch genannt wird, zu entfernen. Beigefügt ist eine Karte besagter Ranch und eine Kopie der Eigentumsurkunde, die auf das Jahr 1874 zurückgeht.« Wheaton sah Shattuck an. »Ausgezeichneter Mann, Ihr Großvater, Jesse.«

Er drehte weitere Seiten um und flüsterte so leise mit sich selbst, daß Chester kein Wort verstehen konnte. »Hier«, fuhr er deutlicher fort, »ist ein Gerichtsbeschluß, der das vorläufige Eigentumsrecht an dem Objekt oder Gerät, besagtem Objekt oder Gerät, im folgenden als ›extraterrestrisches Artefakt‹ bezeichnet, gemeinschaftlich an Jesse William Shattuck und seine Familie überträgt. Sie haben die Erlaubnis, mit besagtem extraterrestrischem Artefakt zu tun, was ihnen beliebt, unter der Voraussetzung, daß sie alles in ihrer Macht Stehende tun werden, besagtes Artefakt in gutem Zustand zu halten.« Wieder trafen seine Augen die Chesters.

»Das bedeutet, daß Sie es an sie übergeben können, wenn sie es wünschen, oder sie können es als Weihnachtsdekoration oder selbst als Türstopper verwenden.« Er wandte seine Aufmerksamkeit den nächsten Seiten zu.

»Jeder Widerspruch von seiten von Einzelpersonen oder Regierungsbehörden gegen die zuvor erwähnten Beschlüsse soll den zuständigen Stellen zur Entscheidung vorgelegt werden.« Wheaton übergab den Papierstapel an den von Ehrfurcht ergriffenen Biggers.

»Sie können hier sehen, daß alle Formblätter und Gerichtsbeschlüsse von den Richtern A. Hammond und D. G. Lamar des Obersten Gerichtshofs von Texas unterzeichnet worden sind. Ich glaube, daß sie selbst vor einer Ausführungsanweisung des Gouverneurs den Vorrang haben.

Natürlich«, fügte er freundlich hinzu, »kann der Gouverneur immer noch den Notstand ausrufen und die Nationalgarde schicken, um das Eigentum meines Klienten zu beschlagnahmen. Er kann das gerne tun. Jedoch ...« – er blickte den immer nervöser werdenden Chester an – »glaube ich, daß das zu mehr öffentlicher Aufmerksamkeit führen würde, als uns allen lieb wäre.

Lassen Sie mich mal nachdenken«, spekulierte er, »die Regierung rückt an, um den Findern legal beanspruchtes Eigentum zu stehlen. Wir könnten ein paar nette Aufnahmen von den Shattucks machen, wie sie in ihrem Vorgarten stehen, während die Nationalgarde mit Helmen und in voller Kampfmontur aufgereiht vor ihnen steht, mit Maschinengewehren und Bazookas, um mit dieser massiven Bedrohung der amerikanischen Lebensart fertig zu werden. Das würde beeindruckend aussehen, sagen wir, auf der Titelseite der *Washington Post*. Was meinen Sie, Major?«

Aller Augen richteten sich auf Chester. Eine Aufmerksamkeit, auf die er gerne verzichtet hätte. Erwartungsvoll sah er auf Biggers, aber der wollte mit dem Austausch von Gerichtsbeschlüssen nichts zu tun haben.

»Soweit ich das beurteilen kann, bin ich überstimmt, Major. Ich bin dennoch gewillt, das zu tun, was Sie für das Beste halten.«

Vielen Dank, dachte Chester. »Ich denke«, schlug er nach einer kurzen Pause vor, »wir sollten besser nach Breckenridge zurückkehren und sehr gründlich nachdenken.«

Perham Tut machte ein Geräusch, das Chester nie geglaubt hätte, es je von ihm zu hören. Er hielt sein Temperament im Zaum, schaffte es auch, den Strom von Flüchen zu ignorieren, der über Goldbergs Lippen kam. Calumet sagte nichts. Er beäugte Wheaton respektvoll.

»Wir kommen natürlich zurück«, fügte Chester hinzu und versuchte, das Treffen wenigstens halbwegs zu retten. Wheaton schien das kaltzulassen.

»Das erwarte ich auch. Aber jetzt müssen Sie uns entschuldigen …« – er blickte zum Rancher hoch –, »wir müssen uns beeilen, Jesse, wenn wir den neuen Schlauch noch vor Sonnenuntergang einbauen wollen.«

Shattuck nickte. Beide Männer wandten sich um und gingen zur Rückseite des Hauses, während die verärgerten Wissenschaftler wieder in den Transporter kletterten.

»Und jetzt?« wollte Goldberg wissen, als sie nach Breckenridge zurückholperten. »Wir wollen weder in die Zeitung noch einen langen Gerichtsprozeß.«

»Vereinigte Staaten von Amerika gegen J. W. Shattuck und Familie«, fügte Calumet hinzu. Chester zuckte bei dem Gedanken, daß das für die Presse ein gefundenes Fressen wäre, zusammen. »Goliath und die faschistischen Physiker gegen einfache Leute vom Lande. Nein, Major, wir müssen einen anderen Weg finden.«

»Ich bin für Vorschläge immer offen«, sagte Chester knapp.

Im Wagen war es einige Minuten lang still. »Washington wartet immer noch darauf, von uns zu hören«, fuhr der junge Chemiker fort. »Es scheint mir, daß wir das Ganze hervorragend geheimgehalten haben. Bis jetzt weiß niemand, daß wir das Raumfahrzeug wirklich lokalisiert haben.«

Chester schreckte hoch. Calumet hatte recht. Nur sie fünf – und Sheriff Biggers – wußten, daß das außerirdische Raumfahrzeug in einem Stück auf dem Planeten gelandet war.

»Es ist an der Zeit, Major, in größerer Zahl anzurücken«, sprach Calumet brüsk weiter. »Sie benachrichtigen besser Ihren General MacGregor und auch das Pentagon. Ich will, daß wir alle drei mit dem NASA-Hauptquartier sprechen können. Wenn mehr wichtige Leute erfahren, was wir gefunden haben, und es an *ihre* Vorgesetzten weiterleiten, sollten wir in der Lage sein, diese Leute zu überzeugen, das Raumfahrzeug freiwillig herauszugeben.«

»Nach allem, was ich gesehen habe«, überlegte Chester, »lassen sich weder Shattuck noch seine Frau leicht überzeugen. An wen denken Sie, der versuchen soll, sie zu überreden?«

»Der Präsident«, sagte Calumet und schaute an Chester vorbei durch die vordere Windschutzscheibe. »Es wird ein paar Tage dauern, bis die Leute, die ich erwähnt habe, ihn von der Dringlichkeit der Angelegenheit überzeugt haben werden. Aber wenn er erst überzeugt ist, dann denke ich, wird er sich beeilen, mit uns zu kooperieren.«

»Was ist mit Wheaton?«

Calumet runzelte die Stirn. »Er wird ein Problem sein. Er ist gerade hartnäckig und clever genug, um uns Ärger zu machen. Aber der Präsident kann ein wirklich überzeugender Mann sein. Er ist vielleicht sogar in der Lage, so ein Rechtsgenie wie Cable Wheaton davon zu überzeugen, daß es im Interesse seiner Klienten liegt, die Angelegenheit ihren natürlichen und unausweichlichen Verlauf nehmen zu lassen ... ganz in Ruhe.« Er lehnte sich im Sitz zurück.

»Ich habe beispielsweise immer gehört, daß Wheaton danach strebt, eines Tages selbst im obersten Gerichtshof zu sitzen. Ein Präsident hat viele Möglichkeiten. Wer weiß schon, welchen Druck, im Guten oder auch nicht, er ausüben kann?«

Ja, welchen? fragte sich der betäubte Chester und hatte das Gefühl, fehl am Platze zu sein. Er wünschte sich innig, wieder zu Hause zu sein und mit Charlene und den Kindern vor dem Kamin zu sitzen.

Hmm-hmm-hmm ... bss-hmm-bss ... tick! sang die gelbe Blüte aus der galaktischen Unendlichkeit in ihrem schnuckeligen Sitz auf dem Heuboden.

Der Mond ging langsam unter, aber die Sterne schienen immer noch hell und klar. Bis Sonnenaufgang blieben noch mehrere Stunden. Auf dem Boden der Farm rührte sich nichts.

Auf der Straße zum Wohnhaus bremste und stoppte

ein großer Lastwagen mit achtzehn Rädern. Das Licht war abgeblendet. Die Türen an der Rückseite öffneten sich, und eine Rampe glitt heraus. Ein dichtgedrängter Haufen Männer bewegte sich rasch die Rampe hinunter und rannte vorwärts.

Aus der Führerkabine des Lasters trat ein größerer älterer Mann und gesellte sich zu ihnen. Mit gedämpfter Stimme wurden Befehle gegeben. Mit verschiedenen nichtwissenschaftlichen Geräten in den Händen rückten sie zum Wohnhaus vor, gebückt, aber immer noch rennend.

Hinter ihnen ging die Aktivität weiter, indem weitere Männer im Lastwagen sich abmühten, leise eine mobile Winde aufzubauen, während sie auf die Rückkehr der anderen warteten.

Wie gewöhnlich in letzter Zeit hatte Chester Schwierigkeiten einzuschlafen. Die Kriege in Korea und Vietnam hatten dafür gesorgt, daß viele Männer nur noch einen leichten Schlaf hatten. Er wachte auf, als er merkte, daß er über die Matratze nach einer Frau griff, die nicht da war.

Die Augen reibend rollte er sich herum und starrte an die Decke. Wieder einmal unwiderruflich und chancenlos wach, schwang er die Beine über die Bettkante und setzte sich auf.

Die drei Wissenschaftler würden in ihren Zimmern selig schlafen, wußte er. Das Budget für so ein Unternehmen erlaubte jedem die Privatsphäre eines eigenen Zimmers.

Mit sich selbst unzufrieden, neidisch auf ihre Fähigkeit zu schlafen und unglücklich mit der Wendung, die die Ereignisse in den letzten Tagen genommen hatten, zwängte er seine erschöpfte Gestalt in die Kleidung. Ein Blick auf die Uhr: Sie zeigte vier Uhr morgens – eine unchristliche Zeit.

Die Hauptstraße hinunter war ein rund um die Uhr

geöffnetes Café, das von Truckern frequentiert wurde. Er füllte seine Taschen mit dem üblichen Krimskrams, ohne den ein Mann sich nicht im Gleichgewicht fühlt: Geldbörse, Schlüssel, Taschenmesser und eine kleine Taschenlampe.

Er würde, entschied er, ein paar Tassen Kaffee trinken, sich dabei Zeit lassen, die Morgenzeitung von Dallas lesen und vielleicht etwas frühstücken. Mit ein bißchen Glück konnte er das Ganze bis Sonnenaufgang hinziehen.

Er schloß die Tür des Motelzimmers hinter sich und machte sich nicht die Mühe, sie abzuschließen. Das war einer der Vorteile, wenn man nicht in der Stadt lebte. Auf halbem Weg über den Motelparkplatz hielt er an und dachte nach. Heute morgen war das Gefühl von Einsamkeit besonders ausgeprägt. Ein wenig Gesellschaft würde ihm guttun.

Die freundliche Begleitung des Sergeants war mehr nach seinem Geschmack als die der Wissenschaftler, die so früh am Morgen richtiggehend wortkarg waren, sogar Calumet.

Er drehte sich um. Zwei Zimmer hinter dem seinen klopfte er an die Tür Nummer sechs. Es war möglich, daß der Sergeant bereits wach war. Chester hatte ihn mehrmals im Café getroffen, häufig war Pat sogar vor ihm dagewesen. Er fragte sich, ob Pat die gleichen Schlafschwierigkeiten hatte wie er.

Es kam keine Antwort, und er klopfte nochmals, lauter. Ein letztes Mal. Auch gut, entschied er. Pat war wahrscheinlich schon im Café und würde froh sein, ihn zu sehen.

Aber als er ankam und seinen Blick über den kleinen Eßbereich schweifen ließ, sah er den Sergeant nicht. Chester setzte sich, da er dachte, daß Pat wohl auf der Toilette sei. Als er auch nach zehn Minuten nicht auftauchte, schien das nicht mehr wahrscheinlich.

Chester war verwirrt. Es gab keinen Ort in dieser Stadt, außer der Tankstelle, der nicht erst in ein paar Stunden aufmachte, und er sah, daß der Sergeant da nicht herumhing und mit dem schläfrigen Tankwart redete.

Von etwas Stärkerem als bloßer Neugier getrieben, ließ er seinen Kaffee halb ausgetrunken stehen und ging zum Motel zurück. Auch weiteres lautes Klopfen an der Tür Nummer sechs erzielte kein Resultat. Der Transporter war immer noch vor dem Motel geparkt.

War der Sergeant in eigener Sache unterwegs? Das schien ihm unwahrscheinlich, da er den strikten Befehl hatte, jederzeit einsatzbereit zu sein.

Chester traf eine Entscheidung, die er sofort wieder bereute. Höchstwahrscheinlich würde er wie ein Narr dastehen, dachte er, als er zum Büro marschierte. Dort weckte er den übermüdeten Besitzer und Manager des Motels und ließ sich für Zimmer sechs einen Nachschlüssel geben.

Er öffnete den Raum. Der Sergeant lag nicht im Bett. Er war auch nicht im Bad, versteckte sich nicht im Wandschrank oder sonstwo. Chester betrachtete das Bett genau und bemerkte, daß niemand darin geschlafen hatte.

»Suchen Sie Ihren Freund, den großen Burschen?«

Chester fuhr herum und griff nach der Pistole an seiner Hüfte, die nicht da war. Es war nur die in einen Morgenmantel gekleidete Gestalt des Motelmanagers.

Chester zwang sich zu entspannen, ganz überrascht davon, wie angespannt er war. »Ja, natürlich«, sagte er.

»Da hätte ich Ihnen auch helfen können«, erklärte der Manager mit überlegener Miene. »Ich habe vor ein paar Stunden draußen Geräusche gehört … weiß nicht genau, wann. Ich sah nicht auf die Uhr. Ich bin an Motorenlärm gewöhnt, der mich weckt. Gibt 'ne Menge Leute, die mitten in der Nacht kommen.

Ein großer Sattelschlepper, der hinter den rückwärtigen Räumen angehalten hat. Das kam mir komisch vor, wissen Sie? Weil es keinen Grund für einen Laster gibt, hier anzuhalten. Die Trucker, sie schlafen in ihren Kabinen und parken hinter der Nachtstation auf der Straße gegenüber. Habe nie jemanden gehabt, der hier ein Zimmer genommen hat.

Ich sah, wie eine Reihe Leute herauskam. Sie haben jemanden anderen getroffen ... einen großen Kerl, könnte Ihr Freund gewesen sein. Sie quatschten eine Minute oder zwei, dann kletterten alle rein und fuhren zusammen weg. Sah keinen Sinn darin, deswegen Lärm zu schlagen, und ging wieder zu Bett.«

»Sind Sie sicher, daß es mein Freund war?« fragte Chester knapp.

»Nein, sagte, es könnte sein«, erwiderte der Manager. »Aber über eins bin ich mir sicher.«

»Und das wäre?«

»Ich bin immer noch müde.« Er wandte sich um und ging zu seinem Büro zurück. Chester blieb vor Aufregung wie paralysiert vor dem verlassenen Raum Nummer sechs stehen.

Schließlich gab er sich einen Ruck und eilte zum Telefon, bremste sich erst, als eine Hand schon auf dem Hörer lag. Ihm fiel wieder ein Teil eines Gespräches ein, das er mit dem Sheriff geführt hatte, als sie zu der Ranch hinausfuhren.

»Sie mögen ihre Privatsphäre«, hatte Biggers ihm erzählt. »Sie haben einen Fernseher und auch ein Radio. Aber sie pumpen ihr Wasser aus ihrer Zisterne und filtern es, und sie haben einen eigenen Stromgenerator. In diesem Teil des Landes laufen Gasleitungen kreuz und quer durch den Boden, und J. W. zweigt sich hie und da das ab, was sie brauchen. Aber kein Telefon. Kein echter Kontakt mit der Außenwelt, abgesehen von der Post.«

Kein Telefon, überlegte Chester frustriert. Er nahm die Hand wieder von dem Hörer. Das mußte selbstverständlich irgendwann den drei Wissenschaftlern mitgeteilt werden. Aber nicht jetzt.

Er nahm den Hörer auf, entschlossen diesmal, und wählte. Nach einer Pause war ein Klick zu hören, und eine Stimme sagte: »Vermittlung. Wie kann ich Ihnen helfen, Sir?«

»Hier ist Major Josiah Chester. Dies ist ein Notfall. Ich muß General MacGregor anrufen. Er wird jetzt zu Hause sein, Vermittlung.«

Ungefähr eine Stunde, bis die Truppen da sind, hatte MacGregor ihm versichert. Aber das war vor einem Monat gewesen. Standen die Spezialeinheiten mit ihren Helikoptern immer noch in Bereitschaft?

Das sollten sie besser, dachte er grimmig.

Die Männer hatten das Gelände vor dem offenen Hof, dem Haus und der Scheune erreicht. Dieser war durch das beständige Glühen des außerirdischen Geräts gut beleuchtet. Alle Männer waren schwarz gekleidet und hatten sich schwarze Farbe über Wangen und Stirn geschmiert. Der Anführer zog die Aufmerksamkeit seiner Kameraden auf sich. »Keine Toten, falls es nicht unumgänglich ist«, instruierte er sie. »Und wenn es nötig sein sollte, dann machen Sie es schnell.«

Jemand aus der Gruppe fragte: »Was ist mit dem Gebrauch der Gewehre? Sollen wir …?«

»Das spielt keine Rolle. Es ist niemand in der Nähe, der uns hören könnte, und selbst wenn, die Leute hier feuern alle naselang ihre Gewehre ab. Darüber brauchen wir uns keine Sorgen zu machen, aber ich würde es vorziehen, jegliches Töten zu vermeiden.«

»Warum?« fragte eine beiläufige Stimme kalt.

»Es ist immer besser, sauber zu arbeiten als nachlässig«, erklärte der Anführer. Er deutete zum Haus und richtete seinen Blick auf jeden einzelnen der Männer. »Sie, Sie, Sie und Sie bilden einen Halbkreis vor der

Vorderseite zur Rückseite des Hauses. Ich denke nicht, daß da noch mehr Türen sind.«

»Ihr zwei holt das Abwehrgas raus. Ich kann die Hunde von hier aus sehen. Sie schlafen auf der Veranda. Sie dürfen nicht frühzeitig aufwachen und groß bellen. Der Rest von Ihnen kommt mit mir zur Scheune.«

Alle nickten knapp. Diese Gruppe neigte nicht zur Geschwätzigkeit. Jeder war ein Experte und kannte seinen Job. Sie rückten vor.

Cotton, der Setter, hob beim Näherkommen des seltsamen Menschen den Kopf. Der Geruch war ihm unbekannt und das Gesicht ebenso. Als er anfing leise zu knurren, wachte Gin auch auf.

Etwas machte *puff* in die Schnauze des Setters. Auf eine hündische Weise fühlte er eine überwältigende Müdigkeit. Schnell und leise fielen beide Tiere wieder in den Schlaf.

Die drei Männer an der Spitze waren bereits an der Scheune angekommen. Wie eine Kugel voller Juwelen leuchtete das außerirdische Raumfahrzeug über dem Folienschild. Winzige, bei weitem langweiligere Weihnachtslichter hingen zu beiden Seiten herab.

Hmm-hmm-hmm … bss-hmm-bss … tick! Hmm-hmm-hmm … bss-hmm-bss … tick! flüsterte es mechanisch vor sich hin.

»Hat jemand die Sachen?« fragte der Anführer nach. Einer der zwei Männer hinter ihm lächelte und tippte auf den Packen auf seinem Rücken. Es enthielt ein feines, extra starkes Netz und genauso starke Seile. Der Rancher hatte offensichtlich die Heubodenwinde und den Flaschenzug benutzt, um das Raumfahrzeug auf den Boden zu hieven. Sie würden auch ihnen zupaß kommen, um das Gerät wieder herunterzuholen. Einer der Männer baute den winzigen zusammenklappbaren Karren zusammen, den er auf dem Rücken getragen hatte.

Wenn alles glattging, hätten sie das wertvolle Gerät in wenigen Minuten unten und auf den Karren gesetzt. Die Familie würde friedlich weiterschlafen und nichts hören oder sehen. Am Morgen würde sie es vermissen, aber dann wäre es schon auf dem Weg außer Landes.

Sie öffneten leise das Scheunentor. Das Quietschen war durch den umsichtigen Einsatz der Ölkanne, die sie genau zu diesem Zweck mitgebracht hatten, auf ein Minimum reduziert. Es war an alles gedacht und sorgfältig geplant worden.

Da war eine Bewegung hinter der Tür, und die beiden Männer blieben wie angewurzelt stehen, aber es war nur das übliche unruhige Scharren der beiden Pferde und der Kühe im Stall neben der Scheune.

Die zwei Männer bestiegen die Metalleiter, die zum Heuboden führte, und der dritte stieß einen Moment später zu ihnen. Der Anführer sah ihnen bei der Arbeit zu und blickte hin und wieder befriedigt zur Straße, wo der Sattelschlepper wartete.

Ein Mann benutzte einen Rechen, der herumlag, um das Seil hochzuziehen. Er legte das Netz über das Gerät, während sein Kamerad sich mühte, es darunterzuziehen. Nachdem dies erledigt war, hängte er sich mit den Armen an die stabile Stützstrebe und ölte den Flaschenzug.

Das Netz war mit Seilen an dem Haken des Flaschenzugs befestigt, genau wie es bei einem Heuballen der Fall gewesen wäre. Der Anführer lehnte sich hinaus und gab ein Zeichen. Eine der vier Wachen verließ ihren Posten vor dem Haus und eilte zur Scheune. Der Anführer traf den Mann vor dem Tor. Zusammen strafften sie das dicke Seil, das über die Rollen lief.

Ein Signal an die Männer oben führte zu einer Wellenbewegung des Seils als Antwort. Auf dem Heuboden versuchten beide Männer sicherzustellen, daß das Gerät ordentlich vom Netz umhüllt war. Es mußte nur noch ein bißchen nach rechts geschoben und dann das Netz darunter geschlossen werden.

Der größere der beiden legte seine Hände gegen die Seite des leuchtenden Artefaktes und schob sanft, um es perfekt ins Netz einzupassen. Es war nicht besonders schwer und bewegte sich ohne Schwierigkeiten.

Unerwarteterweise intensivierte sich das gelbe Glühen plötzlich, wurde zu einem hellen Strahlen. Beide Männer wurden wie von einer gigantischen Hand beiseite geworfen. Keiner von beiden stieß einen Schrei, einen Ruf oder auch nur einen tiefen Atemzug aus. Aber beide lagen bewußtlos da, einer in einer sehr unnatürlichen Haltung. Sie atmeten ruhig weiter, aber sie bewegten sich nicht.

Unten hatte der Anführer im Moment des Helligkeitsausbruchs das Seil losgelassen. Er hatte gesehen, wie einer der Männer auf dem Heuboden rückwärts geschleudert wurde. Er fluchte still vor sich hin. Ein geflüsterter Befehl zu seinem Kameraden schickte den anderen Mann zum Scheunentor.

Hmm-hmm-hmm … bss-hmm-bss … tick! Tick! Tickammmmmmmm …

Das gelbe Glühen nahm weiter zu, und der beständige Gesang des Gerätes veränderte sich zu einem beständigen klangvollen Summen. Als er die Hand an das Scheunentor legte, langte etwas, das wie ein dickes gelbes Kabel aussah, vom Gerät herunter. Es war nicht aus Metall. Es war nicht einmal fest. Wenn es Licht war, dann verhielt es sich nicht wie solches. Es ringelte und bog sich in seltsamen Winkeln.

Es berührte den Mann an der Brust. Dieser stand einen Moment lang wie angewurzelt da, während das Licht wie ein Halo über seinen Körper lief. Als das Licht ihn losließ, klappte er zusammen und gab ein leises ersticktes Geräusch von sich.

Seine Augen blieben auf dem außerirdischen Objekt haften, obgleich die Helligkeit fast zu groß war, um hineinzublicken. Der Anführer bewegte sich langsam von der Scheune weg. Das gelbe Kabel war nicht verschwunden. Es wand und drehte sich wie ein Tentakel. Er bewegte sich auf dem Hof vor der Scheune. Gelegentlich berührte er den Boden wie ein Hund, der eine Fährte aufnimmt. Wenn er die Erde berührte, stob explosionsartig, aber lautlos ein wenig Staub auf, als ob eine Kugel eingeschlagen hätte.

Der Anführer zog sich zurück und rief seine Leute. Es war ihm egal, ob die Leute im Haus ihn hörten. Der Faden schwang sich plötzlich über seinen Kopf hinweg und berührte einen der Männer, die das Haus bewachten. Der ließ sein Gewehr fallen und griff sich, während er nach vorne fiel, in den Nacken, wo ihn das gelbe Licht berührt hatte.

Der Anführer drehte sich um und rannte davon. Sein Herz pochte vor Furcht angesichts des Unbekannten. Er wollte schreien, aber er hatte keinen Atem zu verschwenden. Das Licht bewegte sich wieder über seinen Kopf.

Endlich erreichte er den Laster. Jemand lehnte sich aus der Fahrerkabine und winkte ihm hektisch zu. In dem Moment durchdrang das gelbe Licht die gläserne Windschutzscheibe und berührte ihn. Er sackte zusammen, sein Oberkörper, Kopf und Arme fielen über die Tür.

Wie ein lebendes Wesen bewegte sich der Faden zur Rückseite des Lasters und berührte einen weiteren Mann, der plötzlich regungslos stehenblieb. Danach untersuchte er das Innere des Laderaums.

Der Anführer wechselte die Richtung und sprintete durch das dunkle Gebüsch. Feigenkakteen und andere stachelige Pflanzen rissen an seinem gepflegten schwarzen Overall, und er fühlte, wie Blut seine Beine hinunterrann. Etwas Schweres, aber nicht Drückendes kitzelte seine Rückenmitte. Es fühlte sich an, als ob ein glatter Finger sein Rückgrat reiben würde. Er roch

Marzipan und fühlte, wie er fiel, noch bevor er tatsächlich zu fallen begann.

Außerhalb des Shattuck-Hauses rührte sich nichts.

Mmmmmmm-ticka, tick! tick! Hmm-hmm-hmm ... bss-hmm-bss ... tick!

Chester ignorierte den Lärm auf dem Sitz hinter sich, während er den Transporter rücksichtslos über die vertraute Straße aus Breckenridge hinausfuhr. Sie sollten zur gleichen Zeit wie die Helikopter aus Fort Hood eintreffen. Er unterschätzte den Tumult, den sein Anruf beim General am frühen Morgen hervorgerufen hatte.

Als sie auf das Farmgelände fuhren, herrschte beträchtliche Konfusion. Die Einheiten waren bereits eingetroffen. Mehr Leute als je zuvor strichen um die Ranchgebäude und das umgebende Gelände.

Zwei große Transporthubschrauber saßen wie Monsterkäfer auf der Straße vor ihnen. Bewaffnete Männer in gefleckten Anzügen und mit lustigen Hüten liefen herum.

Chester stieg als letzter aus dem Transporter, nachdem er den Motor vor dem Farmhaus abgestellt hatte. Alle drei Wissenschaftler eilten auf die Scheune zu. Ihre Sorgen, genau wie die Chesters, stellten sich als grundlos heraus.

Selbst von da unten konnte er das außerirdische Gerät sehen, wie es in seiner früheren Position auf dem Heuboden ruhte; trotz des Lärms konnte er es die atonale Hymne summen hören. Juwelenlichter blinkten.

Nachdem seine erste Befürchtung entkräftet worden war, richtete er seine Aufmerksamkeit auf das Haus und machte sich dahin auf.

Ein fesch gekleideter Ranger versperrte ihm mit einer M-18 den Weg. »Entschuldigung, Sir, aber niemand darf hier unbefugt durch.«

Chester suchte nach seiner Identifikation, versuchte die richtigen Karten zu finden und gleichzeitig an dem Soldaten vorbeizulugen. »Ich bin Major Josiah Chester«, erklärte er, »Air Force-Geheimdienst. Ich habe den Notruf ausgeschickt, der Sie alle hierherbrachte.«

Der Soldat hörte ungerührt zu, sein Gesicht blieb nichtssagend. Erst die schriftliche Identifikation stellte ihn zufrieden. Nachdem er sie sorgfältig betrachtet hatte, trat er beiseite. »Sie können passieren, Major.«

Das erste, was er in dem großen Wohnzimmer sah, war eine äußerst lebendige Beth Shattuck und eine lange Reihe von Gestalten. Sie waren von unbestimmbarer Nationalität und Größe, nur ihre Kleidung war gleich. Einige lagen starr und in seltsamen Positionen da. Sie sahen wie ein Rabenfamilie aus, an denen ein Ausstopfer mit nicht allzu ruhiger Hand gearbeitet hatte.

»Morgen, Major«, grüßte Beth Shattuck ihn freundlich. »Sieht so aus, als ob heute nacht zwei Invasionen stattgefunden hätten.« Sie deutete auf die aufgereihten Gestalten. »Zuerst kamen die hier, danach Ihre Freunde. Das sind da draußen doch Ihre Freunde, nicht wahr?« Er nickte trübselig. »Die kamen allerdings mit höchst gotteslästerlichem Geschrei und Gebrüll herangesaust, wie Sie sich vielleicht vorstellen können. Würd mich wundern, wenn sie die Hühner nicht zu Tode erschreckt hätten.

Cotton und Gin wachten gerade benommen auf, als es losging. Sie sind jetzt beide in Davids Zimmer unter dem Bett, und nichts kann sie vorlocken. Ich hatte es satt, die zwei Köter anzuschreien, und bin daher hier rausgekommen. Was ist los? Wer sind diese häßlichen Katatoniker ...« – sie deutete wieder auf die Reihe Gestalten – »und warum diese Invasion? Versucht ihr Burschen einen komischen Film zu drehen, oder was?«

»Hier ist nichts komisch, Mrs. Shattuck«, sagte Chester sanft zu ihr, während er von einer ruhig atmenden

Gestalt zur nächsten ging. Er hielt bei der an, nach der er gesucht hatte, und drehte sie um. Furchtsame, verärgerte Augen starrten ihn hilflos an.

»Entschuldigung, Sir?«

Chester sah von der bewegungslosen Gestalt auf, direkt in das Gesicht eines ernsten Captains der Spezialeinheit. Er wiederholte dem Offizier gegenüber seine Identifikation, mündlich und schriftlich.

Der Captain trat zurück, während Chester die Taschen des Sergeants durchsuchte. Dabei war er sich der Augen, die ihn beobachteten, sehr wohl bewußt. Davon abgesehen bewegte der große Mann keinen einzigen Muskel, obgleich Chester ihn atmen hören und fühlen konnte.

Seine Taschen waren leer, wenn man von der außerordentlich großen Geldmenge einmal absah. Er strich eine zerknitterte, schmutzige Karte glatt, auf der Telefonnummern von Freundinnen, Bowlingbahnen und Restaurants aufgelistet waren. Seltsam war nur, daß keine dieser Nummern aus diesem Staat war.

Möglicherweise war es nur seine Einbildung, aber Chester hatte den Eindruck, daß sich dabei die Augen des Sergeants leicht weiteten. Er händigte dem Captain die Karte und das Geld aus.

»Während der Geheimdienst diese Leute und ihre Identität überprüft, soll er auch die Nummern auf dieser Karte checken, sorgfältig. Man könnte am anderen Ende der Leitung auf sehr interessante Leute stoßen.«

»Ja, Sir«, bestätigte der Captain und salutierte.

»Nun, was ist hier passiert?« fragte Chester ihn.

»Nichts, Sir. Wir sind so schnell ausgerückt, wie wir konnten, die Stiefel haben wir uns erst an Bord der Helikopter angezogen. Irgendwer hat jemanden in verdammte Aufregung versetzt.«

»Das war ich«, teilte Chester ihm mit.

»Wir stehen seit Wochen in Bereitschaft«, fuhr der Captain fort, »da wir für einen nicht näher bezeichneten Notfall bereit sein sollten. Als der Ruf kam, erhielten wir den Befehl, schießend zu landen. Aber als wir hier ankamen, griff uns niemand an.

Wir haben die da ...« – er deutete auf die Gestalten, von denen sich einige zu regen begannen –, »auf der Farm verstreut gefunden, bei der Scheune und die Straße entlang zu bis einem großen ... ich weiß nicht, ob Sie das in der Dunkelheit erkennen können, Sir.«

»Wir sind daran vorbeigekommen«, sagte Chester.

»Im hinteren Anhänger ist ein kunstvolles Arrangement aus Schlingen und Winden, Sir, neben einem Haufen legaler Fracht – Tarnung, nehmen wir an. Auf dem Weg wurden wir über den Satelliten informiert.«

Chester klärte den Captain nicht weiter auf. »Es scheint offensichtlich, daß sie herkamen, um ihn zu stehlen, Sir. Wir haben die meiste Zeit damit verbracht, darauf zu warten, daß uns jemand neue Befehle gibt.« Er sah Chester erwartungsvoll an.

»Sammeln Sie Ihre Männer ein, gehen Sie nach Hause und vergessen Sie das alles«, instruierte der Major ihn. »Sie haben Ihre Arbeit hervorragend getan.« Er deutete mit dem Daumen auf die sich regenden, stöhnenden Gestalten. »Stellen Sie sicher, daß die dem Geheimdienst der Basis zum Verhör übergeben werden – wenn sie verhört werden *können*. Was ist mit ihnen passiert?«

»Nur einen Augenblick, Sir.« Der Captain drehte sich um und rief einen Mann, der sich über eine der Gestalten gebeugt hatte. Er erhob sich und kam zu ihnen herüber. Chester bemerkte die Captainsstreifen und die medizinischen Abzeichen an seiner Felduniform.

»Sowas habe ich noch nie gesehen«, antwortete er auf Chesters Fragen. »Vollständige Lähmung aller nicht lebensnotwendigen Muskeln. Die, die zur Erhaltung der Lebensfunktionen notwendig sind, arbeiten dagegen normal.«

»Irgendeine Idee, was das verursacht haben könnte?«

»Nein.« Der Doktor schüttelte bedächtig den Kopf. »Ich kann mir nicht vorstellen, was da passiert sein könnte.«

»Ich schon«, sagte eine sanfte Stimme. Alle drei Offiziere drehten sich um und sahen zur Vordertür hinaus. Shattuck, den das Ganze offensichtlich gelangweilt und verärgert hatte, stand draußen und beobachtete die herumlaufenden Soldaten. Sein Sohn saß zusammengekauert auf der Hollywoodschaukel daneben. Auf seinem Schoß lag ein Kätzchen.

Chester hatte die Fülle halbwilder Katzen, die auf der Farm herumliefen, schon beim ersten Mal bemerkt. Jetzt jedoch wunderte er sich darüber, wie die Katzen und das Geflügel der Farm koexistierten. Er erwähnte das dem Rancher gegenüber.

»Davon spreche ich gerade«, sagte Shattuck erfreut. »Es ist wie mit den Cojoten.«

»Welchen Cojoten?« fragte Chester.

»Normalerweise halten die Hunde sie vom Hühnerstall fern«, erklärte der Rancher. »Aber wenn es so kalt wird wie in letzter Zeit, dann lassen wir die Hunde auf der Veranda schlafen. Ich würde genausowenig einen guten Hund in den Schnee schicken wie einen guten Mann.

Diese verdammten Cojoten sind clever genug zu wissen, wann die Hunde hier statt da hinten angebunden sind. Dann kommen sie schnell und leise, und ich verliere eine Henne pro Woche. Aber lieber das, als wenn ich Cotton oder Gin verlieren würde. Sie gehören zur Familie.«

»Ich verstehe«, warf eine andere Stimme ein. Chester sah, daß Jean Calumet die Scheune verlassen hatte, um zur kleinen Gruppe auf der Veranda zu stoßen. »Ich habe selbst drei Hunde zu Hause. Ich habe nur nicht die Probleme mit den Temperaturen wie Sie.«

Shattuck sah den jüngeren Mann mit neuen Augen an. »Wo kommen Sie her, mein Sohn?«

»Kleine Stadt in der Nähe von Baton Rouge«, erwiderte er. Shattuck nickte, als ob das alles erklärte.

»Die Cojoten«, erinnerte Chester den Rancher neugierig.

»Ach, ja. Eines Morgens, vor ein paar Tagen, fanden wir zwei von ihnen, ein Männchen und sein Weibchen, wie sie Seite an Seite genau neben dem Hühnerstall lagen. Sie hatten sich unter dem Zaun, den ich aufgestellt hatte, durchgegegraben. Daher schätze ich, daß sie bereits drinnen gewesen waren und gerade mit einem Vogel rauskamen.

Als sie herauskamen, hat sie etwas plötzlich gestoppt. Sie lagen da einfach im Hof. Ich dachte zuerst, sie wären tot, aber man konnte sehen, wie sich ihre Augen bewegten und daß sie immer noch atmeten. David und ich haben sie dann weit hinter die Zisterne gebracht. Als wir gestern abend nach ihnen schauten, waren sie weg. Abgehaut. Ich glaube nicht, daß sie noch mal wiederkommen werden. Etwas muß sie schwer erschreckt haben.

Der Doktor sagte gerade, daß etwas diese Burschen niedergeschlagen und gut fertiggemacht hat, ohne sie zu töten. Sie sehen genauso aus wie die zwei Cojoten.«

»Machen Sie eine Notiz, Captain«, sagte Chester dem Offizier der Spezialeinheit, »wann man damit rechnen kann, daß sie wieder in Ordnung kommen.«

»Ja, Sir.«

Unter der Aufsicht des Captains wurden die bewegungslosen, schwarzgekleideten Gestalten auf Tragen zu den wartenden Helikoptern getragen. Als das *wup-wup* der vielen Rotorblätter Richtung Süden verklungen war, sprach Calumet ruhig mit dem Rancher.

»Sie wissen, was das bedeutet, Mr. Shattuck?«

»Ich habe rhetorische Fragen schon immer gehaßt«, kam es schneidend von Beth Shattuck. »Sie sind das, was in Hollywood für Grips gehalten wird. Stelle eine Menge Fragen und bringe andere Leute dazu, sie zu beantworten, und sie werden denken, daß man richtiggehend brillant ist. Was halten Sie davon, uns zu sagen, was Sie meinen, mein Hübscher?«

Durch das Kompliment ein wenig aus der Fassung gebracht, kämpfte Calumet um eine Antwort. »Es bedeutet«, brach es schließlich aus ihm hervor, »daß das Ding auf Ihrem Heuboden gefährlich ist. Es hat eine Reihe von Tieren paralysiert, und jetzt hat es das gleiche offensichtlich mit einer großen Gruppe bewaffneter Männer getan. Ich habe Waffen in dem Zimmer gesehen. Hat jemand von Ihnen einen Schuß gehört?«

»Das kann ich nicht behaupten«, gab Shattuck zu. Calumet lächelte grimmig.

»Das heißt, daß das Raumfahrzeug«, er deutete zu dem leuchtenden Objekt oben auf dem Heuboden, »fast ein Dutzend erfahrener und zweifelsohne skrupelloser Individuen außer Gefecht gesetzt hat – egal ob sie nun vor ihm standen oder da hinten an der Straße – bevor einer von ihnen Widerstand leisten konnte. Ich bin der Überzeugung, daß jedes vernünftige Gericht, das davon hört, das Gerät als gefährlich einstufen und anordnen wird, daß es von dazu ausgebildeten Leuten entfernt werden soll.

Was würde Ihr Mr. Wheaton dazu sagen?« schloß er.

»Keine Ahnung«, gab Shattuck zu.

»Er wurde aus geschäftlichen Gründen nach San Francisco zurückgerufen«, informierte seine Frau sie, »aber machen Sie sich keine Sorgen, wenn wir ihn brauchen, kommt er wieder. Wir müssen ihn nur anrufen.«

»Ihn anrufen?« Chester sah verwirrt aus. »Ich dachte, Sie hätten hier draußen kein Telefon.«

»Haben wir auch nicht. Eine Frau in Cisco nimmt Telefonanrufe für uns an und leitet sie über CB-Funk zur Ranch weiter. Auf die gleiche Art können wir

Nachrichten empfangen. Eine von diesen schickte Cable mit quietschenden Reifen vor zwei Tagen von hier fort. Er nahm das Flugzeug von Abilene nach Dallas und dann zur Küste.« Ihr Gesichtsausdruck wurde ärgerlich.

»Nun, das Ding da oben hat niemanden getötet. Es hat nicht einmal die Cojoten getötet, und ich erwarte auch nicht, daß es diese Männer wirklich verletzt hat. Aber ich kann mir vorstellen, wie Sie das Ganze vor Gericht aufblasen könnten, daß es so aussieht, als wäre das Ding wirklich gefährlich.«

»Bitte glauben Sie mir, Mrs. Shattuck«, bat Calumet, »wir wollen Ihnen nichts wegnehmen, was Ihnen rechtmäßig gehört. Sie werden angemessen entschädigt werden, weil Sie es gefunden haben, das verspreche ich Ihnen im Namen der Regierung. Tatsächlich sollten Sie in ein paar Tagen vom Pr ...«

»Dem Präsidenten?« platzte David heraus. »Ach, er hat vor zwei Tagen angerufen. Das war schon was!«

»Ich verstehe«, sagte Calumet sichtlich überrascht. »Äh ... was hat er gesagt?«

»Ziemlich das gleiche, was Sie uns erzählt haben, Mr. Calumet«, informierte Shattuck sie. »Ging damit weiter, wie wichtig eine sorgfältige Untersuchung des Dings für das Land sein würde. Daß ich meine patriotische Pflicht tun und es an Sie übergeben sollte, ohne noch weitere Schwierigkeiten zu machen, und daß, genau wie Sie es uns gesagt haben, die Regierung uns entschädigen würde.« Er machte eine Pause.

»Ich habe ihm gesagt, wenn er uns entschädigen wolle, solle er mal schauen, wie unsere Steuern hier die letzten acht Jahre gestiegen sind.«

»Und was hat er darauf gesagt?« fragte ein faszinierter Chester nach.

»Sagte, er würde es sich ansehen. Klang so, als ob er es wirklich so meinte.«

Der Rancher nahm eine Pfeife aus der Hemdtasche

und begann sie mit Tabak zu stopfen. Wenigstens war Chester sich ziemlich sicher, daß es Tabak war.

»Schätze, er ist weder besser noch schlechter als jeder andere Politiker in Washington. Sie klingen alle ehrlich. Wie auch immer«, schloß Shattuck und zündete seine Pfeife an, »ich habe ihm gesagt, daß wir kooperieren werden.«

»Das haben Sie?« Calumet schien über dem Boden zu schweben, als er sich umwandte und zur Scheune hinüberrief: »Sarah, Perry – wir können's haben.«

»In vier Tagen«, warf Beth Shattuck ein. Calumet wandte sich ihr zu, blinzelte.

»In vier Tagen? Warum vier Tage?«

»Nun«, fuhr sie fort, da ihr Ehemann die Pfeife schmauchte, »wir haben nicht wie andere Leute die Lichter bis Neujahr hängen. Wir feiern Weihnachten. Die Leute denken, es wäre komisch von uns, wenn wir sie so früh abnehmen, aber andererseits denken sie auch, daß wir komisch sind.«

»Das ist mal sicher«, warf David ein. Offensichtlich genoß er die traurige Berühmtheit seiner Familie.

»Und sie haben recht, jedenfalls größtenteils«, fuhr seine Mutter fort. »Für hier *sind* wir wirklich nicht ganz gewöhnlich. Selbstverständlich denken wir, daß alle *anderen* ein bißchen verrückt sind, und so ist das wieder im Gleichgewicht.«

»Vier Tage«, murrte Calumet. »Ich schätze, wir können warten, aber ...« – er deutete auf das leere Wohnzimmer – »was ist, wenn noch mehr von den Typen auftauchen?«

»Hm, ich muß zugeben, das ist ein Problem«, stimmte Shattuck zu. Er sprach über das Mundstück seiner Pfeife hinweg. »Russen? Was meinen Sie?«

»Vielleicht«, erwiderte Chester vorsichtig. »Einer von ihnen, ihr Anführer, war unser Fahrer. Sie wußten die ganze Zeit durch ihn, was los war. Aber bis jetzt haben wir keine Hinweise darauf, für wen sie gearbeitet haben.« Er deutete zum fluoreszierenden außerirdischen Raumfahrzeug.

»Das wäre für jeden die Mühe wert. Sicher könnten das die Russen gewesen sein, vielleicht auch die Chinesen.« Zu seiner Überraschung stellte er fest, daß er kicherte. »Oder vielleicht die Franzosen oder die Rockefeller Foundation. Ich weiß es nicht. Wer immer es war, wird jedenfalls feststellen, daß er einen kolossalen Fehlschlag erlitten hat.

Wenn Sie also nichts dagegen haben, würden wir die nächsten vier Tage um die Ranch Wachen aufstellen.«

»Sie wollen doch wohl damit nicht andeuten, Sie lassen zu, daß sie es dabehalten?« unterbrach ein aufgeschreckter Calumet.

»Welchen Unterschied machen schon vier Tage, Mr. Calumet?« wollte Chester wissen und sprach erstmals in einer harschen, militärischen Manier. Er fühlte sich ein bißchen benommen. »Denken Sie an die nachteilige Presse, die wir kriegen könnten. Wir wollen doch wohl nicht, daß Mr. Wheaton mit einer Flugzeugladung hechelnder Fotografen an seinen Hacken aus San Francisco zurückkommt.

Wenn der rechte Zeitpunkt da ist, will ich, wie Sie sicher auch, daß die Öffentlichkeit über wissenschaftliche Zeitschriften und Kanäle über unsere Entdeckungen informiert wird – und nicht durch den *National Enquirer*. Davon abgesehen scheint das Gerät gern hier zu sein. Jeglicher Versuch, es zu bewegen, bevor wir verstehen, was es motiviert, könnte damit enden, daß wir alle wie Holzscheite draußen auf dem Hof herumliegen.

Wie dem auch sei«, fügte er bei dem niedergeschlagenen Gesichtsausdruck des jungen Wissenschaftlers hinzu, »ich sehe keinen Grund, warum wir hier nicht ein paar Wohnwagen aufstellen und das Gerät hier untersuchen sollten, ohne es zu bewegen … wenn die Shattucks es uns erlauben.« Er sah den Rancher an.

»Solange Sie es nicht vor dem Sechsundzwanzigsten auseinandernehmen«, stimmte Shattuck schließlich zu. Er klopfte seine Pfeife an einem Pfosten aus und stopfte sie neu. »Danach können Sie es nach Herzenslust auseinandernehmen.« Er drehte sich um und sah den Gegenstand ihres Gesprächs an.

»Es scheint dennoch eine Schande zu sein, so hübsch wie es ist.« Er stieß einen tiefen Seufzer aus und wandte sich wieder Chester zu. »Nicht, daß wir etwas dagegen haben, beschützt zu werden, aber stellen Sie sicher, daß Ihre Leute außerhalb des Zauns bleiben. Ich will nicht, daß sie die Kühe verschrecken oder durch die Winterbeete trampeln.«

»Machen Sie sich keine Sorgen, Mr. Shattuck«, versicherte Chester ihm, selig darüber, wieder auf vertrautem Grund zu stehen. »Sie werden weit genug vom Haus entfernt stationiert werden. Denken Sie daran, daß wir die Aufmerksamkeit nicht auf Sie lenken wollen.«

»Dann ist es okay«, erklärte sich Shattuck einverstanden. »Sie können Ihre Wohnwagen da drüben, hinter dem Gewächshaus, aufstellen.«

Chester drehte sich um und blinzelte durch die Dunkelheit zu einem langweiligen weißen Gebäude gegenüber vom Haus. Er hatte dem vorher nicht viel Aufmerksamkeit geschenkt.

»Da sind auch Wasserhähne«, sagte Beth Shattuck. »Sie können die Wohnwagen an sie anschließen. Die Zisterne ist gut gefüllt.«

»Danke, das ist sehr gastfreundlich von Ihnen«, räumte Calumet ein, der jetzt entschlossen war, freundlich zu sein. »Was ziehen Sie in Ihrem Gewächshaus, Mrs. Shattuck?« fragte er höflich. »Tomaten, Zimmerpflanzen?«

Sie schüttelte energisch den Kopf, zog eine Pfeife heraus, die der ihres Ehemannes glich, und stopfte sie. »Nein. Tropische Orchideen. Sie wären überrascht, was für einen Markt für frische Orchideen es in Dallas/Fort Worth gibt. Ich habe mit ein paar interessanten Fremdbestäubungen experimentiert. Ich zeige es Ihnen später, wenn Sie Interesse haben. Jetzt sehe ich besser, daß ich meinen Schönheitsschlaf nachhole. Ich brauche mittlerweile alles, was ich kriegen kann.« Sie drehte sich um und ging davon, ließ den höflichen Chemiker mit offenem Mund zurück.

Die letzten Tage hatte Joe Chester immer fest geschlafen. Diese Nacht war sein Schlaf besonders tief, da er im sicheren Wissen ruhen konnte, daß morgen das lästige, faszinierende außerirdische Gerät via Militärhelikopter sicher auf dem Weg zum Zentrum für bemannte Raumfahrt in Houston sein würde und er daher wenigstens einen Teil der Feiertage mit seiner Familie verbringen konnte.

Deshalb überfiel ihn das ohrenbetäubende Krachen und die darauf folgende donnernde Erschütterung noch viel mehr wie ein Schock, als es in den vorhergehenden Wochen der Fall gewesen wäre. Chester hatte immer noch die schnellen Reaktionen der Zeit seines Kriegsdienstes und warf sich aus dem Bett. Noch bevor das Zittern des Wohnwagenbettes aufhörte, war er schon auf den Beinen und stolperte nach draußen.

Die eisige Luft umhüllte ihn und betäubte seine schlafwarme Haut sogar durch die wollene Unterwäsche hindurch, die er trug. Die Taubheit ging Schritt für Schritt in ein beständiges Hämmern über.

Ein leises Geflüster war von der Ansammlung von Wohnwagen zu hören, als die anderen erwachten und unsichere Fragen von Wohnwagen zu Wohnwagen wanderten. Ein Blick die Straße hinauf und hinunter enthüllte Lichter, die in einiger Entfernung angingen. Zwei Bataillone Elitesoldaten in Alarmbereitschaft waren um die Ranch stationiert, die bald würden wissen müssen, was vorging.

»O mein Gott, nein!« war in der Nähe eine gequälte Stimme zu hören. Dann eilte Calumet, in Pyjama und Morgenmantel gekleidet, an ihm vorbei. Seine bloßen Füße wirbelten Dreck und Kies auf, als er auf die Scheune zurannte.

Goldberg und Tut erschienen kurz dahinter, der große Physiker mühte sich, den Schlaf aus den Augen zu reiben und gleichzeitig die Brille aufzusetzen. Goldberg starrte einfach nur, ihr Mund bewegte sich langsam. Sie zitterte, und ihr Aussehen verriet ihr Alter.

An der Scheune war ein Licht erloschen.

Bei seinem explosiven Start hatte das Raumfahrzeug die vordere Hälfte des Scheunendaches mit sich gerissen. Immer noch regneten Späne und Holzstücke auf sie herunter, prasselten wie Hagel auf die Metalldächer der Wohnwagen und prallten von dem langgestreckten Wohnhaus ab. Von der Veranda bellten und jaulten die beiden Hunde mitleiderregend.

Ein Blick zum Haus zeigte ihm, daß alle drei Shattucks dort standen und zur Scheune blickten. Wenigstens, überlegte er erleichtert, hatten sie sich entschlossen, das Gerät in der Scheune aufzustellen und nicht in ihrem Haus.

»Richtung Westen«, ertönte hinter ihm eine sanftschrille Stimme. Gemäß Goldbergs Anweisung richtete er seine Augen zum westlichen Firmament. Ein heller Stern erhob sich dort himmelwärts, und während Chester zusah, nahm die Intensität des Lichtes ab. Es war schnell verschwunden.

Goldberg setzte sich auf die harte Erde, ihr altes Flanellnachthemd kräuselte sich demutsvoll um sie herum, und schluchzte. Chester hatte keine Worte, den Verlust einer Chance, die man höchstens einmal im Leben hat, zu lindern.

Tut versuchte, sie zu trösten, aber Chester merkte wohl, daß der jüngere Mann selbst Schwierigkeiten hatte, die Tränen zurückzuhalten.

Wie es oft bei Leuten der Fall ist, die unter Schock stehen, war Chester sich seiner eigenen Lähmung nicht bewußt. Mit der Klarheit eines Fassungslosen bemerkte er, wie nur noch Halme von Heu fielen. Er bemerkte auch, daß da im leicht entflammbaren Heuboden kein Feuer ausgebrochen war und keines der heruntergefallenen Holzfragmente auch nur versengt war. Die Antriebsart des mechanischen Besuchers war so unendlich kalt wie die Weiten, die er jetzt wieder durchzog – kalt und lautlos.

Kein gedämpftes Brüllen armseliger, primitiver Raketen war zu hören gewesen, kein Summen eines Energieaufbaus. Der *Krac*h, der am Anfang zu hören gewesen war, war das Geräusch von Holz und Metall der Scheune gewesen, die nachgegeben hatten. Das folgende Explosionsgeräusch war durch die Luft verursacht worden, die einströmte, um den Platz zu füllen, den das Raumfahrzeug vorher eingenommen hatte. Er sah noch mal zu dem riesigen Loch in der Scheune und wunderte sich über die starke Beschleunigung.

Eine Gestalt kam auf ihn zu, den Kopf trübselig geneigt. Calumet hatte beide Hände in den Taschen seines Morgenmantels vergraben, ein Bild der Niedergeschlagenheit. Er hielt an, da er bemerkte, daß die Shattucks nun auf halbem Weg zwischen ihrem Haus und der Scheune standen.

»Nun«, sagte Beth Shattuck zu dem aufgewühlten Calumet, »es scheint, daß Sie doch recht hatten.«

»Recht?« murmelte er und schien sie nur mit Mühe zu hören.

»Ja. Damit, daß es gefährlich ist.« Sie deutete auf die Scheune. »Sehen Sie, was es angestellt hat. Komm weiter, J. W.«, drängte sie ihren Mann, »wir beruhigen besser die Kühe, oder sie werden den nächsten Monat nichts als Buttermilch geben.«

Die drei Shattucks gingen weiter zu den Resten ihrer

Scheune. Mindestens drei oder vier kleine grauschwarze Katzen dubioser Abstammung trotteten hinter ihnen her.

Und Chester blickte erneut in die Richtung, die der verschwundene Besucher aus einem anderen Sonnensystem genommen hatte. Er merkte, daß er wegsehen mußte. Die Sterne über dem wolkenlosen weiten Himmel über dem Land schienen plötzlich unerträglich nah zu sein.

»Was, denken Sie, ist passiert, Mr. Calumet – Jean?«

Irgendwie hatte der Chemiker ihn gehört und zuckte gleichgültig die Achseln. »Es war ein Landungsroboter, in der Funktion wahrscheinlich ähnlich unseren neuen Viking-Landungssonden. Es hat hier aufgesetzt, hat die Informationen gesammelt, für die es konstruiert war, und startete wieder. Jetzt ist es wieder auf dem Weg nach Hause. Das ist alles.« Sein Blick richtete sich unerschrocken zu den Sternen.

»Die interessante Frage bleibt, wie lang es für den Flug hierher gebraucht hat. Wenn wir das wüßten, dann könnten wir endlich mit diesen Wesen in Kontakt treten, die es unserer Meinung nach zuhauf da draußen geben muß. Wenn es ein Jahrtausend gedauert hat, dann werden weder Sie noch ich es erleben.«

»Ich frage mich, ob es zufällig hier gelandet ist«, murmelte Chester. »Vielleicht sind sie genauso enttäuscht, wie wir es nach den ersten Marslandungen waren.« Er deutete mit einem Nicken zur Scheune hinüber. »Es kann von da oben nicht viel in Erfahrung gebracht haben.«

»Das hängt allein davon ab, was man untersuchen will«, widersprach Calumet. »Ich glaube nicht, daß seine Landung hier so zufällig war, wie wir denken. Es war ein unglaublich hochentwickeltes Gerät. Können Sie sich vorstellen, daß eine durchschnittliche Familie wie die Shattucks reagiert hätte? Ihre einzige Reaktion darauf war, daß es wunderschön sei.

Und wie war das mit den Cojoten, die hinter den Hühnern her waren? Die Sonde hat sie paralysiert. Und nicht zu vergessen die Gangster, die jetzt auf dem Weg zu Ihrer Basis sind. Ich würde für einen Blick auf die Sensorausrüstung in dem Ding zwanzig Jahre meines Lebens geben.

Irgendwie muß es zu dem Schluß gekommen sein, daß es die Shattucks und seinen Standort mochte und davon nicht entfernt werden wollte. Ferner war es offenbar intelligent genug zu entscheiden, daß der Diebstahl von Hühnern der Familie schaden würde. Oder war es nur eine Art Experiment? Wir werden es nie erfahren. Jedenfalls nicht jetzt.«

»Es ist weg«, bemerkte Chester mechanisch, »und wir können nichts dagegen tun. Ich schreibe einen Bericht, beruhige die Truppen, die die Ranch bewachen, und dann können wir alle nach Hause gehen, schätze ich. Es ist vorbei.«

»Ich frage mich«, murmelte Calumet und blickte zum Himmel.

»Was?«

»Ach, nichts, wirklich. Es ist nur, daß man nicht jede Nacht einen neuen Stern ans Firmament zurückkehren sieht – lustige Koinzidenz.«

»Was, bitte?« wollte ein verwirrter Chester wissen.

Calumet blickte auf seine Uhr. »Es ist nur, daß in ein paar Stunden die Morgendämmerung des Fünfundzwanzigsten anbricht.« Er lächelte schief. »Vielleicht war es uns nicht vergönnt, zu diesem Datum einen allzu genauen Blick auf unseren Gast zu werfen. Frohe Weihnachten, Major.«

Calumet wickelte seinen Morgenmantel enger um sich und ging zu dem großen Wohnwagen hinüber, in dem die drei Wissenschaftler schliefen. Chester machte sich zu seinem eigenen auf, um das Feldtelefon zu benutzen.

Er zögerte, die Tür halb geöffnet, obgleich er wußte,

daß die Wärme, die die kleine elektrische Heizung produzierte, gierig nach draußen in die Kälte gesaugt werden würde. Sein Blick richtete sich zum letzten Mal auf den leeren Pfad, den das entschwundene Gerät auf seinem Weg nach Hause genommen hatte, von dem keiner wußte, wo es lag.

»Und allen eine gute Nacht«, flüsterte er weich, als er die Tür leise hinter sich schloß und den Himmel aussperrte.

Sammlung

Es ist schwer, den Horror im strahlenden Sonnenschein zu sehen, wenn es warm ist und alles, was man anhat, Shorts, ein ärmelloses T-Shirt und Sandalen sind. Es ist schwer, den Horror zu sehen, wenn alle um einen herum sich anscheinend blendend amüsieren, lachen und das Leben leichtnehmen. Aber er ist immer da. Selbst an ihren schönsten Stellen ist die Welt nicht notwendigerweise ein von Natur aus freundlicher Ort. Das Beste, was wir tun können, ist, das Schlechte auszuschließen und uns auf das Schöne zu konzentrieren. Denn wenn wir es nicht tun, werden wir uns schließlich und endlich an eine gleichgültige Realität, an Wahnsinn und Hoffnungslosigkeit oder Schlimmeres ausliefern.

Es ist viel Schrecken im Licht der Sonne zu finden. Es ist nur so, daß die meisten von uns es schaffen, ihn auszuschließen. Gelegentlich jedoch dringt er in unser Bewußtsein ein, ob wir es wollen oder nicht. Der alte Trunkenbold, der vor dem Auto über die Straße wankt. Die Stadtstreicherin, die die Mülltonnen auf der Suche nach etwas Brauchbarem durchstöbert. Der Ehemann, der in Arkansas Amok läuft und achtzehn Familienmitglieder umbringt. Der Lehrer, der schließlich genug hat und einen ihn quälenden Schüler erschießt.

Das ist der wahre Horror. Nicht blutsaugende Aristokraten, die sich in malerische fliegende Säugetiere verwandeln, oder riesige formlose Ungeheuer aus imaginären Universen.

Die Linie, die die reale Welt von der Unwirklichkeit trennt, ist dünn und kann leicht durchbrochen werden wie billiges Plastik. Was Realität ist und was Halluzination, ist keine Frage der Physik, sondern der Wahrnehmung. Die Dunkelheit ist nicht immer der Katalysator für Träume. Das Leben ist so real, wie ein Individuum es sich wünscht, oder so unwirklich.

Sie sah Ehahm-na-eulae das erste Mal deutlich, als sie Frank und ihre beste Freundin Maureen zusammen im Bett erwischte. Es war ein nebulöser, höhnischer aquamarinblauer Klecks auf der Wand über und hinter dem Wasserbett. Seine lange Schnauze hing über dem maßgefertigten Kopfbrett, der wellenförmige Körper klebte am Holz und der Wand und der Decke wie eine riesige erstarrte Spinne. Die klauenbewehrten Vorderbeine wölbten sich über die eingebauten Bücherregale zu beiden Seiten des Bettes. Membranflügel, durchzogen von bläulichen Schlagadern, reichten über die Decke von einer Wand zur anderen.

Am deutlichsten von allen schwach erkennbaren Zügen waren die Augen des Drachen, knollenförmige zitronengelbe Kugeln, durchschnitten von tief karminroten Schlitzen: Pupillen wie Peitschennarben. Glasig gelbe Glühbirnen, die frei in ihren Sockeln zu schweben schienen wie Quecksilber auf Glas. Sie schienen sie zu necken. Die dreispitzige rote Zunge züngelte nervös in ihre Richtung, und der gepanzerte Schwanz liebkoste die Decke.

Weder Frank noch Maureen bemerkten Ehahm-naeulae. Sie hatten weder die Neigung noch die Sensibilität, ihn zu sehen. Pearl hatte ihn in letzter Zeit schon einige Male gesehen, aber noch nie zuvor so deutlich.

Als Frank sich schnell aufsetzte, rutschten zerwühlte Decken und Laken von seinem nackten Torso. Er strich sich langes schwarzes Haar aus Augen und Stirn, starrte sie an und murmelte:

»Oh, Scheiße …«

Wie beredt du bist, dachte Pearl verstört. Wie kalkulierbar. Er war kein Gewinn … aber Pearl war auch keine Gewinnerin. Frank war weit besser als nichts gewesen, weit besser als die Männer, an die sie gewöhnt war. Sie hatte dumme Kleinmädchenträume gehabt, die sich jetzt rasch in Luft auflösten.

Und Maureen ... die stets hilfsbereite, freundliche Maureen ... lag träge und verräterisch verträumt auf dem Bett und lächelte durchtrieben, ihr Grinsen eine Mischung von Unschuld und Verschlagenheit.

Frank zu verlieren war schlimm. Ihn an die eine Frau zu verlieren, der Pearl immer vertraut hatte, war noch schlimmer. Emotional kritische Masse. Kritische Schweinerei, korrigierte sie sich hysterisch. Du liest viel zuviel. Sie wirbelte herum und floh den Gang hinunter.

»Pearl ... warte, Pearl, Schatz!«

Das schlanke Mädchen legte eine Hand auf seine Brust, um ihn zurückzuhalten, und ließ ihre Finger dort durch seine Locken gleiten. »Vergiß es, Frank. Du kannst jetzt nichts tun. Es gibt auch nichts, was ich tun könnte.« Sie zuckte gleichgültig die Achseln. »Man kann versuchen, Leuten wie Pearl zu helfen, soviel man will, aber es gibt Leute, die werden schon traurig geboren.«

»Ja, aber ich ...«

»Es gibt nichts, was wir tun könnten«, wiederholte sie fest. Er wehrte sich nicht, als sie ihn wieder auf sich zog.

Auf halbem Weg zu ihrem eigenen Apartment hörte Pearl auf zu rennen. Der Morgen war nebelig, und der Strand zu ihrer Linken war noch verlassen. Vornübergebeugt und in eine Jacke gegen die kalte Meeresbrise eingemummelt, stand die Silhouette eines Rentners im frühen Morgenlicht. Er hielt einen Metalldetektor in den Händen und bewegte das tellerförmige Ende vor und zurück über den bronzefarbenen Sand. Er sah mehr wie ein Insekt denn wie ein

Mensch aus. Er bildete ein einsames Zeichen der Strandkultur der Älteren.

Wellen massierten die Wassergrenze, saugten den Müll des Wochenendes an und verschluckten ihn: Bierdosen, verlorene Gummisandalen auf ihrem Weg zurück nach Taiwan, vergessenes Spielzeug, Bananenschalen, Tausende von verblaßten Zigarettenkippen, klebrige Papiertüten, die einmal Miniaturwolken aus Zuckerwatte enthalten hatte.

Ihr Apartment lag nicht zum Ozean hinaus, aber durch ihr einziges Fenster konnte sie den bezeichnenden herben Geruch des Seetangs wahrnehmen. Sie stieg die zwei Treppen nach oben, drückte gegen die widerspenstige Tür und stolperte nach innen. Der gebraucht gekaufte Wecker auf der Garderobe bestand darauf, daß es sieben Uhr am Morgen war. Sie hatte dreißig Minuten, um zur Arbeit zu kommen. Keine Zeit fürs Frühstück, selbst wenn sie hungrig gewesen wäre. Nur Kaffee.

Ein Drehen, und Minuten später waren die Windungen der Kochplatte rot; sie, die Platte und die Uhr waren die einzigen lebenden Bewohner des Apartments. Die Kochplatte und der uralte Kühlschrank füllten den Platz, der wohl dem Einbauschrank zugedacht war. Daneben war ein winziges Bad mit einer Dusche, Toilette und Waschbecken. Das weiße Porzellan war schwer beschädigt; es wies häßliche schwarze Streifen und Ringe auf.

Sie füllte eine Tasse mit heißem Wasser aus dem Topf, der auf der Platte stand, fügte löslichen Kaffee und ein bißchen Zucker hinzu und ging zum Stuhl hinüber, der am Fenster stand. Sahne war ein Luxus, an den nicht zu denken war.

Sie nippte müde. Das Wasser in dieser Stadt am Meer war reich an Mineralien. Es gab dem Kaffee einen starken alkalischen Geschmack, an den sie sich nicht gewöhnen konnte.

Das Fenster ging auf das Apartmentgebäude auf der anderen Seite der kleinen Straße. Gelbe Rollos verdunkelten die Fenster direkt ihrem gegenüber. Sie hatte sie nie offen gesehen. Wenn irgendwo hinter dieser undurchsichtigen Barriere aus verblaßtem gelbem Papier menschliche Wesen wohnten, hatte sie keine Ahnung, wie sie aussehen mochten.

Aber sie würde nie nachforschen. Die Voraussetzungen für Kommunikation in der Metropole Los Angeles waren der Wille, ein Gespräch zu beginnen, und ein Auto. Pearl verfügte weder über das eine noch über das andere.

Zu ihrer Überraschung stellte sie fest, daß ihre Hand zitterte. Sie hatte gedacht, daß Frank und sie zusammengehörten, und das hatte *ihr* geholfen, ausgeglichen zu sein. Jetzt war ihr Leben wieder da angelangt, wo es letztes Jahr gewesen war, das Karma zerbrochen wie eins von den Fenstern auf dem Hinterhof, das die Müllmänner sich weigerten mitzunehmen und der Verwalter des Gebäudes ablehnte, es zu zerkleinern und in den Mülleimer zu stopfen.

Sie betrachtete sorgsam ihre Sammlung, genoß jedes Stück, für das sie so schmerzlich bezahlt hatte, und schaffte es zu lächeln. Ihre Hand hörte auf zu zittern. Ein Hobby ist gut für die Seele, war ihr gesagt worden. Es lenkte sie davon ab, nur über ihr eigenes Leben nachzudenken, das allmählich in jeder Hinsicht wie ein ständiger Wohnsitz auf einem Zahnarztstuhl war. Eine Freundin hatte ihr das Hobby vorgeschlagen. Die Freundin war tot, vor einem Jahr von einem betrunkenen Autofahrer überfahren worden. Ihr Körper und ihr Geist waren zerbrochen wie die Fenster auf dem Hinterhof.

Ein schlimmes Jahr, dachte Pearl und nippte. Schlimmer als das Jahr davor.

Aber die Sammlung hatte ihr geholfen, sich zu beruhigen, hatte ihre Gedanken von der einer komischen Oper ähnlichen Konfrontation vorhin abgelenkt.

Die Glasdrachen standen sorgsam aufgereiht oben auf der Garderobe, sie bewachten das gleichmäßige Ticken der alten Uhr. Vier Drachentöpfe, die im Raum verteilt standen, enthielten Pflanzen in verschiedenen Stadien des Zerfalls und der Gesundheit. Die zwei Buntlippen hielten sich gut, aber die waren von Natur aus zäh. Die Dieffenbachia war nicht so stark, und das purpurfarbene Veilchen war fast tot. Aber die Töpfe grinsten oder brüllten oder schmollten, unveränderlich, eingefroren in ihrem Enthusiasmus.

Flügel und Zähne, Klauen und Schwänze, Schuppen und Augen verschiedener Größe und Farbe füllten den winzigen Raum. Bei ihrem Anblick dachte man an unbekannte Länder und Zeiten, an seltsame Welten, wo Grazie und Kraft die Norm anstatt die Ausnahme waren und wunderbare Magie das Leben zu einem Kaleidoskop nicht endender Freuden machte.

Bei Nacht beleuchtete ein Drache den Raum. Sein gehörnter Kopf stützte den zerrissenen Lampenschirm, eine 40-Watt-Glühbirne war sauber in sein sich hochwölbendes Rückgrat eingelassen. Von der Decke hing ein Drachenwindvogel, seine breiten Papierflügel verbargen das Schlimmste von der sich abschälenden Decke. Überall verbargen und verschönerten die Drachen etwas oder hatten eine nützliche Funktion.

Ihre Gedanken trieben auf dem Geruch von vermoderndem Riementang und Salz dahin. Schließlich kehrten sie zu der diffusen Gestalt zurück, die sie glaubte am Morgen an der Decke, der Wand und dem Kopfbrett des Bettes gesehen zu haben. Eine schöne Drachengestalt war das gewesen!

Sie rief sich die Aderzeichnung der Flügel ins Gedächtnis zurück, die kräftigen Klauen, und die schwimmenden klaren Augen. Für eine Vision hatte sich das Wesen scharf abgezeichnet. Sie konnte sich vorstellen, daß sie so etwas in einem Augenblick großen mentalen Stresses sah. Es ähnelte keinem der Drachen ihrer Sammlung und auch keinem, den sie gesehen hatte, den sie sich aber nicht leisten konnte.

Sicher hatte es sie auch angesehen. Sein Gesichtsausdruck erstaunte sie. Zuerst hatte sie es für ein höhnisches Grinsen gehalten, aber das konnte auch an ihrer ungünstigen Position zu der Zeit liegen und an den Umständen des Augenblicks. Es könnte auch Erwartung gewesen sein, dachte sie entzückt. Oder vielleicht Gleichgültigkeit oder Nachdenklichkeit.

Ein weiteres Rätsel lieferte der Name. Ehahm-na-eulae. Alle ihre Drachen hatten Kosenamen, aber nichts derartiges. Er war in ihrem Kopf aufgetaucht, gleichzeitig mit der Vision. Wo war er hergekommen? Er klang entfernt biblisch, aber viele seltsame Namen klangen ›entfernt biblisch‹. Das ist ein Ergebnis meiner Erziehung, sagte sie sich. Das Leben war in Oklahoma derber gewesen. Und kälter.

Ehahm-na-eulae. eHAHM-na-eulae. Vielleicht orientalisch? Sie hatte mit Sicherheit genug über orientalische Drachen gelesen, alles, was in der hiesigen Bibliothek zu finden war. Die Bücher hatte sie immer für sich allein. Üblicherweise hatte sie die Bibliothek für sich allein. In ihrer Nachbarschaft galt Lesen nicht als eine notwendige Voraussetzung fürs Überleben.

Wenn nicht orientalisch und nicht biblisch, dann vielleicht Hindu? Sie entschloß sich, die Herkunft so bald wie möglich zu erforschen. Das würde Spaß machen. Alles, was mit Drachen zu tun hatte, sogar imaginären, machte Freude. Die Erforschung in der realen Welt war schwierig. Wie zum Beispiel die Suche nach einem echten Freund oder ehrlichen Liebhaber (und vergiß solche Märchen wie wahre Liebe).

Sie wusch den Drachenlöffel sorgfältig, dann die Drachentasse. Sein Schwanz bildete den Tassenhenkel. Sie ging zur Garderobe und kämmte ihr Haar zurück. Der Drache, der den oberen Teil des Spiegels einrahmte, hielt den Spiegel für sie.

Das Gesicht, das ihr aus dem Spiegel entgegenblickte, war verbraucht. Auf ihrer Stirn waren Falten wie Wellen im Sand, und Tränensäcke hatten sich unter ihren Augen gebildet. Keine Zeit für ein Make-up. Sie steckte die Bluse in den Rock und band ihr Haar mit einem Gummiband zurück.

Neben der Garderobe stand eine Kommode. Auf ihr stand ein Drache aus mexikanischem Onyx. In der Kommode waren weitere Kleidungsstücke, andere persönliche Sachen und alte Filmzeitschriften. Im obersten Fach war eine Reihe Flaschen, dickwandig und gedrungen, ihre verführerischen Mäuler waren mit Korken dicht verschlossen. Sie zögerte und wählte eine aus.

Sie nippte damenhaft daran. Die honigfarbene Flüssigkeit brannte in ihrer Kehle. Sie starrte auf die Flasche und murmelte ein »Ach, zur Hölle damit« und nahm einen kräftigen, den Bauch entflammenden Schluck. Dann verkorkte sie die Flasche wieder und war nicht wenig stolz darauf, daß sie nicht husten mußte. Sie zwang sich dazu, die Flasche wieder in die Kommode zurückzustellen und die Türen zu schließen.

Zwei winzige Porzellandrachen flankierten die schwarze Masse des Telefons. Sie starrte es mehrere Minuten lang an, bevor sie wählte. Das Klick-klick hüpfte durch ihren Kopf. Zigarette. Ich wünschte bei Gott, ich hätte eine Zigarette.

Das Telefon machte ein paar seltsame, unvertraute Geräusche. Eine fremde Stimme meldete sich.

»Ist dort …«, und die Stimme wiederholte Pearls Nummer.

»Ja … Vermittlung? Was ist los?«

»Es tut mir schrecklich leid, Miss … äh … Sommer.

Hier ist das Geschäftsbüro der United Telephone. Da scheint es eine Diskrepanz in den Unterlagen zu geben. Sie scheinen zwei Monate Ihre Rechnung nicht bezahlt zu haben. Es tut mir leid, aber bis wenigstens die älteste Rechnung nicht bezahlt ist ... Sie verstehen?«

»Aber ich ...«, Sie brach ab. Sie war ein lausiger Lügner. »Kann ich, bitte, wenigstens ein R-Gespräch führen?«

»Ich glaube nicht ...«, Die Stimme wurde unerwartet menschlich. »R-Gespräch? Ich denke, das wäre in Ordnung. Welche Nummer wollen Sie, bitte? Ich werde sehen, ob ich Sie verbinden kann.«

»Danke, Miss, wirklich. Ich verspreche, die rückständigen Zahlungen gleich zu überweisen, sofort.« Sie nannte die Nummer. Der Wählton drang an ihr Ohr. Furchteinflößend schön knurrte ein Drache auf einem Poster an der gegenüberliegenden Wand auf sie nieder und gab ihr Mut.

Schwache Geräusche, dann: »Ich habe ein R-Gespräch für Frank von Pearl. Nehmen Sie es an?«

Gemurmel ... zwei Stimmen, eine weiblich. Ein einziges *Klick*, endgültig wie das Öffnen eines Schnappmessers. Dann die Stimme der Vermittlungszentrale, beschämt.

»Es tut mir leid, Miss Sommer. Der ...«

Pearl hängte ein. Weg mit dem Hörer, der Vermittlung, Frank, dieser unglaublichen kleinen Hexe Maureen, diesem ganzen Teil ihrer schmutzigen Welt. Dunst vernebelte ihre Gedanken, und sie dachte wieder an die Flaschen in der Kommode. Der Onyxdrache, der sie bewachte, saß ausdruckslos da. Unerschütterlich

Nein ... nein, verdammt!

Zufällig sah sie auf die Uhr. Es war fast acht. O Gott.

Sie mußte sich auch noch eine Busfahrt leisten.

Sonst ging sie zur Arbeit, aber als sie die Bushaltestelle erreichte, kam gerade der Bus. Er würde ihr fünfundzwanzig Minuten ersparen.

Der kostbare Vierteldollar klackte verloren in den Kasten. Sie ging unsicher in den hinteren Teil des Busses. Die Leute warfen ihr nervöse oder neugierige Blicke zu. Am liebsten hätte sie geschrien, sie angeschrien. Mit ihr war alles in Ordnung. Alles! Sie war so gut wie jeder von ihnen – besser sogar. Sie hatte in letzter Zeit nur Pech gehabt. Das beeinflußte aber doch nicht das Aussehen einer Person, oder? Worauf starrten sie dann alle? Kümmert euch um eure eigenen Angelegenheiten! rief sie ihnen im stillen zu.

Arme Pendler bevölkerten den Bus, diejenigen, die sich kein Auto leisten konnten, die Unberührbaren der Schnellstraßengesellschaft. Die Bremsen kreischten warnend, und sie merkte, wie sie vorwärts stolperte, war auf seltsame Weise von ihrer Unfähigkeit, das Gleichgewicht zu halten, fasziniert. Ein Jugendlicher mit nichtssagendem Gesicht mit Brille und Jeans fing sie auf, bewahrte sie vor dem Sturz. Sie hätte ihm beinahe gedankt, bevor sie merkte, wie eine Hand unter ihrem Rock fummelte.

Er grinste sie blöd an. Das schmierige Grinsen machte sie ärgerlicher als diese billige Avance. Er verließ den Bus, bevor sie ihn verfluchen konnte.

Ihr Gesicht brannte, sie sackte auf einem Sitz zusammen. Seine Hand war in ihr Fleisch eingebrannt. Auf der anderen Seite des Gangs lehnte sich ein alter Schwarzer auf seinen Spazierstock und lachte leise. Sie drehte sich weg und preßte ihre Stirn gegen das Fenster. Die Kühle des frühen Morgens war angenehm. Am Nachmittag würde die Sonne den Nebel weggebrannt haben, und die Küste würde vor Hitze kochen, es würde ungewöhnlich heiß und feucht für Südkalifornien sein.

Eine stromlinienförmige zuckende Gestalt tanzte durch die Luft neben dem Bus und blickte sie mit großen gelben Augen an. Sie setzte sich in dem abgenutzten Sitz gerader auf. Ehahm-na-eulae, dachte sie aufgeregt. Wieder, hier, außerhalb des Refugiums ihrer Sammlung.

Er war deutlich sichtbar, die Umrisse scharf und genau, jede einzelne Schuppe war im Sonnenlicht zu erkennen. Der Horror dieses Morgens, der bleichgesichtige Perverse, der sie angetatscht hatte, alles verblaßte beim Anblick der prächtigen geflügelten Gestalt, die neben dem Bus herflog.

Er hielt mit Leichtigkeit Schritt, glitt über die Dächer von Autos und Lastern. Einmal setzte er sich auf die Motorhaube eines Sattelschleppers wie der König aller Kühlerfiguren, gleißende Krallen umklammerten die Motorabdeckung, während die dreispitzige Zunge verlockend nach ihr züngelte.

Er flog voraus, um sich auf einer Ampel wie auf einer Hühnerstange niederzulassen, balancierte sich mit den durchscheinenden Flügeln aus, die das Feuer aus der Morgensonne filterten, ein Adler auf einem metallenen Besenstiel.

Das erste Mal konnte sie die wahren Farben erkennen, Schuppen in metallisch schillerndem Grün und Blau, durchsetzt mit silbernen Splittern. Einmal öffnete er sein Maul weit, und eine reine Drachenflamme schoß heraus. Dann lächelte er sie überheblich an, als ob er sagen wollte: Ich bin rein, ich bin sauber, ich bin ein Drache aus einer seit zehntausend Jahren durch Zeit und Raum ungebrochenen Ahnenreihe, und das ist nur der kleinste Hinweis auf das, was ich, Ehahm-na-eulae, tun kann!

Sie verpaßte beinahe ihre Haltestelle, und als sie auf dem Bürgersteig stand, war die Drachenerscheinung verschwunden.

Das Howard Johnson lag zwei Blocks nördlich, ein

bedrohlicher Turm, zwölf Stockwerke hoch, wie eine Vision von Piranesi an der Ecke von zwei Hauptstraßen der Stadt. Innen waren zwölf Stockwerke mit übervollen Aschenbechern, die geleert werden mußten, verschütteten Getränken, die aufgewischt werden mußten, Papierschnipseln, die von Hand aufgelesen werden mußten, und einen Hades fehlender Handtücher, für die sie würde bezahlen müssen. Am schlimmsten waren die Hektare mit ungemachten Betten, die sie sorgfältig würde machen müssen, nur um morgen festzustellen, daß sie wie Sisyphus würde von vorne anfangen müssen.

Eine riesige Gestalt trat ihr im ersten Untergeschoß des Gebäudes entgegen. Sie stand bei der Uhr, die die Karte hielt, die ihr Leben aufzeichnete. Miss Perkins war eine turmhohe Harpyie, ein gewalttätiger, fluchender Riese von einer Frau, mit Schultern wie ein Außenverteidiger und einer Stimme wie ein Neandertaler.

Tatsächlich war Emma Perkins eine nette, eher kleine Frau mittleren Alters mit festen, aber fairen Grundsätzen. Sie hatte die Oberaufsicht über das Personal, und sie sah Pearl traurig an, als sie schwankend hereinkam, noch ganz atemlos, da sie die zwei Blocks von der Bushaltestelle hierher gerannt war.

»Sie sind vierzig Minuten zu spät, Pearl«, sagte sie eher mitleidig als anklagend. »Das ist das dritte Mal in zwei Wochen.« Pearl schaute betreten zu Boden. »Das letzte Mal war es über eine Stunde.«

»Ich … ich weiß, Miss Perkins. Ich hatte etwas Ärger und …«

»Jeder in der Welt hat Ärger, Pearl. Ich habe Ärger, meine Schwester Jane hat Ärger, China hat Ärger. Die Welt ist voller Ärger.«

»Ja, Ma'am.«

»Sie sollten den Ärger besser nicht mit zur Arbeit bringen, nicht wahr?«

»Ja, Ma'am, aber ich ...«

»Einige von uns können das besser als andere. Das ist eine traurige Tatsache, aber es ist dennoch eine Tatsache.« Sie starrte Pearl an. Sie war über deren Aussehen schockiert und versuchte angestrengt, es sich nicht anmerken zu lassen.

»Ich ... werde mir mehr Mühe geben, Ma'am. Wirklich, das werde ich. Ich werde nicht noch mal zu ...«

»Ich verstehe, meine Liebe. Sie sehen schrecklich erschöpft aus.« Miss Perkins zwang sich ein Lächeln auf die Lippen. »Warum nehmen Sie nicht ein paar Tage frei? Übernächste Woche gibt es ein verlängertes Wochenende, und dann brauchen wir jeden in Höchstform.« Sie nahm Pearls Hand und tätschelte sie mütterlich.

»Ich glaube, mit ein bißchen Ruhe und etwas Zeit, um darüber nachzudenken, was Sie wirklich wollen, werden Sie feststellen, daß Sie sich viel besser fühlen.« Sie hielt die Hand fest und führte Pearl zur Tür, die aus der unterirdischen Garage herausführte.

»Ja«, begann Pearl verzweifelt, »aber ich brauche ...«

»Ich verstehe, meine Liebe.« Die Tür begann sich zu schließen. »In zwei Wochen, wenn Sie sich besser fühlen. Wenn Sie dann noch den Job wollen.« Die Tür fiel ins Schloß.

Pearl stand da und schwankte ein wenig. Dann drang die Bedeutung dessen, was sie gerade gehört hatte, durch den Nebel in ihr Gehirn. »Gott verdamme dich, du stinkende Hure! Du kannst deinen Job nehmen und ihn dir sonstwohin schieben! Hast du mich gehört? STECK IHN DIR!«

Die Tür antwortete nicht. Pearl drehte sich um und ging zu dem entfernten Ausgang der dunklen Garage. Da hörte sie hinter sich ein Geräusch. Sie hielt inne. Das Geräusch erklang wieder, diesmal lauter. Es hörte sich an wie Mülltonnen, die eine Etage unter ihr herumgeschoben wurden. Es hallte durch die ansonsten verlassene Garage und prallte von den glänzenden neuen Chevys und Fords ab. Sie drehte sich um.

Ein Kopf erhob sich zwischen einer Corvette und einem Wohnwagen. Große, kugelförmige Augen starrten sie an, schienen sich in ihr Gehirn bohren zu wollen. Der rote Schlitz einer Pupille verbreiterte sich zuerst links, dann rechts, dann zogen sie sich langsam wieder zusammen, als die Augen sich unabhängig voneinander wie die eines Chamäleons bewegten.

Das hungrige, halb geöffnete Maul enthüllte Zähne aller Größen und Formen. Einige waren gebogen und nach außen gerichtet wie Stoßzähne. Andere waren dünn und gerade wie Nadeln. Einige waren wie die einer Schlange nach hinten gekrümmt.

Orangefarbene Flammen schossen in kurzen Stößen aus dem dunklen Schlund, das Feuer glänzte in der Kristallhöhle innerhalb der Kiefer. Auf massigen, gepolsterten Füßen trottete der Drache auf sie zu, die einzigen Laute waren das schwache Grollen seines Atems und das gleichmäßige Tick-klick seiner Krallen auf dem Beton.

Pearl wich instinktiv vor diesem sehr realen, keineswegs kuscheligen Monster zurück. Sie war allein in der Garage. »M-M-Miss Perkins … Miss Per*KINS*!«

Sie wirbelte herum und rannte, fühlte den heißen Atem in ihrem Rücken näher kommen und erwartete, daß ihre Haut schrumpeln und bröckelig werden würde oder daß heißes Feuer anderer Art zu ihr durchdringen würde, wenn lange Zähne sich in ihren Rücken und ihre Beine gruben.

Dann war sie draußen im unglaublich hellen Tageslicht. Sie wurde langsamer, verfiel in Schrittempo. Ein Blick über die Schulter zeigte ihr, daß nichts aus der höhlenartigen Garage hervorkam. Die Leute starrten sie an, weil sie gerannt war. Eine Mutter rief ihre Kinder über die Straße hinweg zu sich, damit Pearl ihnen nicht zu nahe kam.

Pearl hob den Kopf, schritt weit aus und gab sich selbstsicher. Ich sehe ständig Drachen, sagte sie sich. Echte. In meinem Apartment. Wenn ich unter Druck stehe, beschwöre ich manchmal imaginäre herauf, das ist alles. Es geschieht, wenn ich nachts träume, manchmal, wenn ich einen Tagtraum habe, und gelegentlich, so wie heute, wenn ich überhaupt nicht absichtlich an sie denke. Sie sind meine Rückzugsmöglichkeit, und es ist gut, eine zu haben, sagte sie sich.

Träge betrachtete sie die Gesichter um sich herum, die unansehnlichen Gestalten glitten vorbei. Drachen sind immer perfekt, bemerkte sie geringschätzig. Dick, dünn, groß oder klein, aber sie sind immer perfekt proportioniert und von exquisitem Design. Ihre Flügel sind nie zu groß, ihre Köpfe nie an einem zu langen Hals, ihre Körper sind ausgewogen und im Gleichgewicht. Nicht wie die unbeholfenen, uneleganten menschlichen Wesen.

An diesem Abend leerte sie die Flasche, die sie am Morgen angebrochen hatte, und noch einen Teil einer weiteren. Es war draußen mittlerweile dunkel und kühlte sich rapide ab, als der Nebel hereinrollte, um die Küste und ihre Bewohner in seinen Mantel zu hüllen.

Irgendwo in der Nähe spielte eine Stereoanlage die zerkratzte Version eines Liedes, das sie kannte. Elektrische Gitarren und herausforderndes Ächzen. Ein widerspenstiger Automotor leierte unten auf der Straße.

Sie probierte wieder zu telefonieren. Vielleicht hatte das Geschäftsbüro das Telefon noch nicht abgestellt. Überraschenderweise kam das Freizeichen. Sie tippte die Zahlen ein.

Die Stimme, die antwortete, war nicht die Franks.

Auch nicht die von Maureen oder sonst irgendeines Bekannten, dem sie hätte etwas erzählen können, wenn schon nicht mit ihm reden. Aber die Stimme war nichtssagend und mechanisch und nicht mitleidig; eine Aufzeichnung.

»Es tut mir leid; unter dem Anschluß, den Sie gewählt haben, ist zur Zeit niemand erreichbar.«

Das Telefon summte ihr geduldig zu, bis sie den Hörer wieder auf die Gabel legte. Sie lehnte sich im Bett zurück, hörte, wie die Bettfedern quietschten, und begann zu zittern, obwohl es im Raum noch warm war.

Jesus, das muß aufhören. Komm schon, Frau, beherrsch dich. Zigarette ... muß eine Zigarette haben.

Sie stöberte ohne Erfolg in der Schublade des Telefontischchens, hatte dann eine Idee und sah unters Bett. Ein zerknittertes Rechteck lag da. Erschöpft von der Anstrengung, ihren schwimmenden Kopf tiefer als ihren Körper zu halten, aber mit siegreichem Gefühl, hob sie es auf. Zwei weiße Zylinder waren noch in der Packung.

Sie fand Zündhölzer und steckte eine Zigarette an. Sie lehnte sich zufrieden gegen das fleckige Kissen. Das übliche Beißen des Rauchs wurde durch die Alkoholreste in ihrer Kehle abgemildert. Sie sog den Rauch tief ein. Dann begann sie zu weinen.

Ein Kratzen drang an ihr Ohr. Es kam vom offenen Fenster. Sie versuchte durch den Rauch die Ursache des Geräuschs auszumachen. Die braunen Linien des Onyxdrachens schienen auf der Kommode zu flattern. Eine schwache Brise bewegte die Flügel des Windvogeldrachens über ihrem Kopf, versetzte ihn in eine langsame Drehung.

Sauber und scharf wie ein Fleischermesser glitten die Klauen über die Fensterbank und in den Raum. Augen wie bodenlose Teiche in Gelbgold starrten sie an. Dieses Mal fürchtete sie sich nicht. Vielleicht war es der gemächliche Schritt des Drachen, vielleicht die vertraute Umgebung ihres Apartments, aber sie hatte keine Angst.

Alle Drachen im Raum – Tonübertöpfe, Porzellanminiaturen, Papierposter und die Keramiktasse – schienen größer zu werden und sich ein wenig zu drehen. Sie fühlte ihre Augen auf sich ruhen.

Leise wie eine Katze glitt der diamantene, schimmernde Körper durchs Fenster. Sobald er drinnen war, füllte er einen großen Teil des Raums. Die ausgebreiteten Flügel, stark und dem Wind trotzend, stießen gegen die Decke.

In seinen Bann geschlagen, beobachtete sie, wie er sich auf kraftvollen Beinen auf sie zu bewegte. Die Vorderklauen griffen das metallene Ende ihres Bettes. Der prächtige Kopf schwang auf dem muskulösen, schillernden langen Hals hin und her, hypnotisierte sie. Diese juwelenartigen Augen zogen sie an und in die Drachenseele hinein.

Er bewegte sich langsam vor. Irgendwie hielt das Bett sein riesiges Gewicht, ohne zusammenzubrechen. Die Flügel flatterten gereizt in dem beengten Raum. Sie reichten über die Decke und verbargen jeden Hinweis auf den fahlen, gelblichen Putz oder das schwache, weißglühende Licht.

Dann war Ehahm-na-eulae über ihr, und sie hätte hinaufreichen und mit der Hand die Tausende von Zähnen – einige gebogen, einige gerade, einige wie Giftzähne nach hinten gekrümmt – berühren können. Die großen Augen bewegten sich nicht länger unabhängig. Beide starrten in ihre. Ehahm-na-eulae rückte noch ein bißchen näher; sein Schwanz scharrte über den Boden. Von seiner unmittelbaren Gegenwart fasziniert, ließ Pearl die Zigarette fallen. Der Drache öffnete das Maul, und sie fühlte, wie sie in Feuer gebadet wurde, einer sauberen Drachenflamme, zuerst leicht, aber dann mit steigender Intensität. Es tat kein bißchen weh. Sie hatte gewußt, daß es nicht weh tun würde. Es reinigte sie und war wohltuend.

Sie umarmte die Flamme und Ehahm-na-eulae von den Drachen und einer Ahnenreihe von Drachen, die zehntausend Jahre alt war, so alt wie die für immer befreiende Flamme, die sie das erste und letzte Mal umhüllte, Pearl läuterte und reinigte, die erst siebzehn war …

Über den Autor

Alan Dean Foster wurde 1946 in New York City geboren und wuchs in Los Angeles auf. Nachdem er 1968/69 an der UCLA den Grad eines Bachelor in Politikwissenschaften und den eines Master of Fine Arts in Filmwissenschaften erworben hatte, arbeitete er zwei Jahre lang als Texter im Bereich Öffentlichkeitsarbeit bei einer kleinen Firma in Studio City, Kalifornien.

Seine Karriere als Schriftsteller nahm ihren Anfang, als 1968 August Derleth einen langen Brief von Foster kaufte und als Kurzgeschichte in seinem halbjährlich erscheinenden *Arkham Collector Magazine* veröffentlichte. Darauf folgten Verkäufe von Kurzgeschichten an andere Magazine. Sein erster Romanversuch, *Das Tar-Aiym Krang,* 1972 bei Ballantine Books veröffentlicht, wurde ein Bestseller und war der Grundstein zu seinem beliebten Homanx-Zyklus.

Foster unternimmt ausgedehnte Reisen in alle Welt. Neben Reisen liebt er klassische und Rockmusik, alte Filme, Basketball und Gewichtheben. An der UCLA und am Los Angeles City College unterrichtet er Drehbuchschreiben, Literatur und Filmgeschichte.

Zur Zeit lebt er in Arizona.

ALAN DEAN

FOSTER

in der Reihe

HEYNE SCIENCE FICTION & FANTASY:

DIE EISSEGLER-TRILOGIE:

* Die Eissegler von Tran-ky-ky · 06/3591
* Die Moulukin-Mission · 06/3777
* Die Fahrt der Slanderscree · 06/4618
  – als Sonderausgabe in einem Band:
* Eissegler · 06/5420

* Das Tar-Aiym Krang · 06/3640
* Die denkenden Wälder · 06/3660; auch als 06/4729
  Alien · 06/3722
* Der Waisenstern · 06/3723
* Der Kollapsar · 06/3736
  Kampf der Titanen · 06/3813
  Outland · 06/3841
* Cachalot · 06/4002
* Meine galaktischen Freunde · 06/4049
* Auch keine Tränen aus Kristall · 06/4160
* Flinx · 06/4219
* Homanx Eins · 06/4220
  3 Romane in Kassette
  * Das Tar-Aiym Krang
  * Der Waisenstern
  * Der Kollapsar

* Flinx' Abenteuer · 06/4948
  – Sonderausgabe in einem Band der 4 Romane
  * Flinx
  * Das Tar-Aiym Krang
  * Der Waisenstern
  * Der Kollapsar

  Colligatarch · 06/4338
* Die Reise zur Stadt der Toten · 06/4308
  El Magico · 06/4355

ALAN DEAN
FOSTER

Shadowkeep – Das dunkle Land · 06/4407
Pfade des Ruhms · 06/4533
Afrikas dunkles Herz · 06/4559
* Prisma · 06/4626
* Long Tunnel · 06/4657
Der Cyberweg · 06/5022
Der Highway ins Nichts · 06/5319
Schlangenaugen · 06/5670
Katzenspiel · 06/5933
Der Metrognom · 06/5939

DER BANNSÄNGER-ZYKLUS:

Bannsänger · 06/4276
Die Stunde des Tors · 06/4277
Der Tag der Dissonanz · 06/4278
Der Augenblick des Magiers · 06/4279
Die Pfade des Wanderers · 06/4508
Die Zeit der Heimkehr · 06/4509
Der Sohn des Bannsängers · 06/5365
Die Entführung der Musik · 06/5366

In der **ALLGEMEINEN REIHE:**

Das Ding aus einer anderen Welt · 01/6107
Krull · 01/6286
Starman · 01/6369
Pale Rider. Der namenlose Reiter · 01/6596
Aliens – Die Rückkehr · 01/6839
Aliens 3 · 01/8490
– alle 3 Alien-Romane als Sonderausgabe in einem Band:
Alien – Das unheimliche Wesen aus einer
fremden Welt · 01/8764
Spacecop L.A. · 01/7727

Die mit * gekennzeichneten Romane und Erzählungen spielen in Alan Dean Fosters Homanx-Commonwealth (siehe dazu ›Heyne Science Fiction Magazin‹ # 12, hrsg. von Wolfgang Jeschke · 06/4167)